秦淮河

魏得勝 著

目次

第一章

世上的河流，不知凡幾。順手拈來，有美洲的密西西比河、亞馬遜河與巴拿馬運河；歐洲的多瑙河、萊茵河、塞納河、伏爾加河與頓河；非洲的尼羅河與蘇伊士運河；中東的幼發拉底河與底格裡斯河；南亞的印度河、恒河與湄公河；還有中國的黃河等等。所有的河，都有其不可替代的歷史性與包容性。也因此，所有的河，具有大同小異的特性。但翻遍歷史，你卻發現，世界上沒有任何一條河像中國的秦淮河那樣，它不僅具有一切河流的共性，還具有胭脂性，抑或是它的風流性。

是的，秦淮河風流成性，數千年不改初衷。人人不敢奢望一條河流以其風流姿態，永遠漫步歷史舞臺，而它卻做到了。

風流的秦淮河，伴隨著朝代的更迭，走過一個又一個的歲月，風雨無阻。但刻下所述，只是秦淮河的一個時空切片，即明朝末年。對於一個政權，那是一個風雨飄搖、窮途末路的時代；對於朝中政要，那是一個爾虞我詐、及時行樂的時代；對於黎民百姓，那是一個背井離鄉、餓殍遍野的時代；對於正人君子，那是一個血腥風雨、令人扼腕的時代；對於秦淮河本身，那卻是一個醉生夢死、紙醉金迷的時代。

秦淮河的所在，位於江南重鎮南京。提及這個地名，人們總以六朝故都美之。你道是哪六朝？吳、東晉、宋、齊、梁、陳。朱元璋締造明朝，定都於此，並延續六朝城池，或拾掇修補，或擴展繁衍，歷時二十年，建成明城牆，綿延六十里有餘。這道牆有十八道門通向外界，其中在城牆的東南角，有道通濟門，那秦淮河即由此分兩支，一支由城牆外向西流，稱為外秦淮河；另一支流經城內西去，稱為內秦淮河。兩條支流蜿蜒西去，出定淮門不遠，即彙為一支，然後注入長江，同流東逝。

這裡不提秦淮河的淵源，也不提它的地理概貌、長短大小，僅把內秦淮河切下一段，予以剖白。這內秦淮河，在南京城中，向有「十里秦淮」之稱。十里之內，槳聲燈影，花船戲波；勾欄瓦舍，鱗次櫛比；木樓花妓，水榭小橋；金粉樓臺，畫舫凌波；酒家林立，濃酒笙歌；歌妓漫舞，晝夜不絕。可見這十里秦淮，稱得上是南京最繁華的地段。歌曰：

梨花似雪草如煙，
春在秦淮兩岸邊，
一帶妝樓臨水蓋，
家家粉影照嬋娟。

且慢，這繁華之中還有繁華。十里秦淮，當以北岸的夫子廟為中心，這夫子廟兩側分別是貢院和桃葉渡；對岸是媚香樓和烏衣巷。說起來，一個個風花雪月熱鬧處，認真數點，可謂數不勝數。尤是夫子廟以近的那些河房，絲幃珠簾，紅欄綠窗，垂柳掩映。所謂「錦繡十里春風來，千門萬戶臨河開」，即是河房的寫照。

你道這河房為何人所設？你不見林立的茶肆酒樓和店鋪嗎？商人住在這裡，近水樓臺；你不見貢院的所在嗎？書生住在這裡，近水樓臺；你不見夫子廟對面的佳人堆嗎？才子住在這裡，近水樓臺。與其與人人為便，人人方集居於此。這十里秦淮，焉有不熱鬧之理。

在這熱鬧場裡，有幾個二十出頭的年輕人，紮堆租住在貢院附近的河房裡。這河房臨水而蓋，稱得上南京一景。河房之結構，十足的江南特色。一座河房，通常是二層兩進，中有天井，後有河廳。四面簷下的雕花欄板，也無非「桃園三結義」、「三顧茅廬」之類，人物面部，皆清晰可見。樓下十二扇花隔門，上雕梅、蘭、竹、菊，下刻麒麟、仙鶴、鳳凰。

就方位而言，以北岸河房為例，北屋臨街，南屋臨河。正門臨街而開，後門臨水而設（且有露臺伸出水面，納涼消夏，賞景觀燈，極盡樂事）；前為陸路，後為水路，出行甚便。南北屋之間為天井，當院每置一口大水缸，或托浮萍，或托睡蓮，金魚遊弋其中。河房與河房之間，有小巷為界，連通街衢。連接兩岸者，即為各色小橋，橋下便是清澈見底、令人神往的秦淮河。

閒言少敘。但說河房裡的那幾位年輕人，依序年齡大小，分別是如皋冒辟疆、貴池吳次尾、宜興陳貞慧、歸德侯方域。歸德，即後稱商丘的所在。侯方域最小，春秋二十。另幾位，也不過二十出頭年紀。這幾位公子哥，籍貫雖有不同，目標卻一，即參加南京鄉試，博取功名。你道今昔何年？恰是大明崇禎十一年，西曆一六三八年是也。

冒辟疆等，不是官宦子弟，就是商賈之襟，鄉試既為前程，多半亦藉此遊山玩水，廣結同好。前回鄉試，他們既已藉機在這秦淮河畔結拜成交。當時也是四人，冒辟疆、侯方域、陳貞慧、方以智。這四位公子，皆名門望族，書香門第之後。那年鄉試，四公子落第兩雙，今又重來。鍥而不捨的精神有之，貪戀秦淮風物亦有之。

上回鄉試，四公子中，侯方域首到南京；今卻姍姍來遲。因事先有約，今次鄉試，公子們依舊於秋燥樓安腳。因略遲幾步，秋燥樓臨河的房子，早已客滿。侯方域無奈，只得委屈於臨街的房間。然則房價，每月竟廢銀八兩。侯方域急道：「臨街的客房甚為喧囂，怎還恁貴？」

房東「嗨」了聲道：「先生又不是頭一回來南京，上回還要六兩一個月哩。鄉試之年，河房向來都會漲價。更況今年西北大旱，地裡莊稼，幾乎顆粒無收。再讓流賊一鬧，越發民不聊生了。八兩銀子，已是溫和的價兒了。」房東跨出門房，站在廊簷下，用手往南一指：「臨河的房子，月租九兩，都沒有空房了。」接著又指了指頭頂上方：「就是臨街的，也只有靠樓梯的那間客房空著了。再晚個把時辰，怕這也沒有了。」說完，遂對侯方域一拱手：「先生將就著，委屈委屈。」一見房東一臉的謙和，侯方域再不多說，就便付出兩月租金。然後，在租約上簽字畫押，算是把腳安住。

冒辟疆等先入為主，就近一家酒樓，為侯方域接風洗塵。說起酒樓茶肆，這南京城大街小巷，酒樓大大小小不下七八百座，茶社更是千個有餘。尤是這夫子廟一帶，即便你走至冷僻處，那裡定也酒樓茶肆，招客八方。那鋪面前，門臉下，懸燈掛籠，或上書一個「酒」字，或上書一個「茶」字。走進酒樓茶肆，大堂裡必鮮花插瓶，清香瀰漫。這是所謂冷僻處，倘是那十里秦淮，河之兩岸，大街旺鋪，更是說不盡的繁華。單單是酒樓茶肆門臉上掛著的大紅燈籠、明角燈，就不計其數。大紅燈籠，人皆稔熟，自不必多說。可藉此一說者，是那明角燈。此燈之燈罩，因用羊角膠製成，故而又稱羊角燈。明角燈雖不甚透亮，然於擋風遮雨，優於紙糊的大紅燈籠。優劣共存，物之本也。

就南京這各色燈盞，好事者數之，僅夫子廟一帶，什麼兩岸路邊，什麼茶酒店鋪，少說也有數千之多。這些燈盞，在十里秦淮，照耀如晝，徹夜不息。因此，無論是夜遊秦淮河者，抑或走親訪友者，吃夜宵者，不帶燈籠，亦可夜行如常。

在酒樓裡，待酒肴成席，杯中有物，冒辟疆提杯起身道：「各位共飲此杯，為侯兄接風洗塵。」聞言，陳貞慧、吳次尾並肩而起，皆把酒杯擎於手中，施禮恭杯：「侯兄請了。」侯方域受寵若驚，噌的站起：「各位仁兄如此寬厚，方域無以為報，那就先乾為敬吧。」一仰脖，把酒喝了。冒辟疆等道了句「痛快」，也一一把酒乾了。

喝過接風酒，侯方域提杯回敬，語帶傷感道：「那年也是在這酒樓之上，我等為方以智兄接風洗塵，今年早過了約定時日，獨不見方兄身影，莫非有什麼羈絆不成？」一席話，令人黯然神傷。冒辟疆把酒杯擱回桌上，遂道：「說的也是，如今四公子，卻少了一位，世事竟是這般作弄人。」正是說者無心，聽者有意，吳次尾想：「哦，合著今天這酒場，就多著我吳次尾。」心雖不快，也不便與人在字眼上糾纏，拉著臉，微微把頭垂下。

恰此時，那陳貞慧也把酒杯擱下，一捋短鬚，附和道：「我出門前一個月，給方兄寫過一封信，至今不見回音。」說到這兒，陳貞慧方覺吳次尾臉色乏歡，安慰道：「方兄不至，雖有遺憾，然則當下，依舊是四公子呀。」說完，拍了拍吳次尾的肩。陳貞慧一言，令冒辟疆和侯方域自覺失禮，於是端著酒杯，起身走到吳次尾面前敬酒，說結識他這樣的新朋友，如何如何的快慰。吳次尾也接二連三的回敬，大家漸漸微醉，氣氛十分的融洽起來。

席間有兩個書僮，一個是冒辟疆的，喚作小六，生得肥膩難耐；一個是侯方域的，喚作商哥，長得骨瘦如柴。席外有條又笨又重的長凳，小六、商哥各坐一端。小六抱一大碗公飯菜，悶頭不語，惟狼吞虎嚥而後快。那商哥初來南京，眼窩又淺，拈來之景，便把眼裡裝得滿滿的。商哥貪景戀色，又十分性急，隨便吃了些東西，便趴到窗前，眼光不住的飄移，一會兒盯在秦淮河上，一會兒盯在對岸的鈔庫街上，總是一驚一乍的：「少爺，這南京可比咱歸德老家大多了！少爺，這南京可比咱歸德老家好玩多了。」幾位公子聽了商哥的話，怕掃侯方域的面兒，人人一幅充耳不聞的樣子。倒是侯方域，耳根熱得厲害，自言自語道：「鄉下小子，沒見過什麼大世面，見笑見笑。」說罷，也就過了。

商哥並不知人煩他笑他，自顧貪眼秦淮秀色。侯方域等散席，走到樓下，卻獨不見商哥。侯方域正待仰頭喊叫，樓道裡便發出一陣咚咚的響聲。商哥飛奔下樓，喊道：「等等我。」腳跟未穩，便與一個如花似玉的女孩兒撞了個滿懷。那女孩兒滿面羞紅，低頭跑了。喘息未定的商哥，被這突如其來的狀況，弄得暈頭轉向。但很快，他明白了什麼似的，竟衝女孩兒的背影喊道：「我的豔遇！」四公子瞠目結舌，面面相覷。愣怔片刻，侯方域紅著臉，埋頭而去。商哥不明就裡，與小六結伴回到河房。

到得次日，四公子約定，互不干擾，各自溫習功課，以備鄉試。公子們煞是認真，一天到晚，大約總在河房裡哼哼唧唧，背誦八股文。路人聽了，稱許的有，笑的有，搖頭的亦有。與四公子為鄰的一個女孩，聽了那蚊子般的哼唧聲，笑著便把臨河而開的窗子關上了。這女孩芳齡二十，叫做柳如是。但見她：鵝蛋臉，白淨面，黑髮如綢緞；高挑個，肌膚嫩，春山惹人醉；性高雅，不輕慢，顧盼有神情；鼻翼張，朱唇啟，桀驁不乖張。

柳如是原籍南京，因家境不堪，十二歲那年，便被父母賣到吳江縣，給一大戶做婢女。這大戶一家之主，原是一位內閣大學士①，離職居家，把柳如是收為姬妾。因柳如是乖巧伶俐，頗受家主寵愛。柳如是不愛裹腳，家主便令其自便，是以遭至眾姬妾嫉恨和讒害，險些命喪黃泉。柳如是十四歲時，家主將其賣至盛澤妓院，在徐拂名下做養女。

徐拂憐愛柳如是，不強逼裹腳，且用心調教，只幾年工夫，那柳如是便脫胎換骨，成為一代大腳才女。她精通文史音律，且長袖善舞；她書畫嫻熟，且簡約清麗。即便她的書法，亦有「鐵腕懷銀鉤，曾將妙蹤收」之妙。名噪江南

① 大明開國，朱元璋去宰相一職，代之於若干大學士，集體理政。排名第一者為首輔，通稱首席內閣大學士。

後，十九歲的柳如是自我贖身，一身儒生打扮，遊歷於太倉、吳江、松江、杭州、南京之間，遍遊勝地，拜訪名士，以期找到終身依託。她屬意的風雲人物張天如與陳子龍，不是性嚴峻，就是不易近；兜了一圈，杭州富商汪然明最為相得，然則以身相託，又不能一廂情願。是以離開杭州，遊至南京。

閒話少敘。且說柳如是的房間，位於倒座二樓正中。她的西側三間，依次是吳次尾、陳貞慧、冒辟疆。冒辟疆的房間，正對北端樓梯口。自樓梯口至冒辟疆房間，是一條狹長的木板走廊，每有腳步，必咚咚作響。走廊環繞南北屋之間，形成一個迴廊；但出入口只有一個，即北端樓梯口。柳如是東側是個套房，正中一間堂屋，左右各有一個套間。柳如是房間的樓下，恰是對河而開的一道門。房客下樓，由此戲水玩耍，亦可由此乘船，遍遊秦淮河。當下，柳如是無心遊樂，她自杭州而來，身雖至，心卻依舊在杭州。她關好窗子，靜靜的坐下來，想了想，便磨墨弄筆，給杭州的汪然明寫了封信，感謝汪先生所給予的關照。

柳姑娘不幸，自幼墜入紅塵。可她也因禍得福，得以有條件習學文史，賦詩作畫。因此，她給汪先生的信，字裡行間，處處文眼雅意。那信中寫道：

汪先生台鑒：

鵑聲雨夢，遂若與先生為隔世遊矣。至歸途黯瑟，惟有輕浪萍花與斷魂楊柳耳。回想先生種種深情，應如銅台高揭，漢水西流，豈止桃花千尺也。但離別微茫，非若麻姑方平，則為劉阮重來耳。秋間之約，尚懷渺渺。所望于先生維持之矣。便羽即當續之。昔人相思字每付之斷鴻聲裡，弟于先生，亦正如是。書次惘然。

女弟：如是

汪先生感慨柳如是的文字之美，曾把那信當做資本，炫耀給人看。一時之間，柳如是自稱「女弟」一事，為之譁然。因何？華夏女輩，向來不是自稱「儂」，便是自稱「妾」，乃至自稱「賤妾」，以示對男權社會的臣服。那柳如是一反常情，自稱「女弟」，竟與男輩平起平坐，士大夫者，聞之莫不驚訝。況柳如是又是歌妓身，如此自稱，可謂一鳴天下知。此乃後話，放下不提。

寫罷信，柳如是尚感意猶未盡，繼而伏案，作詞一首，曰〈踏莎行・寄書〉：

花痕月片，愁頭恨尾，臨書已是無多淚。寫成忽被巧風吹，巧風吹碎人兒意。半簾燈焰，還如夢裡，消魂照個人來矣。開時須索十分思，緣他小夢難尋你。

興致正濃，索性又作一首〈江城子・憶夢〉：

夢中本是傷心路。芙蓉淚，櫻桃語。滿簾花片，都受人心誤。遮莫今宵風雨話，要他來，來得麼。

安排無限銷魂事。砑紅箋，青綾被。留他無計，去便隨他去。算來還有許多時，人近也，愁回處。

一封情書兩首詞，那柳姑娘對汪先生私意之濃，了然於紙。惟汪先生多有不便，彼此盡失攜手之緣。

寫完詩詞，柳如是復又推窗納涼。此時，窗外已無背書聲。柳如是感覺悶熱，遂開門通風。她端起一盞茶，臨窗而立，流連顧盼岸邊那無處不在的垂柳。探身窗外，但見一樓廊簷處，長出些許野草，一隻蝴蝶，正棲息在草莖之上，一動不動。那深灰色的桶瓦上，結了一層苔蘚，為早所致，大多苔蘚已乾如薄紙，捲的捲起，翹的翹起。這景致，令柳姑娘詩興大發，正要去寫，一陣風兒，把案几上剛剛寫就的詩詞，吹落到地，忽忽悠悠，飄出房間。柳如是「哎喲」一聲，放下茶盞，急去追揀。

恰巧，商哥去找小六，未及敲門，便見幾張紙，由眼前的房間飄出。商哥跨前幾步，正要撿拾，一方雅箋，借助風力，貼在他的腳踝上。商哥順手撿起，把那雅箋一嗅：「香紙！」商哥貪香正歡，柳如是輕步而至，伸出玉指，對商哥道：「小哥哥，可否完璧歸趙？」

商哥抬頭，見那姑娘，一襲長裙，飄然若仙；更見那姑娘的翠袖裡，藏著半截嫩如白藕的胳膊，那尖尖手指，亦嫩如蔥白。商哥正應了「不見可欲，使心不亂」的古話，這一見，尤其又親耳聽聞那姑娘叫自己「小哥哥」，他眼前一黑，險些暈倒。胡亂之中，商哥恭恭敬敬，物歸原主。待他細打量，那姑娘已是房門輕掩，回屋去了。商哥的心咯噔一下，立時就是一陣透心涼。正這時，商哥突聞身後有人對他怒道：「你在這裡犯什麼傻？」

怒斥商哥者非他，正是少主人侯方域。那侯方域因要下樓小解，在走廊裡扭頭瞥見商哥，喊了幾聲不見動靜，便走過來看個究竟。到得近前一看，商哥正滿面緋紅，氣喘吁吁。侯方域問他怎的了，商哥支支吾吾，答非所問。侯方域怒道：「叫你去買五香豆，你卻跑到這裡發呆，所為何來？」說罷，拂袖下樓。商哥拍了拍額頭，獨自下樓去也。

第二章

一日，侯方域因對商哥道：「去把幾位公子叫過來，說說話。」商哥大惑不解：「切！見天相膩，有啥話沒說夠，還得專門叫過來說？」侯方域把書一撂，惱道：「話少些，要不了你的命。」商哥嘟囔著，一搖三晃，走出去。商哥偷懶，站在迴廊，把腰一掐，衝幾位公子房間喊道：「冒公子、陳公子、吳公子，我家公子有請！」商哥的呼聲，引好奇房客，爭相探頭。幾位公子聞聲，奪門而出。吳次尾衝商哥一瞪眼：「有你這麼請人的嗎？」商哥扮個鬼臉，回道：「你凶什麼凶？」吳次尾復又衝商哥揮了揮老拳，向侯方域房間走去。陳貞慧近至商哥，捏了捏他的鼻子：「你呀，讓我說你什麼好！」說完，與若無其事的冒辟疆，一前一後，也進了侯方域房間。

三位公子腳前腳後，進得侯方域房間。吳次尾道：「商哥這小子，皮癢。」陳貞慧道：「瞧他這通咋呼，不知道的，還以為天塌了！」冒辟疆道：「侯公子有事要說？」侯方域一抱拳，笑道：「失禮了。小弟想，我等連日背書，都快背出毛病來了，是否該放鬆放鬆，把腦子空一空？」吳次尾搖著蒲扇，連聲叫好，遂又自言自語道：「但不知想個什麼名目放鬆是好哩？」冒辟疆把頭一甩，接話道：「次尾兄這話問得何其笨也！秦淮河這花花世界，放鬆的名目還用想嗎？」

商哥斜肩擠進屋，問道：「冒公子方才叫誰刺蝟？」冒辟疆不解，反問道：「什麼刺蝟？吳大公子的名號叫做次尾，兄是尊稱。你哪裡冒出個刺蝟來？」商哥哈哈一笑：「我沒聽錯，這個刺蝟是夠凶的，所以都管這位吳大公子叫『刺蝟凶』。我看是夠兇的。」吳次尾在商哥背後，把大拇指與食指兜成「〇」狀，往嘴裡哈一口氣，迅速給商哥一個腦瓜嘣。那商哥疼得呲牙咧嘴，用手劃拉著後腦勺，蹦蹦跳跳，跑出房間：「果真是個刺蝟凶！」

幾位公子哈哈笑過，侯方域便言歸正傳：「剛才的話沒完，就岔開了。老實說，小弟這裡有個名目，我等夜遊秦淮河如何？」陳貞慧走到侯方域面前，搖頭晃腦道：「我之所想，也在這個名目上。」冒辟疆拍案擊節：「天才都是這麼想的。」侯方域道：「那就明天，我等夜遊秦淮河。」商哥提一壺開水進來，一邊防著吳次尾，一邊嘟囔道：「何不就今日夜遊秦淮河，明日又是個啥意思？」侯方域瞪了商哥一眼：「吃的你不準備？喝的你不準備？玩的你不準備？難道兩個膀子扛張嘴去夜遊秦淮河不成？」商哥把脖子一梗：「切！」不再言語。

話說這天日頭偏西之時，商哥抱著美酒，小六端著佳餚，於利涉橋邊，登上事先租下的一隻敞篷船。四位公子隨後搖著扇子，大搖大擺，上得船來。河面上，船少水闊，粼粼波光，刺人眼目。船家戴一頂破舊的斗笠，半張臉埋在斗笠的陰影裡，容貌莫辨。他偶爾的嘿嘿笑聲，嘶啞不清，顯出幾分的滄桑感。待大家落定腳跟，但見船家長篙一點，搖櫓而行，一隻畫船，就此駛離碼頭。

四公子皆非初次泛舟秦淮河，啟船時，心不在河面，亦不在沿岸景色，惟在心高談闊論。書生所言，也無非詩詞歌賦，時政感想之類。倒是那商哥與小六，頭一回泛舟秦淮，目不暇接。商哥拍了拍小六的肩：「快看那裡，美女哩。」小六亦拍了拍商哥的肩：「快看那裡，叫花雞鋪！」因二人跑動甚烈，船隻左右擺動。船家在甲板上把櫓板往腋下一夾，雙手兜成喇叭狀，喊道：「兩位小哥勿亂跑亂動！」侯方域聞之，招呼道：「聽到沒？你倆小心掉進河裡，叫蝦兵蟹將給吃了。」不等冒辟疆發話，小六席地而坐，抄起黃橋燒餅，忘情咀嚼。商哥衝小六「切」了一聲，自覺無趣，趴在船幫上，望著岸邊蜂飛蝶舞般的過往女子，神思早已不知游離何處。

敞篷船將到文德橋時，商哥為岸邊一扇窗所吸引，他比劃半晌，難吐一字。原來，柳如是閒來無事，於窗前，賞秦淮河景。柳如是亦認出商哥，因彼此未通姓名，不便搭話。商哥情急，對柳如是一邊揮手，一邊嘰裡哇啦亂喊：「我說誰，那個誰，誰誰誰。」

柳如是落落大方，揮了揮手，淡然一笑，算作回應。商哥附耳小六：「看到了吧？那美若天仙的姑娘，就是我的豔遇。呆子，就是我常常給你說起的那個姑娘，很香很香的那個姑娘。」小六嘿嘿一笑，舉起手中燒餅：「那姑娘有這個香嗎？」商哥推了一把小六：「切！就知道吃。」小六腮幫如鼓，不作反駁。

商哥的咋哇聲，牽動四公子，舉目望去，那窗裡姑娘，豔而不俗，舉止得體。四公子看罷，個個呆若木雞，六神無主。冒辟疆道：「我等認識這姑娘嗎？」侯方域道：「本公子無此豔福。船有多男，她丟來的秋波，總有人接住的罷。」吳次尾道：「是呀是呀，誰接了那姑娘的秋波，舉手示意好了。」商哥當仁不讓，舉手喊道：「我接住了，我接住了，那姑娘是我的豔遇。」

商哥此言一出，莫說四位公子笑翻，就是那船家，亦懷抱櫓板，笑疼肚子。窗前的柳如是，聽不清船上話語，卻見人人笑得前仰後合，知道與己有關，含羞帶笑，把窗關了。商哥落落寡歡，一屁股坐下，掰塊燒餅，放進嘴裡，太陽穴上的青筋，隨著他的咀嚼，一起一伏。商哥嘴裡吃著東西，卻依舊「切切」個不住，很生氣的樣子。

吳次尾突然道：「那姑娘，不正是住在我隔壁的嗎？」陳貞慧似有所悟：「我說那河房眼熟。」冒辟疆連拍大腿：「是了是了。然這姑娘與我等為鄰，卻從未謀面。」商哥得意道：「我倒見過，嘿！那姑娘，美若天仙，還親口叫我一聲『小哥哥』哩。這不是我的豔遇嗎？人家說了，你等還取笑。切！」

侯方域摸了摸頭：「哦，對了，我說這小子那天在人家姑娘門口發呆，原來真有這麼回事。」吳次尾疑惑道：「我等白天見不到她的人，晚上見不到她的影兒，她不吃不喝不……」侯方域趕緊止住道：「次尾兄打住，再說下去，怕不雅的詞就拖帶出來了。我想，一個女孩子家的行影，總有她的道理，我們不必細究。別忘了，我等出來是遊秦淮河的，一顆顆活蹦亂跳的心，被吸到那扇小小的窗子裡，這船上還有什麼快活可言？」陳貞慧附和道：「侯兄所言極是。」吳次尾仿陳貞慧的宜興口音，也說了句「侯兄所言極是」，大家哈哈一笑，就此轉了話題。

斜陽已盡，河面漸而涼爽。四位公子重拾前話，艙中一切，漸漸入眼。一方金漆小木桌，置於船艙正中，一把宜興紫砂壺，配著宣窯的茶盞。上好的雨水，烹了一壺清香宜人的毛尖茶。諸色南京小吃，搭配其間。

侯方域因問冒辟疆：「冒兄，剛才咱們說到哪兒了？」冒辟疆笑道：「全然忘卻。」說完，提起紫砂壺，給各位滿了一盞茶，那茶色淡綠清雅，茶盞上滾動著一層茶霧。須臾，茶霧散去，杯中湯色泛黃，漸而添了一抹淡褐。吳次尾端起茶盞，並不急於喝，而是侃侃而談：「難道我們就這麼的沒有長進嗎？姑娘的一個秋波，竟然把我等大丈夫蕩暈。剛才說到哪兒了？話題不正在百毒俱發上嗎？」

陳貞慧道：「多虧次尾兄教訓。這幾年的光景，確也百毒俱發。西北連年乾旱，蝗蟲成災，直弄得赤地千里，寸草不生。」侯方域哀歎道：「誰說不是，因為顆粒無收，人皆掘草根，吃樹皮。臨了，連草根樹皮也沒得吃，就去吃觀音土。那東西吃得麼？溶化了，看著跟漿糊似的。可一旦吃下，不久便在胃腸中凝固為石。別的不說，脹都能把人脹死。」

冒辟疆憤憤道：「我聽說，災區早已出現父棄子、夫賣妻的慘景，可憐吶！」吳次尾跳將起來：「這算什麼？還有比這更慘的，人吃人！倘有家人餓死，因不忍見饑民食之，只得遠遠躲開；倘遇別家死人，亦食。孩童不敢吃人，就地揀食糞便。請問，這是誰之過？」

商哥聽到倒胃處，背著人，把嘴裡的食物，吐到秦淮河裡。小六則旁若無人，繼續在那裡獨享美味。則那船家，聽了公子們的談論，不住的擦拭眼淚。陳貞慧見了，拉吳次尾坐下，示意他不要再說。那船家卻道：「不妨事，不妨事，我就這點出息，聽不得人背時。幾位公子所言，老漢雖無經歷，但南京的難處，我是切身體會了的。就說米價吧，如今已漲到三兩六錢一石了。大明開國以來，米價何曾如此貴過？再看看街上的流民乞丐，何曾這樣的多過。」船家說完，復又抹了抹淚。

侯方域滿了一盞茶，端著站起，近至船家：「老人家，我以茶代酒，敬你一杯。」船家知道其中的意思，接過喝了，並連連拱手道謝。侯方域坐下，見幾位公子滿臉的疑惑，遂道：「船家既然是我輩中人，也不妨說個痛快。」聽罷此言，幾位公子旋即釋然。侯方域接著說道：「當下這個爛攤子，追根溯源，禍起先帝。萬曆以來，江河日下，太監弄權，朝綱傾頹，至有今天。」

冒辟疆憤憤然道：「天災不可怕，可怕者，人災也。侯兄適才所言，句句點在人災上。朝中之人災，導致西北的旱災、蝗災不可收拾，進而又導致一波又一波的流賊出現。說到底，流賊還是人災。現下所望，能臣出世，收拾殘局。否則，人災將把大明毀個乾乾淨淨。」

吳次尾不以為然道：「請問冒兄，何謂能臣？跟太祖開國的那些大臣，難道不能嗎？後來的海瑞不能嗎？張居正不能嗎？袁崇煥不能嗎？能有屁用？很多大臣，完就完在一個『能』字上。所以，能臣多仿東方朔，裝瘋賣傻。他們管什麼江山社稷，他們只管在皇上面前學乖使巧，以期保住他們的烏紗帽、保住他們的榮華富貴罷了。這些所謂的能臣，能在拍馬溜須，能在貪污腐化，能在魚肉百姓，能在把大明毀個乾乾淨淨。有朝一日，他們又恬不知恥地去附庸新的王朝，繼續他們的那些見不得人的所謂能事。」侯方域等聽了吳次尾這番高論，佩服得五體投地，嘖嘖稱讚。吳次尾說得口乾舌燥，端起茶盞，猛飲幾口。灑出的茶水，順著脖頸，流到懷裡。

陳貞慧見狀，用手指了指杯中物道：「這陳年雨水烹製的茶水，就這麼好喝嗎？我一向認為，雨水本就不淨，再放在罎罎罐罐裡捂幾個來回，那味道，比裹腳布強不到哪裡去。從古至今的雅人，幹嘛都喜歡弄這臭烘烘的雨水來烹茶呢？」陳貞慧一番新論，說得大家面面相覷，就連那船家聽了，也下意識的去撫摸自己的胃部，似有不適之感。

說著話，天已擦黑，河面上的船隻陡然增多。有的船，已點亮明角燈。更有一隻豪華大船，那不可盡數的各色燈籠，把大船照得明亮如晝。船頭船尾的兩盞大紅燈籠上，各書一個「徐」字。侯方域看得眼饞，便對船尾喊了聲：「商哥，你和小六也把咱這船上的燈點起來吧。」

船家聽了，以為客人挑理兒，放下櫓板，就要去點燈。侯方域勸阻道：「老人家，這點小事，就讓書僮去做，你省點力氣撐船好了。」說著，又遞給船家一盞茶。船家笑著，揮了揮手，婉言謝絕。侯方域知道陳貞慧剛才的那番新見起了作用，也就不強人所難，把茶盞放在小木桌上。

船尾的商哥應聲，與小六一同把燈籠掛起。未幾，河面照出淡淡的光暈來。那燈光隨著河水的波紋，輕輕滾動著，滾向一片朦朧的霧靄。透過霧靄，依稀可見，在黯黯的波紋裡，隆起縷縷明漪。這薄靄和微漪，把遠處那悠然的間歇性槳聲，以及藝妓們那動聽的歌聲，送到公子們的耳朵裡。岸邊垂柳，已然模糊成一片。眼前的景致，亦真亦幻，朦朦朧朧，錯覺連連。

吳次尾於錯覺之間，在陳貞慧大腿上猛掐一把。陳貞慧疼得，猶如蠍蜇一般，大聲叫道：「刺蝟囟，你這是怎的？」吳次尾心想：「好個陳貞慧，你也學那書僮給人取綽號，我也送你一個罷了。」遂溫情道：「真會兇（貞慧兄），你看這秦淮河的景致，美輪美奐，讓小弟無法分辨，此處是夢鄉，還是現實中。」陳貞慧親昵地擰著吳次尾的面頰道：「咦，刺蝟囟，分不清夢裡夢外，你掐自己呀！莫非你醉了？」吳次尾把陳貞慧的手擋開，笑道：「你我不分彼此，掐誰不是掐。」

陳貞慧正待分辨，便見「徐」字船，從旁駛過。幾位公子彼此相問：「何方官宦，花船如此奢華？」人皆搖頭。問船家，船家惟恐避之不及，對此不著一言。接著，便見那隻船上的人，點燃一隻水鼠，梨花般的水花，直立於水面。隨即，從那隻船上，傳來歌妓們的嬉笑與尖叫聲。商哥按耐不住，直勾勾的去看那船上的歌妓：「還是人家的船上有意思，瞧咱這船，到處是酒味，就是沒有女人味。切！」小六充耳不聞，只顧吃。

這天晚上，公子們遊至夜深，方回返。其時的秦淮河上，又是一番景象。船上歌妓，清彈低唱，委婉動聽，猶如為秦淮河催眠一般。兩岸的河房裡，尚有納涼的姑娘，身穿輕紗，頭簪茉莉，輕捲珠簾，憑欄靜聽那過往船隻上的琴音妙歌。

觸景生情，小醉中的吳次尾再添精神，慷慨激昂道：「現今這九州處處，民不聊生，餓殍遍野，流賊肆虐，這秦淮河卻青樓林立，徹夜笙歌，處處彰顯盛世之景，成個什麼樣子？」侯方域等不約而同地沖吳次尾挑起大拇指，醉眼朦朧地說：「次尾兄高見！」

船隻又行走了一陣兒，近至他們租住的河房下，想直接上岸回河房歇息，卻發現東家早把臨河而開的那道門關上了，只得回到起始地靠岸。侯方域雖有醉意，仍不忘仰頭拿眼去瞟柳如是的窗子。於侯方域而言，那扇普通的窗子，從沒像今天這樣，充滿誘惑。遺憾的是，柳姑娘早已熄燈，窗前的瓦縫野草裡，不時傳來蛐蛐的叫聲。

夜已深深。人不經意的一聲輕咳，便能傳出很遠很遠。大家倦意濃濃，皆不肯多言，遂一個個懶散上岸去了。

第三章

不日，即鄉試。入場那天，貢院門前便早早的熱鬧起來。

南京貢院，始建於南宋，傳至大明，其香火之旺，堪稱前所未有。以號舍為例，足有兩萬間之多。

貢院有座明遠樓，三層高，飛簷出甍，方方正正，四面設窗，是以監考。考場設塔樓若干，亦作監考。貢院四周，圍牆兩重，荊棘遍佈。世人每以「棘圍」稱貢院，即由此而來。閒置時，明遠樓為南京達官貴人品茗行吟、憑窗眺望的好去處。入夜登臨，秦淮河璀璨的燈火，盡收眼底。

鄉試費時三天三夜。萬餘考生，在各自號舍內，成就一篇同題八股文。那號舍之小，容一人尚嫌不足，每令考生，入號如坐監。號舍縱列橫排，高處俯瞰，猶如鴿舍；近看，則如豬場。因不限考生年齡，時見老者身影參與其中。

鄉試期間，考生吃喝拉撒睡，盡在號舍。如此困境，後生尚且脫層皮，更況老者？每回鄉試，老弱病殘，因體力不支，死於號舍者，絕非鮮見。

自隋朝開科舉士以來，「考死人」之晦氣，與百年樹人之祖業，如影相隨，是以有「赴號舍就如闖鬼門關」之說。因此，每每鄉試，考前必先淨場。主考官攜助手至關帝廟，燒香磕頭，跪請關雲長的神靈，進號舍鎮魔壓鬼。折返貢院，又是燒紙，又是默念，折騰一通完事。

閒話少敘。單道那四位公子，個個著錦衣，拎美食，早早趕到貢院門口。那侯方域和冒辟疆自有氣派，兩手空空，瀟脫不羈，一應物件，皆由書僮負笈在手。商哥與小六手中的篋籠，皆三屜格，裝吃的為食盒，裝筆墨紙硯的為考籃。食盒內，備足三天三夜的食物：諸如南京烤鴨、龍眼肉、蜜橙糕、月餅、蓮米、炒米、生薑、醬黃瓜，以及提神補氣用的人參；考籃內，除了筆墨紙硯外，還有銅銚、號頂、門簾、火爐、燭臺、燭剪、挖補刀、糨糊、卷袋等等。吳次尾與陳貞慧無隨身書僮，食盒與考籃，皆親力親為。侯方域看看吳次尾與陳貞慧，得意道：「嘿嘿，這就是我和冒兄帶書僮出來的好處。」吳次尾把食盒與考籃往腳下一放，嬉皮笑臉道：「嘿嘿，一樣的兩袖清風。」

陳貞慧道：「都什麼時候了，你們還鬥嘴玩。」說完，焦慮地往身後一看，但見那黑壓壓的考生，從貢院門口呈扇面擴展開來，挨挨擠擠；秦淮河兩岸，幾無立錐之地。連舊院、烏衣巷以外的地方，也全是清一色戴著方巾的考生。惟不同者，有的考生華衣新方巾；有的考生則是破衣爛衫舊方巾。

突然，貢院門前一陣躁動。原來，主考官及助手等人，由小門而出，列於大門左側。貢院右側，九門大炮，枕戈待旦。主考官至香案前，擊香叩拜，遂插香於爐內，復歸原位。主考官點頭示意，執炮兵理會，遂聞三聲炮響，貢院前的柵欄開了；再聞三聲炮響，貢院的大門開了；最後三聲炮響，那龍門也開了。考生們被搜身之後，接卷、進龍門、歸號。成千上萬的考生，魚貫而入。貢院門口，不時傳來主考官們那聲嘶力竭的喊聲：「仔細搜檢！」

鄉試之日，南京酷暑難當。四位公子考畢，即就近一家酒樓，暴吃一頓，然後回到河房，蒙頭大睡。

後來，鄉試發榜，四位公子再次落第。你道是何因？卻原來，他們把泛舟時的議論，盡皆寫進八股文中。貢院以儆效尤，貼出告示：「冒辟疆、侯方域、吳次尾、陳貞慧四生員，借鄉試之際，撰文誹謗時政，本應嚴辦。姑念初犯，不予追責。再有犯言，定嚴懲不貸。」告示貼出，四大公子聲動天下。

然四位公子，卻心灰意冷。冒辟疆視南京為傷心地，決意即刻啟程，回如皋老家。見挽留不住，侯方域等，當晚於酒樓內，為冒辟疆餞行。宴畢，大家一同下樓。冒辟疆見侯方域等尚未盡興，推說次日早行，便先回河房歇息去了。侯方域遂對商哥道：「你也先回去睡吧，我和陳兄、次尾兄到河對岸走走。」商哥心下不快道：「黑燈瞎火的去那花花地方亂撞，少爺就不怕老家的少奶奶知道？」

那商哥所說「老家的少奶奶」，即侯方域的結髮妻子。侯方域十六歲那年完婚，如今算來，他有家有室已是四個年頭。這時的男人，婚寡姻淡，如手頭寬裕，尋花問柳，再自然不過。便是前回滯京，侯方域等亦是一半備考，一半流連花巷。習慣使然，令他少有顧忌。商哥見好事沒份兒，這才借老家的少奶奶，發洩心中不滿。

侯方域聽了，很是不快，遂拍了一下商哥的後腦勺道：「臭小子，你不說誰知道。」商哥一劃拉後腦勺：「少爺怎的也『刺蝟囟』了？」吳次尾板起臉道：「我說商哥，這回我可沒惹你，因何把我連帶進去。」商哥跳著腳道：「我家少爺從不在人家後腦勺上動土，這都是跟你學的。」吳次尾急得團團轉：「嘿，這小兔崽子，吃定我了！」

商哥看了吳次尾一眼，又「切」了他一聲，蔫嘰嘰走了。小六滿手抓包子，邊吃邊等商哥。待商哥去追小六，陳貞慧笑嘻嘻道：「這就是我和次尾兄不帶書僮的好處。」侯方域等說笑著，上了文德橋。

過罷橋，即到鈔庫街；街對面，便是妓女

雲集的舊院。朱元璋開國定都南京，為造盛世，特許官辦妓院，一則營造歌舞昇平的氣氛，一則為大明帝國增加稅賦。這南京地面，是以雨後春筍般冒出個十六樓，清一色官辦妓院。你道是哪十六樓？來賓、重譯、鼓腹、謳歌、鶴鳴、醉仙、集賢、樂民、梅妍、柳翠、輕煙、淡粉、南市、北市、清江、石城是也。

光陰荏苒，那十六樓存繼者有之，煙消雲散者亦有之，後起者尤不在少數。媚香樓即為後起，且獨成一格。樓主李貞麗，二八之際，已然為秦淮名妓；二十出頭，積厚蓄，始肇媚香樓，自為假母，收假女若干，操起青樓生涯。

假母者，鴇母也；假女者，義女、養女、歌妓也。明處，鴇母與歌妓以家人相稱，歌妓稱呼鴇母，一口一個媽媽；鴇母稱呼歌妓，一口一個女兒或孩兒。暗處，鴇母與歌妓則是諱莫如深的那層人身買賣關係。換言之，那份賣身契約，才是鴇母與歌妓之間的真正紐帶。歌妓靠這一紙契約，把自己暫寄天涯一隅；鴇母靠這一紙契約，賺取豐厚的色藝利潤。

李貞麗豪爽俠氣，交際甚廣，使得媚香樓聲震南京，地方大佬，風流才子，莫不趨之若鶩。就是那復社領袖張天如，亦曾留戀於此，且乘興粉壁題詞，曰「一代佳麗」，盛讚酒色之美。

復社，乃東林後嗣。萬曆年間，大明黨爭日熾，水火不容。至朱由校①時，閹黨②崛起，東林敗北。風水輪流轉，朱由校駕崩，朱由檢繼位，閹黨江河日下。一代才俊張天如，舉東林大旗，籠東林黨人及其子弟，絡江南應社、松江幾社、中州端社、萊陽邑社、浙東超社、浙西莊社、黃州質社於一體，而立復社。江南一代，尤其留都南京，提起復社，幾乎無人不知，無人不曉；上至官府衙門，下至黎民百姓，皆對復社優禮有加。那侯方域一家，祖孫三代，皆東林黨、復社人也。陳貞慧、吳次尾亦屬復社中堅。

---

① 朱由校（一六〇五－一六二七）：廟號：熹宗；年號：天啟。

② 朱由校時代，閹黨勢成，魏忠賢為代表人物。此人實際執掌大明帝國，達八年之久。

這天晚上，侯方域、陳貞慧、吳次尾，直奔媚香樓，前往拜謁張天如墨寶。對創黨領袖的墨寶，侯方域等雖已拜謁多次，然每次必肅然起敬。之後，擁妓逍遙，設或行酒賦詩，方不虛此行。

酒深人乏，三位公子別過李貞麗。三人走出媚香樓時，夜色雖深，然秦淮河裡，笙歌依舊。他們走上文德橋，醉態中的吳次尾再次慷慨激昂：「現今九州處處，民不聊生，餓殍遍野，流賊肆虐，這秦淮河卻青樓林立，徹夜笙歌，處處彰顯盛世之景，成何體統？」

侯方域與陳貞慧相互攙扶，揮手道：「次尾兄，歇著吧。再說，便純屬自嘲了。」吳次尾無趣，見一隻敞篷船從橋下駛過，便趴在橋欄上，勾頭下探，一位歌妓衝他一笑：「公子下來？」吳次尾醉意隆隆，擺了擺手：「哥哥今夜已飽享豔福，明晚吧。」說著，搖搖晃晃，追上侯方域與陳貞慧。

三人下得文德橋，侯方域乜斜柳如是的窗子，那裡黝黑而安靜。正落寞寡歡，那扇窗突兀亮起，令侯方域心跳不一。夜色中，商哥自燈影裡閃出，嚇三人一跳。商哥默然不語，攙侯方域上樓。吳次尾與陳貞慧相攙，打趣道：「這就是侯兄帶書僮出來的好處。」陳貞慧嘿嘿一笑：「這叫有得有失。」說著，也上樓歇息去了。

倒是那侯方域，坐臥不寧，一會兒起床，說是鬧肚子，去茅房；一會兒起床，說是胃疼，還去茅房。那茅房在天井西側，侯方域下樓，即可直抵。然他總是踉踉蹌蹌，往冒辟疆房間方向走，到頭東拐，依次路過冒辟疆、陳貞慧、吳次尾、柳如是門口；到頭北拐，再拐，繞一大圈，方下樓去茅房。商哥看破少爺隱情，卻佯裝不知。

這其中一回，侯方域下得樓，並不去茅房，而是直奔房東住處，叩門聲聲急促。房東披衣開門，端一盞豆油燈，略照了照面：「喲，是侯先生，這麼晚了，你還未睡？」侯方域道：「明天冒先生回如皋，他那間臨河的房子，我預訂了，千萬不能給人。」房東道：「侯先生准是有酒了，這話你回來時，就已說過，我一準給你留著，又不是一天的主顧了，我能跟你開玩笑嗎？沒別的事，我扶你上樓。」侯方域一揮手：「不用不用。」遂歪歪倒倒，上樓回到自己的房間。

商哥另眼少爺，侯方域不予理會，剛上床，又說肚子鬧得慌，再次爬起。依舊是前幾趟的路數，在茅房門口打個晃，復又上來。這回，商哥忍無可忍：「少爺，你是鬧肚子，還是鬧心？」說得侯方域不堪，他只好倒頭大睡。沒多大會兒，雞叫頭遍。冒辟疆在侯方域房門口叫了幾聲，總沒動靜，也不便再打擾，與小六去了桃葉渡。陳貞慧、吳次尾搭手提著行李，一路送到渡口。待冒辟疆主僕的船駛離視線，這二人才戀戀不捨，回到河房。

一早起來，房東把冒辟疆的房間收拾乾淨，過來喊侯方域。喊了好一陣，不見動靜，便下樓忙別的去了。等到太陽高高爬起，那侯方域與商哥方才醒來。侯方域跳下床，推窗一看：「完了完了，恁高的太陽，冒兄早去的沒影兒了。」於是，嘴裡嘰裡咕嚕埋怨著商哥，跑到冒辟疆住過的房間一看，門鎖著。到陳貞慧房門前，一推就進去了。陳貞慧正寫家書，見侯方域進來，起身讓座，把冒辟疆走的情形說了一遍。侯方域再三再四的遺憾，說臨別未能與冒辟疆見一面。吳次尾聽到這邊唉聲歎氣，便走過來安慰侯方域：「多大的事，什麼時候想冒兄了，你我結伴去趟如皋不就是了。」

大家正說著話，房東進來，對侯方域笑道：「昨晚侯先生為房子的事，急得跟什麼似的，這會兒倒沉住氣了。」說完，把冒辟疆那間房的鑰匙，交給侯方域。侯方域難為情道：「昨夜我是不是出醜了？」房東安慰道：「不出醜，那還叫年輕人嗎？」說完就走。侯方域追出去：「等我搬完行李，就讓商哥把那邊房門的鑰匙還給你。」房東手扶迴廊欄杆道：「你不說我還忘了提醒你，這邊的房子，每月可是多一兩租金的。」侯方域道：「這我知道，等一會兒，一併叫商哥給你送去。」隨後，侯方域與商哥便把行李搬到臨河的房間來。

第四章

過了兩天，侯方域、陳貞慧、吳次尾相約，就秦淮河邊，漫步放情。商哥提壺抱盞，跟在後面，牢騷滿腹：「大熱的天，跑到河邊喝什麼茶。切！」額上汗珠，流到嘴角，一股鹹腥味，令商哥愈加焦躁不安。

三位公子漫無目的，走著走著，陳貞慧突然道：「這南京，至為膩歪，我還是回宜興好了。」侯方域聽了，悶悶不樂道：「不多久，才走了辟疆兄，你再一走，就剩我和次尾兄了，早晚也得打道回府。」吳次尾提神道：「二位真掃興。走，酒樓喝酒，去去晦氣。」說罷，拉了侯方域、陳貞慧便走。

商哥追了幾步喊道：「幾位公子，去那花花地兒不帶著我倒也罷了，去吃個飯也這麼避諱得慌嗎？」吳次尾回頭笑道：「商哥，哪有你這麼多廢話，跟了去不就是了？」商哥擺出一副無奈樣，說道：「難不成，讓我帶著茶壺茶盞去人家酒樓？」侯方域不耐煩道：「你送回河房不就結了。我們就在老地方，記住鎖好房門。」商哥樂顛顛的，掉頭跑回河房，一陣瞎忙，折頭去了酒樓。

幾位公子椅子尚未坐熱，商哥便氣喘吁吁趕到。吳次尾逗弄道：「一說吃，商哥的腿都變長許多。」商哥用袖子擦了把額頭上的汗，乜斜一眼吳次尾道：「切，也不見『刺蝟凶』的腿有多短。」吳次尾一瞪眼：「嘿，這小子從不嘴軟，你有個上句，他必然還你一個下句。」說著，過來揪起商哥的嘴唇：「你這嘴屬什麼的？哦，想起來了，鴨嘴。」商哥擋開吳次尾的手：「呸呸，『刺蝟凶』手上有股臊味。」吳次尾臉一紅，敗下陣來，搖頭不語。

彼此趣逗著，落了座。商哥依舊坐在席外的長凳上，眼卻死死盯住跑堂小夥計。那小夥計原地打轉，如何也看不到自己的屁股，遂對侯方域急道：「侯公子，你家書僮有毛病呀？每回來酒樓，他就盯著人家的屁股，往死裡看，看得直讓人不知如何走路。」又對商哥道：「也不知你看個什麼，我屁股上有花兒？」商哥急道：「你屁股上長眼呀？」那小夥計道：「你屁股上才長眼。」商哥道：「你屁股上不長眼，怎的知道我看你？」小夥計道：「你就是看了。」商哥道：「你不看我，怎的知道我看你？」小夥計啞口無言。

侯方域起身安慰那小夥計道：「就當他不在這兒，你不就沒事了？」小夥計道：「就是一坨鳥屎，我都放不下，何況這麼一大坨人呢。」商哥起身怒道：「你罵人！」小夥計道：「罵你怎的？」侯方域惱道：「這就是你的不對了，當心我去告訴你老闆，扣你月錢。」那小夥計立時打蔫，垂頭而去。侯方域一指商哥：「你也不是省油的燈，好好待著吧。」

陳貞慧拉了拉侯方域的袖子：「坐下坐下，那都是孩子跟孩子打嘴仗，跟他們置什麼氣。」侯方域坐下，菜已點畢，無非雞鴨魚肉，紹興老酒。三杯酒落肚，侯方域道：「兩位仁兄，小弟有個想法悶在肚裡，一直想跟你們商量，不知使得使不得。」陳貞慧無精打采，只略看了看侯方域，無話。倒是吳次尾，見機把話接過來：「有什麼使得使不得，侯兄說說何妨？」

侯方域定了定神，繼續道：「兩位仁兄，把話往大了說，我也算是天南地北跑過的人，北京那也算大，可總覺不及南京解風情。因此我想，南京花樓無算，戲班百餘，這麼多做旦角、歌妓的，一向並無優劣前後。我等在桃葉渡做個選麗盛會，什麼翠館媚樓，什麼戲行劇班，叫他們都來參選。南京物華天寶，名流雲集，屆時請了文藝行的老師，一一點評，把那色藝雙馨者，弄個排行榜出來，貼在大街小巷，為她們彰彰名。那選中的，也不白為她出名，讓她們每人出幾個小錢，怕也是情願的。」

陳貞慧聽罷，立時站起，先是來回踱了幾步，然後跑過來，拍了拍侯方域的肩道：「人每說侯兄有才，我看這一件，非大才想不出！不過，這麼大的盛會，選中的姑娘們事後才出幾個小錢，這籌辦的銀子也不在小數，如何去籌畫？」侯方域起身，扶著陳貞慧的肩道：「這自不用你等操心，小弟此次來京鄉試，特地多帶了點銀子，以備急用。因一向省著，怕也還有個百把兩，想來夠用了。」說完，轉臉對商哥道：「你說是不？」

商哥把臉一抹：「是倒是，可這錢是家裡人給你急用的，怎敢擅自拿去選什麼美？再說了，美就是美，醜就是醜，豈是選出來的？切！」侯方域正色道：「你懂什麼美與醜！」遂請陳貞慧回席入座。吳次尾隨之舉起酒杯：「什麼也不用說，單單這用意就了得。來，滿飲此杯。」侯方域、陳貞慧舉杯，三人同聲道：「滿飲此杯。」把脖一仰，皆乾了個滴酒不剩。商哥一臉不屑，嘴裡狠狠蹦出一個「切」字。

吳次尾又道：「侯兄此意，乃天下第一盛舉。即如此，那上了排行榜的，何不多討要她們一點東西？比如詩扇一把，荷包一對。」侯方域拍腿，陳貞慧晃頭，連呼「才子呀才子」。吳次尾紅著臉，舉杯道：「這不過是拾侯兄之牙慧，也值得你等這麼誇我？再誇，我可要跳進秦淮河涼快去了。喝酒喝酒，祝我等馬到成功。」商哥走過來，端起一盞茶，以茶代酒：「也罷，這活兒要成了，少不了讓咱大飽眼福。」侯方域把眼一瞪，未語，先就被吳次尾止住：「聖人都說，食色，性也，況你我凡夫俗子。」商哥衝吳次尾一挑大拇指：「還是吳公子善解人意。」說完，喝了口茶，一邊埋頭吃他的飯去了。

待酒足飯飽，幾位公子回到河房，便乘興計畫起來，何時張貼告示，何時買帖、寫帖，何時派人給文藝行的老師送聘書，何時請人搭建舞臺，何時鳴鑼開場選麗，何時張貼選麗結果，誰又擔當哪一項，一一寫在紙上，照著計畫，按部就班的行事。這其中最要緊的，當為定奪點評師。三位公子抓耳撓腮，搜腸刮肚，想一個，落紙一個；列畢，舉凡八人：阮大鋮、嚴不素、我敬梓、柳敬亭、蘇昆生、丁繼之、沈公憲、張燕築是也。

名單列出，陳貞慧犯難道：「這些名家，當真能捧場，咱這件善舉，定馬到功成。然我等公子哥、書呆子，請得動這幾尊神嗎？尤其頭一位，阮大鋮阮老爺，莫說南京，全大明，那也是首屈一指的戲曲大家。」侯方域亦憂心忡忡道：「貞慧兄所言極是。」吳次尾不以為然道：「方起意向，悲從何來？事在人為。」

吳次尾遂又想起什麼似的，對侯方域道：「唉，侯兄，據我所知，你還算是阮大鋮的年侄，你出馬相請，怕不會遭拒吧？」侯方域道：「話是不錯。次尾兄不也是阮大鋮同鄉嗎，聘書請不來他，你我就雙管齊下，不怕他不來。」吳次尾道：「這話在理。再說，那文藝行名家，個個也都是肉體凡胎，也得吃喝拉撒睡。先把聘書下了，再下結論不遲。」侯方域心領神會：「對對對，還是次尾兄高瞻遠矚。」陳貞慧也力加附和：「不是次尾兄提醒，我等倒把自己帶陰溝裡去了。那就先下聘書。」

幾位公子，先就把聘書寫好，後尋一南京小夥計，陪商哥同去下聘書。商哥走後，幾位公子快馬加鞭寫告示。待商哥送完聘書回到河房，三位公子的房間裡，已鋪滿選麗告示。商哥吃驚道：「這都張燈了，如此多的告示，我和一個小夥計，如何張貼得完？」

侯方域直起身，反手捶了捶背道：「誰讓你等現在就去張貼？這是明天的活兒。你倒是說說送聘書的事，都送到了嗎？」陳貞慧、吳次尾也趕忙收筆：「是呀，你快說說，這事關成敗。」商哥大咧咧，故意做出漫不經心的樣子，說道：「喜憂參半。」侯方域急道：「不要吞吞吐吐，你就直說，怎麼個喜憂參半。」商哥依舊不緊不慢，他走到案几前，提起茶壺，為自己倒了一盞茶：「渴死我了，先喝盞水。」咕嘟咕嘟，喝了個底朝天。見狀，吳次尾搖頭道：「嘿，你小子幹屁大一點事，倒擺起譜來了。」

商哥默默的，復又倒了一盞，遞給身後那位南京小夥計，然後才道：「吳大公子，我幹的事屁大，你幹嘛急著聽？切！」侯方域急得直跺腳：「休得無禮！」商哥這才把正題來說：「這喜憂參半嘛，喜者，那柳敬亭、蘇昆生、丁繼之、沈公憲、張燕築這幾位先生，都在阮大鋮阮老爺的石巢園裡做門客①，一網打盡，省得跑腿了；憂者，那阮老爺婉言謝絕，不過他倒贊成門客前來捧場。」

陳貞慧急不可耐地問道：「另外兩位老師呢？」那南京小夥計搶話道：「我敬梓老師，把他的大腿拍得劈刺劈刺直響，說有了這件盛舉，南京不再寂寞。所以，便爽快答應了。倒是野雞巷住著的嚴不素老師有些那個。」吳次尾道：「有些哪個？」

商哥把話接過，一本正經道：「幾位公子見過嚴老師嗎？」吳次尾道：「我等對他都是只聞其名，未謀其面。」商哥噗嗤一笑：「嘿，嚴老師那可有的一看。」侯方域就知道後面沒什麼好話，特地提醒道：「不許嘴損。」商哥一挺腰板：「我商哥何時損過人？但凡我嘴裡說出來的，無不實話實說。」侯方域煩道：「嘚嘚，快

① 門客，也叫做清客，最早出現在春秋時期，楚國的春申君、趙國的平原君、魏國的信陵君、齊國的孟嘗君，都養著大批的門客（多則數千人）。門客的身份很複雜，不好一概而論。權貴之人收養門客，標準只有一個，為我所用即可。阮大鋮家的門客，純屬藝人，彼此之間，為雇傭關係。阮大鋮聘請柳敬亭等演藝圈名人，是為壯大私家戲班，賺取更大經濟利益。別無他圖。

說就是。」

那商哥哼哈擺了個動作，以示他的話正經，不容質疑。吳次尾看不慣，乜斜商哥一眼，極不耐煩的等他道來。陳貞慧臉色急迫，洗耳恭聽下文。商哥道：「嘿，那嚴老師胖如肉球，頭大如鬥，花白的頭髮，尖尖的嘴，說話齉聲齉氣，仿如大官。」吳次尾仿商哥語氣，「切」了一聲：「就這些？」商哥撇嘴道：「吳公子以為哩！那嚴老師一聽說選麗，原本昏花的一對小鼠眼，立放綠光，他就像一隻發情的老狐狸，急著追問何時打擂臺哩。」侯方域閉著眼，咬著牙，跺著腳：「醜話連篇，醜話連篇！」吳次尾一擺手：「行了，這事成了。」侯方域趕緊掏了些碎銀子給商哥：「快帶小夥計去下館子。」商哥走罷，屋裡復靜。

不日，選麗告示，被商哥和小夥計，貼遍大街小巷，一時轟動南京。張貼告示當天，商哥忙裡偷閒，悄悄把一張告示，塞進柳如是的門縫。那當爾，柳如是正窗下讀書，聽到紙張與木門的摩擦聲，便放下書，去看個究竟。恰時，一張告示便飄然至腳下。柳如是撿起來，看罷內容，意外不能言表。

此時此刻，柳如是很想開了門，看是何人所為，卻又邁步窗前，急不可耐地端詳起那告示的內容來，直看得她滿面緋紅，心房作響，乃想：「幸虧今早誤了去常熟的船，若不然，與這樣的盛舉豈不擦肩而過？這樁盛舉，原是隔壁公子們的傑作，果然都是些能成大事的人。那麼，又是誰把這告示塞進來的呢？想來，定是那個頑皮可愛的書僮了。」想到這兒，柳如是的臉頰複上一層桃紅。感到手裡有些異樣，便舉起猶如粉白小花卷的拳頭，展開一看，手心裡的汗，早已浸滿掌紋。

再說侯方域等公子，自告示貼出，他們房間的往來者，便絡繹不絕。問詳的，投名的，請托的，綿延不絕。有位牛先生，出銀百兩，為一女孩請托，不求頭名，但求榜上有名。侯方域與陳貞慧、吳次尾聞言，一時愣怔不語，沒了主意。

牛先生端詳半天，問道：「怎的？幾位先生還怕錢咬手？」侯方域趕忙站起，對牛先生一拱手，說道：「不是這個意思，這不是沒有先例嘛。」牛先生略拱了拱手道：「自我這兒開始，先例不就有了？幾位先生的這樁盛舉，之前不是也沒有先例嗎？你們破例搞了個選麗大會，我又破例為自己的選手打點，以後誰再搞選麗大會，今天你我的破例，就是日後的成例。為後人開路，豈不快哉！」吳次尾亦站起，對那位牛先生道：「先生說得極是。不過，這事還得容我等商量商量，你不妨先回避一下。」牛先生道：「好哩，我先去喝盞茶，一會兒過來討回話。」說完，揚長而去。

牛先生腳前走，房東腳後進來：「幾位公子，你們這活兒幹得可不賴，但有一樣，我這河房來來往往的人，比平時不知增添了多少。說句不中聽的話，這幾天，直是擠壞門框，踏平門檻，還帶累生意。這都是眼見的，不打半句誑語。」侯方域趕緊近前賠不是：「東家的意思我們全都明白，這不剛才還商量這事來著。」說著，從身上摸出二兩銀子塞給房東：「東家，這點意思你先拿著，我等把活兒幹完了，好歹還有表示。」房東接了銀子，把背謙遜地微微一弓：「我不過是過來說說，你們就這等客氣。那我就不打擾各位了，你們忙，你們忙。」一邊說，一邊退出房間。

送走房東，侯方域見商哥神經質地瞅著他，便老大不自在，遂找了點事，把他支開。侯方域掩了房門，對陳貞慧、吳次尾道：「兩位仁兄快坐。」三人落座，侯方域喜道：「不想，這動靜鬧大了。」陳貞慧激動得面頰潮紅：「一切皆出所料。尤為奇者，竟有為此壓金買名的。」侯方域接話道：「說的就是。比如那牛先生的銀子，咱是接，還是不接？參與點評的老師，你說服說得了其一，卻說服不了全體。這投名的，眨眼過百。你說這南京，文藝行甚為了得。」

吳次尾歎道：「不成想，這也是賺錢的行市。愚之見，接了那銀兩。我等給每位點評師一兩銀子，把內定上榜者的芳名寫給他們，令其高抬貴手，豈不兩便？」侯方域一拍桌子：「倒是一個好辦法，那就接了牛先生的銀子吧。」

不大工夫，牛先生回來，開門見山道：「幾位公子可有個準話？」侯方域笑臉恭迎道：「那就請先生把名字寫下來。」牛先生喜道：「也還算痛快，畢竟錢不咬手。」於是，在一張紙上寫下「向煙月」三個字。然後，撂下一百兩銀子，樂呵呵走了。吳次尾在心裡默念道：「向煙月，嗯，好個纏綿的名兒。」

三位公子正喜形於色，隔壁的柳姑娘走進來。直到柳如是留下芳名，走出房間，三位公子，尤其是侯方域，還如夢裡一般。待彼此醒過神來，陳貞慧見侯方域面前的紙上，已寫滿「柳如是」，「向煙月」三個字，早已行跡難辨。陳貞慧吃驚道：「侯兄，你這是?剛才那位牛先生留的名兒，一個筆劃也不見了。」一句提醒吳次尾，也把頭伸過來，看得呆若木雞，遂自言自語道：「滿紙盡著柳如是。」侯方域也大驚失色：「我這是？」一臉的疑惑。陳貞慧急得抓耳撓腮，腦門上青筋暴突：「剛剛牛先生寫的那三個字，叫做什麼來?大家快快想來，不然，人家那百兩銀子就沒法交待了。」

吳次尾不緊不慢道：「也用想嗎？叫做向煙月的罷。」接著話鋒一轉，言語上就帶了些許的醋意：「只是侯兄的行為，怪異得讓人摸不著頭腦。」侯方域解釋道：「想來，柳如是這個名字，非凡得讓人不能自己。所以，侯某才如此失態。見笑見笑。」吳次尾不以為然，遂又旁敲側擊道：「名兒固如是，可那美人兒，才是讓人不能自己的根源。」陳貞慧打趣道：「次尾兄不自覺的，就把人家姑娘的芳名入話了。可見倆情種，難分伯仲。」

侯方域卻依舊在那裡一本正經地自說自話：「這正說明那名字的非凡。可惜可惜，她竟然沒和我等多說一句就走了。」吳次尾心想：「這書呆子，刺他的話，都聽不進。」想到這兒，走過來，拍了拍侯方域的肩道：「侯兄何不借此過去，跟柳姑娘搭訕幾句？」侯方域正色道：「君子取色有道，哪能有悖倫理綱常。」把吳次尾說了個沒趣兒。

正說得熱鬧，媚香樓的鴇母李貞麗，裹帶著一身脂粉香進來：「公子們這幾天忙昏了頭，可還有空閒想得起媚香樓裡的人來呢？」吳次尾趕緊搬把椅子請李貞麗坐下：「這說哪裡的話。」侯方域忙去倒茶，陳貞慧則忙遞摺扇。李貞麗被恭維得，滿臉燦若牡丹。侯方域遞給李貞麗一盞茶，遂問道：「貞娘也來選麗？」李貞麗嗔怪道：「怎麼，嫌我老了？」侯方域解釋道：「貞娘雖說二十幾的年紀，可看上去，也就十七八，不然貞慧兄哪能天天把貞娘掛在嘴邊？」李貞麗拿摺扇打了侯方域一下：「就你嘴巧。實話告訴你們吧，不是我要來選，我是替孩兒李香君來報名的。」

三位公子不知所云，陳貞慧道：「貞娘莫非跟我等也隔著肚皮？何曾聽你說過有什麼孩兒李香君？」李貞麗笑道：「下個月，咱這孩兒方滿十五歲，太小不是。」侯方域醒悟道：「正所謂，養在深閨人未識呀。」吳次尾詭異的看了看侯方域，遂譏笑道：「侯兄又多了件掛心事。」李貞麗摸不著頭腦，看看這個，又看看那個：「吳公子說爪哇話呀？」三位公子不予解釋，一笑了之。彼此又說了些閒話，李貞麗把李香君的名兒落在紙上，即回。

第五章

柳如是投名回來，突聞門外一陣雜亂的腳步聲，以為有人要來，忙去開門，卻見房東引路，自門前而過。一位儒雅的老者，在僕人簇擁下，緊隨房東。但見那老者：白髮黑鬚，鼻直眼睇，人瘦臉黑，個高健碩。他頭戴方巾，腳蹬珠履，一身藕色莽絨陽明衣。

一行人在隔壁帶套間的門前停下，房東落鎖引入。柳如是滿眼生面孔，遂把門帶上，回到窗前，看秦淮景色，卻心繫選麗。

那選麗告示說得分明：「參選者，唱唸做打，須備其一，多多益善。」柳如是心想：「些許要求，自己一應具備，但不知選個什麼題目，做些什麼課業，方不虛此舉。」因想著，回到桌前，拾起一本書，叫做《錢牧齋注詩》。想此書與選麗十萬八千里，搖頭一笑，丟到桌上。苦思冥想無果，復又抄起那本書，隨手翻到〈觀公孫大娘弟子舞劍器行〉一篇，但見錢牧齋注引到：「時有公孫家長女，善舞劍，能為〈鄰里曲〉及〈裴將軍滿堂勢〉、〈西河劍器〉、〈渾脫〉，妍妙皆冠絕於時也。」柳如是自言自語道：「就這個題目了。」

柳如是如釋重負，至窗前，長長送出一口

氣。時聞響聲，扭頭東望，入住的鄰舍，開窗通風。遂聽吩咐聲，滿耳皆聞常熟腔。沒錯，鄰舍那位老者，正是常熟錢牧齋。

說起這錢牧齋，那可是當世大名鼎鼎的一位大儒，其學問之淹博，無與倫比，什麼子、史、文籍與佛藏，無不爛熟於心。尤其他的詩上功夫，可謂是泛學唐宋各家，稱得上是博採眾長。他學杜甫、元好問的詩，以樹骨力；學蘇軾、陸游的詩，以行氣機；學李商隱、韓偓的詩，以運用詞藻與比興。時人是以尊他為詩壇盟主。

做為史學家，錢牧齋早年即撰有《太祖實錄辨證》五卷，其史觀頗具獨立的私人見解，故有「虞山尚在，國史猶未死」一說。虞山何也？錢牧齋乃常熟虞山人，時人每以其故鄉名諭之，是加倍敬重之意。做為文章家，錢牧齋名揚四海，號稱當代文章伯，更被稱為王世貞之後文壇最負盛名之人；做為收藏家，錢牧齋盡得劉鳳、錢允治、楊儀、趙用賢四家書，更不惜高價廣肆購求古本；做為政治家，錢牧齋卻是個不折不扣的失敗者。

當下的錢牧齋，因黨爭被貶，自北京回原籍常熟。錢牧齋途經南京，可謂是舊地重遊。現今他五十有六，當年那些秦淮佳麗，亦人老珠黃，物是人非。

私心而論，錢牧齋放意南京，最佳去處，莫過於老友阮大鋮家。年齡上，雖說阮大鋮比錢牧齋小幾歲，然兩人的經歷，卻頗多相似之處。大處說，兩人皆為名士，亦因黨爭而致政壇失足。當年，阮大鋮回原籍懷寧，在那裡一待便是十多年。後因流寇肆虐，阮大鋮舉家避亂南京，用積蓄買下南郊一座荒蕪的大園子。阮大鋮大號有三，曰：圓海、石巢、百子山樵，他就中取「石巢」，做園名兒，喚作石巢園。在此，阮大鋮潛心寫作，著書立說，收穫甚豐。為時人所樂道者，有《春燈謎》、《燕子箋》、《雙金榜》、《牟尼合》、《忠孝環》、《桃花笑》、《井中盟》、《獅子賺》、《賜恩環》、《老門生》等十餘種劇作，尚有一書，以其書房名命之，曰《詠懷堂全集》。

錢牧齋與阮大鋮，曾為朝廷命官，家底殷實。以錢牧齋而論，不必去看那田地、房產，單看他家裡上百的奴僕婢女，就知道，錢牧齋乃常熟數一數二的大戶。阮大鋮也不在錢牧齋之下，以石巢園而論，雖不能與晉朝石崇的金穀園比，也不能與南京徐達的東花園比，但那畢竟也是占地十數畝的花園，幾番規劃打理，那裡的景色，可謂是山水成趣，草木成林，鳥語花香，亭台樓榭，處處可觀，處處可戀。在南京，這石巢園也不是所有大戶可以嚮往的。

在石巢園，阮大鋮以其劇作天資，養著一個五十多人的私家戲班。在南京來說，這麼大的戲班，無論於公於私，阮大鋮獨一無二。尤其南京名角，如柳敬亭、蘇昆生、丁繼之、沈公憲、張燕築者，盡被阮大鋮收入園中。時人每論戲班，阮家必居金陵第一。言利亦了得，石巢園內開劇場，戲班出入官府、為老人祝壽、嬰兒抓周，皆紅利滾滾，少則百兩，多則數百兩。這阮家戲班，真乃一棵叮噹作響的搖錢樹。

這阮大鋮還有個好處，富而好禮，朋友有難，他皆慷慨解囊，從不吝嗇。倘逢知己，戲也送的，錢也送的；就是他的家裡，也住的。故而，相結甚歡者眾，如一代名士史可法、文震孟、張岱、范景文等，皆曾入得石巢園，與阮大鋮遊宴唱和。那錢牧齋好大的學問，又與阮大鋮最為相投，他途徑南京，若石巢園落腳，阮大鋮自是歡喜不一。錢牧齋所慮者，他一個被貶要員，顏上掛礙。是以租住河房，以圖清淨。

待收拾停當，已到晚飯時辰。從北京到南京，跋山涉水，一路困乏勞累，錢牧齋為犒勞僕人，特地去到就近酒樓，讓他們大快朵頤。因時尚早，吃飯時，太陽的餘暉，鋪滿餐桌。錢牧齋喜光，也就不與僕人論座次，他迎著餘暉坐下，一面小酌，一面半瞇著眼，盡享陽光帶來的愉悅。

吃飯時，滿堂的客人，無不談論選麗之事。錢牧齋有一搭無一搭，也聽得幾句。吃罷飯，天尚未擦黑，他讓幾個僕人回河房休息，自己背著手，在街上溜達，留心去看食客們說的那選麗告示。看罷，他感慨今之後生，比自己年輕時孟浪多了。不過，這也勾起他對風流年華的回憶，那些年輕漂亮的歌妓，也再次引起他的興趣，他要看看，選麗會是個怎樣的結局。

第六章

選麗那天，桃葉渡一側的岸邊，舞臺搭起，燈籠掛起，地毯鋪起，諸項齊備，不在話下。

說起這桃葉渡，倒還有個典故。說東晉王獻之[1]有個小妾，叫做桃葉。這桃葉與其妹桃根，往還娘家，就此乘舟，就此登岸。那王獻之每每相送於此，迎接於此，可謂是風雨無阻。桃葉回娘家，王獻之自是牽腸掛肚，難分難捨；倘那桃葉回來，王獻之喜之不盡，每每拉住桃葉的手，哼唱自編的戲詞，曰「桃葉愛妾配和諧」。那桃葉也是每每莞爾一笑：「這詞都唱過許多遍了，老爺就不興賦新詞？」王獻之笑道：「有了有了：桃葉復桃葉，渡江不用楫；但渡無所苦，我自迎接汝。」桃葉深為感動，亦賦詩一首，以示唱和，詩曰：「桃葉映紅花，無風自婀娜；春花映何限，感郎獨采我。」因了這段佳話，後人把這渡口，稱作桃葉渡。侯方域等在此選麗，可謂天和地美，風流無比。

所謂選麗，實乃才藝展演。舞臺尚未鳴鑼，南京已是萬人空巷，皆到桃葉渡看熱鬧來了。

桃葉渡何等熱鬧，暫且不表，且說侯方域、

① 王獻之（三四四－三八六），王羲之第七子，東晉書法家、詩人。

陳貞慧、吳次尾三位公子，正於後臺亂得不可開交。舞臺後，有間臨時搭建的大棚，用席子一隔為二，一間給麗人化妝，一間供點評師歇息。化妝間後門，是一茶館；茶館後門不遠處，是一茅房。吃喝拉撒，甚為便利。化妝間前門，直通舞臺一側，佳麗按抽籤順序，上臺展演才藝。點評師那間棚屋，則只有一道前門，直通街衢。

一切就緒，點評師卻遲不見蹤影。侯方域等正抓耳撓腮，商哥於棚架上看到，嚴不素由下人陪同，自人海裡往這邊擠。商哥隨之叫道：「嚴老師來了！」侯方域、陳貞慧、吳次尾順著商哥手指的方向看去，見一個大胖子，在下人的陪伴下，正揮汗如雨地向這邊擠來。

見嚴不素近了，商哥跳下來，拍了拍手上的灰：「嚴老師，你可來了。」嚴不素摸了摸商哥的頭，打趣道：「我可擠進來了。」商哥正要引介，侯方域止住道：「這裡人聲鼎沸，聽不真切，屋裡說話。」商哥遂做了個引導的手勢：「嚴老師，裡面請。」嚴不素毫不遲疑，逕直往棚屋內走去。商哥把嚴不素帶來的兩個下人扒拉開，往前一擠，緊隨嚴不素身後。侯方域、陳貞慧、吳次尾，亦魚貫而入。

進得棚屋內，侯方域等三公子，方細細打量嚴不素，各自會心一笑，心想：「這嚴老師，比商哥描摹得還困難。」正偷著樂兒，便聽商哥引薦道：「嚴老師，這就是侯方域侯公子。」轉手，掌引道：「陳公子和吳公子。」陳貞慧和吳次尾聽了，老大不快，心裡罵道：「兔崽子，介紹到我等，就只有姓了。沒想到，一個書僮眼裡，還分著三六九等哩。」兩人一邊暗自恨著商哥，一邊與嚴不素拱手施禮。

那嚴不素見了三位公子，拍拍這個的肩，捶捶那個的胸，捏捏這個的臉，一口一個「後生可畏」。三位公子皮笑肉不笑，暗自惱道：「這老傢伙，跑這兒倚老賣老來了。」但見嚴不素話頭一轉，指著身邊的兩位下人道：「引介引介，這兩位是我的徒弟，他叫畢有福，他叫畢有祿，是親親的哥兒倆，自小跟著我做事，現在也都是翳子一大把的人了。」

原本不為人所注意的畢氏兄弟，經嚴不素引介，立時引人注目起來。三位公子一瞧，更樂了，心想：「這畢氏兄弟，也各自長著一對鼠睛。難怪這師徒三人多年不棄不離，原是惺惺相惜啊。」三個公子忍住笑，與畢氏兄弟拱手。畢氏兄弟受寵若驚，滿臉堆笑，拱手還禮：「幸會幸會。」侯方域打了個請的手勢，嚴不素當仁不讓，先就桌前椅子上坐了。商哥趕忙上前，給嚴不素倒了一盞茶。嚴不素誇道：「這孩子眼裡有活，一看就是個機靈鬼。」商哥不好意思地撓撓頭，迎接別的點評師去了。

商哥出屋，迎面碰見柳敬亭、蘇昆生、丁繼之、沈公憲、張燕築，笑道：「幾位老師可到了。」柳敬亭略對商哥拱了拱手：「我等失禮，讓你們久等了。」商哥拱手施禮道：「不失禮不失禮，那嚴不素老師也是剛到。幾位老師進屋，我再迎迎人去。」商哥轉身走了。

柳敬亭回頭對蘇昆生等人道：「哎呦，這怎麼說的，倒讓嚴老師等我們，走，賠禮去。」說說笑笑，進了棚屋。眾人相見，寒暄打拱，亂哄成一片。柳敬亭頭一個跟嚴不素拱手施禮：「嚴老早。」嚴不素拿大，坐而不起，只略一拱手：「各位都早。」柳敬亭等也不計較，只一味的恭維，臉上掛著一團和氣。

彼此落座，喝茶，閒話，但嚴不素那肉墩墩的屁股，總不肯本分待在椅子上。一席之隔的佳麗們，讓他心神不定，他忽立忽坐，或屋內踱步，甚至扒開席縫，窺探佳麗。吳次尾忍了幾忍，還是火頂腦門，上前勸道：「嚴老師，等一會兒，你老台下看個夠。」嚴不素把眉一立：「女人嘛，就是給爺們看的。我這會兒過過目，台下好打分。」說完，氣呼呼回到桌前坐下。不到半袋煙工夫，嚴不素便催促道：「還不鳴鑼？」侯方域陪著小心道：「嚴老師，你老再擔待一會兒，我敬梓老師已經到河對面了，無奈人太多，擠過來費勁兒。」正說著，商哥滿頭大汗跑進來：「侯公子，我老師總算到了。」

商哥話音未落，我敬梓著一身鮮衣進來，他與柳敬亭、嚴不素等皆為舊識，彼此拱了拱手，算是打過招呼。不等人引介，我敬梓抿了抿八字鬍，便急著問道：「哪位是侯方域侯公子？」侯方域自我引介道：「晚輩正是。」侯方域原本要引介陳貞慧和吳次尾，然我敬梓不給空兒，對侯方域讚不絕口：「年輕有為啊你，年輕有為啊你！」接連重複了多遍。陳貞慧和吳次尾很是吃味，心想：「大家一起做事，現在卻惟顯侯方域一人之能，算回什麼事。」心雖不樂，但面兒上，還得假裝無恙。

然那侯方域被我敬梓一番恭維，方寸失整，引介陳貞慧和吳次尾一節，忘到腦後，直接道：「幾位老師先請坐，選麗盛會即將鳴鑼，晚輩這裡還有一事相託。」我敬梓也不坐，說道：「侯公子有話，直言無妨。」嚴不素坐著，雙手抱於胸前，雖有幾分拿大，也盡力附和我敬梓：「就是，年輕人不必拘禮。」

侯方域滿臉堆笑，從寬袖裡拿出七封紅帖，正要一一分發，卻被我敬梓止住：「侯公子何意？聘書沒有下第二回的道理。」侯方域解釋道：「我老師誤會了，這每封帖子裡，裝了一點謝儀。今天的麗人裡，有位向煙月，還望各位老師行個方便。姑娘的名字，就寫在帖子上。拜託拜託。」

我敬梓聞言，登時而怒：「你這不是公然褻瀆我等嗎？侯公子，老夫敬你等後生鄉試時，勇抨時政，不想，小小年紀，卻染上官場陋習。我大熱天跑來，是為接受你等褻瀆的嗎？」我敬梓把話重重一撂，轉身幾步，到得門口，猛一挑簾，走了。我敬梓的身影，很快隱沒於滾滾人海之中。棚屋內諸人，面面相覷，不知如何是好。

半晌，嚴不素送出一口惡氣，手指門外怒道：「這個我敬梓，全南京就他這一號。你們瞧瞧，姓什麼不好？他偏偏姓『我』！這啥意思？就是我行我素『我』字當頭。此老所到之處，賣弄一個『我』字，突出一個『我』字。明是一個自私小人，卻假扮清高。好像這南京，只有他一人是正人君子。叫老夫看，他這是沽名釣譽。他以為揚長而去，就能襯出我等之不義。可笑！今天這謝儀我拿定了。不僅我拿，咱大家都要拿；那不拿的，才是偽君子。」柳敬亭聽了，抹了一把額頭上的汗，呆呆的，一言不發。蘇昆生、丁繼之、沈公憲、張燕築顧及廉恥，皆把頭低下，不敢與人對視。侯方域、陳貞慧、吳次尾目光散亂，無處附著。

嚴不素神情不堪，卻強顏歡笑，從侯方域手中接過一封紅帖。見柳敬亭、蘇昆生等木然，嚴不素從侯方域手中接過所有帖子，一一分發於他們：「都拿著，不拿就中了我敬梓那小人的圈套了。我等大大方方拿謝儀，光明正大拿謝儀，不啻真君子也。」

柳敬亭等接過紅帖，見上面寫著「向煙月」三個字，便知是自家主人手腳，一個個心下了然。侯方域等公子，感念嚴不素解圍，對他深鞠一躬：「多謝嚴老師圓場！」遂又道：「那就請各位老師到台下入席，選麗盛會這就鳴鑼。」

嚴不素把謝儀往寬袖裡一揣：「幾位先生，隨我到台下去吧。」於是，一字排開，魚貫來到舞臺下的八仙桌前就座，那裡早已擺好上等的茶食，以及美酒佳餚。臨近還有一桌，那美味佳餚，有過之而無不及。但見得，桌前坐著一位肉球似的闊少，歌妓美女，圍坐了一圈。嚴不素認識，趕忙走過去，衝那闊少深鞠一躬，笑道：「徐爺，你也湊熱鬧來了。」那闊少一撇嘴：「什麼話。」嚴不素面有尷尬，自我解圍道：「徐爺你坐，我不打擾了。」然後轉身，落落寡歡地回到自己那一桌。

柳敬亭因沒看清嚴不素跟誰說話，便悄聲問道：「何人如此怠慢嚴老師？」嚴不素氣悶，裝聾作啞，沒有回答。蘇昆生拽了拽柳敬亭的衣襟，壓低聲音道：「不是徐青君，還會是誰。瞧他那身行頭，一年四季，不分時候，披鶴氅、著綸巾，把自已當神仙了。」柳敬亭把嘴一捂，心想：「徐青君？那可是南京城有名的惡少……」遂埋頭不語。

時間不大，選麗開始，嚴不素、柳敬亭等情隨事遷，把剛剛的小不愉快，忘到腦後。時見商哥，提一面銅鑼，大搖大擺，走到舞臺中央，「咣」的一聲鑼響，隨即昂首挺胸喊道：「選麗盛會，現在開始！」說完退下，一位老伯旋即而上，引得台下一片哄笑。那徐青君站起喊道：「選麗還是選老頭？」其他人跟著起哄道：「下去下去下去！」商哥返回，把鑼一敲，台下複靜。商哥道：「各位有所不知，這位老伯乃今天這場盛會的司儀，多多包涵。」言畢而去。

司儀抱拳，向台下拱手施禮：「各位老少爺們，你多捧場。今天的出場順序，乃抽籤所定。第一位出場的，叫做賽桃葉，她為大家彈唱一段《秋夜曲》。」司儀退到舞臺一側，遂見一小女子懷抱琵琶，光鮮照人地走到舞臺中央，就一把椅子上坐下。她向台下微微點了點頭，隨即彈起琵琶，唱起《秋夜曲》：

桂魄初生秋露微，輕羅已薄未更衣。
銀箏夜久殷勤弄，心怯空房不忍歸。

賽桃葉把王維的這首詩，反覆彈唱了三遍，每遍的曲調各有不同。唱罷下去，台下方掌聲四起。隨後，接連數位佳麗，或演或唱，平淡無奇，下面噓聲一片。商哥跑上舞臺，把鑼狠狠敲了幾敲，台下這才鴉雀無聲：「你等是來看的，還是來鬧的？」台下的徐青君拍案而起：「黃毛小子，休得在此撒野！」商哥見狀，知道碰上頑主，賠笑道：「這位爺，我是說，下面有場好戲。這麼鬧騰，怕誤了各位的眼福。」

徐青君揮袖怒道：「那你還不快快滾下去，讓美人上來！」說完坐下，靜待好戲。商哥低聲罵道：「衣冠禽獸！」遂走到舞臺一側，悄聲對司儀道：「還不快點引介下一位！」司儀猛醒，小心翼翼的往舞臺正中挪動了幾步，說道：「下一位叫作柳如是，她的與眾不同之處是，她為大家獻一出劍舞。」說完，疾步而下，與商哥一同躲到幕後。一曲渾厚的古樂，隨即響起。

柳如是腰佩寶劍，上得台來。台下觀者，莫不驚訝。那柳如是怎生打扮？但見她：淡紅衫似明霞剪，縞素裙兒秋水截；青雲上髻盤百縷，碧月充作耳邊璫；超凡脫俗疑為仙，別有風情是俠女。

柳如是英姿亮相，遂取下腰間寶劍，便輕輕舞將起來。初時招式，嫋嫋婷婷，就如蜻蜓點水，燕子穿花；後而鑼點密，步子緊，柳如是手中那口寶劍，寒森森似一條白龍，上下翻騰；再後至極，便不見來蹤去影，惟見颼颼冷氣寒光閃。嚴不肅、柳敬亭等點評師看得眼花繚亂，拍手稱好。徐青君更是按耐不住，起身喊道：「美人，你是金陵第一！」柳如是方寸齊整，一邊舞劍，一邊吟唱道：

昔有佳人公孫氏，一舞劍器動四方。
觀者如山色沮喪，天地為之久低昂。

唱罷，抽劍指天，樂止舞停，台下頓時歡聲雷動。

有話則長，無話則短。這選麗盛會，一直喧騰到張燈，桃葉渡依舊是人頭攢動，挨擠不開。桃葉渡四周，秦淮河兩岸，那無數的燈籠漸漸亮起，傳統的紅燈籠，現代的明角燈，高低錯落，照耀如畫。觀者形形色色，或坐或立，趴在窗前的，爬上樹梢的，站在條凳上的。岸上無處立腳，更有租了船，在河上聽的。聽到妙處，一樣的齊聲喝采。到選麗結束時，東方已泛白，觀者方感疲累，一個個呵欠連天散去。那柳敬亭等，趁早趕回石巢園，稟報阮大鋮道：「咱家向煙月已內定榜上有名，老爺勿慮。」阮大鋮聽了，開懷不已。

選麗會上，走的走，散的散了，獨那嚴不素依舊精神旺健，愣是就近開房，逼柳如是陪房說話。商哥聽罷，立眉怒目道：「我說嚴老師，那柳姑娘可是我家少爺的心上人哩。切！」侯方域急得面紅耳赤，正要解釋，嚴不素道：「怪直怪老朽失察，原來柳姑娘已是名花有主。那老夫就不奪愛了。把李香君給老夫解解悶，總可以吧？

不要說，這丫頭也有了主兒。」

商哥怒道：「李香君家就在河對岸的媚香樓，我這就給你老說親去。」說完即去。嚴不素不耐煩道：「幾個後生這是卸磨殺驢呀，我這裡給你們撐面，把麗都選了，臨了，老夫解個悶都不行，成何體統！」侯方域不敢多言，倒是吳次尾話頭特衝：「嚴老師，咱這是選麗，不是選妓。」嚴不素擊案罵道：「老夫好歹也是一代大儒，懂得字眼之異。什麼選麗選妓？幾個乳臭未乾的小子，竟跟老夫玩字眼。麗妓何分之有？這選麗會上，有幾多不是妓者？既然是眾妓參選的盛會，這不是選妓又是什麼？自古妓女就是陪爺們玩的，老夫辛苦一場，玩個把榜上麗人，有何不妥？」侯方域解釋道：「嚴老師，不是這個意思……」嚴不素把眉一挑：「是哪個意思？」

當其時，商哥汗流浹背而回，沮喪不言。嚴不素厲聲道：「結果如何？」商哥臉紅脖子粗道：「我去提親，那李香君只說了一句。」嚴不素急切道：「哪一句？」商哥脫口而出：「老不要臉！」嚴不素把巴掌拍得啪啪直響：「她，她一個紅塵女子，也有資格說誰要臉不要臉？她要臉為什麼還要墜落紅塵？啊呸！」商哥道：「李香君還有話。」嚴不素拍著桌子道：「你不妨一氣說完，我氣不死的。」商哥道：「李香君說，那老不要臉的肯定會說，『她要臉為什麼還要墜落紅塵』？你代我告訴他，墜落紅塵的未必不要臉，那所謂的正人君子，未必要臉。」嚴不素氣得直翻白眼，畢氏兄弟灌湯灌水，怕有閃失。

陳貞慧跑進來：「嚴老師消消氣，這裡還有一位卞姑娘，是我們半路給攔下的，就讓她陪你老人家說說話？」嚴不素臉色轉暖道：「也罷。」陳貞慧一招手，卞玉京扭扭捏捏走進來，攙嚴不素走出棚屋。走了幾步，嚴不素回頭對畢氏兄弟道：「你們跟來幹什麼？對面就是舊院，你哥兒倆就去那裡樂樂吧。過兩個時辰來接我回家。」畢氏兄弟聞言，眉飛色舞，飛一般去了舊院。

過了一天，夫子廟大門一側張出排行榜來，

共取了八名，按得分多少，名次如下：柳如是、李香君、陳圓圓、董小宛、顧橫波、寇白門、卞玉京、向煙月。好事者把秦淮八豔入詩，道是：

如是香君叩白門，圓圓橫波到玉京。
小宛不由入煙月，夢醒時分一場空。

那牛先生再次登門造訪，感謝侯方域等成全好事。遂又說了幾句客套的話，撂下二兩金子作為謝儀，一拱手：「後會有期。」走了。你道這位神龍見首不見尾的牛先生何許人也？他正是阮大鋮的管家牛耕地。他不予自明身分，幾位公子自然也不便多問；似乎也無需多問，畢竟錢可通神。侯方域接了牛耕地的謝儀，倒手送到銀匠店，添了些許銀兩，打造了一隻金杯，上刻「秦淮豔魁」四個字，擬頒予柳如是。其時，柳如是的房內，早已是人滿為患，往來者，無非達官顯貴，或親自登門造訪，或派人送來拜帖，大致的意思，是要結交這位神秘的豔魁。

說柳如是神秘，乃因南京花樓不曾見過她的身兒，舊院不曾見過她的影兒，突然就奪了秦淮豔魁，是以一鳴驚人。其實這柳如是，原出秦淮，只是懂事之後，即因家遭不幸，背井離鄉。今回南京，客居而已。不想，陌生的故鄉，卻用如此溫暖的方式擁抱了她。當她在人頭攢動的夫子廟前，看到自己取了頭名時，忍不住淚流滿面，一路跑回河房，掩門失聲痛哭。

排行榜張貼的當天，錢牧齋看了回來，興致百倍。秦淮八豔，錢牧齋一無相熟，但對柳如是卻銘記不忘。一者，柳如是乃八豔之魁；二者，「柳如是」三個字，實在不俗；三者，其他佳麗，在南京皆有固定居所，惟柳如是填為「某某河房」。錢牧齋再細一看，柳如是竟是自己的左鄰，這無法不讓他怦然心動。錢牧齋當下回到住處，特地在柳如是的門口停了停，見人來人往，便懶得去湊熱鬧，於是逕直回到自己的房間。

錢牧齋主僕租住的房間，進門一個正堂，東

西各有一個套間。錢牧齋住西屋，僕人住東屋。這僕人中有個叫應四的，三十歲左右，算是錢牧齋隨身僕人中的一個領班。而這應四，卻一直以管家自居。除了錢牧齋睡覺、淨手外，應四皆寸步不離，伺候在側。其他僕人，打雜而已。那應四隨錢牧齋從街上回來，見打雜的僕人不在正堂，便跑到東屋看個究竟，卻發現一個躺在床上發呆，一個登上窗臺捉蜻蜓，還有一個，不知去向。應四怒道：「幾個廢物，老爺回來了，還不快些看茶，小心揭你們的皮！」兩個小廝嚇得跳起來，一個提壺，一個捧茶，來到錢牧齋面前：「老爺用茶。」

錢牧齋不思茶事，叫應四從箱子裡取出一個拜帖，親自伏案寫好，叫送到柳如是房裡。應四回來說：「那柳姑娘房裡擠滿了訪客，她也沒有顧得上細看，便把拜帖丟在桌上。看那情形，柳姑娘被捧得尤不成樣子。不過，那柳姑娘的確是我見過最好看的，白白淨淨，甜甜美美，個兒高挑，樣兒不俗。」錢牧齋聽了，內心翻江倒海，但表面上，卻表現得若無其事。直到吃過晚飯，柳如是那邊仍沒有什麼動靜。錢牧齋索然無味地看了一會兒秦淮河的夜景，便早早上床睡了。

當侯方域他們捧著金杯來到柳如是房間時，柳如是已渾然不記這是第幾波人。來人很多，但獎盃只有一個。故而，柳如是眼前一亮。但見此杯，樣式仿如青花瓷高腳杯，底座刻有「秦淮豔魁」四個字。柳如是接過獎盃，視如珍寶，喜不自禁，遂把金杯放到窗前的桌上，一拱手：「女弟柳如是，在此謝過幾位公子。」

侯方域、陳貞慧、吳次尾聞言，皆傻愣不止，乃想：「『女弟』是個啥意思？」便是門口站著的商哥，也一頭霧水：「她怎的變『女弟』了？難道此身是個『二胰子』②？」因想著，擠過前面，繞了柳如是上下打量，一探究竟。柳如是瞪大眼，笑道：「小哥哥看什麼？」商哥撓撓頭皮，不好意思道：「就是不知『女弟』是個啥

② 二胰子：北方方言，意指兩性人。

意思。」柳如是抿嘴，笑而不答。侯方域等無言，撂下拜帖，暈頭暈腦拜別。

柳如是輕掩房門，坐下喝了口涼茶。過去的一天，既讓她興奮，又讓她疲憊。她雖是努力勸解自己不必多想，但還是難抑興奮。於是，去翻撿那一床一地的帖子，看看也無非是王公貴族，風流雅士。只有侯方域他們幾個的拜帖，是順手丟在枕頭上的，出於尊重，她一一看了。侯方域心細，在帖子裡暗藏一份自介書。柳如是由是得知，那侯方域十六歲時，即已中了秀才，且在次年，代父草擬著名的萬言屯田奏議。侯方域之父侯恂，乃崇禎一朝的重臣，先是在兵部任右侍郎，後又任戶部尚書，且是東林黨的核心人物之一。看罷，柳如是對侯公子，真是仰慕之極。遂又漫不經心的翻看若干，當看到錢牧齋的拜帖時，先是被她丟在一旁，進而又撿回，仔細再看，柳姑娘的心瞬間提至嗓子眼。

見錢牧齋大名，柳如是何以如此反應？原來，這柳如是攻讀文史時，讀到過錢牧齋的大作；攻讀詩詞時，也讀到過錢牧齋的大作，她對這個老頭，那真是仰慕到了極點。尤其她這次杭州之行，發現汪然明對錢牧齋的學問，尤其贊口不絕。當汪然明說，與錢牧齋為故舊時，柳如是更是羨慕不一：「女弟倘如先生這般，廣結飽學，乃三生有幸爾。」汪然明聽出柳如是的弦外之音，乃道：「若有機緣，汪某願為階梯，使你與錢大人相識。」柳如是把頭微微一低，嫣然一笑。

回想不久前在杭州與汪先生的那次對話，柳如是一直以為，結識錢牧齋，那不過是一個奢望，一個幻想。這之前，她原本打算獨身前往常熟，拜謁錢牧齋，因選麗而擱淺行程。如今，就在她已然為秦淮八豔之魁的時候，那可遇不可求的機緣，卻從天而降。柳如是興奮得睡意全無，她希望天快些亮。然而，窗外的天，看了一遍又一遍，沒有一點放亮的意思。不知什麼時候，柳如是苦撐不住，頭一歪，便睡了過去。

第七章

柳如是醒來時，已是日曬飛簷。她急忙爬起，先是梳理長髮，挽了個墮馬髻，遂又洗把臉，打開梳妝匣，又是頭插螺鈿，髮嵌瑪瑙，又是臉塗香脂面抹粉，對鏡照了照，拿拜帖，來到錢牧齋房門前。定睛一看，那門竟是鎖著的，心下寂然。柳姑娘不知道錢牧齋是走了，抑或去了別的什麼地方。正琢磨，商哥提食盒上得樓來，見柳如是站在那兒發愣，遂走近幾步問道：「柳姑娘，你沒事吧？」柳如是笑笑說：「沒事沒事。」低著頭，略帶羞澀地退回，方見自己門口，早有河房夥計送來的早飯，擺在一個方凳上。柳如是提起精巧的木製小食盒，推開虛掩著的門，一進屋，便落寞寡歡地坐在床沿上。

見柳如是把房門關了，商哥搖搖頭，倒回自己房間。侯方域剛起，正在洗臉。商哥進門嘟囔道：「雞飛蛋打。」因沒聽清，侯方域問道：「你說啥？」商哥把食盒往案几上重重一擺，重複道：「我說雞飛蛋打！」侯方域直起腰，一邊拿手巾擦臉，一邊嗔怪道：「沒讓你去買雞，更沒讓你去買蛋，何來雞飛蛋打？」商哥脖子一梗：「書呆子。」說完，掰一塊油面餅塞進嘴裡，大口嚼起來。侯方域再不言語，悶頭坐下，先喝了半碗綠豆稀飯。

柳如是回到房裡，怏怏不樂。先是胡亂吃了點東西，又趴到窗前，左顧右盼。復又從桌子上拾起一冊書，走著看看，坐下看看，終無一字入眼。本想躺下睡個回籠覺，卻睜著一雙大眼，全無困意。折騰到日頭偏斜，困乏難耐，倒頭便進入夢鄉。醒來時，窗外已擦黑。感到有些餓，柳如是便想外出，去吃宵夜。順手關窗時，留心東顧，見錢牧齋房間裡的燈亮了。柳如是心跳不一，饑感頓無。她拿起拜帖，掩門而出。

錢牧齋的門敞著，柳如是輕扣門環，但聽裡面應了聲：「哪個？」應四出來，先是一愣，進而對屋裡喊道：「老爺，老爺，柳姑娘來了！」說來也巧，商哥下樓，聽到應四的喊聲，待看究竟，柳姑娘已被搶步出來的錢牧齋請進屋內。

觸景生氣，商哥心想：「我們少爺滿腹文章，英俊瀟灑，風流倜儻，哪一點比不得一個糟老頭？她柳姑娘的眼，憑什麼往東看是青的，往西看就是白的？」錢牧齋與侯方域，在一溜並排的河房內，一東一西，中間為柳如是。那商哥把柳如是傾心東顧，看作是「東青西白」，自有他的道理。但商哥也僅僅止於腹內牢騷，他該幹什麼，還幹什麼去了。

柳如是進至正堂，先是聞到一股清香，隨即發現，靠東牆擺放的長條案几上，有一花瓶，內插各色鮮花。案几左右，各有一把椅子；案几與椅子，皆呈絳紅；傢俱的線條，簡潔而明快。案几上，惟置一瓶香氣四溢的鮮花，別無他物。案几表面，光滑可鑒，一塵不染。堂屋窗下，空無一物，宜於房客窗前觀景。但在臨窗不遠處，置一方桌，可供四到六人圍坐，品茗，就餐，搓麻將，各隨其便。套間雖配有麻將，錢牧齋不屑於此，認為那是玩物喪志的勞什子，因而一住進來，便叫應四把麻將收了。眼下那方桌上，擺一把紫砂壺，幾隻配套的紫砂茶盞。

錢牧齋見柳如是進來，接過拜帖，側身讓座。一番禮讓，二人就長條案几左右，分賓主而坐。錢牧齋正襟危坐，以長者口吻道：「你我雖是初次見面，卻神交久矣，柳姑娘不必客氣。」遂把拜帖交給應四，囑咐收好。接著，下人擺上茶來。那長條案几，足有兩米之多，二人說話，皆感不便。錢牧齋是以提議，就方桌下坐了，好說話。柳如是略欠了欠身，說道：「女弟亦有此意。」錢牧齋聽了，就是一愣。也沒多想，便移席方桌。錢牧齋與柳如是分東西而坐，除應四外，其餘下人，皆回東屋，把門一關，鴉雀無聲。

錢牧齋端起茶盞：「柳姑娘請喝茶。」柳如是落落大方，端起茶盞，濕了濕嘴唇，復又放下，細細的打量起錢牧齋來。但見那錢牧齋，華髮透亮，容顏紅潤，二目有神，身材偉岸，端坐有形，乃想：「這錢牧齋，老矣壯矣？看他那頭白髮，老矣；看他那精神，壯矣；再看他那氣度，一如汪先生所言，超凡脫俗。或因脫俗一層，這老頭兒雖滿頭華髮，卻並不顯老。」

因見柳如是愣神，錢牧齋便知她在思量自己，一時無言，也盡著性子去打量對方。但見那柳如是，膚白面淨，柳眉秀目，齒白唇紅，春山高聳，氣定神閒，遂想：「這柳姑娘，真不愧是秦淮豔魁。」遂又搖了搖頭，心想：「一個『豔』字，豈不貶損了柳姑娘。她那叫高雅……這比喻也俗。」錢牧齋輕輕一拍腿，想到一個詞：「柳姑娘只配『有品』二字。」

應四見老爺與柳姑娘雙雙發呆，至為尷尬，是以悄悄退出。錢牧齋方覺不妥，意識到作為主人，不宜冷場，是該主動說點什麼。正欲啟口，秋風將歌妓們的唱聲，自河面送入室內。錢牧齋便以此為話題，大贊秦淮河之美：「老夫所以喜歡秦淮河，就為這個。遠的也不用去說，就從秦始皇那裡起，至今千年有餘，不知換了多少朝代，朝起朝落，政存政亡。秦始皇了得，說完就完了；漢唐了得，那也叫蓋世無雙，說完就完了；宋元了得，也重蹈了前朝覆轍。可你再看看秦淮河的歌聲，何曾斷過？」

錢牧齋一番話，令柳如是肅然起敬：「聽君一席話，勝讀十年書。不過這美妙的歌聲背後，卻隱藏著一段段淒慘的人生經歷。那些歌女不說，誰會知道？」錢牧齋心想：「見解如此獨到，可見不是一個簡單的小女子。」遂應道：「說的是，人人有本難念的經。即使貴為天子，也有不為人所知的煩惱與痛楚。」柳如是道：「這話在理兒。人活一世，無論貧賤，各有喜怒哀樂。蒼天造化人，這一點，最公平不過。」

柳如是句句合心，錢牧齋不由喜歡起這位「女弟」來，於是拿茶當酒，敬了又敬，讓了又讓。柳如是無奈，多喝了幾盞，胃裡無食，便有些招架不住。錢牧齋道：「茶又不是酒，多喝幾盞何妨？」柳如是微微一笑：「不瞞先生，我還沒吃晚飯。」錢牧齋大吃一驚，遂喊道：「應四。」應四聞聲進來：「老爺有何吩咐？」錢牧齋道：「快快去酒樓叫菜，柳姑娘還沒吃飯呢。」應四應聲而去。

不大會兒，應四提一食盒回來。在河房門口與人閒聊的商哥見了，便猜出個八九不離十。加之應四那一臉的快意，商哥的憤憤不平，自然是一個接一個。

錢牧齋與柳如是，一個是當代大儒，一個是冰雪聰明，因志趣相投，兩人相見恨晚，是以相約，次日夜遊秦淮。

話說這天傍晚，柳如是如約而至，見錢牧齋所租大船，侍從歌女，一應俱全。船自利涉橋起程，經侯方域窗前而過。商哥正對河發呆，見錢牧齋和柳如是，於船板籐椅上並坐，一把紙油傘，為他們擋住耀眼的落日餘暉。柳如是上穿藍花淡底衫，下穿蓮花長裙；一頭烏髮，把粉頸襯得越發白嫩。錢牧齋則寶藍長褂，粉底皂靴，絲質華服在夕陽下光彩奪目。就是錢牧齋那頭華髮，亦大放異彩。

錢牧齋與柳如是一老一少，乘船品茗，談笑風生。商哥看在眼裡，惱在心頭。是以拳捶打窗櫺，發洩不滿。侯方域自外面進來，因問他悶氣何來。商哥手指河面緩行的大船：「少爺，你鬧騰半天，鬧到柳姑娘被窩外去了。哼，倒讓那個死老頭揀了便宜！」侯方域雖說只看見錢牧齋與柳如是的背影，但他那張小白臉，霎時紅如朝霞，轉而煞白。因無處撒氣，便對商哥吼道：「小小年紀，說這話也不害臊。」商哥一肚子鳥氣，正沒處發洩，遂頂撞道：「哼，少爺在我這個年齡，都入洞房了，還說什麼害臊不害臊。」侯方域怒道：「明天咱就回河南老家。你這德行，有辱斯文，哪個少爺都不敢帶你出遠門。」

主僕二人正拌嘴，陳貞慧、吳次尾推門進來，商量去雨花臺的事。侯方域氣未消，手指商哥對二人道：「你們說說，我怎麼帶這麼個不長進的東西出來，總惹我生氣。」陳貞慧問怎的了，侯方域把話頭說了一遍。陳貞慧咂摸了一番，個中滋味，難以言表。吳次尾倒顯出少有的爽快與大度，勸道：「我當多大的事，消消氣。明天去雨花臺，散心去。」侯方域把頭一搖：「沒心思了，我明天就打道回府。」陳貞慧拍了下商哥後腦勺：「看叫你鬧得。」商哥把頭低下，雖無一言，卻鼓起兩腮。

吳次尾見人氣已散，遂提議：「那今晚大家就聚聚吧，明天各奔東西。」陳貞慧萎靡不振道：「是該散了。」侯方域嚷嚷道：「我來做東。」說完，拽著陳貞慧和吳次尾，便去了外面的酒樓。商哥垂頭喪氣，跟在後面，大氣不出。

到得酒桌上，侯方域氣消大半。此刻，離別的情緒湧上心頭，那侯方域先就滾下淚來，大顆大顆的落到酒杯裡。陳貞慧、吳次尾見了，不舍之情，盈滿胸懷，也一個個淚眼模糊。三人悶頭連乾三杯，始有話頭。侯方域沉重道：「這一別，不知何時再會。」陳貞慧以袖拭淚道：「天知道，如今邊患是邊患，災荒是災荒，黨爭是黨爭，腐敗是腐敗。只期望，大家都不要成為天涯淪落人就好。」

吳次尾附和道：「誰說不是。我看國將不國，來日相見，不知那時為何朝臣民。」侯方域道：「所謂『百足之蟲，死而不僵』，來日相見，國還是原來的國，只是愈加昏暗罷了。」陳貞慧道：「即便改朝換代，誰又能換走血液裡的毒汁？」吳次尾一臉驚訝，舉起酒杯，對陳貞慧道：「貞慧兄，高見呀！如愚弟沒有猜錯，兄所言那『毒汁』，可是秦政制？」陳貞慧提起酒杯道：「英雄所見略同，乾杯！」吳次尾對侯方域道：「侯兄，一起來。」說笑間，三人把杯中之物都乾了。

吳次尾追問道：「兄以為，哪一家藥店排毒最為有效？」陳貞慧想了想，卻對侯方域道：「儒家開藥鋪的最多，周公不成，孔丘自然也不成。」侯方域明白陳貞慧的意思，說道：「兩位聰慧的哥哥，難道故意把這道非八股題給我長臉？排毒最有效者，不是孟夫子，還能是誰？孟子說：『民為貴，社稷次子，君為輕』。因這劑猛藥難以下嚥，太祖才將孟子神位逐出聖廟。因國之初排擠孟子思想，大明才有今天這個敗局。說什麼都晚了，不說也罷。」

吳次尾擊節相贊：「激憤之處，不吐不快，焉能作罷。侯兄方才所言，切中大明要害。不錯，孟子的基本思想是民本主義的，他嚴厲譴責暴君，認為暴君並非君主，而只是一個『獨夫』，百姓推翻他、甚至殺掉他都是合理的。孟老夫子這種突破時代的政治主張，為帝王所不悅，太祖尤烈，是以一腳將孟子神位踢出聖廟。現在看來，他踢的不是孟子神位，而是他朱家的江山呀。」

聽到這兒，侯方域、陳貞慧雙雙站起，給吳次尾深鞠一躬：「次尾兄高瞻遠矚，大明主倘然服下你這劑良藥，不愁江山永固。」吳次尾用手勢招呼二位坐下：「二位哥哥不必過謙，更不必抬舉小弟。說實話，誰要大明江山永固？即便保持中立遠觀，大明眼前也只有一死呀。此乃帝制規律，不是一副藥所能解決得了的。想來，話到這兒，也就盡了。」

侯方域默然不語，酒桌之上，一時陷入沉寂。因各自無話，侯方域自兜裡掏出一百兩銀子，平分給陳貞慧、吳次尾。商哥見了，把頭一扭，嘴裡「切」了一聲，算是給少爺最大的蔑視。侯方域充耳不聞。陳貞慧急忙站起推卻：

「這怎使得。」吳次尾也起身勸阻：「這樣就不是兄弟一場了。」侯方域靜靜地說：「你們先坐下，容我解釋。」陳貞慧、吳次尾忐忑不安地坐下，侯方域道：「這還是選麗時，那位牛先生送來的。除外，還有各位佳麗奉送的碎銀，你一兩，她一兩的，也積攢了個百把兩。這些銀兩，盛會上用了些，跟文藝行的老師們撒了些，還剩不少，咱們分了，彼此做個盤纏。二位仁兄再推辭，來日不好相認。」陳貞慧做了個似有所悟狀：「哦，原是這個意思。」這才與吳次尾，半推半就，收了銀子。

吳次尾舉起酒杯，對陳貞慧道：「咱們敬侯兄一杯。」陳貞慧端起酒杯，和吳次尾一同站起。侯方域趕緊站起來，也端了酒杯：「這怎麼敢當。」吳次尾動情道：「仁義的哥哥，你也太周全了，想我們是差這點銀兩的人嗎？」說著，那淚早已滴下來，落入酒杯。陳貞慧一向與侯方域交厚，關鍵時候，反倒沒了詞：「什麼也不說了，話在酒中。」三人一仰脖，把那酒和著淚，一飲而下。商哥因為有氣難出，又和著飯吃下許多閒氣，飯飽氣足，肚子脹痛，臉色難看。三位公子以為商哥還在賭氣，也不以為意。

回到河房，侯方域因醉意濃濃，便早早躺下睡了。那商哥卻一直趴在窗前愣神。室內熄燈黑成一片，秦淮河對岸的燈光照過來，落在商哥鼻尖上一個小小的光斑。秦淮河裡的船隻，漸漸靠岸。錢牧齋他們的大船，也遠遠的駛過來。當那大船近至商哥窗前時，一塊磚頭，嗖的一聲拋過來，正好落在柳如是腳前。應四大叫道：「又是誰？」遂揀起那塊磚，要拋入河裡。柳如是止住：「這也不是第一塊磚了，一併收好，留作紀念吧。」

應四住手，轉而憂心忡忡地對錢牧齋道：「老爺，頭前那塊磚，來自一艘豪奢的大船，那船上的燈籠，大書一個『徐』字，好歹還知道個姓。當下這塊磚，飛來得不明不白，這分明是拍黑磚呀，大家小心為是。」錢牧齋點了點頭，順手輕輕扶住柳如是那圓滾的香肩，安慰道：「柳姑娘受驚了。」柳如是在黑影裡，把纖纖玉手遞到錢牧齋的另一隻手裡，輕聲道：「有你在，我不怕。」柳如是的手，在錢牧齋那肥厚的大手裡，顯得小巧、細嫩和柔滑，這讓錢牧齋倍感欣慰。

次日清早，天尚黝黯，三位公子便起身打點行裝，準備各奔故里。陳貞慧、吳次尾各自背著行囊，搭乘同一條船，先走一步。侯方域說要遠送一程，陳貞慧、吳次尾不准。推脫不開，侯方域勉強送到河房門前的街道上，彼此又灑了些難分難捨的淚水，這才互道「一路順風，後會有期」。見陳貞慧、吳次尾的身影消失在街道盡頭，侯方域這才心甘。

侯方域正要折回樓上去拿行李，在樓梯口碰到商哥與房東，他們提著行李下來。商哥一步三回頭，專注柳如是的門，那裡靜寂無聲，黑成一片。侯方域從東家手裡接過行李，東家問道：「雇的騾車到了嗎？」侯方域低沉道：「還沒見，說不定就到了。」一出門，兩個趕腳的，駛著一輛騾車，已經等在門口。見主顧出來，車把式接過行李，歸置到車尾，然後用麻繩勒了幾道，以防滑落。

打算上路時，商哥說忘了一樣東西，扭頭跑回河房，聽得樓板一陣咚咚聲響。商哥上氣不接下氣，跑到柳如是門口，本想敲門，卻終又把手縮回，遂輕聲道：「柳姑娘，我和我們少爺今兒就回河南了，你多保重。」說完，扭頭下樓，一路走，一路淚水不止。

商哥回來，侯方域愛憐的對他說：「商哥，咱上路？」商哥點了點頭，侯方域衝東家一抱拳：「後會有期。」遂從寬袖裡摸出幾兩銀子，塞到東家手裡。東家不解，疑惑道：「這是？」侯方域道：「選麗時多有叨擾，原也允諾，選完麗，再跟東家有所表示。這不，亂上亂下的，臨走才把這樁不大的心願了了。不成敬意，多多包涵。」東家把銀子塞回侯方域手裡：「此意已了，這點銀子就算我請你主僕路上喝碗茶的。」侯方域再三再四推讓，東家接了銀子，一抱拳：

「侯公子一路順風！」那輛騾車，載著侯方域和商哥，隱沒在南京的晨霧裡。

侯方域和商哥前腳剛走，柳如是後腳一路碎步下樓，倉促跑到門前：「東家，是不是侯公子他們走了？」東家點了點頭，黯然離去。柳如是獨立街頭，悵然若失，奶白色的晨霧，模糊了眼前的景物，騾蹄敲擊青石板的聲音，漸行漸遠。

第八章

柳如是隻身而回，天井裡瀰漫著陰冷的潮氣，犄角旮旯，尚覺黝黑。柳如是抬頭仰望，那一方天霧氣濛濛，無可一見。之前，這方天井，並無不同，待各位公子一一離去，始覺空寂難耐，無所適從。

站在天井裡，柳如是失魂落魄，不知所然。沮喪中，她拾階而上，東家那隻貓，趴在樓梯口，旁若無人的發出一連串的呼嚕聲。柳如是放緩腳步，躡手躡腳走上去。放眼望去，整個迴廊，皆空空如也。柳如是回到屋內，把門一關，心徹底空了。

因感胸悶，柳如是推開窗子，立足觀望，但見秦淮河面上，飄著一層淡淡的晨霧。她把兩手伸出窗外，抓撓一番，徒然無獲。她惆悵萬分，呆坐床沿，目光散亂，六神無主。想到幾位相熟的公子，已各踏歸程，不久即與家人團聚，好生羨慕。自己呢？家在哪兒？歸宿何處？想著想著，一行熱淚流下來。感到嘴角鹹鹹的，這才意識到自己哭了，轉而鼻子一酸，那淚水再也抑制不住，啪嗒啪嗒落下來，不大會兒，前襟濕成一片。

柳如是摸了摸淚濕的前襟，感覺涼涼的，

遂自言自語道：「我這是怎的了？人若見了，以為怎麼似的，說也不好說。」想到這兒，便起身開箱，翻揀一通，拿出一件藍底碎花上衣換上，然後下樓，端回一盆清水，把臉上的淚痕，洗了洗，用臉帕擦乾。遂又對鏡梳妝，淡粉輕施。梳洗完畢，心情漸好，臉上復為往日的光彩。此時，便聞敲門聲。心想：「這一大早，誰會來？」遲遲疑疑把門打開，門外站一小夥，並不相識。但見他剪著雙手，第一句便問：「你是柳姐姐嗎？」柳如是點了點頭。

那小夥剪著的雙手舒展開來，只見他手裡拿著一張請柬，一邊往前遞，一邊說：「還記得煙月姐姐嗎？」柳如是含含糊糊的接過請柬，因有些拿不准，沒點頭，也沒搖頭，只是把額頭鎖了幾鎖。那小夥道：「怎會記得呢？你們選完麗，不及相識就各奔東西。正是這個緣故，煙月姐姐才讓我來下帖兒。我也知道柳姐姐每天接的帖兒如雪片，早不是什麼稀罕物。可我今天送來的這個帖兒，是叫你們秦淮八豔相識的。煙月姐姐囑咐我，就臉前討回話，明天的盒子會，柳姐姐來是不來？」

柳如是微微一笑：「那就進屋說話。」小夥乾脆道：「今天，攏共要下七個帖子，柳姐姐是頭一份。還有六個帖子要下，哪有坐的工夫。」見送帖小夥說得懇切，柳如是就當面打開請柬看了。那帖子確屬向煙月所出，其意聚秦淮八豔於石巢園。帖子上，向煙月用她那蠅頭小楷，特地注道：「懇請姐妹們賞光。」柳如是讀罷此帖，甚喜，心想：「姐妹們借盒子會熱絡熱絡，真真功德也。」於是笑著，滿口應下。那小夥深鞠一躬，也是滿臉堆笑：「我這裡先謝過了。」說完，輕步離去。

打發了送帖人，柳如是探身窗外，往東一看，錢牧齋房間的窗子關著，就知他尚未起床。而眼前的河面上，晨霧漸淡。兩隻敞篷貨船，在晨霧裡若隱若現，自西向東駛去。柳如是無心賞景，就便坐在几前，正鏡理鬢。感覺臉燙，仔細一照，竟滿面通紅。她復又趴到窗前，扭頭東顧，錢牧齋的窗子，依舊關著。柳如是失落而坐，揪住一縷頭髮，拽了幾拽。這時，聽到開窗的吱扭聲。柳如是一個激靈站起，跑到窗前，發現錢牧齋臥室的窗子已開。

柳如是拿上請帖，快步走出房間。她在錢牧齋房門口，略遲疑片刻，便輕叩虛掩著的花格木門。不待相應，柳如是已不由自主，邁進一隻腳。柳如是歪頭一看，但見應四於內室，伺候錢牧齋更衣。見柳如是進來，錢牧齋有些意外，有些驚喜，一時抓不到說詞，就把應四支開：「我自己來。」應四心領神會，跟柳如是點個頭，走了。

錢牧齋邊扣扣子，邊招呼柳如是坐下：「昨晚貪看史書，以致今早懶床，見笑見笑。」話說完，脖領處的扣子，依舊未能咬合。柳如是放下請帖，近前道：「讓我來吧。」錢牧齋猶豫著摸了摸下巴：「這怕不合適。」柳如是已把錢牧齋的手輕輕挪開：「不怕就合適了。」說著，先就咯咯笑起來，連帶兩個滾圓的肩膀，亦愉快的聳了幾聳。

說笑間，那最後一粒絞絲扣，便扣上了。這讓錢牧齋既感激，又尷尬：「老夫真的不中用了，你看，連個扣子都扣不上。」柳如是寬慰道：「這一向都是下人的活兒，你如何會做。」錢牧齋先是瞥了一眼茶几上的請帖，又若無其事地嘿嘿一笑：「柳姑娘可謂善解人意。快坐。」柳如是道：「大人也坐。」

二人剛落座，應四便托一青花瓷盤進來，一手把茶几上的請帖移開，又小心翼翼的把茶具放下。隨之，給錢牧齋與柳如是各斟一盞茶。柳如是伸出尖尖玉指，輕輕撫了撫茶盞，望著應四，一臉笑意，算是謝過。應四不能自持，目光散亂，說了聲「老爺慢用，姑娘慢用」，便三步並作兩步，弓背退出。

見應四去了，柳如是直言道：「錢大人，八豔之一的向煙月，一大早叫人來下帖，說明天要搞個盒子會。想來是個好主意，又沒個貼心的人商量，就過來了，向大人討教一二。」錢牧齋雖一時摸不著頭緒，但聞柳如是把自己視為知己，快慰之極，順口道：「倒是件仁義舉措。」柳如是跟進道：「姐妹們自那天選完分手，就未曾謀面。說是秦淮八豔，如今誰是誰，彼此尚不能對號入座。營造此會，讓大家相互認認，也算是一場及時雨了。」

錢牧齋知道柳如是動了心，附和道：「這倒是。哪天人問起，說你認識秦淮八豔誰誰誰嗎？結果，左一個搖頭不知，右一個搖頭不知，成什麼話。」柳如是道：「誰說不是。可這盒子會，須有盒子。不瞞大人說，女弟還真不懂這裡面的講究。如何置辦，才不失體面？」錢牧齋道：「有老夫在，還用得著姑娘操心嗎？你去就是，所需的盒子，我叫應四他們去置辦。」

柳如是難為情道：「你我本來說好，明天去莫愁湖的，這一來，豈不沖了事先的約定？」錢牧齋安慰道：「你我還見外麼？總先依著外面的事才好。」聽罷，柳如是頓感一股暖意，心想：「這老頭兒，嘴蠻甜。」環顧四周，因見無他，柳如是拉住錢牧齋的手，輕輕一搖，遂呢喃道：「你真會體貼人。」

錢牧齋拍拍腦門自責道：「你看我糊塗不，竟忘了問，明天的八豔在哪裡相聚？」柳如是把帖子遞給錢牧齋看：「這不上面寫著嘛？石巢園。」錢牧齋似有所悟：「哦，這不是阮大鋮家嗎？」柳如是驚訝道：「阮大鋮這個人，我一向也是聽說過的，怎麼，你們是故舊？」錢牧齋不容置疑道：「豈止。」

柳如是歡快道：「那我們明天同去，你正好可以會會老友。」錢牧齋連連擺手：「使不得，我現在一個貶官，不便打擾朋友。你去好了，既然是去阮家，帶去的盒子，自然要再周到些。只是你去了，莫在阮大鋮面前提起我在南京的事。」柳如是知道錢牧齋愛面兒，便答應了。

次日一早，河房門前停著一乘單人小轎，地上擺著一個方形原色木盒。木盒上有一方紅紙，上書一個「柳」字，一根紅線交叉成十字，把那方紅紙箍住。這盒子兩屜，上盛美食，下裝禮物。轎旁站著兩個轎夫，盒子旁站著兩個槓夫。

他們時不時的往河房天井裡探視，一轎夫自言自語道：「多大時辰了，還不出來。」應四正好出來：「多大時辰，還不得一步一步來。又不是去相親，急個什麼？」那轎夫面不落的，仰臉看雲。

隨後，柳如是盛裝而出，見門前又是轎子，又是盒子，周詳備至，不知讓她從哪裡感激錢牧齋是好。她圍著盒子轉了轉，見到那個大大的「柳」字，就知道出自錢牧齋之手。心想：「這老頭，怪用心的。」應四走近，低聲道：「柳姑娘，上轎吧。」柳如是對轎夫、槓夫一拱手：「有勞幾位。」那轎夫、槓夫，皆一臉喜色：「姑娘放心。」

柳如是上轎，應四幫著把簾子放下。兩個轎夫走起路來，腳板輕飄，竟無負重感。兩個槓夫緊隨其後，其中一個道：「前面的，走累了，換換肩。」一轎夫笑道：「不累不累。」柳如是聽了這有趣的對答，抿嘴笑個不住。則應四在轎子一側步行相陪，問長問短，諸如轎子顛不顛，裡面是熱還是涼等等，一切就像照顧女主人那樣，無微不至。柳如是自是歡喜不已，跟應四的話頭上，也就儘量的保持甜度與柔性。

因頗有路程，從城裡向郊外趕的時候，還涼絲絲的。走到日上樹梢，轎夫與槓夫面頰的汗毛上，掛滿一層細密的汗珠。柳如是感到有些熱，便把左側的轎簾拉開。隨即，一陣涼爽的秋風撲面而來，把右側的轎簾吹得起起落落。應四見柳如是把轎簾拉開，殷勤道：「柳姑娘有什麼吩咐？」柳如是道：「沒什麼，就想透透風。」接著又道：「想是已到郊外了吧？」應四一邊撩起衣襟擦汗，一邊笑道：「是，已是郊外了。」

柳如是從轎子裡遞出一塊香帕，語氣溫和又充滿關切：「記住，以後不許用衣服擦汗。」應四感覺背後有眼，便回眸一瞥，發現轎夫正用異樣的眼神看他。應四心裡發毛，猶豫不決，遲遲不敢去接，一任柳如是手中的那塊香帕，在風中飛動。

柳如是知道應四所慮，她微微抖了抖那塊香

帕，堅持道：「沒事的，拿著。」應四忐忑不安地道：「給我了，姑娘用什麼？」柳如是笑道：「出門做客，哪有只帶一塊手帕的道理，我自然還有。」應四這才拘束不安地接過那塊香帕，摺疊好，揣進袖裡。柳如是嗔怪道：「讓你擦汗用的，藏起來幹什麼。」應四靦腆道：「哪能呢？這走一路香一路的帕子，除了柳姑娘，誰捨得用。」

柳如是笑道：「管家嘴蠻甜的。」遂又道：「你原本就姓『應』的嗎？」應四不解：「是呀？」柳如是道：「這姓可不多見，我只在書裡見過。」應四高了興：「是嗎？柳姑娘真有學問，但不知，是何種書裡，提到敝姓。」柳如是道：「就是那部《金瓶梅》，書裡有個應伯爵，就是你的本家姓了。」應四驚道：「還是個伯爵呢。」柳如是掩嘴一笑：「管家，那不過是個名而已。這應伯爵呢？也只是一位綢緞鋪員外的兒子。」那應伯爵彷彿失了自己的體面，應四臉一紅，「哦」了一聲，趕緊把頭低下。

見應四尷尬，柳如是又道：「雖說這應伯爵是個普通人，倒還是很會來事的。說有一天早晨，他到西門慶家裡去。西門慶問道：『你吃了飯不曾？』應伯爵沒吃，又不好直言，就說：『哥，你試猜。』西門慶道：『你敢是吃了？』應伯爵掩口道：『這等猜不著。』你看，這應伯爵風趣不說，還很會說話。」應四臉上的表情，由僵硬而舒緩，附和道：「倒是個靈巧人。」

說著話，石巢園已近在眼前。不遠處，還有一乘小轎往石巢園門口趕來。柳如是往外探視，但見面前一座氣勢壓人的大門樓，門左右蹲放著兩尊石獅。一個穿著華麗的女孩，在侍女的簇擁下，剛剛接進去一個麗人。柳如是見門口有人朝她這邊看，且指指點點，說著什麼，遂放下轎簾。柳如是心想，門口那個上穿桃紅衣、下著月白裙的女孩，大約就是向煙月罷。正想著，有人喊了聲「落轎」，便聽到嘈雜的腳步聲向她這邊走來。應四貼近轎簾道：「柳姑娘，晚上我們會早早的來接，你盡興。」柳如是道：「多有辛苦，回去叫錢大人放心，就說我安安穩穩的到了。」應四應著，便與轎夫、槓夫，一字排開，靜待柳如是進園。門口的幾個小廝走過來，把柳如是的盒子，先一步抬進園內。

女眷這邊，先是過來一個女孩兒，笑容可掬地輕挑轎簾：「想是柳姐姐了。」柳如是輕提長裙，款步而出：「說對了，那你呢？你叫什麼？」那女孩兒嫣然一笑：「我叫臘兒。」向煙月幾個碎步上前，一把拉住柳如是的手道：「我一猜就是柳姐姐。」柳如是笑道：「我不用猜，就知道你是煙月妹妹。」說得侍女們，全都笑了。煙月道：「要不這秦淮豔魁是柳姐姐呢，聰明沒個比，靈透沒個比，模樣沒個比。聽說這些日子，邀你的帖子，都快有清涼山那麼高了。」柳如是道：「傳說永遠大於事實。」遂又問道：「其他姐妹都到了嗎？」煙月道：「還差一位。」

兩人正說著，一乘小轎門前落地。須臾，一個大眼櫻桃嘴的女孩，身穿暗花紫絨衣裙走出來，兩個隨身丫鬟，趕緊上前攙扶。不待臘兒前去接應，那女孩已逕直走來，與向煙月、柳如是搭話：「二位姐姐高姓大名？小妹是李香君。」那向煙月、柳如是，一人拉住李香君的一隻手，如逢久別的故交。柳如是反客為主，介紹道：「這是煙月，我呢，自然是你的大姐姐柳如是了。」

李香君道：「我早已猜出，只是怕疏忽，一時張冠李戴了，豈不讓人笑話。」煙月道：「就為這個，才起頭做盒子會。」李香君道：「眼之所見，猶如夢裡。」說著，那淚便掉了下來。柳如是、向煙月正溫語寬慰，便聽園子裡有婢女喊煙月的名字。煙月道：「其他姐妹都到了，我們進去說話。」三人說說笑笑，往園子裡走去。

應四目送柳如是進了石巢園，遂帶轎夫、槓夫，一同返回城裡。

第九章

柳如是進得園門，身之所處，皆感氣勢抑人。石巢園坐向南北，門前林木蔥鬱，植被茂密。兩扇油漆黑亮的獸頭銜環大門緊閉，兩側掛帶角門。角門前，各有三五名華冠麗服的小廝當值。

柳如是近至門口，抬頭見大門正上方懸匾，上書「阮府」兩個大字。下面一字排開，掛幾盞大紅燈籠。柳如是心想：「這裡不是叫石巢園嗎？何以直書『阮府』二字？」煙月拉了拉柳如是的衣袖：「柳姐姐，這邊走。」柳如是順著煙月手指的方向，見臘兒前面引路，由西角門進去。

西角門一側，掛帶三間平房，供門人起居。東角門無掛帶，往東直通遊廊。那遊廊沿院牆方向，東走數百尺，折頭北去，又是數百尺，到梅園北端停下。沿這條長廊，走到盡頭，有兩個小院，丫鬟住西院，小廝住東院。兩個小院背後，是一大片山丘狀菜地，有一老一少，在此打理。通常，男性雜役，由遊廊出入石巢園。則園內其他地方，男性雜役，多受限制。即使因負責某項具體事物，而不得不在敏感區域走動，亦須嚴守規矩，不許亂跑亂竄。否則，必嚴懲不貸。

回頭再說正門，進來便是穿堂，就地放一插屏，紫檀的架，大理石的面。繞過插屏，眼前是三間廳房，兩邊是穿山遊廊；穿過東房山，沿遊廊直走，便與東牆根下的那條遊廊銜接。至此，三條遊廊形成一個馬蹄狀。馬蹄形遊廊包裹下的，正是石巢園的前花園，此乃小廝、丫鬟常去的地方。前花園北側有個小院，此即石巢園總管牛耕地起居的地方；其後是梅園；梅園後面，分別是丫鬟、小廝居住的小院。

石巢園內，雕欄畫棟，繡戶綺窗，水榭亭台，楓亭花築，小橋流水，真是說不盡的風致野趣，初來乍道者，無不眼花繚亂，頭昏腦脹。柳如是等剛剛繞過大插屏，一女婢邊跑邊說：「來了，來了。」這時，從正前方的廳房裡，走出一個謝頂男人，他拱手笑道：「賞光賞光。」先到的董小宛、顧橫波、陳圓圓、寇白門、卞玉京，則站在那男人身後，也一併微笑著致意。

煙月近前引介道：「這是我家老爺。」轉而道：「這是姐妹柳如是、李香君。」阮大鋮再次抱拳拱手，笑道：「幸會幸會，阮某有失遠迎。」柳如是、李香君回禮，忙道萬福。回禮時，柳如是想：「想像中的阮大人，應比錢大人帥氣。不料，矮墩墩的，還謝了頂。難怪人稱阮禿子，名不虛傳。」想到這裡，暗自一笑。阮大鋮身後的五位麗人，湧過來，拉住柳如是、李香君的手，盡皆相見恨晚的樣子，嘰嘰喳喳，說個沒完。冷在一邊的阮大鋮暗自嘀咕：「秦淮八豔，今天算是齊了。這些姐妹們，粗看皆嬌媚可人，細觀又千秋有別。柳如是端莊，顧橫波豔俗，李香君單純，董小宛秀雅，寇白門華麗，卞玉京嫵媚，咱家煙月清婉。最最讓人心動的，還是陳圓圓，她那雙眼睛，勾人心魂，令人難以自禁，非分之想，不由填滿胸膛。」

阮大鋮正想著，煙月過來，悄悄拉了拉他的衣襟：「老爺怎的還愣著。」阮大鋮「哦」了一聲，便請大家進了廳房。那房子雖然不大，但裝潢典雅，令人愉悅。東西兩間不必去說，就是正堂，也是柳如是從未見過的一種歸置法兒。穿堂之內，主人就中擺了一個大大的屏風，屏風與廳房後門之間，僅容兩人過往。屏風正前，擺著一個紅木茶几，左右各有一把紅木椅子。其餘若干椅子，分左右排列。繞過屏風，穿堂而出，就是正房大院，這裡畫梁飛簷，魚缸浮蓮，鸚鵡低垂，畫眉高掛。阮大鋮的妻妾家人，居住於此。四合院有個後門，穿過一條長長的綠色走廊，便是菜地。出這道門不遠，向東還可拐進一條小巷，那是再三再四提到過的僕人居住的兩個小院。不過，只有在四合院服侍夫人、姨太太的丫鬟，才可以走這道門。其餘的丫鬟，尤其是小廝，此門難逾。

大家你推我讓，亂哄哄的坐下。這時，石巢園大總管牛耕地跑來，俯首對阮大鋮道：「老爺，戲園子那邊齊了，是不是帶客人們過去？」阮大鋮點了點頭，遂起身走到煙月背後，拍了拍她的肩：「管家說戲園那邊齊了，你帶姐妹們過去吧。」煙月站起道：「各位姐姐，隨我去戲園子吧。」彼此又亂哄哄的走出廳房，前面引路的，換了個女孩兒。原先引路的臘兒，因為有戲，化妝去了。佳麗們前面走，阮大鋮與牛耕地殿後，並刻意與她們保持一定距離。

戲園在廳房之西，南頂石巢園的南牆；緊挨戲園的，是一個小院，分南屋與北屋。南屋與戲臺背靠背，戲臺後有道門，直通南屋。南屋住著女優，北屋住著男優。從戲園的東牆邊，有條窄窄的夾道，直通優伶們的小院。但這道門，不對外，僅供優伶行走。小院的西側，有三間房，一間儲放女優戲裝，一間儲放男優戲裝。他們更換戲裝、畫臉譜，亦在此。當中一間，儲放道具等雜物。

戲園的內牆，由修竹圍成。佳麗們魚貫而入，但見舞臺下，就中已擺好一張八仙桌，數張供婢女就座的小方桌。每張桌上，擺滿瓜子、餡兒餅、扁豆糕、蜜橙糕、時鮮水果等物。牛總管看了眼阮大鋮，徵詢道：「老爺，你看是不是直接入座，完了，你周到幾句，接著咱就席戲同開。」阮大鋮道：「那是自然。」

牛耕地招呼道：「各位佳麗，請對號入座。」八豔這才發現，椅背上分別寫著她們的芳名。柳如是打趣道：「此非水泊梁山，還排座位嗎？」董小宛笑道：「柳姐姐也不妨做一回女宋江，我等沾光，也得有把交椅坐坐。」顧橫波附和道：「說得就是，柳姐姐做了女宋江，那我就是吳用了。」陳圓圓瞪大眼睛嬌嗔道：「若顧姐姐都沒用了，後面的姐妹還算什麼？」寇白門把話接過來：「算什麼？大不了做個剩女。」卞玉京迷惑不解：「什麼意思？」寇白門解釋道：「這還用問，就是沒人心疼的女人唄。」

原本大家有說有笑，只寇白門這一句，卞玉京那神魂，卻不知為何跑到嚴不素那裡，遂心中憤恨道：「我敬重嚴老師的名望，卻不想，他跟我只是一夜風流而已。我命好苦！」遂獨自發呆。柳如是不知就裡，過來安慰卞玉京：「什麼剩不剩的，磨牙打趣罷了。」李香君也走過來，附和道：「就是。」說著，卻早把那淚蛋彈出眼眶，陪著卞玉京莫名其妙地傷感起來。向煙月笑道：「姐妹們聚一回不易，怎的一句笑話，就戳到了那根哭筋。好了，還是趕緊對號入座吧。」

不大會兒，各就各位。除柳如是外，其他麗人，皆有一兩個隨身侍女伺候。待八豔落座，侍女們便圍坐在矮腳小桌旁，一樣的歡天喜地。

牛耕地拍掌，復又做了個安靜的手勢：「老爺有幾句話跟各位姐姐說。」八豔正襟端坐，皆把目光投向阮大鋮。阮大鋮就煙月背後站定，說道：「今天，各位色藝雙馨的姐姐能光臨小園，不勝榮幸。大鋮嘴笨，欣慰之情，無以言表。惟望姐姐們開心，方不負大鋮一片真誠。我還有別的客人，恕不奉陪。這裡交給管家和煙月，有什麼儘管跟他們說，就如同我在一樣。」又拍了拍煙月的肩道：「煙月是你們一個榜上出來的姐妹，她會細心照料各位。不周的地方，多多包涵。」然後一抱拳：「失陪，失陪。」

阮大鋮走了兩步，低聲囑咐身後的牛總管：「管家，今兒徐公子不請自來，這邊我就不能顧了。那主兒，你是知道的，咱只有敬的份兒，沒有惹的份兒。記住了，這邊你可要盡心。」牛總管連連點頭道：「這自不用老爺操心。」阮大鋮聽了，很是滿意，倒背著手，走了。

送走阮大鋮，牛耕地對舞臺那邊一招手，鑼鼓響起，戲席同開。八豔除了煙月，人皆留意到個人面前的戲單，但見那封面上寫著「燕子箋」三個大字。翻開來，那故事梗概不過三百餘字，卻讓阮大鋮寫得跌宕起伏，令人嘖嘖稱讚。故事梗概寫道：

> 大唐士人霍都梁，與友鮮于佶赴長安應試，寄寓名妓華行雲家。霍將行雲與己像，作聽鶯撲蝶圖，付裱工繆酒鬼裱之。其時，禮部尚書酈安道之女飛雲，亦將己畫送繆裝裱。繆酒鬼醉中，使兩家各誤取其畫而去。飛雲見聽鶯撲蝶圖，驚行雲之像與己相同，遂題詞畫中。忽一飛燕將畫銜去，墮于華家，為霍所得，於是兩人思念成疾。臨試期，鮮於佶科場行賄，換得霍之試卷，得中狀元，複以燕子銜畫事恫嚇。霍懼，改名卞無忌而遁。
>
> 安祿山亂，霍從西川節度使賈南仲討安，飛雲則與家人失散，被賈收為義女。賈以霍立有軍功，許配飛雲為妻。時行雲在亂中與飛雲母相遇；因貌同，飛雲母誤認為親女。亂平，酈安道欲將女許配新科狀元鮮于佶。行雲見試卷，識鮮於佶之偽，酈安道乃面試之，鮮於佶鑽狗洞而逃。酈安道辯得真假，遂把狀元歸霍。霍至酈府，遇行雲，兩人亦結百年之好。

《燕子箋》這齣戲，向煙月從頭到尾也不知看過多少回，且多次飾演飛雲一角。今雖重溫，到那動情處，依舊陪著姐妹們傷心落淚。因劇情扣人心弦，八仙桌上的美味佳餚，多被冷落。

看罷戲，吃罷飯，八豔出了戲園，煙月引路，來到戲園外的一個亭榭休息。此乃點綴式小景，一塊巨大的花石，沖天豎起，上面佈滿苔蘚和花草，一股泉水，自上而下瀉出，人近之，每有水花濺身。一處亭榭下，早已備好籐椅、案几、時令水果之類。八豔就此小憩。不大工夫，阮大鋮帶來幾人。牛總管見了，迎上去：「老爺，那徐公子走了？」阮大鋮一臉快意：「可不，剛走。不然，怎得抽身。」

阮大鋮來到八豔跟前，一拱手：「不知幾位姐姐玩得可好？吃得可好？」八豔慌忙站起，略正了正前襟後擺，紛紛施禮：「阮老爺萬福！」阮大鋮熱情有餘道：「看我把誰給你們帶來了？」八豔中除了向煙月，餘者對阮大鋮帶來的人，皆感陌生。須臾之間，柳如是模棱兩可的說了句：「好像在哪裡見過這幾位老師。難不成是在選麗盛會上？」

阮大鋮挑指相贊：「柳姑娘好眼力、好記性，他們正是選麗盛會的點評師。不過，我仍要一一引介，是以加深印象，日後彼此多有照應。這是柳敬亭先生，蘇昆生先生，丁繼之先生，沈公憲先生，張燕築先生。這幾位，是咱南京的名角兒，恐怕不用我多說，姐姐們也一定是知道的。他們皆石巢園戲班柱石，上臺能演唱，下臺能彈曲。剛才的《燕子箋》，都看到了，沈先生演霍都梁；張先生演鮮于佶。」優伶臉上，皆濕潤鮮亮，顯然是卸罷妝，便趕著過來了。

阮大鋮撥開人群，從柳敬亭身後拉過兩個小女子：「這位是鄭妥娘，借來演行雲的；這一角，原由煙月演，今天你們來，特地讓煙月抽身出來陪你們。這位叫臘兒，演飛雲的。今天八豔齊聚，石巢園可謂是名流薈萃了。剛剛那出《燕子箋》，各位以為還受用吧？」

柳如是搶著贊道：「阮老爺的《燕子箋》，今天不知賺取了姐妹們多少眼淚，看這香帕，個個都成淚帕了。」李香君欲語淚先流：「這不，到現在人家還淚流不止哩，多虧了柳姐姐的香帕。一向聽說阮老爺的戲好，這會子真真開眼了。」阮大鋮謙恭道：「兩位姑娘過獎了，這不過是在下新編的曲目，尚在試演，還有待改進，望多多賜教。你們還有安排，我就不打擾了，免得拘束不展。」一拱手，往廳房走去。柳敬亭、蘇昆生等，也拱了拱手，走了。

牛耕地衝八豔道：「各位姐姐，竹林那邊已擺好案几，筆墨紙硯也都齊了，還望各位留下墨寶。」說完，牛耕地做了個打嘴的動作：「瞧這話說的，我就像個打劫的。」八豔和侍女們，全都笑了。卸了妝的臘兒，依舊在前面引路。大家沿一條綠色走廊，一直往北走。這條綠色走廊，乃由路兩旁的桂花樹形成，樹下是一盆一盆的各色花卉。

到得竹林，猶如掉進綠海，彼此距離稍開，便只聞其聲，不見其影。臘兒引著，穿過密不透風的竹林小道，來到竹林西邊的房前。此房坐西朝東，共三間，正中一個堂屋，左右各有一個套間。房南有棵大槐樹，樹冠投下的樹蔭，把房前的一塊空地，遮了個嚴嚴實實。樹蔭下已擺好案几，筆墨紙硯擺放整齊。一側的小方桌上，擺著茶壺、茶盞。若干矮腳竹椅，零散擺了一地。

近得案几前，牛耕地試探道：「哪位姐姐先來？」顧橫波打趣道：「自然是宋頭領了。」大家面面相覷，方又想起先前的笑話，就知道是說柳如是。那柳如是也笑個不住，一邊往案几前走，一邊打趣顧橫波：「誰說你『吳用』，這不挺會張羅的嘛。」柳如是略加思索，蘸飽筆墨，在一張宣紙上，即興作畫一幅，一座茅屋，一叢芭蕉，一個石桌，一本閒書。觀者，莫不驚歎。但聽董小宛低吟道：

窗前誰種芭蕉樹？陰滿中庭。陰滿中庭，葉葉心心，舒卷有餘情。

李香君把手中的絲絹，衝董小宛輕輕一拂，嗔道：「董姐姐怎麼不把後一句補上？斷章取義，美是美了，可也拂去了詞人的真情實意。」董小宛咯咯一笑：「我把詞吟誦完了，豈不冷了場？小宛正等著李妹妹補下一句哩。」聞聽此言，眾姐妹便攛掇李香君把下句接上。李香君躲閃不過，便吟誦起來：

傷心枕上三更雨，點滴霖霪，愁損北
人，不慣起來聽。

柳如是把毛筆擱在筆架上，輕歎道：「李清照當年的這首詞，不也正是眼下時局的寫照嗎？」眾姐妹聽了，個個一副傷春懷秋的表情。陳圓圓道：「宋徽宗時，有個無名氏，他的一首詩，看上去，與李清照這首詞，倒有幾分暗合之意。」說完，也低吟起來：

窗外芭蕉窗裡人，分明葉上心頭滴。

向煙月接道：「不獨無名氏的詩詞有這個意思，就是徐再思的《水仙子．夜雨》，也是這個意思呀。」眾姐妹皆有背吟詩詞的功夫，煙月話頭一起，徐再思那首詞，便從她們心裡走了一遍。然人人沒有掃興的意思，皆鼓勵煙月，吟誦給大家聽。煙月不好意地抿嘴一笑，定了定神，吟誦道：

一聲梧桐一聲秋，一點芭蕉一點愁，三
更歸夢三更後。

顧橫波噓噓道：「姐妹們，怎的都是些傷懷詞？今天可是高興的日子，不許敗興。」寇白門道：「顧姐姐所言甚是，我這裡就有首柔美的。」顧橫波道：「既然柳姐姐起頭在這芭蕉上，所吟誦詩詞，還在這上頭，不可跑題的。」寇白門胸有成竹道：「那是自然。」說完，也吟誦起來：

綠蕪牆繞青苔院，中庭日淡芭蕉卷。

眾姐妹一起拍手稱快。卞玉京道：「見柔見美得很了。寇姐姐方才所吟，可是陳克的詩？」寇白門道：「正是。」卞玉京道：「呂渭老的『小窗閒對芭蕉展』，不也在柔美之列嗎？」柳如是看看眾姐妹，又看看顧橫波：「姐妹們都吟誦過和芭蕉有關的詩詞了，顧姐姐何不也吟誦一首，給大家助興。」顧橫波笑道：「彩頭都被姐妹們搶了去，和芭蕉相關的詩詞也都背誦完了。我也學著柳姐姐畫一叢芭蕉罷了。」說著就要去拿筆。陳圓圓咯咯笑著，逮住顧橫波的雙手：「照貓畫虎可使不得。」眾姐妹皆予附和。顧橫波無奈，只好搜腸刮肚，半晌，這才吟誦起來：

芭蕉葉響知雨來，已覺清流漲小溪。

姐妹們聽了，人人為之擊掌。隨即，又個個一臉的狐疑。李香君道：「顧姐姐，你這芭蕉詩，我怎的一向不曾聽聞？」柳如是道：「是呀，我也從未耳聞，更未親見。」陳圓圓輕輕扯了扯顧橫波的衣襟：「顧姐姐，是你自己的詩吧？」顧橫波臉一紅：「姐妹中，只有柳姐姐的詩拿得出手。我哪裡會做什麼詩，什麼詞。剛才也是姐妹們逼急了，忘了在哪裡見過，抑或神助，就順口吟誦了出來。日後找到出處，一定告知姐妹們。」大家笑著，饒過顧橫波。

柳如是見機，把話頭收回：「在李清照的詞面前，如是這幅小畫，實在不足掛齒。慚愧慚愧。」說完，復又擎起毛筆，問道：「下面該誰執筆了？」四處的看，卻見姐妹們把顧橫波推到面前：「還是顧姐姐吧。」顧橫波當仁不讓，忽而伏案沉思，忽而眼觀竹林，忽而鼻翼微動，遂在宣紙上敬錄了孟浩然的一句詩：

荷風送香氣，竹露滴清音。

旁觀的牛總管，在那裡不住的點頭，心想：「秦淮這八豔，個個胸中藏墨，了得了得！」

顧橫波書寫之際，卻見李香君拉煙月躲到一邊，悄聲問道：「哪裡有茅房？」煙月知道香君內急，便引著來到屋北一角，那條小徑上，藤蘿遍地，人每走一步，都要小心，恐被絆倒。煙月道：「竹園許久沒有人居住了，連路也荒廢得不成樣子。香君姐姐留心腳下。」香君答應著，提起裙子往前走。

小解過後，香君踮起腳尖，透過一道竹籬笆往北看：「那是什麼？」煙月道：「後面是老爺的書房。」香君道：「這石巢園到底有多大？怎麼後面還是你們家的？」煙月道：「書房的院子後面，還有後花園哩，那裡有山有水。今天怕是玩不過來了，改日請你們去後花園盡興。」煙月和香君回來時，許多人已把墨寶留在紙上。陳圓圓聽說香君方便去了，也說要去。柳如是等，紛紛跟了去。竹林那邊，笑聲一片。

待作完書畫，方便歸來，牛耕地招呼道：「各位姐姐坐下喝口茶。」佳麗們圍坐在方桌前，淺淺的啜飲起來。牛總管與煙月低聲交流了幾句，煙月道：「各位姐姐，煙月有個想法，不知當講不當講。」顧橫波是個痛快人，說道：「煙月，你說就是。」寇白門道：「一個榜上的姐妹，說什麼當講不當講。」

煙月道：「既然是一個榜上的姐妹，我想咱們就是親姊熱妹了。可又覺得少點什麼。倘若我們一個頭磕在地上，拜為姐妹，豈不更好？」柳如是興奮道：「真真一件功德。」李香君附和道：「柳姐姐說的是。」說完，眼圈見紅：「這是哪輩子修來的，一下有了這麼多親姊熱妹。」

牛耕地插話道：「既然姐姐們發了話，東邊不遠有片梅園，那裡可以結拜。再煩各位姐姐，把生辰八字寫在紅帖上。」煙月從臘兒手中接過紅帖，分發給姐妹們。柳如是等，把各自的生辰八字，寫在上面，牛總管一一收走。隨後，臘兒引著，大家出竹林，經廳房與正房大院之間的過道，直走便來到梅園。到了一看，香案、香爐、香、結拜用的水果點心，一一擺好。為鄭重起見，牛總管特地從國子監請來一位司儀，主持這結拜儀式。

序過齒齡，八豔從此有了大小尊卑。柳如是二十歲，為長；顧橫波十九歲，為次；卞玉京十八，排行第三。其餘五人，皆十五歲，按照生辰大小，依次為陳圓圓、李香君、董小宛、向煙月。結拜完，牛耕地拿出八個紅貼，裡面各裝百兩銀票：「阮老爺的一點意思，不成敬意。」遂發到八豔手裡。

接著，便到了吃結拜酒的時辰。阮大鋮撥冗，到席祝賀。比及吃著，說著，笑著，鬧著，那石巢園裡的燈也一一點亮。柳如是看看天色已晚，便對阮大鋮道：「打擾了一整天，實在不好意思。時候不早了，得趕緊回去。不然，像下面這些小妹妹，個個都有那牽腸掛肚的人，人家不定在城裡急成什麼樣哩。」其他人盡皆附和，阮大鋮也不好強留，囑咐牛耕地，讓小廝丫鬟們準備好燈籠送客。

自梅園出來，牛耕地指指自己的小院說：「各位姐姐，右首這個小院，就是牛某人的寒舍。改日有機會了，再請你們進去坐坐。」柳如是道：「今天辛苦牛總管了，下次有機會，一定登門拜訪。」其他佳麗附和道：「是呀是呀。」牛耕地滿臉堆笑道：「姐姐們有這個心，我牛某人就高興得不得了了。」說完，照應著往前花園那邊走。

路上，阮大鋮也一併陪著，向外送。他的身旁是柳如是，大家三三兩兩，走著走著，便稀稀疏疏，拉開了距離。阮大鋮見周圍只有一個打燈籠的女婢，便問：「聽說柳姑娘前天被一位大人請去夜遊秦淮河，在南京鬧騰得動靜不小。只是不知，這南京城裡，哪位大人有這麼大的面子？」柳如是想，阮大鋮或許知道她與錢牧齋的事了，卻佯裝不知，也就順水推舟，笑著說了句「無可奉告」，敷衍過去。

姐妹中，除李香君是牛總管安排送回外，其他麗人，均由自己的轎子接回。麗人們出得石巢園，門口已有許多轎子等在那裡，各家來接的小廝女婢，打的燈籠不下一二十盞。遠遠看去，那燈籠在黢黑的夜裡，一閃一閃，猶如螢火蟲。走近了，方看清燈籠上面的字，有寫著某某府的，也有什麼都不寫的。打燈籠的小廝女婢，整個身子淹沒在夜幕裡，只有他們的臉龐，讓燈籠的光暈，自下而上照脫出來。人們出石巢園，第一看到的就是燈籠，接著就是燈籠上方那一張張稚嫩的臉。小廝女婢見人陸續出來，個個迎上去。有的小廝女婢，還低聲呼喚被接者的名字。

阮大鋮跟各位一拱手，見好就收地回去了，留下牛耕地和煙月，一一送別。李香君跑到柳如是轎前，把一香帕遞過去：「好姐姐，謝謝你的香帕。我已洗過，早已曬乾。」話未說完，淚先就打濕衣襟。柳如是從轎子裡出來，一把把李香君攬在懷裡：「妹妹，咱們八姐妹一個頭磕在地上，還分什麼你的我的，收著吧。找個時間，我去看你。」

董小宛也跑過來：「柳姐姐，真捨不得姐妹就此分手。」說著，淚也落下來。柳如是也一樣的把董小宛擁在懷裡，安慰一番。其他姐妹，也是彼此擁抱、拉手，個個跟淚人似的上了轎。喧騰了半天，石巢園門口才恢復平靜，草叢裡的蟲鳴，也才顯現出來。

第十章

掌燈時分，仍不見柳如是歸來，錢牧齋惴惴不安。出門看了多回，總無動靜。正擔心，聽得上樓聲，心想：「這回該是柳姑娘他們了。」心裡想著，腳已邁出屋門。一看，果如所料。柳如是到得二樓，見錢牧齋等她，一股暖意，湧上心頭。她加快步伐，路過自己門口時，看都沒看，逕直走到錢牧齋跟前，柔聲慢語道：「大人還未休息？」錢牧齋語氣輕佻又不失沉穩：「讓人最難入眠的，莫過於『牽掛』二字。」說完，側身閃出通道，示意柳如是進屋。

柳如是心領神會，輕提長裙，邁過門檻。應四跟進去，到東屋，幾個小廝都睡了。沒再叫醒他們，自己跑去為柳如是沏茶。白天，柳如是給應四的那塊香帕，至今掖在他的衣襟裡，貼著肌膚，貼著那顆活蹦亂跳的心。香帕那迷人的香味，很是提神，讓應四願為柳如是效勞一切。

進得屋來，柳如是見方桌上擺滿夜宵，還有一罈金華酒。靠東牆的長條案几上，新換一個景德鎮的瓷瓶，裡面插滿鮮花。柳如是坐在轎裡，一路瞌睡。快到河房時，應四把她叫醒，直到上樓，她還睡眼惺忪，一副無精打采的樣子。刻下，柳如是完全醒來：「進屋前就聞到一股香味，以為大人自外面採了什麼野花回來。卻是鮮花，我愛得很了。」

柳如是的雙關語，令錢牧齋有些尷尬，他自嘲道：「即使老當益壯，總歸『老』字當頭，不比後生。柳姑娘快坐。」柳如是鬆手，長裙下擺，緩緩觸地。她復又掃了一眼美食、鮮花，俏皮道：「這叫什麼？鴻門宴嘛？」話沒說完，先就把圓潤而光滑的下巴翹起，咯咯笑了。

錢牧齋先前的尷尬，不復存在，回道：「是吧，不過同音不同字，我這個『紅』，乃是『紅』娘的『紅』、『紅』事的『紅』。」柳如是道：「哦，這麼個『紅門宴』。」略點了點頭，見僕人不在，滿眼柔情似水的看著錢牧齋，低語道：「老頭兒不懷好意。」說著，坐到方桌西側的椅子上，低頭抿嘴而笑。錢牧齋扭頭對東屋喊道：「應四。」應四卻從外面跑進來，手裡提一把茶壺：「老爺有何吩咐？」錢牧齋關切道：「你們都累一天了，歇息去吧。我和柳姑娘說說話，不叫你們，別來打擾。」應四把茶壺擺放好：「老爺和柳姑娘慢用。」說完，把外門關了，遂進到東屋，呱嗒一聲，上了門閂。

錢牧齋在柳如是對面坐下，雙手捧過酒壇，啟去紅封，先給柳如是倒了一杯，再給自己斟滿。錢牧齋端起酒杯道：「柳姑娘，可否乾了這杯酒？」柳如是擎起酒杯：「今天在石巢園已經喝過，再喝，怕身子更要軟了。」一句話，把錢牧齋撩撥得旌旗搖盪：「姑娘的身段，柔軟才有風情。我先乾了。」一仰脖，喝了個乾乾淨淨。柳如是暗自佩服錢牧齋身上散發出的活力，遂打趣道：「老爺不老，姑娘不小，那我也乾了吧。」也喝了。

放下酒杯，錢牧齋一邊往柳如是碗裡佈菜，一邊問道：「今天阮大鋮沒問起我吧？」柳如是揀了塊豆干放到嘴裡，嘴唇微合，咀嚼得甚為斯文。錢牧齋愣著看她，等下文。柳如是抿嘴一笑：「問了，你想想，他能不問嘛？你倆誰跟誰呀。他說呀，呵，這個錢老頭，也不知因何把腳絆成這個樣子，我這石巢園，他都沒工夫來踏踏。」柳如是說完，忍住笑，看錢牧齋的反應。

錢牧齋很是吃驚：「老阮早知我來南京了？呀呀，日後相見，何以言對。」柳如是噗哧一笑：「呆老頭兒，人家逗你玩呢。」錢牧齋如釋重負：「俊姑娘逗呆老頭，該罰！」於是又把酒滿上，兩人一碰杯，又乾了。

各自揀了幾口菜，壓了壓酒。錢牧齋道：「今天八豔都齊了吧？」柳如是點了點頭：「自然都齊了。」忽又反問道：「呆老頭，我們八豔，你最熟悉誰？」錢牧齋不容置疑道：「自然是你柳姑娘了。」柳如是一噘嘴：「不老實。」錢牧齋一本正經道：「姑娘要行兇逼供，老夫也只好如實相告。那顧橫波，老夫雖未與謀面，倒也聽說一二。」柳如是急切道：「是嗎？快說說，你都知道她些什麼？」

錢牧齋卻問道：「理學家黃道周老先生，你知道吧？」柳如是點了點頭，道：「這與他什麼關係？」錢牧齋一挺身子：「哎，他們大有關係。你是不知，這黃老先生嘗以『目中有妓，心中無妓』自詡。一天，一班東林讀書人與黃道周喝酒，顧橫波也在座。東林諸生趁黃道周酒醉之際，請顧橫波脫去衣服，與之同床共眠，意在試試黃道周的話準與不準。那顧橫波真不含糊，脫去衣服，便上了床，東林諸生捂著嘴，笑著離去。那黃道周是做了柳下惠，還是做了玉通禪師，只有他老先生自己知道了。」

柳如是聽了，臉一紅：「呆老頭，你肯定想知道結果。」錢牧齋拿眼一瞅柳如是，低聲道：「你也想知道吧？」柳如是笑而不答。錢牧齋又道：「顧橫波頗有男兒之氣，時人嘗以『眉兄』呼之。則柳姑娘，與男輩交往，嘗以『女弟』自稱。你與顧橫波，倒有幾分像呢。」柳如是頑皮道：「那你是黃道周了？」

聞言，錢牧齋的心，幾欲蹦出胸膛。因自抑難耐，緊著把話岔開，轉而問道：「你正經跟那老阮也說過幾句話沒有？」柳如是把食物嚥下，喝了口菊花茶，說：「阮老爺人緣沒得說，一會兒這個來拜見，一會兒那個來拜見，忙得團團轉。別說陪著，就是露個面，也是蜻蜓點水似的。」說著話，二人再次舉杯，雙雙又把酒乾了。

柳如是輕輕理了下髮髻，身子略往後坐了坐，說道：「阮老爺也是好大的能耐，今天在園子裡，給我們看他新編的《燕子箋》，還網絡了許多名角來演。」錢牧齋很是好奇：「戲裡講的什麼？」柳如是小聲道：「男的歡，女的愛。」錢牧齋不知如何接話。柳如是看把老頭兒難住，又一本正經道：「分手時，倒是阮老爺親自陪著送出園來的。記得他曾問我，說是哪位大人請去夜遊秦淮河什麼的。還感歎說，不知是哪位大人有這等豔福。」錢牧齋趕緊把酒斟滿：「這等說，老朽就是那有福之人了，敬姑娘一杯。」先乾為敬，把酒又喝了。

柳如是跟著，那杯酒一落肚，身子越發軟了，竟有些坐不住的樣子。錢牧齋走過去，用他那厚實而溫暖的大手，扶住柳如是。柳如是笑道：「呆老頭居心何在？」錢牧齋深情地看著柳如是，聲音低沉卻充滿磁力：「姑娘有酒了，不如我扶你到西屋醒醒酒？」柳如是滿目含情地點了點頭，遂把一隻嫩白的小手，遞到錢牧齋手裡。一接觸到柳如是軟綿光滑的小手，錢牧齋立時感到身上有股久違了的熱流，正在他的全身上下奔放、疾馳。柳如是站起，那張美麗的鵝蛋型臉，輕輕貼在錢牧齋的肩上。一老一少，雙雙來到西屋。柳如是不及細看屋內擺設，就勢一栽歪，軟軟的身子便靠在床頭。接著把腿往床沿上一搭，柔軟的裙擺便貼在下身，襯托出柳如是一雙修長的長腿。

錢牧齋折回堂屋，把茶壺、茶盞拿過來，順手把門一帶，呱嗒一聲，也上了門閂。錢牧齋遞過一盞茶來，柳如是接過喝了，把茶盞遞還錢牧齋，遂似醉非醉地問道：「老頭兒，剛才你說什麼玉通禪師，是個典故嗎？」錢牧齋聽了，感到臉上一陣發燙，他拉過一把椅子，靠床邊坐了，說道：「怎的突然問起這個？」柳如是瞇起眼道：「這不坐著醒酒嗎，閒著也是閒著，還不如說說話。」錢牧齋有些為難：「是個典故。不過，難以啟齒。」柳如是努了下嘴：「還有比顧橫波的事更難以啟齒的嗎？說說又何妨。」錢牧齋站起來，到窗邊的桌前，提起茶壺，倒了一盞茶。喝罷，坐回到椅子上，定了定神，說道：

說起來，這還是南宋紹興年間的事。當時，溫州有個叫柳宣教的年輕人，他二十五歲就胸藏千古史，腹蘊五車書。後來一舉及第，當上了臨安府府尹。柳宣教上任那天，大擺筵宴，臨安有頭有臉的人，無不前來恭賀。但有一人，端著好大的架子，說什麼也不肯趨炎附勢。你猜他是誰？這人就是臨安城南水月寺的住持，名叫玉通禪師。柳府尹知道後，非常生氣，大罵道：「這個禿驢，竟然目無本官。」

巧的是，這天府堂公宴時，十六歲的官妓吳紅蓮在此承應。柳府尹知道吳紅蓮的身分後，便計上心來。公宴結束時，那柳府尹留住紅蓮，低聲吩咐如此這般這般。事成了，就判她從良；事敗了，就記罪重處。紅蓮不敢得罪府尹，只得依計而行。

次日，紅蓮一身重孝，手提羹飯，走數裡來到水月寺山門下，東瞧西望，等待機會。直到天色漸晚，才看見一個老道人出來關山門。紅蓮不敢錯失良機，趕緊向前道了個萬福。老道人疑疑惑惑地回禮說：「天色不早，小娘子獨自在這裡作甚？還不快快回城，我要關山門了。」

那紅蓮真是才藝雙全，說個哭，那淚就如斷線的珠子，啪嗒啪嗒直落：「望公公可憐，妾夫已死百日，家中無人，我自將羹飯前來祭奠。因為傷心，哭得天昏地暗，不覺天色已晚。如今城門已關，回不了家，只得投宿寺中。望公公慈悲為懷，到長老那裡替我求個情，容妾在寺中過一夜，明日早起回城，免得在這山門外被虎傷了性命。」說完，就哭倒於山門地上，不肯起來。

老道人慈悲，趕緊安慰道：「小娘子請起，容我與你想個法兒。」那紅蓮見他如此說，便站起來。老道人關了山門，領著紅蓮來到一間小屋暫棲，他去禪房替紅蓮求情。玉通長老慈悲，就准了。老道人領了旨意似的，趕緊來說與紅蓮知道。紅蓮感激不盡，再三的拜謝。那老道人說：「這都是出家人的本分，你不必客套。」說完，另找地方去睡了。

待夜深人靜，紅蓮悄悄來到長老禪房前窺視。雖說那間禪房門關著，但透過大槅窗，卻能看到裡面的一切。一盞琉璃燈，把禪房照得通亮。此時的玉通長老，正在禪椅上打坐。紅蓮輕咳一聲，長老睜開眼，便看見窗外的紅蓮，心想她大概就是那個借宿的寡婦了。紅蓮見長老睜開眼，遂低聲說：「長老慈悲為念，救救妾身好嘛？」

長老心中不快：「我已囑咐道人給你安排住處，又來這裡幹什麼？這是禪房淨地，由不得女流在此囉嗦。快去，快去！」紅蓮在窗外不僅站著不動，還衝著長老拜了十數下：「長老慈悲為本，方便為門，妾衣服單薄，夜寒難熬，望長老開門，借我一兩件衣服，遮體禦寒。不然，妾命難保。」說罷，哽哽咽咽哭將起來。玉通禪師不忍，便從禪床上走下來，開門放紅蓮進去。長老取了一領破舊禪衣給她：「去吧。」接著，依舊上禪床打坐。

紅蓮不走，逕直來到禪床邊，深深拜了幾拜，哭哭啼啼道：「疼死我了！」長老嫌紅蓮多事，並不理睬她，自己瞑目而坐，裝作什麼也沒聽見。可那紅蓮不到黃河心不死，直接將身子靠近長老，哽咽悲哀，叫疼叫癢；忽又坐起，忽又躺倒，忽又翻滾。長老被打攪得煩了，就對紅蓮說：「小娘子，不是我心腸硬，而是出家人不近女色。看你哭得可憐，想必真的有疼處。我且問你，哪裡疼痛？」紅蓮捂著肚子說：「肚子疼。」長老著急地說：「這我可愛莫能助。」紅蓮說：「妾夫健在的時候，就有肚子疼的毛病。那時，夫君脫去衣服，將妾摟於懷內，將熱肚皮貼著妾的冷肚皮，很快便不疼了。不想今夜疼起來，若長老肯將熱肚皮貼在妾身上，便是妾的救命恩人。」

玉通禪師見紅蓮苦苦哀告，只得解開衲衣，抱那紅蓮在懷內。這紅蓮賺得玉通肯時，便慌忙解了自己的衣服，赤裸了下身，倒在長老懷內，說：「望長老一發去了小衣，將熱肚皮貼一貼，救妾性命。」玉通初時不肯，次後三回五次，被紅蓮解去褲子。此時，不由長老禪心不動。這玉通看了紅蓮如花如玉的身體，春心蕩漾，兩個就在禪床上歡洽起來。

雲收雨散，紅蓮撕扯下白布衫袖一隻，抹了長老精汗，收入袖中。玉通禪師生疑，乃問紅蓮：「姐姐此來必有緣故，你可實說。」再三逼問，紅蓮只得說出實情。此時東方已白，玉通教道人開了寺門。紅蓮別了玉通，回城交差。柳府尹大喜，教人去堂中取小小墨漆盒兒一個，將白布衫袖子放在盒內，上面用封皮封了。撚起筆來，寫一簡子，乃是四句詩：

水月禪師號玉通，多時不下竹林峰。
可憐數點菩提水，傾入紅蓮兩瓣中。

寫罷，封了簡子，對一個當差說：「送與水月寺玉通和尚，要討回字，不可遲誤。」當差回來，告訴那柳府尹，玉通禪師圓寂了。柳宣教聞知大吃一驚：「此和尚乃真僧也，是我壞了他的德行。」懊悔不及，遂差人厚葬玉通禪師。

不知何時，柳如是已牽住錢牧齋的手，搭在她的腿上。故事講完，錢牧齋就勢起身，坐在床沿上。柳如是軟聲細語道：「晚上的酒不怎麼醉人，倒是這故事，把我醉得要不得。」說完，牽引著錢牧齋的手，便滑動到兩腿之間。慢慢的，錢牧齋的一隻手，不由的探入柳如是的隱秘之地。突然，錢牧齋神經質地把手抽出，一下癱軟在床。接著，一股熱流，從他的雙腿之間噴出。柳如是訝異道：「老頭兒，你怎的啦？」錢牧齋有氣無力道：「我還好，是你的愛河決堤了。」柳如是清醒了許多，聽了這話，含羞帶笑地撲進錢牧齋的懷裡。

次日，柳如是變戲法似的，另換了一套衣服。看樣子，她早已梳洗好。當下，正坐在窗前，翻閱一本詩集。應四進來時，看到臨河的窗外，晾曬著女人的衣服。突然之間，應四見了柳如是，不知如何稱呼，嘴巴幾張幾合，未吐一字。柳如是善解人意，笑道：「我是柳姑娘。」應四反應過來，說道：「柳姑娘吃什麼早點，我這就去買。」柳如是道：「你去問問老爺吧。」應四在天井裡碰到了錢牧齋，說了些話，出去了。

錢牧齋進屋道：「昨晚喝得不少。」柳如是會意，嫣然一笑。錢牧齋又道：「我叫應四去把你租住的河房給退了，你看行嗎？」柳如是道：「你都退了，哪還有行不行的。」錢牧齋道：「這麼說你不生氣。那就好，我想租了船去莫愁湖。這城裡的人，一傳十，十傳百，漸漸的都知道你我之事。這走哪兒都眼盯著，心裡沒底。」柳如是把詩集放下，高興得跳起來：「甚好，小女子願往。」

吃過早飯，應四等僕人，備好外出之物，便乘船出發。十里秦淮河，沿岸酒樓林立，茶肆無數。那錢牧齋與柳如是一出門，周圍的人們便嚷動開了：「他們出來嘍，他們出來嘍！」岸邊一婦女罵道：「呸，小妖精！」另一婦女罵道：

「老不正經，啊呸！」

茶樓裡喝早茶的人見了，更是借此高談闊論。單說那我敬梓與嚴不素兩位，脾性相拗，卻又總是形影不離。所謂不是冤家不聚頭，也不過如此。也許那嚴不素對柳如是念念不忘，故意帶著兩個徒弟，到這附近喝茶；也許那我敬梓看不慣世風，故意到這附近的茶樓一探究竟，看是否就如坊間所說，那錢大人真的有傷風化。我敬梓與嚴不素，同桌臨窗，臉前的秦淮河，可謂一覽無遺。

兩人正說著話，見河道裡有船駛來，樓下又有婦女的罵聲，就知道錢大人擁妓的事不虛。嚴不素氣道：「這錢大人好歹也是在北京做過朝臣的人，雖說被貶，畢竟身分不同，不能晚節不保。」

我敬梓搖頭道：「你以為北京那些在職的朝臣就好？不只是北京，也不只是大官；如今的大明，官場上下，是個官就貪污腐爛，個個妻妾成群尚嫌不足，還到青樓去包占窯姐。這都是叫貪污鬧得，官員貪污來的錢，不計其數，又無處揮霍，只好撒到窯子裡，敗壞世風。太祖開國的時候，頭一件就是肅貪，那叫一個厲害，各級官衙，都設有剝皮亭，無論哪個當官的，一旦被指控貪污，即行剝皮，懸皮於亭中，以示警戒。遠的不說，當時僅南直隸①，大小官員，因貪污被處刑的，每年就有數萬人。那貪官人皮，幾乎掛滿官衙。人每說談虎色變，那時的官員是談貪色變。貪污的事，也因此好過一陣子。可太祖一死，貪官捲土重來。一開始吧，還悄悄的，後來呢？全都公開貪了。貪歸貪，可享受貪污成果，還是悄悄的。再到後來，尤其萬曆帝以來，官員不僅貪污明目張膽，就是享用貪污果實，也公開化了。世道如此，官員公然包占幾個女人，又算

① 洪武二十六年，朱元璋定都南京，以此為中心，劃了一個片區，稱作直隸。一六〇四年，朱棣遷都北京，照葫蘆畫瓢，也弄了個直隸。為了加以區別，執政當局把前後誕生的兩個直隸稱之為南直隸、北直隸。南直隸，即今天的江蘇、安徽、上海及周邊一些地區；北直隸，即今天的北京和河北及周邊地區。

得了什麼？像錢牧齋這樣的，無論在朝在野，一對比，恐怕還算是好的。」

嚴不素拍著桌子，一副大義凜然的樣子：「眼不見也就罷了，耳聽為虛也就罷了，可今天把錢大人的醜行看在眼裡，就袖手旁觀不得了，我要彈劾錢大人。」我敬梓連連擺手：「嚴老師大錯特錯了，你明知那錢大人已是被貶之人，哪還有彈劾一說？」鄰桌一位茶客說：「官場向無好人，說它作甚。」嚴不素回頭瞥了那位茶客一眼，未予理會，回頭繼續對我敬梓說：「不過，這錢大人，官籍是脫了，黨籍卻不曾脫，恁把年紀，還摟著一個大姑娘瘋來瘋去，他不該給黨抹黑。」

我敬梓把擎在手裡的茶盞放下，反駁道：「你是說東林黨嗎？嚴老師你真迂腐。在咱們這塊土地上，是個黨就不乾淨。錢牧齋他們東林黨就好嗎？他們得勢的時候，對異己不照樣趕盡殺絕嗎？黨倒不曾被壞人抹黑，而是黨這口黑缸本身，染壞了所有的黨徒。閹黨如此，東林黨也如此。所以，孔聖人才說，君子不黨。可見黨從來就不是什麼好玩意。」

嚴不素把頭伸向我敬梓，低聲道：「照你的意思，那帝黨也在內了？」我敬梓就知道嚴不素要給他下套，把眼一瞪，不客氣道：「我說過帝黨在內了嗎？！」嚴不素把腰一挺：「量你也不敢！」我敬梓隨口道：「那是。可你敢嗎？」嚴不素把脖頸一挺：「我敢！我敢彈劾錢牧齋。」

我敬梓嘿嘿一笑，站了起來：「再說就是廢話了，錢牧齋錢大人已被彈劾。有本事就去彈劾南京的在職官員。也不是我說你嚴老師，你利用自己在文藝行的至尊地位，玩了不知凡幾的女戲子，幹嘛還跑到錢牧齋這裡拿酸沾醋？錢大人是老大不尊，我看你比他是有過之而無不及。」說完，拂袖而去。嚴不素把桌子拍得山響：「就你乾淨！」早已忍無可忍的畢氏兄弟亦隨聲附和：「打選麗那會兒，就特看不慣這姓『我』的，什麼東西！」

待我敬梓的身影消失，嚴不素這才稍微消了消氣，喝了口茶，遂想：「他也不乾淨。」轉而一笑，自言自語道：「眼下這大明，誰是乾淨的？上上下下，左左右右，裡裡外外，全爛了；而且處處人人，全都爛到底爛到家了。渾天度日，全都等死吧。」說到這兒，嚴不素老淚縱橫，長歎一口氣，自恨道：「我也是其中一爛人呀！」畢氏兄弟不知師傅的話中之意，驚道：「師傅，何以自穢？」嚴不素搖頭不語。畢氏兄弟遞上手巾，嚴不素接過，擦把淚起身，師徒黯然離去。

茶樓裡的這罵那議，有的被風颳走，有的飄進耳朵，錢牧齋和柳如是聽了，起初還會氣得臉紫臉漲。後來，他們反而泰然自若，一聞罵聲、議論聲，倒把那手牽起，故意的做給人看。丟到船上的磚塊，依舊收留起來。在莫愁湖泛舟時，柳如是道：「老頭子，丟到船上的這些磚，倒讓我想起『潘車』的典故。人家潘安貌美，每次上街，婦女們圍著他的車子，用果子擲他，表示對他很愛慕。可我們今天，走到哪裡都被拍磚，看來老頭子真的是老了，只有我這樣的傻大姐才愛你。算了，我也擲你一顆果子吧。」說完，從一籃子的水果裡，揀了枚紅棗，輕輕擲中錢牧齋。

因無防備，錢牧齋手忙腳亂，但還是把柳如是擲來的那枚紅棗捂住，往嘴裡一放，細嚼慢嚥起來：「嗯，做潘安的滋味甚好。」柳如是嬌嗔道：「越發的輕浮了。」錢牧齋乜斜一眼柳如是：「還不是你帶的。」柳如是笑著，又揀了一枚紅棗，向錢牧齋擲去：「你帶的！」那枚紅棗從錢牧齋身上滑落到湖裡，漂至船尾，被一個小廝撿起吃了。柳如是一直盯著水中的那枚紅棗，見此結果，隨即就是一串爽朗的笑聲。那笑聲，被莫愁湖水面的波紋傳導開來，聞者莫不欣然。

第十一章

暢遊莫愁湖之悅，在錢牧齋與柳如是回來的當下，便煙消雲散。二人尚未進天井，房東便拉著錢牧齋的手，緊走幾步，往樓上的窗子一指：「錢大人，你瞧瞧，你瞧瞧，這臨街的窗，都被砸成啥樣了？小廟養不起大神仙，你二位還是另覓他處吧。」

錢牧齋與柳如是仰望，但見幾處窗櫺，被人用磚砸得七零八落，破敗不堪。錢牧齋嘀咕道：「何人如此膽大妄為？」房東惱道：「這種活兒，除了『余雙人』，別人幹不了。」柳如是緊鎖眉頭，問道：「誰是余雙人？」房東臉色煞白：「這個這個，只能意會，不可言傳。」錢牧齋猛然醒悟，悄聲對柳如是道：「想想那晚從『徐』字船上飛來的磚頭，就明白這『余雙人』是誰了。」

柳如是懂了，遂賠笑道：「東家，砸爛的窗子算我們的，這總可以吧？」東家一搖頭：「情願算我的，只要你們馬上搬走，連房租也減半。」東家口氣絕決，眼見又圍攏了許多看客，錢牧齋乾脆道：「東家，我們這就搬走，不相煩的。」說著，在身後找到應四：「去把房錢跟東家結了，鏰子不少。」應四推開人群，帶著幾個僕人，先就進了天井。錢牧齋默然無語，拉著柳如是的手，隨後也進了天井，把房東晾在那裡，好不尷尬。

進得屋內，柳如是愁眉不展：「說搬就搬，可房還沒找到呢？搬大街上去不成？」錢牧齋心急如焚，正不知如何是好，但聽天井裡有人喊道：「錢大人在嗎？」錢牧齋疑惑道：「誰在樓下喊？」應四去結清房錢，隨口道：「我順便出去看看。」應四話音未落，那人的腳步便近了：「我說錢大人呀錢大人，你是成心給我省錢，還是成心掃我的面兒。」

錢牧齋一跺腳：「阮大鋮來也，這如何處之？」遂幾步搶出門去，幾乎與阮大鋮撞個滿懷。阮大鋮拉著錢牧齋的手，埋怨道：「錢大人吶，你可不夠意思，到了南京，你住到河房，就是打我阮大鋮的老臉。合著全城的人都知道你老大人住哪裡，就瞞著我一人了。」然後，半嗔半怪地笑著對柳如是說：「柳姑娘，可不對呀，昨兒我還問你，口風恁緊。今兒怎樣？讓我阮大鋮逮個正著。什麼話也別說，跟我家去。」

錢牧齋正為落腳點發愁，順水推舟道：「阮大人，得罪得罪，我……」柳如是亦現愧疚之色。阮大鋮道：「什麼你呀我的，我把管家也帶來了，房錢的事他自會處之，把行李拾掇拾掇，這就跟我家去。」牛耕地在阮大鋮身後，衝錢牧齋和柳如是一拱手：「失陪。」轉身找房東去了。時間不大，一切拾掇停當，錢牧齋、柳如是、阮大鋮分乘三頂轎子，直奔石巢園。牛總管、應四等與箧籠，分乘兩輛騾車，緊隨其後。

一路無話。

進了石巢園，三乘轎子過廳房，穿竹園，在阮大鋮書房前落轎。隨後而至的牛總管，把箧籠安置到竹園小屋。應四等，由牛總管帶去照料，不在話下。

阮大鋮先下轎，滿臉喜悅，靜看四個丫鬟，分別把錢牧齋與柳如是的轎簾掀開。下得轎來，錢牧齋眼觀四周，那真是草木鬱鬱，花卉盈盈，奇石怪怪，唯汩汩水流，只聞其聲，不見其影。

錢牧齋把目光收回，抬頭便見書房門匾上，寫著「詠懷堂」三個字。那字出規入矩，張弛有度，卻又流轉自如，力道千鈞。此般書法，出何人之手？因感興趣，仔細一辨，乃出孟津王鐸之手。

不經意間，錢牧齋向東一瞥，在一片林木後，一幢房子若隱若現。未及多問，但聽阮大鋮道：「錢大人，柳姑娘，請。」那柳如是也正目覽各處，心想：「我昨天來，曾在竹園一側北望，以為石巢園末梢。不想，還有內容。」錢牧齋、柳如是一前一後，跟進書房。阮大鋮引著，把西屋、正堂、東屋，看了個遍。

詠懷堂共三間，西屋為書房，除了面南的窗子，其他三面皆為起地頂梁的書櫃，居中間以兩道一人高的書櫃，一眼看去，這裡倒像一座小型書館。靠窗的地方，擺一案几，上面堆放了許多書，以及筆墨紙硯。案几旁的花架上，掛一盆吊蘭，窗外是滿眼綠色，各色花卉點綴其間。阮大鋮平日在此讀書、寫作、品茗。

正中一間是會客廳，一張八仙桌靠北牆而放，左右各置一把太師椅。兩側各有一溜楠木椅，墊子、椅襖，色色俱新。門內左右犄角，各置紫檀雕螭案几，上擺三尺來高的青綠古銅鼎。錢牧齋、柳如是在堂屋掃視一圈，回到面南的那堵北牆上，但見八仙桌上方，掛著老子的一幅騎牛圖，畫像左右掛了兩幅阮大鋮自己的書法，一幅上寫：

星占處士山中臥，影弄嬰兒世上名，
但使榆關銷戰鬥，何妨花塢有深耕。

一幅又曰：

拂袖行吟歸去來，草堂猿鶴莫相猜，
雲霄自愧無修翮，雨露誰為棄不材。

錢牧齋看了，贊個不住：「阮大人越發深得還山詩之三昧了。」柳如是附和道：「詩不但寫得好，也極盡溫柔敦厚。」阮大鋮謙虛道：「都是天啟時的舊作，不勞兩位這麼誇獎。」

接著又來到東屋，此乃阮大鋮小憩之處，無非床榻、被褥之類，所異者，有股濃濃的花香。阮大鋮解釋道：「寫東西寫深了，往往睡眠不佳。可也怪，一聞這花香，非但不能興奮，且眼皮沉重，眨眼便倒頭睡去。」錢牧齋嘖嘖稱奇，柳如是也是感歎不一。

東屋北牆，有一道小門，阮大鋮推開，引著錢牧齋與柳如是出去，面前一條幽靜的小道，通向河邊。河面上，有座木製小橋，由此而去，便是人跡罕至的後花園，有山有水，興許還有動物之類。站在那條幽靜的小徑上，水流聲悅耳動聽。柳如是一時釋然：「怪不得落轎時，就聽到水聲，原出這裡。呀，還有那麼多的鳥兒在那棵大樹冠裡，嘰嘰喳喳的，它們在開盒子會罷。」一席話，逗笑錢牧齋和阮大鋮。

阮大鋮笑道：「你們住到這裡，日後有的是時間去河那邊走走，我們先入席吧。」又引著，回到堂屋，分賓主坐下。每人身後，有一女婢侍候。錢牧齋、柳如是遊莫愁湖回來，正饑腸轆轆，見了美酒佳餚，不免胃口大開。

席間，有一把空置的椅子，柳如是若有所思，因對阮大鋮道：「何不把煙月妹妹叫了來，大家一起說說話。」阮大鋮正待解釋，但聽門外有人說：「沒想到這麼快就到了，看柳姐姐不怪我。」柳如是知道煙月來了，趕緊起身。這時，煙月已在兩個婢女的陪伴下走進來。一進屋，煙月先向錢牧齋道萬福：「想來這就是老爺常說的錢大人啦。」錢牧齋站起來，於疑惑之中拱了拱手。阮大鋮知道錢牧齋的意思，引介道：「錢大人不必多禮，她是煙月，柳姑娘的結拜姐妹。」錢牧齋復又坐下：「果如如是所言，儀表不俗。」

煙月走過來，拉住柳如是的手，並肩入座。阮大鋮道：「今無外人，不拘禮法，就便一起坐了。」手一揮，對婢女道：「給錢大人、柳姑娘斟酒。」其中一女婢，先賓後主地把酒斟上。阮大鋮舉杯道：「錢大人、柳姑娘，沒得說，先罰酒三杯。不過我也有不周之罪，亦罰三杯。」

錢牧齋客氣道：「阮大人……」阮大鋮假裝不快：「哎，我早已是貶官之人，還什麼大人小人的，直呼其名，不顯得咱更近嗎？」錢牧齋點了點頭：「說得也是。大鋮兄，我和柳姑娘空腹連飲三杯，待會兒，你就不怕我們出醜？」柳如是打趣道：「阮老爺下不去這個手的。」說完，笑看煙月。煙月捏了一把阮大鋮，阮大鋮會意，說道：「你們結盟對付我一個。好好好，先吃點東西，墊墊肚子。」錢牧齋與柳如是，撿著那合口的，吃了許多。柳如是一邊吃，一邊笑著說：「阮老爺哪裡是『我一個』，煙月妹妹可要吃味了。」煙月聽了，嗔道：「姐姐休得取笑。」錢牧齋看在眼裡，一切釋然。

待吃過一些東西，阮大鋮不容分說，與煙月一起，連敬錢牧齋與柳如是三杯酒。席上氣氛，愈發輕鬆起來。酒過三巡，阮大鋮道：「好生羨慕。你們倆，一個是學問天下第一，一個是琴棋書畫樣樣了得。」柳如是不許稱羨：「阮老爺，一口一個你倆你倆的，叫人情何以堪。」錢牧齋附和道：「是呀，柳姑娘面嫩，阮兄口下留情。」阮大鋮不以為然：「這世上的老夫少妻，也不止一對，那王獻之與桃葉的佳話，至今還流傳秦淮，不然咱這南京，哪裡還會有桃葉渡一景呢。」一番話，說得錢牧齋與柳如是坦然許多。

煙月抿嘴一笑：「就老爺典故多。」柳如是道苦似的說：「我與錢大人志趣相投，這沒錯。可你們哪知，我們為此吃了許多的磚頭。」說完，笑得前仰後合，仿如在說別人的笑話。錢牧齋面有尷尬，不語。阮大鋮為之憤憤不平：「有這麼實打實拍磚的嗎？王獻之之時，人們總看不慣老夫少妻，吐口水，拍磚頭；過了千把年，又翻出來當做佳話傳頌，這不有病嗎？錢大人和柳姑娘也不必為眼前的事著惱，你們的結合，千百年後，也一定會成為佳話。說不定，那時還會有老阮這樣的文人雅士，把你們的佳話搬上舞臺，一樣的動人，一樣的催人淚下。」

錢牧齋與柳如是相視一笑，那兩顆心貼得更近了。煙月的情緒亦被帶出，她私下把嫩白的小手搭在阮大鋮腿上，背依感十足。阮大鋮有知，心裡就是一熱。加之酒勁後湧，於飄飄然之中，阮大鋮感覺自己就是那王獻之，煙月就是那桃花，真是幸福無比。

推杯換盞之際，牛耕地進來，與錢牧齋柳如是打過招呼，走到阮大鋮面前，說了句「都妥了」，便退了出去。席間，阮大鋮就把住處安排，對錢牧齋柳如是說了，錢牧齋再三抱拳相謝，柳如是亦稱謝不一。

用過飯，阮大鋮陪著錢牧齋，煙月陪著柳如是，一前一後，往竹園走。路上，阮大鋮試探道：「在席上，當著女眷們的面，也不便問朝廷的事。聖上還那麼剛愎自用嗎？」錢牧齋道：「日久天長養成的脾性，也不是流賊鬧幾下，就能讓聖上猛醒的。再說，聖上身邊也沒有幾個中用的人。這不，我出京的時候，貴妃田秀英的父親左都督田畹，也正準備下江南為聖上選美。說是聖上被李自成鬧得寢食不安，遴選江南美女，為聖上解愁分憂。什麼話！自古不都是美女亡國的論調嗎？怎麼今天倒過來，又成美女救國了？唉，這些也不是一兩句說得完的。」

說著話，便到了竹園。煙月牽拉著柳如是，先就進屋。柳如是環顧屋內一切，無所不新。煙月拉著柳如是的手道：「這些都是我一手操持的，姐姐用著有不順手的地方，都在煙月身上。」柳如是捏了捏煙月水靈靈的臉蛋：「有你這樣一個妹妹，就是住茅屋，心也甜。」煙月撒嬌道：「話到姐姐嘴裡，總那麼悅耳。」

隨後，阮大鋮陪錢牧齋進來。彼此又寒暄了幾句，道別。柳如是叫住煙月，悄悄問道：「妹妹住哪裡我還不知，日後想你了，這麼大的園子，我上哪兒找你去？」煙月連連自責：「看看，這算是要緊的，一高興，我都給忘到爪哇國裡去了。」說完，對阮大鋮道：「你在這裡多陪錢大人說說話，我帶柳姐姐去我那邊認認門，以後也方便不是。」阮大鋮對身後一丫鬟道：「既這麼，就去提壺上好的茶來，我與錢大人就竹下品茗。」那丫鬟應著，轉身侍弄茶水去了。

煙月拉著柳如是的手，有說有笑，返回詠懷堂。柳如是納悶道：「這不又回來了嗎？」煙月解釋道：「回是回了，但不是回書房，姐姐這邊走。」於是引著，穿過幽靜的石子小路，走不多遠，便隱隱約約看見前面有一座房子。近了一看，是三間帶耳房的別致小屋。前面先有丫鬟開了門，站在門口一側，垂手接應。柳如是就是一愣：「你一人住這兒？」煙月引柳如是進屋，就套間床沿坐了：「誰說我一人住這兒？老爺不住這裡，我一個小女子，敢住這麼背靜的地方？」

柳如是神秘一笑：「哦，讓我發現了妹妹的一個小秘密，原來你家老爺在此金屋藏嬌呀？」煙月憂慮道：「藏得住嗎？藏人容易，藏情你不知有多難。我喜老爺有學問，老爺喜我知書達禮。老爺一心想納我為妾，跟夫人再三商量，夫人死活不應。」柳如是把眉皺了皺：「你家老爺就沒有別的妾嗎？」

煙月道：「有啊，那些妾，夫人皆容得，就我是她的眼中沙。」柳如是大惑不解：「為什麼？」煙月傷心道：「就因那些妾，是夫人所選，在夫人面前個個低眉順眼。可老爺又不喜她們。我呢？是老爺自己看中的，所以，就成了夫人的眼中釘，肉中刺。」說著，淚便滾滿一臉。

柳如是心想：「原來金屋藏嬌背後，還有這許多的苦楚。」安慰了幾句，說改日再過來跟妹妹說話。煙月要送，柳如是勸道：「看你滿臉的淚痕，叫人見了，跟什麼似的。這點路，還丟不了我。」煙月止步，叫丫鬟把柳如是送回。

見柳如是回來，阮大鋮起身告辭，回煙月那邊去了。工夫不大，牛總管帶應四等僕人進來：「錢大人，我把應四他們給帶來了。他們幾個的住處也已安排妥貼，大人放心就是。早晚的讓他們過來伺候，只是晚上，還回小廝那個院子住。」錢牧齋微微躬了躬身：「讓管家費心了，老夫這裡謝過！」說完，雙手一抱，拱了幾拱。牛總管受寵若驚，一邊回禮，一邊說：「錢大人這可使不得，我一個做下人的，受大人之禮，如何擔待得起。哦，有個話倒忘了，我家老爺讓我問問，柳姑娘這邊可需要女眷伺候？」

柳如是道：「謝謝管家，已經夠叨擾了。」

牛總管道：「到這兒就到家了，柳姑娘不必客套。我回頭叫一丫鬟過來，怎麼指使，柳姑娘看著方便就行了。」柳如是向錢牧齋求援，低聲道：「我真的不需要女眷照顧。」錢牧齋搖搖手：「管家，那就罷了。你也聽到了，柳姑娘真的不需要。用得著的時候，自會跟你說。」牛總管道：「那就這樣，我走了。有什麼事，叫應四過來支應一聲。」說完，退了半步，轉身離去。

應四見牛總管走了，趕緊湊過來：「老爺有何吩咐？」錢牧齋道：「諸事已妥，你們也早點去歇著吧，明天一早過來服侍即可。」應四低頭應著，往後退了一步，遂帶著那三個僕人走了。

錢牧齋與柳如是回屋，依著自己的習慣，大略規整了一番房內的擺設，再在竹園內走走看看，一天即過。這天晚上，二人睡得踏實而香甜。次日醒來，柳如是發現房南一角，整齊擺放了一些磚塊。應四正好進來，柳如是問道：「這些磚……」應四笑了：「姑娘一向當做寶貝，就沒敢扔。牛總管心細，就用車一併帶了過來。」錢牧齋有早起散步的習慣，這時他轉悠回來。柳如是笑道：「古有諸葛亮草船借箭，今有錢柳草船借磚。牧齋，說不準哪天我們在秦淮河邊蓋起一棟樓，就用這些磚奠基。」錢牧齋哄著說：「如是願意，這有何難。」

應四見柳如是跟錢牧齋有話要說，默默走開。柳如是道：「老頭，我說說而已。」錢牧齋認真道：「順口說的，往往最是心裡話，幹嘛要掩飾？南京這麼好的地方，上哪兒去找？難道你不想在此擁有自己的安樂窩？」柳如是大眼一瞪：「哦，好個壞老頭，你竟然在此將我的軍。」正欲親昵，被錢牧齋止住：「這不比房內。」柳如是笑道：「這次饒過。」錢牧齋道：「如是，我是認真的。」柳如是見錢牧齋一臉正經，也把那嬉笑收住：「老爺，如是求之不得呢。」

過了兩天，錢牧齋就把在南京買宅基地的想法，跟阮大鋮說了。那阮大鋮拍手稱快：「所廢缺口，我來添補。」錢牧齋道：「老夫買塊地、蓋座樓的錢還是有的，哪裡又勞大鋮兄破費。」阮大鋮道：「也不是這麼說，正好有個舊交，前年舉家自南京遷往揚州做生意，他們的宅院就在夫子廟與東花園之間。那宅院，大戶看不上，小戶買不起。這個舊交，託我幫他找個買主，這不一直沒有脫手。如錢大人願意，我可先帶你們去看看。」

一旁的柳如是聽了，先就中意了宅基地的位置。錢牧齋一切看柳如是的，阮大鋮二話不說，帶上他們，又是三乘轎子，去了城裡。到了一看，柳如是甚喜，宅基地的事就算敲定。之後如何請人看風水，如何畫圖樣，如何翻蓋，如何規劃，全權交由牛總管打理，不在話下。

第十二章

不覺，錢牧齋與柳如是已在石巢園住了月餘。二人估摸在南京的影響漸淡，是以商定出去走走。因二人脾性相投，意往三山街。

話說這天，錢牧齋與柳如是正欲出門，應四過來問安，見他們穿戴整齊的樣子，很是驚訝：「老爺和柳姑娘，你們這是？」錢牧齋道：「哦，忘了跟你說，我和柳姑娘出去走走，你就不必跟去了。」應四眉宇鎖了幾鎖，小心問道：「出去走走？哪裡呀？」錢牧齋不耐煩道：「還能哪裡？不就城裡嗎？」應四越發小心起來：「阮老爺知道嗎？」柳如是聯想到寄人籬下的不便上去，臉露不快之色。錢牧齋嗔怪應四道：「你過去跟阮老爺支應一聲不就行了。」應四嚇得扭頭就走，因走得急，被幾片竹葉劃傷了臉，火辣辣的疼。剛走幾步，應四捂著臉又退回來：「老爺，不是這麼個理兒。從園子到城裡，也非近道，你們用什麼代腳？」

錢牧齋與柳如是面面相覷，心想：「我們真是書生意氣，若非應四提醒，真就沒想過，如何去城裡。」他們愣在那裡，好生尷尬。柳如是先前的一臉責怪之情，瞬間釋之。應四解圍道：「老爺和柳姑娘，生來就是被人伺候的命，不解俗務，以致於此。這點小事，交給我即可。老爺和柳姑娘，回屋裡略歇歇，我這就伺候轎子去。」說完，捂著臉疾步而去。

望著應四遠去的身影，柳如是自責道：「還是下人周全，剛才真不該怪他。」錢牧齋道：「久被伺候的人，生活上，自然就退化為白癡了。」柳如是道：「老爺對自己夠刻薄的。」錢牧齋道：「本來嘛。」說話間，應四氣喘吁吁的跑回來：「老爺，阮老爺來了。」

但見竹園小道一端，現出阮大鋮匆忙的身影，不及近前，阮大鋮就責怪道：「錢大人，昨個咱們還在一起喝茶，你也沒說去城裡的事呀。你提早說下，我這裡叫管家準備準備，不就齊了。你看這頓忙活。」錢牧齋向阮大鋮一抱拳，拱手施禮：「阮兄，多有得罪。我們也是臨時起意，不想區區小事，卻勞你大駕，親自鋪排。」柳如是亦想賠不是，卻見牛總管跑到近前，用手一指身後：「老爺，轎子已準備停當。」

錢牧齋與柳如是順著牛總管手指的方向一看，竹園外面的路口處，若隱若現的擺了一頂雙人轎。柳如是心中就是一喜：「呀，還是雙人的。長這麼大，我還從沒坐過雙人轎。」因高興，柳如是衝阮大鋮抱拳施禮：「勞煩阮老爺！」阮大鋮用手帕擦了把汗：「值個什麼，你們盡興就好。」又想起什麼似的問道：「你們就不想帶個人伺候在側？」錢牧齋道：「又非七老八十，都能自理的。」阮大鋮側身讓出道來：「那就請大人和柳姑娘上轎吧。」錢牧齋知道阮大鋮的脾氣，也不謙讓，逕自走在前面。到得轎子前，錢牧齋與柳如是，雙雙跟阮大鋮和牛總管拱手施禮：「回見。」說完，一前一後，進了轎子。但聽牛總管喊道：「起轎！」不大會兒，那頂轎子，走出石巢園。

到得三山街，錢牧齋與柳如是下轎，把四名轎夫安腳酒樓，留下錢，令他們自便。轎夫們雖一身疲憊，見錢大人豪氣，個個快意非常。安頓好轎夫，錢牧齋與柳如是逕奔蔡益所書坊。

說起這蔡益所，在南京士人中，可謂影響非凡。時人談及蔡益所書坊，處處溢美之詞，曰：「天下書籍之富，無過於南京；南京書鋪之多，無過於三山街；三山街書坊之大，無過於蔡益所。什麼十三經、廿一史、三教九流、諸子百家、新奇小說、腐爛時文，上下充箱盈架，高低列肆連樓。蔡氏書籍，不但興南販北，積古堆今，且嚴批妙選，精刻善印。」當代飽學錢牧齋對蔡益所書坊尚趨之若鶩，遑論其他？

錢牧齋與柳如是在街上走了一會兒，遠遠看到「蔡氏書坊」的匾額，錢牧齋感歎道：「看來蔡老闆靠刻書發了大財，這不，他把老書坊一翻修，我幾乎認不出來了。」柳如是欽羨道：「終其一生，工於書事，也算人生一大樂事。」錢牧齋道：「誰說不是。以老夫的品行，有書足矣。」柳如是譏笑道：「那女弟就是多餘的了。」錢牧齋正要解釋，忽見一人站在書坊門前。

但說那蔡益所，正站在書坊門口，瞇眼東望。突見一熟悉的面孔，又一時拿不準，於是仔細打量錢牧齋；錢牧齋亦打量蔡益所。

「哎喲，錢大人！」

「哎喲，蔡老闆！」

一番寒暄，錢牧齋與柳如是被雙雙請進書坊。落座前，錢牧齋正要引介柳如是，那蔡益所打斷道：「我猜這一定是柳姑娘！」錢牧齋驚道：「蔡老闆何以如此眼力？」蔡益所並不解釋，笑道：「你們先坐，我去拿樣東西就來。」蔡益所囑咐夥計幾句，去了一個套間。書坊裡的小夥計，腿腳麻利地呈上香茗：「二位慢用。」小夥計的眼緊盯柳如是，令其不知所措。忍了忍，柳如是問道：「我們見過嗎？」小夥計不確定地搖搖頭，倒著離開時，撞在蔡益所身上。蔡老闆壓低聲音訓斥道：「總這麼毛手毛腳！」

蔡益所轉臉笑著，走至錢牧齋柳如是桌前。他順手把一本墨香四溢的書，遞到錢牧齋手裡：「錢大人，這是學生新刻的書，眼下就指著它賺錢了。」錢牧齋接過，但見封面上赫然印著「秦淮八豔」四個大字，著作人署名為：金陵浪人。

翻看首頁，第一位就是柳如是，先是一幀清新雅致的白描小像。錢牧齋與柳如是爭睹，無不瞠目。錢牧齋向前傾了傾身子問道：「蔡老闆，如此傳神小像，出自何人之手？」

蔡益所志得意滿道：「書中八位麗人的小像，皆出西湖畫士藍瑛①先生之手。秦淮河畔選麗之際，他恰好在南京。學生託他留心各位佳麗的嬌容，言稱日後備用。學生下百兩定金於他，怎奈藍瑛先生耿介，分文不取。選麗那天，藍瑛先生就把姑娘們的嬌容打了草稿，記了姓名。結果一出，他抽出八豔草圖，潤色加工，是以成就今天八豔小像。」

柳如是接過《秦淮八豔》，回看封面，右下角豎排「藍瑛圖」三個字，遂歎道：「如此出手不凡的畫士，如是平生未見。來日有緣，定當拜見才是。」蔡益所道：「這個不難。藍先生回杭州奔喪去了，回京後，我引薦你們認識。」錢牧齋趕緊說：「那是那是。老夫這裡先謝過先生。」

柳如是擔心書的內容，尤其他與錢牧齋的事，怕有不雅之處。蔡益所察言觀色，猜出幾分，便主動幫著翻看，讓他們瀏覽：「錢大人的學問，一向是學生最敬佩的，一些話，作者可以寫，至於哪些刻，哪些不刻，學生自有分寸。錢大人柳姑娘不必顧慮，盡可把書帶回去看。」錢牧齋柳如是這才氣定神閒。

其時，但聽門外有人喊道：「蔡老闆在嗎？」蔡益所勾頭往外一瞧：「喲，冒公子，貴客貴客！」起身相迎。蔡益所拉著年輕人的手，近至錢牧齋面前：「我引介你們認識。」錢牧齋柳如是謙和地站起。眼前的公子，柳如是似曾相識，卻一時記不起在哪裡見過。那年輕人也盯了柳如是一眼，感到幾分的面熟。蔡益所對那年輕人道：「這位就是江左②三大家之一的錢大人。」那年輕人喜出望外，給錢牧齋深鞠一

①藍瑛，字田叔，錢塘人。

②江左，即江東。

躬：「學生三生有幸，在此得遇錢大人，久仰久仰。」蔡益所又道：「這位是秦淮八豔之首的柳如是柳姑娘。」那年輕人如夢方醒，跟柳如是一拱手：「幸會幸會，我在如皋就知道了。」蔡益所最後對錢牧齋柳如是道：「這位後生，就是四公子之一的冒辟疆公子。」錢牧齋柳如是拱手施禮，久仰與幸會的客套話，撂了一地。然後，大家落座喝茶。

蔡益所把小夥計新端上來的茶盞，輕輕推到冒辟疆面前：「冒公子從何而來？」冒辟疆輕輕扶了扶茶盞，尚未回答，但見小六嘴裡咀嚼著什麼，旁若無人地走了進來。冒辟疆一陣臉紅，心想：「吃東西不分時候，在家囑咐他的，全忘了。」蔡益所注意到小六，因問冒辟疆：「他是……」冒辟疆道：「鄙人帶來的書僮，失禮失禮。」小六見柳如是衝他微笑，如見故人，憨笑著，點頭致意。小六不等人招呼，自尋板凳，溜邊一坐，享用他的美食去了。柳如是心想：「這樣的書僮，倒也省心。」

見小六自我安頓下來，個個會心一笑。蔡益所復又問道：「冒公子這是從何而來？」冒辟疆道：「學生從敝鄉如皋來。鄉試未幾，收到侯方域、陳貞慧、吳次尾三位公子的信，說在南京搞了個選麗盛會，邀我前來助陣。惜有羈絆，未能成行。不久，揚州、如皋全都嚷動了，說南京選出了秦淮八豔。這才多久的事，蔡老闆的書坊，連《秦淮八豔》的書都刻了出來，不要說揚州，就是敝鄉如皋，多大的地方？也有此書在賣了。」

冒辟疆所言，就是蔡老闆，亦感意外；錢牧齋柳如是之興奮，更是自不待言。柳如是道：「所惜者，盛舉落幕，侯公子他們即各奔東西。」冒辟疆黯然神傷道：「我來了，他們倒走了。」說著，從隨身的包裹裡，取出一本「秦淮八豔」。又道：「沒成想，陳圓圓也選在裡面。我們一向交情深厚，我這次進京，特地為她祝賀來的。」

柳如是把蔡老闆送她的那本《秦淮八豔》往懷裡一抱，說：「八姐妹在石巢園磕頭，也有些日子了……」冒辟疆神情木然道：「這也不必說，書裡都有的。惟有不知，陳圓圓現居何處。」蔡益所面色凝重道：「想必冒先生已找過陳圓圓，沒找到，才到了我這裡。唉，我這裡也沒有好消息給你。兩天前，田妃的父親田畹，攜帶千人，浩浩蕩蕩，到南京來，為聖上選妃。據言，田畹以銀二十萬兩，贖走陳圓圓。眼下，倒也還沒走出這南京城。」

冒辟疆急切道：「那她現今身在何處？」蔡老闆指指身後的方向：「他們一併住在宮城。那地方，雖說兩百多年前，皇帝就已經不在那裡住了，可皇威仍在。更別說宮城外還有留守的六部和五軍都督府，森嚴得，鳥也飛不進一個。你個書生，是可以輕易亂去尋的？」說得冒辟疆，垂頭喪氣。

蔡益所的話，倒也提醒錢牧齋，心想：「是呀，大明朝廷雖在北京，可南京的影子內閣，仍然存在。他一個被貶高官，在南京四處走動，總有許多不便。」想到這兒，聲稱有事，帶上柳如是，辭別蔡益所、冒辟疆，走出書坊。

錢牧齋柳如是走到「富春堂」書坊時，門前的貼板上有個封面，顯然是新書預售的意思。書名是《八豔新識》。柳如是好奇，走進一看，作者是：烏衣子弟。柳如是對錢牧齋道：「剛見了本《秦淮八豔》，寫書人叫做金陵浪人；這會兒，又見了本《八豔新識》，寫書人叫什麼烏衣子弟。今天的人寫書，全犯一個毛病，喜歡假託。《金瓶梅》的作者，不也假託一個『蘭陵笑笑生』的嗎？」錢牧齋壓低聲音道：「這都是因言治罪的結果。說來也怪，不管什麼書，只要作者的名字古裡古怪，那書一準好賣。什麼世道。」

略走了走，柳如是小聲道：「牧齋，我有些餓了。」錢牧齋本能地一抬頭：「喲，日已斜矖，是該吃東西了。」兩人走進一個酒樓，點了一碟鹽水蝦，一碟海蟄，一碟魚肚，一碟蔬菜，一碟香糕。跑堂的先把那碟香糕端上來，柳如是看得只愣神。那碟點心，清一色麻將大小，每塊點心上，皆用模具壓出三個字，叫做「錢柳磚」。柳如是不懂，便拿給錢牧齋看，並低聲道：「牧齋，你在南京可吃過這種點心？」錢牧齋也看傻了，遂趕緊把店小二叫來：「這糕點上的字是何意？」

店小二笑道：「老大人外地來的吧？這款點心是我們醉月樓新出的，說十分好賣都貶低了，直接就是供不應求。說起這『錢柳磚』三個字還有個典故，那北京貶出來的大官錢牧齋，被秦淮八豔之首的柳如是所迷，不肯回常熟老家。這一老一少，夜遊秦淮河，白遊莫愁湖，南京人看不下，就拿磚往他們船上丟。也不真的就害他們，只是羞羞而已。還是我們醉月樓老闆仁義，說拿磚丟這一老一少，顯得南京人雅量不足。於是特製了『錢柳磚』小點心，說以後誰再見了這一老一少，把『錢柳磚』丟上船，沒準他們餓了，還可以墊墊肚子。哪裡知道，『錢柳磚』一面市，倒樂壞了南京城裡的紅男綠女，個個搶著買了，去向對方表達愛慕之情。你說這世間的事，可笑不可笑？」說完，把抹布往肩上一搭，走了。

聽了店小二的解說，錢牧齋柳如是的臉，紅一陣，白一陣，兩人大半天，啞口無言。錢牧齋端起茶盞，用茶水潤了潤嗓子道：「南京人真是精明靈巧得很吶！」說完，把飯錢放在桌上，攜柳如是出了酒樓。那店小二再回來，不見了錢牧齋與柳如是，卻發現飯錢留在桌上。他把銀子悄悄掖進腰裡，搖了搖頭道：「這父女倆……」

過了數日，牛總管給錢牧齋回話，說翻修樓宇的事，大致敲定。備備料，很快就可破土動工。牛總管還要了應四去，幫他一同張羅。

有話則長，無話則短。話說開工日，柳如是真就說服錢牧齋，把人們丟到他們船上的磚，做了奠基石。如此說，也不過象徵意罷了。奠基那天，柳如是手托塊磚，笑對錢牧齋道：「這塊磚上，可讓工匠刻了你我的名字做紀念。說不準，過上幾百年，這樓垮塌了，後人撿到這塊磚，一定覺得蹊蹺。仔細一看，喲，原來是錢牧齋柳如是的大名。你說撿到的人，會不會當做古董，拿去賣個高價呢？或像楊玉環丟在馬嵬坡的那隻襪子，被後人編一齣戲去演，也未可知。」說完，笑個不住。

錢牧齋一向知道柳如是想像豐富，於是順著道：「說不定的事。不過咱們怎能和李隆基楊玉環比呢？」柳如是把手裡的磚塊放下，拍了拍手上的灰說：「你學富五車，那李隆基雖是皇帝，如何與你相比？我琴棋書畫，樣樣不差，那楊玉環如何與我比得？」說完，咯咯直笑。錢牧齋寵著柳如是，隨她說什麼，都笑瞇瞇的聽著，任其所為。那柳如是也就可著性兒，心無雜念的面對一切，整天嘻嘻哈哈，猶如童心未泯的孩子。

冬天快到的時候，工程已近尾聲。這天，阮大鋮跑到竹園喝茶，問錢牧齋：「給即將竣工的樓起個什麼名是好？」柳如是搶話道：「我早想好了，叫『飛來樓』如何？」錢牧齋很是詫異：「如是，如此美妙的樓名，你不曾與我說過。」柳如是矯情一笑：「就是要給你一個驚喜嘛。」

阮大鋮懵懵懂懂：「這樓名好是好，可裡面有什麼說法嗎？」柳如是笑道：「飛來樓的地基裡，用了人們投來的磚塊。那些磚塊飛來時好險。現在想想，也滿有趣兒的。所以叫做飛來樓。」錢牧齋溫情道：「這我知道。如是，虧你想得出。」阮大鋮連聲稱讚：「我敢打賭，這名兒定會叫響秦淮河畔。」錢牧齋笑道：「叫得響，也不過一個樓而已。喝茶喝茶。」阮大鋮不以為然：「同樣是樓，這也要看是誰住過的。你們兩位，老夫少妻，皆大名鼎鼎，樓都要跟著你們沾光呢。」三人說說笑笑，話題天南地北地說了個痛快，盡歡而散。

第十三章

仲冬時節，錢牧齋與柳如是遷居飛來樓。那天，飛來樓披彩掛紅，喜氣盈門。來賀者，不是官宦名流，就是新識舊好。至交之中，那阮大鋮與向煙月，又是上上貴賓。煙月初來，左顧右盼，滿目新鮮。但見那飛來樓大門、角門，並開迎賓。兩隻新雕的石獅，蹲在大門兩側。石獅的脖頸上，各繫一朵綢紮大紅球。大門懸匾「飛來樓」三個字，乃錢牧齋親書，飄逸而不失遒勁。

因嫌人手不足，牛總管代主迎賓，與應四列大門兩側，打躬作揖，或引客入席。牛總管見阮大鋮門前下轎，趕緊上前：「老爺你可到了，錢大人和柳夫人，一心就等你們，我這就引你們過去。」應四見了阮大鋮、向煙月，深鞠一躬：「阮老爺好！裡面請。」阮大鋮點了點頭，帶煙月進去。走了幾步，牛總管輕輕拉了拉阮大鋮的衣襟：「老爺，那邊是女眷席，這邊走。」阮大鋮道：「你不必尾我，前面引路。」

牛總管栽歪著身子，小心翼翼地走向前，一邊走，一邊回頭，生怕阮大鋮走丟了似的。彼此往裡走著，阮大鋮低聲問牛總管：「今天你怎的稱起柳夫人來了？不是一向稱作柳姑娘的嗎？」牛總管低聲道：「飛來樓的小廝、丫鬟，就是管家應四，亦如此稱之，我等怎好不改口。」

阮大鋮聽了，沈默無語，兩手剪著，繼續往裡走。然煙月聽了牛總管的話，便五味雜陳。她跟阮大鋮進門時，那應四只喊了聲「阮老爺好」，對她則張了張嘴，便糊弄過去。煙月心想：「這叫什麼？這叫名不正，言不順。我向煙月，既非阮大鋮的妻，亦非阮大鋮的妾，總之是游移在外的人。再看看人家柳姐姐，同是名不正，言不順，可人家躲進小樓成一統，管誰怎麼議論，總之人家有個名分，我呢？」想到這兒，難以言盡的淒苦，湧上心頭；但也知道是來賀喜的，忍了幾忍，把淚嚥回肚裡。然眉宇間的愁緒，卻任她怎麼忍，都揮之不去。

進得院子，但見院東一塊空地上，戲臺搭起。阮大鋮的戲班，要在此連演數日。正前幾十步開外，是一座不大的廳房。此房為舊有之物，經過一番修繕、規整、粉刷，煥然一新。舊院的格局是，連接廳房與大門的，是一個抄手遊廊，廳房的東西房山，各有穿山遊廊與之銜接。柳如是以為，此般設計，未免千篇一律，翻修時，就讓工匠把抄手遊廊給拆了，取而代之的是，移栽了許多花卉和樹木。廳房的穿山門洞，也被添封起來，把東西兩座房山，粉刷得白白的，請畫士一邊畫上荷塘秋色，一邊畫上淑女賞月。煙月看了，對阮大鋮道：「如此精巧，也只有柳姐姐想得出。」阮大鋮脫口而出：「她真是個尤物。」煙月吃驚道：「什麼意思？」阮大鋮本是自言自語，經煙月一問，他倒尷尬起來。正不知如何回答，便聽有人喊道：「大鋮兄，你倒是進屋呀。」

阮大鋮回頭，但見錢牧齋向他們走來。再看那柳如是，一路小跑，近前道：「阮老爺萬福。」遂一把拉住煙月的手：「房山有什麼好看的，快隨我進屋。」煙月急道：「慢著，我手裡不便。」柳如是好奇道：「是什麼，這麼寶貝？」煙月一臉神秘：「秘密。走，到你閨房裡去看。」柳如是對阮大鋮道：「阮老爺，我這裡失陪了。」阮大鋮笑了笑，什麼也沒說，轉身與錢牧齋進入廳房。裡面已是高朋滿座，相識者見了，彼此拱手寒暄，你推我讓，方落定座次。牛總管見阮大鋮落座，復又回到大門口，攏手應四，應酬四方來客。

阮大鋮坐下，環顧四周，瞥見兩個熟悉的身影，起身拉著錢牧齋，來至屏風後：「錢大人，大鋮不知是否看走了眼，臨東窗一桌有兩人，略有些眼熟，他們是？」錢牧齋側身，把頭伸出來，假裝不經意一瞥：「哦，你說我敬梓與藍瑛呀，怎麼，你們相識？」阮大鋮悶悶不樂道：「藍瑛也只是在朋友席上碰過一面，遠談不上交情。那位我敬梓，哼……這兩位倒是脾性相投，他們坐一條板凳上就對了。」錢牧齋因納悶，一拱手：「阮兄不妨有話直說。」

阮大鋮道：「我敬梓這個人，我豈止認識。此人一向愛出風頭，南京城誰不認識。此人仗著他的文學地位，任事、任人，看啥啥不慣，逮誰罵誰，他以為他是誰。」錢牧齋「哦」了一聲，似有所悟：「這我知道。我敬梓在他的《儒林》裡，亦影射過老夫。當時看了那書，也不能說不生氣。可時日久了，我敬梓所罵，也非全無道理。不過，今天請他們來，完全是內人的意思。」

阮大鋮不解道：「柳夫人與這兩位相熟？」錢牧齋一搖頭：「哪能呢？今天也是頭一遭見面。內人一向敬重這兩位作畫作文做人上的真誠，尤其敬重我敬梓的俠氣和文膽，說他是當朝惟一不用手中筆媚上俗下的人。就這樣，試著給我敬梓下了個請帖。不想，他還真賞光，就來了。藍瑛就更可貴了，給他的請帖，是經三山街蔡老闆轉交的。情知，人家自杭州剛剛返京，聽說我們有請，也來了。要說，這些都是情面，花錢買不來的。」錢牧齋用手撫了撫阮大鋮的肩，語重心長道：「其實，我敬梓並不是人們想像的那樣尖酸刻薄。」

錢牧齋一番話，令阮大鋮豁然開朗，灰濛濛的臉上，漸漸散發出亮光來，遂道：「所謂苦口良藥，被罵是不舒服的，也只有等時間長了，才知被罵是多麼的難能可貴。我敬梓是那個了些，不過平心而論，此人著書立說，還真沒有什麼私心。」錢牧齋道：「不能見容異己，為官者，做不好官；為文者，做不好文；為人者，亦做不好人。你我胸中藏墨之人，不比其他，當為包容異己之楷模才是。」進而試探道：「見見他們去？」阮大鋮語寬氣鬆道：「也未嘗不可。」錢牧齋很是高興：「冤家宜解不宜結嘛，走。」於是，帶著阮大鋮去見我敬梓、藍瑛。

話分兩頭。柳如是帶煙月，自廳房外的一條青石板小路，繞至後面的正房。這其實是一個院中院，也是原來的格局，正座外帶東西廂房。堂屋左右，各有一個套間。這次翻修，為柳如是改造之處，是東套間裡隔出一個暖閣，獨為柳如是所用。

院門口有個鮮衣亮服的小廝，正垂手當值。見柳如是帶人進來，謹慎地喊了聲「夫人」，不再多言。柳如是也沒應他，而是衝正房喊道：「臘兒，你看誰來了。」臘兒聞聲而出，見是煙月，一邊抹淚，一邊跑來。煙月為臘兒擦去臉上淚珠：「才來就這個樣子，顯得多沒出息似的。」柳如是安慰道：「待些日子就好了。」臘兒埋怨說：「這愛哭的毛病，還不是跟煙月姐姐學的。夫人你看你看，她還不是淚眼婆娑。」煙月拿手帕擦了擦淚道：「誰說我哭了。」說完，破涕而笑。

臘兒牽著煙月的手，向堂屋走去。門口有兩個丫鬟，左右垂手站著，一樣的喊聲「夫人」，遂又衝煙月微微施了一禮。臘兒對丫鬟道：「你們沏茶去吧。」丫鬟答應著，就去了東廂房。柳如是把這裡改作廚房，內有廚子和打雜的小夥計。

煙月進得堂屋，抬頭便見八仙桌正上方，掛著一幅畫像，遂問道：「這是你家老爺？也太老了點吧？」柳如是聽罷，就是一陣爽朗的笑聲：「你也太抬舉我們家老爺了，他的畫像能掛這兒？若朝廷有知，就不是貶官的事了。」煙月一臉茫然：「他是誰？」臘兒知道，卻不多嘴。

柳如是不以為然道：「他是誰？除了師表萬人的孔夫子，誰還有這資格？管他掛誰，咱們去裡面說話。」煙月追問道：「這又是誰畫的？藍瑛？」柳如是笑道：「藍瑛？哼哼，他好像對孔夫子不怎麼感興趣。」煙月吃驚道：「孔夫子他都不感興趣，那他對誰感興趣？」柳如是用手指指外面：「他今天就在座。」說著，用手指輕輕一捅煙月的小蠻腰，笑道：「開席後你可去問他。」說完，咯咯一笑，拉著煙月就往內室走。煙月嬌嗔道：「姐姐休得取笑，欺我沒見識。」

進了套間，靠窗有一桌一椅。柳如是刻意道：「臘兒不和坊間買來的那些丫鬟住，她住這裡。怎麼樣，還可以吧？」煙月笑道：「這要問臘兒。」臘兒一邊點頭，一邊推開暖閣的門。煙月進去，發現這是一個小巧別致的房中房，靠東牆放著一張月洞式門罩架子床，上懸流蘇錦帳，下鋪大紅雲緞被；錦被旁，斜靠著一個白緞紅花軟枕。南有一窗，窗前一張紫檀木書案；案几上擺一花瓶，裡面空著，卻散發出陣陣香氣。煙月轉到北側的小型屏風後面，不解地問道：「怎的這裡還有一道門？」柳如是道：「如日後老爺在堂屋會客，我出去多有不便。有了這道門，不知省去多少麻煩。」柳如是說完，把門打開，用手一指：「再後面就是僕人的住處，未來的馬房，也打算設在那裡。」

煙月疑惑道：「馬房？姐姐要馬房做什麼？」柳如是道：「要馬房做什麼？養馬騎呀。」說完，柳如是微提長裙，露出她那緞面繡花鞋來：「不然，可就虧待這雙大腳了。」煙月驚呼道：「我的天，姐姐不曾裹腳？怎的一向不曾聽你說起？你住石巢園恁久，妹妹一向不察。」柳如是坦然道：「多大的事，值得妹妹如此驚歎？我常年一襲長裙，我不說，你如何知道。」煙月自言自語道：「姐姐真真非常人也。」

這時，臘兒在門外問道：「夫人，茶好了，是在暖閣裡喝茶嗎？」柳如是答應道：「是。」遂關上那道門，與煙月坐在床沿上，把話岔開道：「平時，煙月就睡在外面，我睡裡面。」煙月詭異地一笑：「若非平時呢？大腳姐姐。」柳如是疑惑道：「什麼意思？」煙月壞笑道：「還裝傻。」柳如是聽出弦外之音，笑著把煙月壓在床上：「壞妹妹，在這裡等我呢。」煙月趕緊求饒：「好姐姐，小心壓壞禮物。」兩人笑著坐起，臘兒也正好進來，把成套的仿成化斗彩葡萄紋茶壺、茶盞擺好，知趣地退了出去。

柳如是迫不及待地問道：「什麼禮物，這麼稀奇？」煙月一邊解開外面的綢布，一邊說：「看了你就知道。」綢布裡又是菊黃的褶皺紙，柳如是看得只犯嘀咕：「想必一定是寶貝了。」待煙月把裹在那寶貝上的紙層層揭開，卻發現，原是一副版畫：槐蔭下，男子把女子攬入懷內，他的一隻手罩在女子右側的乳房上，另一隻手指著某個方向，大意是告訴那女子，要去某個房間歡會。那女子眉色飛動，勾人心魂。

柳如是看了版畫，不覺桃花上臉，因問煙月：「這是《金瓶梅》本子裡選出來的嗎？」煙月不容置疑道：「哪裡還能出這麼讓人砰然心跳的畫兒？」柳如是用纖纖玉指，輕輕觸摸著那副畫，無意間，手指滑至那男子的陰部，那個部位凸起，讓人隱隱感到，似有個物件在跳動。柳如是這無心之舉，令煙月浮想聯翩，她春山起伏，眼睛迷離，臉頰潮紅。柳如是見煙月異樣，玉指停在那堅挺的物件上，問道：「煙月，你怎了？」煙月一努嘴，柳如是低頭，見自己的玉指正輕輕壓在畫兒的敏感區，她立時為自己的魯莽感到羞愧，那張原本粉嫩的臉，瞬間絳紫，嘴裡一串「呀呀」聲，猶如被黃蜂蜇傷，猛得把手縮回。再看煙月，她那張臉也隨之更加潮紅起來。

柳如是把版畫放下，站起來，倒了一盞茶給煙月，自己也倒了一盞。兩人無語，接連喝了三四盞茶，她們的臉色才漸復正常。柳如是感歎道：「早就知道金陵的雕版天下第一，沒想到刻工、刀法，真的前所未有。這版畫出自三山街哪家？」

煙月把玉指一點畫的左下角：「這落款上

不寫著『富春堂』嗎？」柳如是驚呼：「哦，那就是唐對溪的雕版書坊翻刻的了。」煙月點頭稱是。柳如是難掩喜悅之情：「對唐氏版畫，我向來喜歡得不得了。謝謝煙月妹妹，你真懂我。」又指著畫道：「那哥兒是西門慶吧？」煙月斷然道：「還有誰能這麼出格？」柳如是批道：「西門慶貌似潘安，卻不甚讀書，可惜了。他若文史地理的通曉些，再把那醜收拾起些，當今的四公子，誰又比得了呢？」煙月總結似的說：「所以有句常言，叫做人無完人。」

柳如是不屑一顧道：「西門慶也過於不完人了。畫兒上的女人又是誰呢？潘金蓮？李瓶兒？」煙月道：「不定是誰。自古以來，男人是誰就是誰，女人可就不一定了。就說這幅版畫吧，那男人單指西門慶，也一定是西門慶，可那女人就難說了，他可以是潘金蓮，也可以是李瓶兒，還可以是孟玉樓、孫雪娥、春梅、迎春、繡春、蘭香，甚至是王六兒、宋慧蓮、林太太、李桂姐、鄭月兒等等。沒準是這之外的什麼女人。」

柳如是斟上一盞茶，遞給煙月：「好大的學問。跟阮老爺學的吧？你家老爺學問大，耳濡目染，你都謝道韞了。」煙月喝了口茶，把茶盞放在案几上，撒嬌道：「姐姐又要取笑。」柳如是咯咯一笑，那煙月紅著臉嗔怪道：「姐姐的笑聲好有一比。」柳如是笑道：「比什麼？」煙月抿嘴笑道：「莫若柳條因風吹。」柳如是笑著，就去撓煙月的癢癢肉：「你還不謝道韞，怎樣才謝道韞，人家姑娘一句『莫若柳絮因風起』的詩，讓你給篡改成什麼樣了。」煙月笑得已無氣力，連連求饒：「好姐姐饒了我吧，笑岔氣了。」柳如是這才罷手。

煙月拿著那副版畫，端詳了一番，心思略有沉重地問道：「此畫可有容身之地？」柳如是道：「什麼意思？合著飛來樓幾十間屋子，就沒有一幅畫的位置。」煙月道：「不是那個意思。剛才進來時，見你家堂屋掛著孔夫子的畫像。他老人家，克己復禮，哪見得這些東西？」柳如是笑道：「孔夫子故去千百年了，他知道什麼。你是拐著彎說我們家錢夫子吧？」煙月一本正經道：「錢夫子難道不是孔夫子的學徒嗎？」柳如是笑道：「你放心，我們家錢夫子的腦筋，沒有你想像的那麼頑固不化。」煙月道：「那當然，現實與想像總是有差距的。實情也往往如此，外聖內俗。」

柳如是在煙月臉上親昵地捏了一把：「你都快成我敬梓第二了，看事那麼準，說話那麼狠。」煙月嗔道：「姐姐怎麼把我與那個人比。」柳如是道：「那個人怎麼了？那個人起碼真誠呀。可妹妹你看當今之人，有多少不是外聖內俗的？直接說了，當下簡直就是一個虛偽透頂的世道。依著我自己，堂屋情願就掛唐氏版畫，喜歡什麼掛什麼。妹妹你是不知，我每虛偽一回，就像得場大病似的。讓我虛偽，生不如死。」煙月聽得出神，不敢插話。

柳如是繼續道：「可俗過了頭也不好，過俗是一把刀子，俗人傷人，刀刀見血。比如我和錢大人，俗人都以為我圖老頭兒的錢財，可我真的就喜歡他的學問，我是讀著他的書長大的，我從小就仰慕他。就這麼回事。也許有人會說，你不圖老頭兒錢財，何不去找個窮小子。我愛的是學問知己，不是不學無術的窮小子。可我不能跟俗人這麼解釋，因為越解釋，滿身就越是是非。隨便世人怎麼看好了，總之，我不喜歡虛偽，也不喜歡俗氣，我惟一喜歡一個『真』字。」煙月聽到這裡，一把摟住柳如是：「姐姐，我的好姐姐，煙月身同感受。」兩人又說了一會兒話，方想起掛畫的事，就讓暖閣外的臘兒，去找釘子和錘子。

兩人遂又把注意力放到了茶上。煙月問道：「這是一壺什麼茶？」柳如是道：「毛尖。」煙月皺眉道：「我一向喝不來毛尖的，來盞女兒紅吧。」柳如是道：「聽說你們家阮老爺只喝六安茶的，你怎麼不跟他一個口味，單要喝什麼女兒紅。」煙月笑道：「牛肉炒韭菜，個人心裡愛。難道老爺喝什麼茶，我們必定跟著不成？聽說錢大人也一向愛喝普洱茶的，你怎的偏又愛喝毛尖呢？」柳如是拿手一點煙月的額頭：「都說妹妹性格肉頭，我卻看不出來，小嘴恁不饒人。」說笑著，柳如是就起身出去，讓門口侍立的兩個丫鬟把茶換了。柳如是復又坐下，煙月道：「夏秋時節，我們姐妹在石巢園相聚，那是何等的熱鬧？如今這才多久，姐妹們就東一個，西一個的。」說完，滴下淚來。

柳如是勸慰道：「快別哭，臘兒來了。」剛聽見臘兒的腳步聲，便見她一挑簾兒，手裡拿著釘子和錘子，進來了。柳如是道：「這活兒須親力親為。」於是，接過錘子和釘子，四處的尋摸，最後把那幅版畫，掛在了西牆上。這樣，她起居時，便一眼就能看到那幅畫。事畢，臘兒從柳如是手上接過錘子，出去了。

柳如是一邊欣賞那幅畫，一邊問煙月：「剛才我們說到哪裡了？」煙月道：「你說『快別哭，臘兒來了。』」說完，噗哧笑了。柳如是笑道：「這不挺開朗的嗎？」遂又道：「我想起來了，你剛才說，還沒多久，這姐妹們就東一個，西一個的。誰說不是，小宛妹妹去杭州，至今未歸。圓圓也被皇親田畹選走。」

煙月心事重重地說：「我怕在這石巢園也待不多久了。」柳如是驚問：「何出此言？」煙月的一行淚，沿著舊淚痕流下來：「在石巢園時也不是沒跟你說過，正室不見容得很。阮老爺已在外面買了一個獨門獨院，說那裡清淨，暫與我廝守。姐姐，你信這話嗎？」柳如是正要接話，臘兒在堂屋對暖閣喊道：「夫人，客人來了。」

柳如是與煙月一同出來，那寇白門已行至院中。柳如是喜上眉梢，跑過去接應。煙月也是一陣碎步：「寇姐姐。」柳如是與煙月，一人拉住寇白門的一隻手，回到暖閣。臘兒添了一個茶盞，柳如是親自給寇白門滿上一盞茶：「妹妹先喝口茶。」

寇白門把茶喝了，坐在椅子上：「見了面，你們還沒讓我說一句話。我都想死你們了。」煙月道：「這話不對，想死了，怎不去石巢園找我們？」寇白門道：「你當是飛來樓呀？這城裡走動，不坐船不坐轎，抬腿就來。你們住郊外，去一趟，多不容易。」煙月把櫻桃小嘴一撇：「心近，就是隔著十萬八千里，也找了去。」

三人說著說著，話頭就到了卞玉京與吳梅村身上，寇白門哀歎道：「卞姐姐看中的那也叫男人？吳姐夫唯唯諾諾，不前不後的。卞姐姐一狠心，出家了。」聞言，柳如是和向煙月瞠目結舌。柳如是又打聽顧橫波的消息，寇白門道：「我也是聽人說起，顧姐姐隨那個合肥人北去了。」柳如是道：「合肥人？哪個合肥人？」寇白門道：「若非龔鼎孳，還有哪個？顧姐姐臨走，招呼都不打一個，全無姐妹情義。」柳如是道：「興許她自有不能言說的苦衷。」煙月道：「如此算來，在南京的姐妹，應該還有香君姐姐，怎的不見她來？」

「誰在背後說我呢？」李香君說著，挑簾進來。大家彼此見了，抱成一團，你一把淚，我一把淚，多年沒見似的。煙月對香君道：「你哭什麼？柳姐姐搬到河邊，你們如今是隔河相望，彼此可以照應了，還哭。」香君又是哭，又是笑，說道：「柳姐姐疼我，特地來和我作伴。」

寇白門道：「你們總有那麼多讓人羨慕之處。」柳如是道：「不見詩云嗎？說是：宮殿裡有悲苦，茅屋裡有歌聲。你看見的那些歡樂，不過是表面的東西罷了。」這話說到煙月的心坎裡，她那淚閘再也關不住，嘩嘩洩出。寇白門、李香君不知就裡，勸也勸得無頭無序。柳如是道：「煙月這淚水，就是你們不知道的地方。」正要往深裡解釋，錢牧齋已打發人過來喊，說客人已齊，準備開席。煙月趕緊把淚收了，與大家一起往前院走。走著走著，就聽見院內院外，鞭炮齊鳴。之後是推杯換盞，再後是鳴鑼開戲，不在話下。

散罷席，阮大鋮與向煙月，各乘一頂轎子回到石巢園，並在詠懷堂前落轎。煙月先下了轎，過來攙扶阮大鋮：「老爺，你是不是有酒了？」阮大鋮的步子有些軟綿，嘴裡卻說：「喝個高興而已。」進了屋，煙月扶阮大鋮坐下：「遇到知己了？」阮大鋮道：「別問我，先說說你姐妹們，都誰到了，有沒有什麼新聞？」煙月從下人手裡接過茶盞，小嘴一撅：「喝盞茶，你先說。」阮大鋮把茶喝了，顯得興奮異常：「也別說，我倒有一樁新聞跟你說。」

煙月急不可耐道：「老爺快說說，是一樁什麼新聞？」阮大鋮道：「你猜我今天在飛來樓遇見誰了？哈哈，遇見我敬梓了。」煙月不屑一顧道：「怎麼，你也把那個人掛在嘴邊，他不就是那個菲薄《燕子箋》的人嗎？值得說他？」阮大鋮道：「實話跟你說，沒見我敬梓前，只是看他那些罵人的文章，就以為他是什麼兇神惡煞。真見了面才發現，他也是肉體凡胎，而且溫文爾雅，待人的禮數，一點不差。別看他寫文章桀驁不馴，為人卻彬彬有禮。他拉著我的手，一口一個阮老師，說『我批你的《燕子箋》，對戲不對人』。聽聽這話，就知道是正人君子說的。」

阮大鋮對我敬梓的一番評價，讓煙月一時找不到方向：「那他是錢大人的故交了？」阮大鋮的話漸漸多了起來：「說來，這又是一樁新聞。飛來樓裡的兩位主人，誰都與我敬梓無交情。因為柳如是敬重我敬梓真誠，就發了個帖兒給他。來不來的，也就是向他致意的意思。哪想，我敬梓還真給面兒，就來了。這也許就是惺惺相惜吧。」

煙月疑惑：「他惜誰？」阮大鋮一拍大腿：「那還用問？他惜柳如是柳夫人。南京誰不知道，柳如是在女輩之中鶴立雞群，在男輩之中獨樹一幟，那也是一個敢愛敢恨的人，人人都敬柳如是這兒一點，更何況我敬梓那樣的人呢？我敬梓惜錢牧齋，怕也說不準的事。畢竟，他也罵過錢大人的文章。被他罵的人禮遇他，他自然受寵若驚，高看人家一眼。」煙月傻愣愣地盯著阮大鋮，問道：「這麼說，我敬梓自然也高看你一眼了？」

阮大鋮道：「那是人家的事。不過現在想來，他罵《燕子箋》『巧』得沒有道理，『巧』

得牽強附會，『巧』得近乎霸道，還是有他的立腳處的。」煙月面色不快：「他說《燕子箋》弄髒了純潔的文字，這話也對嗎？」阮大鋮哈哈一笑：「這就言過其實。不過他再三說了，對戲不對人，這就是君子風度，我當效而仿之才對。文人嘛，總得有文氣和胸懷才對。」

煙月連連打了幾個哈氣：「老爺，我睏了，想去歇息一下。」說著站起。阮大鋮道：「那就一同到東屋歇歇吧。」煙月攙扶起阮大鋮，雙雙走進寢室。

第十四章

柳如是遷居飛來樓，未出半月，即接寇白門請帖，知其待嫁。遂聯絡在京的姐妹，李香君、向煙月亦接請帖。三姐妹邀約，共赴筵宴，恭祝寇白門大婚。

那寇白門，娟娟靜美，本就討人喜愛；今又為秦淮八豔之一，自然引人注目。所傾慕者，顯貴政要，不在少數。最終，聲勢顯赫的保國公朱國弼，贏得美人心。

寇白門出嫁那天傍晚，柳如是、李香君、向煙月盛裝出席。姐妹們見面即相擁而泣，難分難捨。

你道這寇白門出嫁，因何不在正時？卻原來，大明習俗，但凡歌妓脫籍從良，須在夜間進行。那朱國弼雖是保國功臣，也不例外。但迎娶寇白門的排場，似有增無減。當夜，朱國弼派五千士兵，個個手執紅燈籠，自鈔庫街到寇家，再到內橋朱府，沿途肅立，那景色可謂冠絕一時。

寇白門上轎前，假母先是客套而虛偽地抱了抱她：「出了這道門，就不比在自家了，你多保重，照顧好自己。」假母素日的種種不是，在寇白門那裡，頓時化為烏有。泣不成聲的她，惟有點頭，表示已銘記在心。隨後，柳如是、李香君、向煙月近前，與寇白門相擁淚別。寇白門哭著，替三姐妹擦去淚珠：「都不許哭，我又不是去跳深淵，日後姐妹們短不了還要往來的，你們都保重。」說罷，哭著上了濃妝重彩的花轎。柳如是、李香君、向煙月站在鈔庫街，目送寇白門，直到她那頂花轎隱沒於市，方告別寇白門的假母，各自回家。

朱國弼娶回寇白門，喜新不足月，便厭而棄之，他依舊走馬於章台柳巷之間，倒讓那寇白門苦守空房。寇白門出不得朱府，她從前的假母、姐妹，亦進不得朱府，她惟有拈韻度曲，畫蘭吟詩，是以度日。

且說錢牧齋，自遷居飛來樓，思鄉之情，日欲濃烈。那天在書房喝茶，因與柳如是商量道：「常熟老家，每派人來，必問何時到家。想來，再沒有推脫的藉口。」柳如是緊鎖眉頭：「我同去？還是留在南京等你回來？」錢牧齋道：「你也知道，我已讓應四回去照應過夫人，她默許，別人還能說什麼？」

時見門房拿一拜帖進來，柳如是接過一看，喜出望外：「小宛回來了！」急忙去迎。錢牧齋隨後，亦跟了出來。董小宛進得門來，未語淚先流。柳如是淚彈飛流，倒先用手帕，為小宛揩淚。董小宛見柳如是身後的錢牧齋，問道：「這位大人是？」其實，董小宛已猜出幾分，惟不敢冒失而已。

柳如是拉住董小宛的手道：「快讓我來引介，牧齋，這就是常常與你提起的董小宛。」錢牧齋把手一拱：「董姑娘，有失遠迎，得罪。」董小宛笑道：「我想也是。」柳如是笑道：「也是什麼？」董小宛打趣道：「我想也是姐夫。」柳如是拿手指輕輕一點董小宛的額頭，笑道：「你究竟有多少這樣的姐夫，還也是姐夫。」遂與董小宛攜手，去了堂屋。

落座，柳如是即道：「妹妹可惜來晚一步。」董小宛道：「此話怎講？」柳如是道：

「早一步，便趕上寇白門出嫁的日子。多一個姐妹送嫁，多一份溫暖不是。」董小宛道：「寇姐姐出嫁了？嫁給了誰？」柳如是道：「就是所謂的『保國公』朱國弼是也。」董小宛道：「所不所謂的，寇姐姐有個人家，強似我這孤身飄零的。」說罷，黯然神傷起來。

廚房的人，上了一壺新沏的茶。柳如是給董小宛倒了一盞茶，借機把話岔開，說道：「妹妹此去，可有些日子了。」董小宛點了點頭，端起茶盞，吹拂了幾下，淺淺的抿了幾抿，答非所問道：「這是信陽毛尖吧？」錢牧齋暗自佩服，小小女子，竟品得出茶種？柳如是驚訝道：「你也太能了，什麼茶都知道？」董小宛莞爾一笑：「這也不算啥。」遂起身，去翻自己的包囊，從裡面拿出一包東西：「這是我從西湖帶來的龍井茶，我們就喝這個吧。」

錢牧齋眼前一亮，起身走過來，把那茶接在手裡，挨近燭光，反覆的觀看。但見那龍井茶暗綠扁平，淡淡草香，沁人心脾。柳如是快意道：「他是普洱西湖，兼而愛之。」錢牧齋稱許道：「知我者，如是也。臘兒來。」臘兒走來，從錢牧齋手中接過龍井茶，烹製去了。

柳如是拉著董小宛的手，稱羨道：「一向不知，小宛妹妹還是茶道中人。」董小宛道：「柳姐姐快不要這麼說，我不過知道一點皮毛而已。」柳如是搖搖頭：「一口都能喝出什麼茶，且知那茶的出處，你還皮毛？就別客套了，快給我說說茶事吧。」錢牧齋微笑不語，謙和地看著董小宛。董小宛難為情道：「我這裡班門弄斧，豈不讓錢大人笑話。」柳如是不依不饒：「哪能？你我乃結拜姊妹，笑話你，就等於笑話我。姐姐誠心要聽你的茶經的。」

董小宛推卻不開，放膽說道：「小宛陪人走南闖北，見過一些茶，也喝過一些茶，留心一悟，覺得茶分四春，人隨其等。」錢牧齋與柳如是一臉驚歎，默默的看著董小宛，等她的下文。董小宛疑惑道：「柳姐姐，我哪裡說錯了？」柳如是道：「不是錯，是『茶分四春，人隨其等』

的話，太觸人心弦了，你接著說。」董小宛道：「錢大人和柳姐姐也都是知道的，四春者，無非元春、探春、迎春、惜春。元春者，明前茶也。」

柳如是問道：「何謂明前茶？」董小宛反問：「柳姐姐這也不知？」柳如是道：「姐姐豈能跟妹妹裝傻。也許牧齋知道，但我們從未坐下來細說茶事。我們相談甚歡者，一向只是文史。」錢牧齋點頭贊同。

董小宛知道柳如是所言不虛，繼續道：「明前茶也就是清明節之前採摘的茶葉。這時的茶葉，乃春天剛剛冒出的嫩芽，最是上乘。因為春寒，茶樹長得慢，芽嫩水足，喝起來有股淡淡的清香。柳姐姐愛喝的毛尖，芽小多毫，湯色明亮，一看就是元春。喝元春茶，配品忌飲。」

董小宛又道：「探春者，明後茶也。清明過後，就是穀雨。這時的茶樹，含苞怒放，一芽一葉，肥美細滑。較之於明前茶，口感微重。則迎春者，已屬春尾茶，品是品不得了，它只配一個『飲』字。最次的要算惜春者，雖還有一個『春』字，卻已屬夏茶了。這時的茶樹，瘋長一氣，葉大脈粗。喝這種茶的人，惟有牛飲而後快。」

錢牧齋聽到這兒，嘴裡的一口茶几欲噴出，因怕出醜，忍了幾忍，反倒嗆得鼻子眼淚一起出。柳如是笑著，趕緊上前，一邊給錢牧齋捶背，一邊用手帕給錢牧齋擦臉。則董小宛嚇得臉色蠟黃，站在一邊愣神，手足無措。應四聽到動靜，跑來伺候。臘兒端一壺新烹製的龍井進來，見此情景，呆在那裡，猶如木樁，紋絲不動。

過了一陣兒，錢牧齋從嗓子眼裡笑出來，擺擺手：「無恙。」說著，從應四手裡接過手巾，自己揩拭起來：「不想，小宛還會講笑話。不過，你這笑話，差點要了我的命。」說完，孩童般的頑皮一笑。董小宛緊繃的神經，這才鬆弛，臉色復又紅潤起來。柳如是拉住董小宛的手，問道：「妹妹天天都這麼開心嗎？」董小宛道：「身不由己的人，難道還要自尋煩惱不成？」柳如是讚道：「好個豁亮的妹妹。」

應四從錢牧齋手中接過手巾，轉身對臘兒道：「還愣著？」說完，便出去了。臘兒醒過神來，把托盤放在八仙桌上，那托盤裡新添了三只茶盞。臘兒斟罷茶，把斟有毛尖茶的三只茶盞收回，放到托盤裡，轉身遞給一個丫鬟拿走，遂站到柳如是身後，默默侍立。董小宛俯身，用手去煽動茶霧：「你們快聞，這龍井茶有股豆花的香味。」柳如是仿董小宛的樣子，輕輕吸服：「果然。何以如此？」董小宛道：「這就是龍井茶，沏前聞著一股草香，沏後就變成豆花香了。」錢牧齋則一副老成持重的樣子，端起茶盞，瞇眼嗅了嗅，神情怡然。

柳如是道：「剛顧說笑了，還是說說你在外面的事吧。」董小宛道：「這回不光去西湖，連太湖也去了。今次回來，就不再東跑西顛了。我不喜歡雲遊，情願你和錢大人這樣，綠茵、品茗、閒話，永遠永遠。唉，只可惜，我沒有柳姐姐那樣的福分。」

柳如是突然想到一個人，遂道：「要不要我來保媒？」董小宛用手帕輕輕打了柳如是一下：「一見面，柳姐姐就取笑人，該打。」柳如是看了一眼錢牧齋說：「誰取笑你？秋天時，我和牧齋在蔡益所老闆的書坊，遇到一位才子，叫做冒辟疆的。」董小宛的臉霎時潮紅：「倒也識得。只是公子青睞圓圓姐，我入得上數嗎？」

錢牧齋道：「婚姻大事，盡在一個緣分。冒辟疆不遇陳圓圓，正說明他們緣分未到。這世上，誰與誰做夫妻，都是註定的，一絲一毫差不得，更強求不得，就像我與如是。」柳如是柔媚地看看錢牧齋，贊許道：「倒是牧齋經歷多，看得遠，那緣分說，我是信的。聽說冒公子來京，也不是沒找過你。」董小宛的心便活泛起來：「緣分緣分，不知會怎樣的作弄人。」

這時，應四拿一個拜帖進來：「老爺，客人來拜。」錢牧齋放下茶盞，接過拜帖，湊近燭光一看，喜道：「說曹操，曹操到。」遂將拜帖給柳如是看。柳如是對應四道：「快請快請。」應四去了。柳如是自言自語道：「這麼巧的事，只在《燕子箋》裡見過，哪想叫我們給碰上了。」董小宛問怎麼了，柳如是拉著她就往外走：「一會兒你就全明白了。」錢牧齋後腳跟出。

進來的人，與往外迎的人，就在前後院的節點處相遇，冒辟疆「哎呀」一聲，脫口而出：「真是踏破鐵鞋無覓處，得來全不費工夫。」說罷，竟忘了與錢牧齋、柳如是施禮，只顧呆看董小宛。因事出突然，董小宛一時語塞。那一刻，時光凝滯，人人木然。惟冒辟疆身後的小六，旁若無人地吃著什麼。應四看出小六的身分，悄悄拉了拉他的衣袖：「跟我來吧。」小六領會，背著行囊，跟應四去了。

柳如是打破那令人愉悅的寂靜：「還都愣著，快進屋說話。」說罷，牽著董小宛的手，先進去了。冒辟疆如夢方醒，紅著臉向錢牧齋施禮：「錢宗伯，晚生失禮了。」錢牧齋一擺手：「哪裡哪裡。」遂陪著冒辟疆，進得屋來。一切話頭，都是東一句，西一句，人人不得要領。愛與被愛，往往如此。

吃過晚飯，董小宛心事重重地回到家裡。對於秦淮河邊的歌妓，所謂的「家」，那不過是她假母的家、鴇母的家；說得俗些，就是妓院。因鴇母與歌妓常以「媽媽與女兒」的名分出現，歌妓自然也就以妓院為家。歌妓雖說是賣藝不賣身，但她們的假母既然是開妓院的，必然以賣方身分出現，賣藝是招牌，至於交易中賣不賣身，全憑歌妓自行掌握。無論如何，留住客人，乃歌妓第一要務。

進而言，藝與身，就隔著一層薄紙；恰恰錢又是利器，藝與身之間的那層薄紙，如何抵禦得住錢這件利器？一些歌妓，正是通過陪人遊玩、通過為有錢有勢的人演出，進而陪睡，才得以找到自己的歸宿。沒有哪個歌妓願意一輩子待在妓院，除非她無路可尋。董小宛便一直在尋找這樣的機會，但她不敢確定，冒辟疆是否就是這樣一個可以託付的對象。

送走董小宛，錢牧齋與柳如是安頓冒辟疆主僕二人在西廂房住下。錢牧齋回常熟的事，是以擱過一邊。也自此而始，冒辟疆三天兩頭去會董小宛，日久天長，難分難捨。這天，董小宛終對冒辟疆道：「如蒙不棄，小宛願終身侍候公子。」冒辟疆一把摟住董小宛：「早等你這句話了。放心，我定為你贖身，帶你回如皋老家。」

董小宛迫切道：「我這就去找媽媽商量。」遂奪門而去。到得媽媽門口，董小宛已無往日的輕巧，莽撞而入。那假母正專心塗指甲，抬頭驚道：「怎的跟個冒失鬼似的。」董小宛雙手合抱於胸前，上氣不接下氣道：「媽媽……媽媽……」假母愛憐道：「看你臉紅的，發燒了？」董小宛搖搖頭：「沒……沒……媽媽，是這麼回事，他想為我贖身。」

假母眉毛一緊：「他是誰？」董小宛道：「冒辟疆冒公子。」假母冷笑道：「他這幾天的錢還沒著落呢。」董小宛堅持道：「媽媽就說贖身需要多少錢吧。」假母知道小宛去意已決，那張臉也徹底抹下來：「別個好說，你是八豔之一，贖身的價格自然不薄。」董小宛的心就是一顫，小心問道：「多少？」假母想了想，伸出三個手指：「總少不得這個數。」董小宛睜大眼急道：「三百兩？」假母一撇嘴：「三百兩就想吃天鵝肉？我的大小姐，是三千兩！若是那國丈田畹選中你，也少不得敲他二十萬兩。今要冒公子三千兩，已是承讓了。」

董小宛頓感絕望，回自己屋細說端詳，冒辟疆亦傻。董小宛道：「現在惟一的出路，是去求柳姐姐。」冒辟疆猶豫再三：「倒也是個法兒，我回飛來樓跟他們求個面兒。」董小宛不放心道：「這麼大的事，我隨你同往吧。」冒辟疆緊緊攥著董小宛的手：「事不宜遲，這就走。」

二人逕奔飛來樓，把贖身的事說了。出乎意料，錢牧齋滿口答應。柳如是見老頭子成人之美，滿心歡喜，拿鑰匙打開櫃子，取了三千兩銀票，交給董小宛：「快去贖身，以免夜長夢多。」董小宛接過銀票，淚眼模糊道：「錢大人與姐姐的恩情，如同賤軀再造，小宛無以為報……」柳如是道：「這豈是姐妹間的話？快去吧，等你們的好消息。」冒辟疆欲言又止，想到：「受人於恩澤，惟訥言敏行，方不辜負恩主一片真誠。」想畢，牽起董小宛的手，默默的給錢牧齋與柳如是鞠了一躬，迅疾離去。

冒辟疆與董小宛雙雙站在假母面前，用渴求的眼神，期待假母。假母目光冷峻：「你們怎的不說話？沒錢贖身是吧？那就老老實實做人，別東想西想的。」冒辟疆掏出銀票：「我們有贖金。」假母瞥了一眼冒辟疆手裡的銀票，一臉的蔑視：「糊弄人的吧？多少？少一子不成。」董小宛以為假母變卦，哭道：「媽媽要多少？」假母道：「我說過的，三千兩銀子方可贖身。」冒辟疆把銀票遞過去：「這正是三千兩。」

假母不信，站起來，從冒辟疆手裡接過銀票，看罷，差點氣昏，心想：「他們的錢來得如此之易，我當時怎不張口要五千兩？唉！」董小宛擔心道：「媽媽要說話算數。」假母定了定神，遂道：「這世上，說話不算數的是官府。咱這兒不是官府，自然吐出嘴的話，潑出去的水，都是要算數的。」於是，翻箱倒櫃，把董小宛的賣身契約，塞到冒辟疆手裡，遂又面對董小宛，眼圈一紅：「孩兒，媽媽過去有對不住的地方，你多擔待。」董小宛的淚奪眶而出，她近前抱住假母：「孩兒感激媽媽還來不及呢。」遂把雙臂鬆開：「媽媽多保重。」假母把董小宛送出門外，問了句：「你不去跟姐妹們道個別？」董小宛把頭深深點了幾點，回屋去收拾行李。

收拾停當，冒辟疆背著行李，跟在董小宛身後，一個房間一個房間的去跟姐妹們道別，工夫不大，已是滿院抽泣聲。董小宛戀戀不捨的走出小院，姐妹們或在門口，或在樓道、走廊，向董小宛揮手道別。回到飛來樓，冒辟疆與董小宛對錢牧齋柳如是，千恩萬謝，不在話下。

次日，冒辟疆董小宛主僕，即啟程回如皋。臨行，錢牧齋拿出幾百兩銀子，給他們充做盤纏。冒辟疆董小宛婉拒，錢牧齋道：「這都是內人的意思，你們不必客氣。」柳如是默默點頭，並祝他們一路順風。董小宛抱住柳如是，久久不肯鬆開，一任大把大把的淚水，傾瀉在柳如是的肩上。柳如是亦淚流滿面，她輕輕推開董小宛：「妹妹，後會有期，刻下趕路要緊。」

董小宛抬頭，見自己把柳如是的肩哭濕一片，愧疚道：「這是怎麼說的。」柳如是笑了：「放心，姐姐不洗它，要留個念想。」董小宛更加哭個不住：「聽姐姐這話，像是不再見似的。」柳如是勸道：「來日方長。」冒辟疆牽著董小宛的手，一步三回頭的走了。小六的行囊裡，添了許多南京美食，那是柳如是早為他們準備的。小六一臉快意，回頭跟錢牧齋柳如是揮手：「老爺夫人，來日又見。」

走出飛來樓，冒辟疆自言自語道：「如今這麼有情有義的人，哪裡找去？」董小宛只顧哭。小六先上船，伸出一隻手，把冒辟疆接上船；冒辟疆又把手遞給董小宛，也接上船。主僕三人站穩了，船家撐篙，把船駛離利涉橋，飛來樓漸漸消失在他們的視線裡。

董小宛入得冒氏之門，孝順有加，殷勤有餘，深得冒家上下之心。冒辟疆的原配夫人體弱多病，董小宛便一肩擔起主婦之責，經理錢財，料理家務，無有怨言。那冒辟疆閒居在家，潛心考古證籍，著書立說，董小宛則送茶燃燭，亦無怨言。

閒暇之際，董小宛常與冒辟疆在畫苑書房潑墨揮毫，賞花品茗，評山論水，鑒金賞石，彈箏奏琴。董小宛甚或仿鍾繇帖，學曹娥碑，每天臨摹千把字，以為樂趣。學有所成，董小宛便給親朋好友書寫小楷扇面。興之所至，在扇面上再留一小叢寒樹，抑或留幾隻彩蝶，可謂妙趣橫生。

時光飛快，話說已是轉年的春夏之交，這天中午，小宛給自己的扇面上，寫了一首〈綠窗偶成〉，詩曰：

病眼看花愁思深，幽窗獨坐撫瑤琴。
黃鸝亦似知人意，柳外時時弄好音。

冒辟疆外出歸來，見了詩扇，把玩良久。董小宛悄悄接近，蒙住冒辟疆的雙眼：「不許偷看。」冒辟疆把詩扇放在案几上，仰頭努嘴。董小宛俯身，與冒辟疆對吻一下了事。哪知，冒辟疆反手勾住董小宛的脖頸，親個不夠。董小宛哄道：「丫鬟來了！」冒辟疆放手四顧：「丫鬟在哪裡？」董小宛回眸一笑，跑向臥室。那冒辟疆三步並作兩步追去，一把抱住董小宛，輕輕放倒在床。

董小宛愉快的尖叫聲，傳至室外。丫鬟正好進來，臉一紅，埋怨道：「中午也不消停。」丫鬟止住腳步，對室內叫道：「姨奶奶，花露好了。」董小宛推開冒辟疆：「我說丫鬟來了，你還不信。」冒辟疆躺著不動，董小宛整髮理髻，走出臥房。

丫鬟把兩盞花露擺在幾案上，退了出去。冒辟疆見丫鬟走了，滿面熱騰騰的出來。董小宛見冒辟疆絳紫色的直裰前面，有幾處濕斑，就把嫩如蔥白的手指在臉上抹了幾抹。冒辟疆知道是羞他的意思，拿手捂住濕斑，坐在籐椅上，指著瓷盞問道：「這是什麼？」董小宛道：「這是我為你釀製的花露，嚐嚐吧。」冒辟疆喝了一口，贊道：「好喝得無以言表。你是這世上，少有的美女美食家。一句話裡，連帶兩個『美』字，小宛豈不是『二美』了嗎？」董小宛撒嬌道：「你拐著彎罵人。」說著就過來，用拳去擂冒辟疆。冒辟疆順勢把董小宛抱起，一邊吻她，一邊走進臥室。

到得晚上，花前月下，冒辟疆與董小宛，斜臥幾榻，品茗賞月，一人一壺，或默然，或輕輕說著月，或淺淺談著茶。見大樹擋住月亮，董小宛一邊下幾榻，一邊催促冒辟疆：「快移幾榻。」董小宛一向如此，冒辟疆有時不等董小宛提醒，便下地移動幾榻，董小宛坐在上面，臉若牡丹，燦爛無比。

即便半夜回到室內，董小宛仍要推開窗戶，讓月光徘徊於枕簟之間。月亮西去，她又捲起簾櫳，倚窗而望。每每這時，那董小宛便反覆地吟誦李賀的詩句「月漉漉，波煙玉」。直到宣德爐內的「女兒香」漸漸淡了，董小宛才在冒辟疆的懷裡睡去。

第十五章

倒撥時光，回頭且說錢牧齋與柳如是。冒辟疆為董小宛贖身，雙雙歸鄉未幾，錢牧齋與柳如是亦打道回府，回到常熟老家。因急著趕路，錢牧齋一行到家時，恰值深夜。大家一路奔波無話，僅見數盞燈籠，照著匆忙的腳步；傘蓋及轎子，則隱沒於夜幕之中，難為人所見。倒是錢府上下，於夤夜知悉老爺即歸，皆夢中爬起，掌燈的掌燈，入廚的入廚，灑掃的灑掃，直鬧得雞飛狗跳，人仰馬翻。

錢牧齋與柳如是在轎廳下轎，各改乘一頂肩輿，由兩名小廝提著燈籠在前照路，步履輕緩地向內宅走去。廊柱、欄杆、樹影，不斷從肩輿兩旁閃過。因是深夜，到得內宅，免去一切繁文縟節，洗去征塵，略吃了點夜宵，就各自歇息了。

次日，錢府大排筵宴，為錢牧齋接風洗塵。錢牧齋正座，一左一右，分別坐著臃腫肥胖的正室陳夫人，以及小鳥依人的柳如是。柳如是謹慎觀之，但見那陳夫人：微白的頭髮慈眉目；圓潤的臉盤杏仁眼；低垂的眼皮扁平鼻；肥碩的耳朵厚嘴唇；繡藍的花繭綢上衣；老式的圓髻插珠翠。

歸鄉前，錢牧齋曾把家事略跟柳如是講過。柳如是暗自思忖，陳夫人何等的難處。今見陳夫人，所判似有誤差。陳夫人雖則正室，因無生育，一向充滿負罪感。為彌所欠，陳夫人諸事不爭，一味謙和。其他幾房姨太，雖有生育，但均夭亡。惟三房朱姨太所生錢孫愛，雖羸弱不全，卻得以苟活。朱姨太仗勢拿大，目中無人。柳如是眼觀四周，不見什麼朱姨太，也就把心思放在陳夫人身上，衝她微笑致意。陳夫人亦微微一笑，算是回應。

家宴開始，錢牧齋不見朱姨太與錢孫愛，遂怒道：「三姨太與少爺呢？」錢府老管家錢升慌道：「老爺，已叫過多回了，朱姨太跟少爺娘兒倆，閉門不出。」

柳如是示意錢牧齋息怒。錢牧齋只得作罷，厲聲道：「開席吧。」餐桌禮儀，從簡而行。一頓接風洗塵宴，憋氣而就。

吃過飯，錢牧齋安排柳如是休息，自回書房，讓應四把少爺錢孫愛領來。錢孫愛春秋十四，因患肺癆，身薄如紙，臉色蠟黃。錢孫愛佝僂著，一進書房，先給錢牧齋磕了三個頭：「爹爹回來了，恕兒不孝，未及遠迎。」錢牧齋憐憫道：「起來吧，到為父這邊來。」錢孫愛爬起，因跌撞不穩，嚇得應四趕緊上前攙扶。錢牧齋厲聲道：「應四，你不必管他，讓他自己走。」應四裝作沒聽見，把錢孫愛攙扶到錢牧齋一旁，就一把椅子上坐下。

錢牧齋關切道：「吃藥了嗎？」一言未出，錢孫愛連咳數聲，隨即把臉憋紫。良久才說：「回爹爹話，孩兒吃過了。」說完，終把散亂的目光盯在地毯上，不再抬頭。錢牧齋心酸至極，他撫了撫兒子的頭道：「你大了，也該曉些事理。看你娘，為父歸來，一頓團圓飯，她也不讓吃消停。回去告訴她，再不顧體面，為父定家法從事。」錢孫愛道：「孩兒知道了。」錢牧齋揮手道：「去吧。」錢孫愛站起，應四將其扶送至書房門口，交給貼身伺候的丫鬟。

但說那朱姨太，非等閒之輩，知道老爺所說的「家法從事」，意味著什麼。次日，朱姨太即聯絡陳夫人和另外幾房姨太，又聯絡常熟士紳顯要為後備，明攻柳如是，暗擊錢牧齋。常熟士紳顯要放出狠話：「倘若錢牧齋為一紅塵女子驅逐朱姨太，他們就聯名具狀，讓他為傷風敗俗的舉措付出代價。」一時之間，柳如是成為眾矢之的，讓她倍感意外。常熟非久留之地，柳如是決意盡速回京。錢牧齋難拗，把家事安排一番，僅在常熟住了月餘，便攜柳如是回到南京。應四、臘兒等原班僕人，亦同時返回。

李香君得知柳如是回來，當晚逕奔飛來樓，見面即哭：「柳姐姐，這南京就剩你我了。」柳如是驚問：「妹妹，這從何說起？」香君用手帕擦了擦淚道：「這不，你和圓圓姐腳前腳後，她走你回。」柳如是道：「圓圓果真被選去北京？」這時，臘兒端著茶盤，送來一盞熱茶。柳如是親手取了那盞茶，遞到香君手裡。臘兒無話，腳步輕輕的走了。香君捧著茶，暖了暖手道：「這還有假嗎？如今你回來，總算有伴了。」柳如是不解道：「這南京，不是還有白門和煙月嗎？」

香君苦笑道：「煙月被阮老爺金屋藏嬌，都藏得沒人知道她住哪兒了。」柳如是哀歎道：「這麼說，煙月果真搬出了石巢園。」香君抿了一口茶：「這也沒假。阮老爺的夫人，容得所有小妾，不知怎的，就容不下煙月。阮老爺無奈，另買了宅院給煙月住，原來的那兩個丫鬟依舊跟著。聽說，阮老爺多久也去不了一回煙月那裡，那不等於把煙月給悶殺了嗎？」柳如是道：「好個悶殺！」

說著話，兩人相互陪著，流了一回淚。突然，柳如是想起什麼似的問道：「那白門呢？她不也在南京嗎？」香君搖搖頭：「那就更不用說，自她進了朱門，就像蒸籠裡的一縷霧氣，蒸發了似的，影兒也不見一個。這你都是知道的呀，怎的還問我。」柳如是歎道：「唉，這倒叫我想起崔郊的詩來。」香君「噫」了一聲：「什麼詩？」柳如是輕輕吟誦起來：

公子王孫逐後塵，綠珠垂淚滴羅巾。
侯門一入深如海，從此蕭郎是路人。

香君道：「是寇姐姐的寫照了。那真是：侯門一入深如海，從此白門是路人。」柳如是道：「改得是。人生無常，每讓人泣血。」香君低頭，淚如斷線的珠子，啪嗒啪嗒落下。柳如是親昵的扭扭香君的臉蛋：「總這麼愛哭，乾脆你改名叫李淚人罷了。」香君笑道：「姐姐就會取笑人。」

香君手中的茶盞漸涼，遂起身，把茶盞放在案几上：「姐姐，我要回了，不然媽媽要擔心的。」柳如是亦站起：「你真夠乖的，茶沒喝一盞，就要走人。」香君嬌聲嬌氣道：「那茶我暖暖手罷了，真喝下，夜裡哪還睡得安穩。」說著，從床上拿起自己的裘襖穿上，就往暖閣外走。柳如是喊道：「臘兒，你叫個伴兒，提著燈籠去送送香君。」遂又衝西套間喊道：「牧齋，香君要回去了。」

錢牧齋出來，跟李香君拱手道別。李香君過意不去：「我一個小女子，還勞大人相送，香君怎擔待得起。錢大人，你留步吧。」錢牧齋客氣道：「香君說哪裡話，即便是家人有誰出門，都要送的，何況你們這樣的結拜姊妹。」說著話，就與柳如是把香君送到院門口。李香君道：「你們回吧，外面冷得很。」柳如是招招手，李香君戀戀不捨而去。臘兒與一丫鬟結伴，打著燈籠，把李香君送回媚香樓。

寒來暑往，不覺就是一年。深冬之際，李自成的起義軍攻入河南境內。侯方域考慮再三，決定南下避亂。問遍家僕，願與他同往者，惟商哥也。無奈，侯方域帶上商哥，再次踏上南京的土地。

商哥今次至京，再無初來時的衝動，他全然一副舊地重遊的派頭，哪裡也不稀見。倒是侯方域，對南京多了幾分的陌生感。在秦淮河邊，他走走停停，自言自語道：「住哪兒呢？」商哥道：「能住哪兒，河房唄。」侯方域也不與爭執，直奔老地方住下。

河房舊顏不改，所異者，四公子曾同住一個屋簷下。當年的河房，熱鬧非凡。而今，冷冷清清，難覓熟面。觸景生情，侯方域的失落感油然而生。傍晚時分，侯方域和商哥到就近的酒樓，點了幾樣可心的菜，要了一壺酒，算是為自己接風洗塵。商哥不似以往坐冷板凳，得以與少爺同席。是以受寵若驚，矜持萬分。

一邊吃著，侯方域就暗自合計，吃過晚飯，是否到對岸的媚香樓，去看看李香君。然久未通信，不知香君是否還在那裡，近況如何。那頓飯，侯方域總是心不在焉。商哥猜道：「少爺是不是想柳姑娘了？沒準，人家早不在南京了，你儘管失落去吧。」侯方域把筷子往桌上「啪」的一放：「你這東西，什麼楊姑娘柳姑娘，你不說話，沒人把你當啞巴賣了。」一見鄰桌的目光聚攏過來，商哥無地自容，只好埋頭吃飯，不再多言。

吃罷飯，主僕二人出來，在附近的街上溜達。商哥眼快：「少爺，前面這飛來樓，上回咱在時何曾有？我記得，這裡原是個破落的院子。」侯方域也眼前一亮：「不錯。這飛來樓煞是氣派。」商哥嘖嘖稱讚：「黑漆的大門，石獅兩邊蹲。定是大戶不疑。」商哥叨唸著，不容分說，便朝飛來樓大門走去：「我去探問一二，看是何人豪宅。」侯方域急得只跺腳：「你何必去添亂，誰住這兒與你何關？」

商哥哪裡聽得進，他逕直走到飛來樓大門口，對門房小子一拱手：「借問一聲，貴家何也，幾時到此安居？」那門房小子聽是外地口音，竟毫不客氣：「問它怎的？敢情你是踩點的賊？」商哥也不是吃素的：「爺只是好奇，問問而已，也沒惹你，因何罵人？」一邊嗆白，一邊輪拳就打。那門房小子「噢」的一聲，抱頭鼠竄：「打人啦！打人啦！」立時，便圍了一圈看客。侯方域上前拉住商哥就走：「我說什麼來著？到底又添了亂。」

這時，但見應四跑來，門房小子對他說了幾句什麼，他大聲呵道：「二位慢走，這裡豈是你等撒野的地方。」噌的上前，一把揪住商哥。待仔細一看，應四小有一驚：「噢，你小子呀。你不是那個那個……什麼嘛？」想了半天，終未想起商哥的名字，於是脫口而出：「你不就是那個……那個……河南瘦猴嘛？」商哥惱道：「大爺有名兒，喚作商哥，你個應死的！」應四見商哥以諧音相損，上去就是一拳。商哥立定腳跟，上身迅即側轉扭閃，右手鉗住應四腕部，左手托住應四下巴，洋洋得意道：「你以為大爺這猴拳是白學的？」

二人正在撕扯，柳如是聞聲出來，見侯方域、商哥兩張面孔，好似在哪裡見過。因天已擦黑，看不真切，一時難辨。她只得先喊了聲：「應四不得無禮。」應四聽到夫人喊他，把手抽回。商哥見機行事，亦罷手。柳如是走過來，不問是非曲直，也不問前因後果，只一味的端詳侯方域和商哥。

此時的侯方域和商哥，早已揣摩出來者。待柳如是近前，全明白了。侯方域主僕二人，恨不得找個地縫鑽進去。無處躲閃，他們只好把頭深深埋起，以免丟人現眼。侯方域主僕的難為情，堅定了柳如是的猜測，她驚呼道：「你們是侯公子、商哥吧？」

侯方域無地自容，倒是商哥無所顧忌：「柳姑娘，你住這兒？」柳如是致歉道：「應四太莽撞了，你們不要往心裡去。走，快家裡說話。」不由分說，就往院裡請，柳如是情真意切，容不得侯方域和商哥拒絕。

應四與門房小子憋悶難展，轉而對路人吼道：「看什麼看，沒見過古舊重逢？」路人一哄而散，其中一人邊走邊回頭，譏笑道：「我見過故舊重逢淚眼婆娑的，但沒見過你們這等故舊重逢拳腳相加的。」說著，倒背手，沿河邊笑哈哈的去了。這一來，應四那口氣又給憋了回去，他見門房小子站在那裡不動，上去就是一腳：「不中用的東西！」罵罵咧咧的回去了。門房小子沒處撒氣，狠狠踢了幾腳門前樹。那樹上殘枝敗葉，嘩嘩作響，落了一地。

且說柳如是，帶著侯方域主僕二人，由廳房穿堂，來至正房。一進院門，柳如是對內喊道：「牧齋，恩人來了。」侯方域和商哥面面相覷，心想：「誰是柳姑娘的恩人？」隨即，便見錢牧齋站在堂屋門口，仔細端詳朝他走來的陌生人。待侯方域近至面前，錢牧齋遲疑不決地略拱了拱手，心想：「不認識這兩位啊，何來恩人？」正琢磨，柳如是指著侯方域道：「牧齋，這位就是當年在秦淮河主持選麗的侯公子，善款亦由他出。非侯先生當年之壯舉，焉有今日之秦淮八豔。」

錢牧齋如夢方醒：「想起來了，當年大家在河房同簷而居。」商哥歡蹦亂跳道：「說的就是。一朝為鄰，終生為友。」侯方域嫌商哥話多，瞥了他一眼，示意他深宅大院，不比市井，要謹言慎行。商哥無他，正欲再言，但見錢牧齋抱拳，重重的拱了拱：「恕老夫老眼昏花，沒認出來，快屋裡請。」侯方域認出眼前這位儀表不凡的老者就是錢牧齋，於是也重重的拱了拱手：「錢宗伯太客氣了，晚輩不敢當。」錢牧齋微笑道：「哪裡話。」說著，也不推讓，自己引著，先就進去。

彼此分賓主坐下，柳如是問道：「侯公子何時來南京的？」侯方域拘謹道：「今天方到。」柳如是關切道：「你主僕二人住在哪裡？」侯方域道：「河房。」柳如是道：「怎能讓恩人住外面呢？正好我這西廂房空著，你們主僕搬來，豈不更好？牧齋，你說呢？」錢牧齋連連點頭：「如是所言極是。」侯方域靦腆道：「這怎麼使得。」柳如是笑道：「還客氣什麼，就這麼定了。」說著，就讓臘兒去叫應四。

一會兒，應四來了。柳如是吩咐道：「你與商哥去河房搬取行李。記住，一併把房錢結了。」應四道：「是，夫人，我這就去辦。」應四退出堂屋，帶上商哥，去了河房。

侯方域坐立不安，柳如是安慰道：「南來北

往的朋友，但凡到了南京，我們都會周濟的，何況你是我的恩人呢？我沒記錯的話，是去年吧，你們四公子之一的冒辟疆冒公子，還在西廂房住過一段日子哩。」侯方域驚道：「是嗎？」但又不便多問，不過，他的內心卻坦然了許多。

時辰不大，應四和商哥把行李搬來，送到西廂房。柳如是道：「侯公子，看你不自在的樣子。我叫一個人來，保你神情怡然許多。」侯方域辯白道：「沒有不自在啊。方域倒是想知道，柳姑娘會請誰來？」柳如是神秘一笑：「這你不用管，一會兒見分曉。」遂對身邊的臘兒耳語了幾句，臘兒出門去了。

喝茶閒話，錢牧齋問起河南的情形：「聽說流賊已到了河南境內？這消息確切否？」侯方域點頭道：「我就是因此而逃出河南的，千真萬確。」錢牧齋倒吸一口涼氣：「這麼說，我大明已無藥可救？」柳如是不屑一顧道：「李自成流賊而已。」錢牧齋憂慮道：「明軍腐敗得早已不堪一擊。你沒見邸報上說嗎？很多明軍，見了流賊皆望風而逃。因此，這李自成不可小覷。」

侯方域話語漸多：「錢宗伯的話，切中要害。河南防軍的情形，全然如此。記得崇禎十一年秋，來南京鄉試的幾位公子夜遊秦淮河，就說到過這些話題。那時陳貞慧就說，這幾年的光景是百毒俱發，西北連年乾旱，蝗蟲成災，赤地千里，寸草不生，人人相食。那是災難，也是收拾人心的大好時機。可惜，良機已失。」

錢牧齋暗自佩服年輕人的見解，遂附和道：「你們雖然年輕，但看問題也不可謂不準。剛才你說的那些意見，都是對的。問題是，大明的事，不是按照你們年輕人的意見走，也不由大臣說了算。聖上剛愎自用，獨斷乾坤，至於此。」侯方域起身，給錢牧齋作了一揖：「還是錢宗伯看得深切，學生受益匪淺。」

柳如是插話道：「剛才侯公子說，災難是收拾人心的大好時機。這其實就是那個『多難興邦』的另一說法。但在我看來，政權腐敗帶來的災難，不僅不能興邦，還會亡國。」錢牧齋向柳如是投去一縷贊許的目光，略頓了頓，說道：「如是見解獨到。『多難興邦』的提法，多半是獨夫民賊的擋箭牌；他們造下孽，傷及黎民，回頭卻又告訴你說，這樣可以興邦。黎民百姓認可了這樣的混賬邏輯，獨夫民賊們就可以堂而皇之地作孽一方了。比如官方的賑災募捐之類，倒成了獨夫民賊們搜刮百姓、魚肉鄉里的最好藉口。」

錢牧齋一席話，令侯方域茅塞頓開，他正要說什麼，臘兒引李香君進來。李香君先給錢牧齋施禮：「錢大人萬福。」後對柳如是說：「柳姐姐家裡的客，總是南北雲集。這位又是？」柳如是打趣道：「香君妹妹眼拙，還是裝瞎？這不是恩人侯方域侯公子嗎？」李香君趕緊施禮：「侯公子萬福！香君一時眼拙，沒能認出，得罪得罪。」侯方域早已站起：「這哪裡敢當，原想去媚香樓看你的，節外生枝，做夢般的遇到柳……柳……」

柳如是解圍道：「直呼大名就是，不必難為情。」臘兒聰明，接話道：「飛來樓上下，都是直呼柳夫人的。」柳如是對善解人意的臘兒，一向喜得不得了。她回頭，熱情地看了臘兒一眼。那侯方域繼續道：「做夢般地遇到柳夫人，做夢般地到了飛來樓，做夢般的見了久仰的錢宗伯，這不又做夢般的見到了香君你。」商哥長吁一口氣：「我的娘，公子總算把夢做完了。」堂屋裡的人聽了，都笑將起來。

須臾，酒宴擺上。侯方域再三說已吃過，柳如是道：「你全當陪我們。」遂推杯換盞，吃到月亮爬上樹梢，方安排侯方域和商哥去歇息。李香君那裡，依舊是臘兒帶丫鬟送回。

第十六章

侯方域安身飛來樓，而他的至親，卻在河南疲於奔命，東躲西逃。不要說士紳豪強、黎民百姓，就是洛陽城裡的福王宮，也岌岌可危。福王朱常洵，揮霍取樂為之長，破解燃眉為之短。起義軍兵臨城下，洛陽防軍，望風而逃者，不知凡幾。更甚者，起義軍把搶來的金銀，賄於洛陽防軍，那城頭官兵竟開方便之門，讓起義軍先頭部隊混入城內，是為裡應外合。

崇禎十三年臘月，洛陽城外風雪交加，戰鼓雷鳴。李自成身披斗篷，登高望遠，面對成千上萬的起義軍道：「弟兄們，就要過大年了，這年咱是城外懷抱大雪過，還是進城懷抱美人過？」將士們群情激昂：「闖王，進城過年！進城過年！」

起義軍一路過關斬將，銳不可當，得便於李自成這簡陋的美人計。此計因何屢試屢爽？卻原來，起義軍在陝西時，有過巨大的悽愴之痛。話說這天，李自成召部將於帳下，憂心忡忡道：「近來，起義軍時有挫敗，步履維艱。自成思前想後，乃因後腿之累。」劉宗敏道：「闖王此話怎講？」李自成道：「我之後腿妻妾也，盡皆喪失，倒無從談起。自成是說各位將軍，拖兒帶女，未免瞻前顧後，難成大事。」

劉宗敏聽出李自成的弦外之意，乃道：「只要哥哥做皇帝，撇去幾個妻妾又何妨。」次日點卯時，那劉宗敏提著兩顆人頭，來見李自成。李自成猜出八九，不免心中暗喜，但又裝出一副吃驚的樣子：「將軍所提，是何人頭顱？」

劉宗敏神色坦然，把那兩顆頭顱一舉：「此乃我劉某妻妾的寶物，如今當韭菜割了，免得兒女情長，拖累舉事大業。」李自成開懷大笑，贊道：「真乃大丈夫也！」劉宗敏遂把妻妾首級往地上一擲，對部從道：「俗話說，妻妾如衣，破舊一棄；舊的不去，新的不來。大家都看到了，我劉某已把妻妾宰殺，割去拖累，誓保闖王出圍，諸君或如同志，即請照辦。他日大富大貴，何愁妻妾成群。但凡不從者，任其自便，我劉某絕不強人所難。」

部從二話不說，各自回家，滅妻絕妾。一時之間，營房家屬區，立變屠宰場，淒厲的慘叫聲，不絕於耳。其中有一校尉，還算客氣，回家跟妻妾商量道：「隊伍即將突圍，將軍為免拖累，今晨殺了妻妾，以示決心。此乃『捨小我，顧大我』的壯舉。我擬效法劉將軍，借爾等首級，以壯我行程。」話未說完，校尉的妻妾即已癱軟在地。

那校尉不由分說，上前活生生割下妻妾人頭。校尉提著兩顆首級，剛走出屋門十來步，三個孩子連滾帶爬追來，哀求道：「達達①，把娘的首級留下！」那校尉回頭怒目：「全是累贅！」遂拔刀連殺二子。其中一子見勢不妙，拔腿便跑。那校尉對隨侍的兩個兵卒道：「還愣著幹嘛？快去一併宰了省心。」那兩個兵卒挺槍追去，你一槍，我一槍，那孩子立時成了一堆模糊的肉泥。校尉跑來，讚那兩個兵卒道：「可見你等都是幹大事的料，走，隨我去闖王那裡請功。」到得闖王帳下一看，那裡已是頭顱遍地，血肉模糊。起義軍由此輕裝上陣，出陝西，逼河

① 達達：陝西方言，爹爹之意。

南，一路所向披靡，無往而不勝。

洛陽城下，李自成的美人計，令將士們歡欣鼓舞。他大手一揮：「攻城！」隨之，裡應外合，洛陽城破。城內人喊馬嘶，死屍遍地，火光沖天。世子朱由崧與太監韓贊周等人，農夫打扮，攜金帶銀，爬出宮牆，趁亂逃至荒郊野外。稍作喘息，即奔黃河。溜冰至對岸，又一路朝懷慶城方向奔去。

再說福王朱常洵，因素日惟有酒色之能，大限來時，計無所出。所以如此，養尊處優使然。朱常洵乃萬曆帝朱翊鈞第三子，其母鄭貴妃恃寵，朱翊鈞欲立其為太子。直臣以國本為據，誓死反對。朱翊鈞無奈，以罷朝相抗。最終，朱翊鈞消極妥協，立皇長子朱常洛為太子，封朱常洵為福王。這所謂國本之爭，歷十年之久，告罄。

朱翊鈞因不能立朱常洵為太子，故以厚賜補償。朱常洵就藩洛陽四十年間，賞賜也罷，橫徵暴斂也罷，財富難以計數。史書謂曰：「民間藉藉，謂先帝耗天下以肥王，洛陽富於大內。」一意在說，朱常洵富可敵國。也因此，造就朱常洵沉湎酒色的性格。上行下效，世子朱由崧，亦好色過度。

王宮諸人，已然為甕中之鱉，人人束手無策。王妃等女眷哭哭啼啼，催逼福王拿定出逃的主意。朱常洵大發雷霆：「本王自幼享得了福，吃不得苦，眼下到處都是窮兇極惡的流賊，讓我帶你等往哪兒跑？」一太監道：「王爺，翻宮牆呀，而且世子和韓公公已成功出逃，我親見的。」朱常洵罵道：「兔崽子，還不趕快扶本王翻宮牆，愣著弄啥哩？」

幾個太監，攙起朱常洵，向後花園跑去。那些宮眷，如驚弓之鳥，亂哄哄尾隨其後。慌亂之中，不時傳來圓木撞擊宮門之聲。每撞一下，朱常洵便為之一顫。他恨不得插翅而去，然他那三百六十多斤的肉體，刻下正墜得他氣喘吁吁，整個身子，猶如栽地的大樹，每邁一步，必付出萬般艱辛。就是那幾個攙扶他的太監，也一個個累得汗流浹背，屁滾尿流。

一群落魄的王公貴族，狼狽不堪地到得後花園宮牆下。面對高高的宮牆，人皆痛罵，尤其朱常洵，更是聲嘶力竭：「是哪個王八羔子，把這該死的宮牆修得恁高？」身邊的王妃哀歎道：「若無宮牆該多好。」一老太監嘀咕道：「平日總嫌宮牆低，今日又怨宮牆高。這牆高的，外面的人難進來，裡面的人也難出去。」朱常洵聽了，滿臉紫漲：「大膽的狗才，竟敢非議王宮，把他宰了！」聞者無動於衷。那老太監把袖一拂，泰然自若，朝大門方向而去。

時有太監二人，已騎上宮牆，伸手去拉福王。牆下的太監等人，齊心協力推舉福王。無奈，福王過重，僅爬至一半，便掉落下來，牆頭上的兩個太監掉到牆外，不知死活。而牆內的太監、王妃、宮女等，被福王的肉身重重一壓，骨折的有之，吐血的有之，慘叫哀嚎的有之，一命嗚呼的亦有之。

恰在此時，王宮的正門已被撞開，起義軍搜遍寢宮，沒有找到福王。他們循聲至後花園門口，遭遇先前那位老太監，問道：「福王何在？」老太監冷眼相向，一言不發。一軍官怒目圓睜，拔刀即刺，那老太監罵道：「俺操你奶奶！」一口鮮血，沖天噴出一道彩光，老太監隨即倒地而亡。那軍官發令：「繼續往裡搜！」不大會兒，有人喊道：「他們在這裡！」起義軍如狼似虎，把福王等五花大綁，帶至前廳。

督戰王宮者，正是李自成手下得力幹將劉宗敏。此刻，他正身披戰袍，手握佩劍，在前廳等待捕獲福王的消息。待將士們一根繩牽來福王，劉宗敏如獲至寶：「這就是福王？」福王見劉宗敏好大的威風，就知他是自己的剋星，遂兩腿一軟，跪下道：「在下正是福王，求大王開恩。」

劉宗敏仰天大笑：「此朱倍受萬曆老兒恩寵，恨不得整個大明天下都給了他。直臣反對，這才未果。萬曆老兒心有不甘，又極力的給予物寵，什麼好吃好喝的，無不滿足此朱。誰想此朱貪得無厭，他老爹給之甚豐，他尚嫌不足，繼續魚肉封地黎民。大家看看此朱這身肉，就知道他搜刮了多少民脂民膏。」遂對部從道：「看此朱肥得，正好做下酒之物，犒勞攻城的弟兄們。」王妃聞聽此言，因驚悸過度，當場氣絕身亡。劉宗敏歎息道：「王妃是徐娘半老，風韻猶存。她年輕時，定有沉魚落雁之容。可惜可惜。」

福王聞言，以為救命稻草，趕緊說：「大王，在下有一玉般嬪妃，年方二八。如大王不斬在下，情願將她獻上。」劉宗敏眼前一亮：「老子起義，就為出人頭地、榮華富貴、妻妾成群，有美女還不快快獻上。」福王顫顫巍巍道：「就在後花園一口井裡。」

果然，起義軍從後花園一口枯井裡，搜到一位年輕女子。劉宗敏不看則罷，一看氣沖霄漢。什麼美女？土頭灰臉，邋裡邋遢。劉宗敏勃然大怒，拔出佩劍，便將那女子斬首。劉宗敏怒氣未消，亂箭刺向福王：「此朱當為誆騙本將付出代價！」劉宗敏刺殺得滿頭大汗，福王方在撕心裂肺的慘嚎聲中斃命。

起義軍抬出寢宮大床，將福王剝得一絲不掛，正待分割，但聞門外一聲高喊：「闖王到！」劉宗敏等將士單腿跪倒一地，向李自成行禮。李自成道：「都起來吧。」遂一指床上屍首：「這是？」劉宗敏道：「此乃福王朱常洵，被我宰了，給闖王下酒慶功。」李自成讚道：「好！咱們就在王宮慶賀。命令全軍將士，三天之內，燒殺掠奪，姦淫享樂，一概不限。」

話音未落，一士卒跪地稟報：「報闖王，後花園跑著無數梅花鹿。冰天雪地，可否將其逮來，為弟兄們暖暖身子。」李自成道：「天賜佳餚，就把鹿肉和著福王肉一同下酒吧。」劉宗敏附和道：「真不啻天下第一道佳餚。就請闖王賜個菜名，以流傳百世。」李自成不假思索道：「就叫『福祿宴』好了。既如此，覓個寬廣的地界，把這福祿宴犒勞全軍將士，豈不更好。」一軍官道：「洛陽西關有座周公廟，那裡地面極敞，可用來舉行盛宴。」李自成當即恩准。劉宗敏下令，將福王屍首，移往周公廟，即開筵宴。

洛陽倖存的百姓，聞起義軍周公廟吃「福祿宴」，不管三七二十一，跑來爭食，以為可以福祿無疆。不料，被起義軍騙至破屋，一一殺掉。肥的續入福祿宴，老弱病殘的，棄之荒野。

話說李自成身邊有兩個懷才不遇的舉人，一叫李岩，一叫牛金星。當天的福祿宴，他們未吃，且作嘔不止。那李岩道：「周公姬旦，當年定制周禮，有吃人之禮嗎？」牛金星連連搖頭：「他老人家反對的就是不仁。千百年來，華夏哪一朝哪一代不尊崇周禮？就是孔聖人，不也克己復禮的嗎？如今，卻在周公廟吃人，這不成心噁心周公他老人家嗎？倒行逆施必自斃。」

李岩看看窗外紛飛的大雪，打了個寒噤：「所以，咱們必須規勸闖王，起義軍再不能燒殺掠奪，姦淫婦女。真要取天下，還得取信於民。」牛金星道：「闖王部，皆為目不識丁者，跟他們講周公周禮，豈非對牛彈琴？就是闖王本人亦然，道理不能不講，也不能多講。」李岩想了想：「那就定個簡單的口號，人人會喊，也就沿為口頭禪。倒不如就叫『迎闖王，不納糧』吧。」牛金星一拍桌子：「妙哉！妙哉！」事後，兩位舉人把想法啟奏闖王。李自成追悔莫及道：「早有這口號，世人也不至於罵起義軍土匪、流賊、魔鬼了。」於是，傳令中軍官②，特製「迎闖王，不納糧」旗幟數百，分至營中，舉為政綱；又號令三軍，背誦旗號，昭告仁政。

李自成本無得隴望蜀之意，但既然撐起「迎闖王，不納糧」之旗，何不再陷開封，進而一路北上，索性奪了皇帝老兒的鳥位。李自成心想：「有了主義，挑起大旗，手握重兵，何愁天下不姓李？」是以再舉大義，把福王府的金銀財寶、糧食絹絲等，分出一半，散於洛陽百姓。先魔鬼後菩薩的起義軍，深為洛陽百姓所擁護，闖王部由此壯大。

② 中軍官，在統軍將領帳下負責營務工作；此職相當於現在的辦公室主任。

洛陽城陷，福王被吃之際，當朝皇帝朱由檢，正在金鑾殿與大臣謀議天下大事。三十歲的朱由檢，可謂生不逢時，於他而言的天下大事，可謂多如牛毛。著書人，一支筆，不能窮盡諸事，只能簡其要，或鋪或墊、或襯或托，是為管中窺豹。

話說崇禎元年，帝國已是危機四伏。宦官肆虐政壇，已八年之久；後金汗國崛起，頻頻犯邊；北方旱災導致蝗災，再致顆粒無收；饑荒導致民變四起；將驕兵惰，早已無力禦敵；全國官員，腐敗為之要務。更可怕者，全國處在水深火熱之中，朝臣卻在那裡熱衷門戶之爭。

好在朱由檢不畏艱險，勵精圖治，勤於政務，事必躬親。他即位第一件事，即剷除閹黨魏忠賢的羽翼，使其處於孤立無援之境地。然後一紙詔書，貶魏忠賢至鳳陽守陵。魏忠賢途中自縊後，又下令磔屍，博得閹黨對立面東林黨的一片歡呼。此後，朱由檢將閹黨二百六十餘人，或處死，或遣戍，或禁錮終身，使閹黨妖風不再。同時，又平反冤獄，起復被罷黜的直臣。再後，禁止朋黨，杜絕宦官干政；再再，整飭邊政，以袁崇煥為兵部尚書，賜尚方劍，託付其收復全遼。朱由檢即位後的種種舉措，令朝政氣色一新，人人堅信，大明王朝中興有望。

然好景不長，世人很快發現，年輕的朱由檢存有極大的性格缺陷。他剛愎自用，急躁多疑，又急於求成，因此屢鑄大錯。首先，在東北邊事上，朱由檢中後金皇太極之反間計，冤殺袁崇煥，使遼東防衛幾近崩潰。其次是賑災不力；再次是增加賦稅，以此增調重兵，一面全力防範後金，一面鎮壓起義軍。國家之災，人民買單；官逼民反，民焉有不反。

朱由檢另一致命錯誤是，他剷除了亂政的宦官，最終又起用宦官參政，給予宦官行使監軍和提督京營的大權。大批被派往地方重鎮的宦官，無一例外的凌駕於地方督撫之上。朱由檢甚至派宦官，總理戶部與工部事務，而將這二部尚書閒置一旁。因失誤連連，人人堅信的王朝中興，倒成為王朝之末。那朱由檢心如明鏡，接連四次下罪己詔，又是反省，又是減膳，再是撤樂，終無濟於事。

言歸正傳。話說這天，朱由檢正與大臣謀議流寇之事。因流寇者眾，朱由檢兩手應對，一則圍剿，二則招安。圍剿的阻力不在流寇，而在明軍自身。明軍生而腐敗，在他們眼裡，惟金錢與美女，房子與轎子，除外別無其他。這支無往而不腐、無往而不敗的明軍，所到之處，燒殺掠奪、姦淫婦女，比滿人和起義軍，有過之而無不及。在這天的朝會上，一位大臣議道：「山西總兵張應昌所殺之人，半數以上是逃難的鄉民。然後，再用這些無辜者的頭顱，去冒功領賞。就是河南黎民，對明軍的恐懼，亦勝過流寇。」

聞言，朱由檢拍案而起：「純屬誹謗之詞！當下正圖中興，你卻在朝堂之上，妖言惑眾。來人吶，將他交刑部問斬。」那位大臣仰天長歎：「我死不足惜，所惜者，我大明江山，禍在旦夕！」說完，甩開禁衛軍，昂首挺胸，走出大殿。

此即朱由檢，他需要大臣們直抒胸臆，然你前腳指正完，他後腳就砍你的腦袋。不說也有不說的罪名，叫做欺上，他一個不高興，你也得人頭落地。妄自頌揚也不行，罪名叫做諂媚。總之，只要他情緒不好，殺人是他惟一的排遣法。

有一天，朱由檢把內閣大學士們請到金鑾寶殿，又是作揖，又是行禮，說：「謝謝各位先生，幫朕治理江山。」到得夜裡，他輾轉反側，越想越後悔：「朕乃堂堂一國之主，怎麼可以給內閣大學士們作揖行禮呢？日後傳出去，豈不丟盡皇家顏面！」不由分說，當天深夜，即令東廠[3]，把被他謝過的大學士，統統殺掉。

只有在朱由檢情緒不錯時，那歌頌他英明的，歌頌盛世的，一概接納，且一一封賞。所

---

③東廠，即東緝事廠的簡稱。一四二〇年，由永樂帝朱棣設立。東廠是世界上設立最早的國家特務情報機構，首領即東廠掌印太監，由皇帝信賴的宦官擔任。因此，東廠只對皇帝負責。不要說大臣與平民，即便是負責皇帝安全的錦衣衛，也都在東廠的監視之下。總之，無論是誰，但有危及皇權之嫌，東廠都會秘密逮捕乃至暗殺他們。

以，大臣們皆盼朱由檢天天好心情。也因此，皇親田畹才去江南選美，是以調劑朱由檢的情緒，讓他時時歡悅。

朱由檢令禁衛軍把妖言惑眾的大臣剛剛逮捕，開封的奏報即到，當他得知洛陽失陷、福王被吃時，慘叫一聲：「王叔！」遂一頭栽倒在龍椅上，昏厥過去。

第十七章

話分兩頭，且說世子朱由崧、太監韓贊周等人逃至懷慶後，立即受到當地駐軍的保護。當福王亡命的噩耗傳來，朱由崧於悲痛之中，承襲福王爵位。後懷慶夜變，朱由崧與隨侍，又狼狽逃竄至衛輝，投在叔叔潞王朱常淓名下。未幾，開封亦陷。

壞消息接踵而來，朱由崧與朱常淓議道：「看情形，李自成北伐是遲早的事。一不做，二不休，索性一路逃到江南，有長江天塹，可保無恙。」一席話，說動朱常淓，遂結伴直奔南京。

路經淮安，朱由崧貪戀美食，腿腳便有些懶動。話說這天，朱由崧等在八大碗酒樓吃飯時，韓贊周見臺上一位藝人面熟，便搜腸刮肚，卻不曾記起，在哪裡見過。等那藝人演完滑稽戲，韓贊周來至後臺，圍著那藝人打轉、狠瞅。那藝人被看得毛骨悚然：「你你你，你弄啥哩？」韓贊周哎呀一聲：「你你你是……」那藝人倒先認出對方，猛一拍韓贊周的肩膀：「韓公公！」韓贊周手指藝人鼻尖，笑道：「想起來了，這不阿醜嘛！」那藝人亦手指韓贊周鼻尖：「韓公公！」兩人開懷，裂嘴大笑。

阿醜者，以說書唱曲為生，當年曾在洛陽城撂地生財。因緣際會，與韓贊周相識為友。洛陽失陷前，阿醜南下避難，暫棲淮安，與韓贊周不期而遇。阿醜道：「韓公公……」韓贊周一把捂住阿醜的嘴，拉到犄角沒人處，小聲囑咐道：「我等乃逃匿之人，不可直呼其名的。」

阿醜壓低嗓門道：「那我喊你什麼？韓娘娘？」韓贊周假裝生氣道：「兵荒馬亂的，還這麼尖酸刻薄。以後你就喊我老韓得了。」阿醜嬉皮笑臉道：「得嘞。老韓，老韓。」韓贊周嗔怪道：「好玩嘛？行了，我沒工夫跟你貧嘴。我問你，可還是一人在外闖蕩？」阿醜正言道：「我一個怪物，誰會與我為伍呢？」

韓贊周道：「你可否願與我們同往南京？」阿醜陡增精神：「我亦如此打算，正愁無伴。」韓贊周雙手拍了拍阿醜的肩：「那就好，那就好。你等著，我跟他們商量商量。」阿醜一把拉住韓贊周道：「『他們』是誰？你不是一個人？」韓贊周把阿醜的手扒開：「『他們』是我的新東家，等一會兒見了，你少說話就是。」阿醜懵懵懂懂的點了點頭，目送韓贊周回到大堂。

因福王身邊缺少人手，韓贊周過來一說，朱由崧便欣然同意，讓阿醜結伴同行。韓贊周復又跑回那黑漆漆的犄角旮旯：「阿醜，隨我來。」阿醜跟著，來到朱由崧、朱常淓跟前。韓贊周介紹道：「爺，這位就是我的老相識阿醜，他願為爺效勞。」阿醜心裡著實不樂：「老韓啊老韓，我啥時說過願為你東家效勞了？」雖有不快，但又不便直接駁人面子，只好豎著耳朵，任老韓代言。

待韓贊周說完，朱常淓看了一眼阿醜，什麼也沒說。面色上，他不喜待阿醜。朱由崧則把爺的架子一擺：「嗯，很好。賞。」韓贊周心裡埋怨道：「什麼呀就賞？」韓贊周知道朱由崧的脾氣，也不好違拗，從兜裡掏出一兩銀子，賞予阿醜。

阿醜很是茫然，但看朱由崧一臉嚴肅，只好接了銀子。朱由崧又道：「阿醜啊，好好幹，幹好了還有賞錢。」阿醜這才略拱了拱手，以示謝意。朱常淓心想：「由崧這孩子也忒不拿錢當回事，這逃荒的路上，用去一兩是一兩，怎好這麼大手大腳。那韓公公也是，半路揀個古怪人回來弄啥哩？添口人添分花銷。再說，我看這阿醜也不怎麼地道，你看他一個戲子，竟大剌剌的，白得了一兩銀子，只略拱手相謝，忒不懂規矩。」想歸想，不花他的錢，他也懶得淡吃蘿蔔鹹（閒）操心。

朱由崧等五人在淮安又閒住了幾日，這才動身前往南京。那朱由崧是貪景戀色之人，見路上並沒有現時的威脅，依舊是一路走，一路玩。晃晃悠悠，走了月餘，才在一個夜深人靜的時辰，乘船抵達南京。

洛陽與開封的失陷，尤其福王朱常洵被流賊所吃的消息，令南京惶恐不安。往昔的十里秦淮，越是入夜，越顯繁華。如今的十里秦淮，處處鉛華洗盡的樣子，仿如一座死城。韓贊周意，先去宮城投奔；兩位王爺納言，一行人往宮城方向趕去。

奔往宮城時，阿醜納悶，逮住機會，悄問韓贊周：「老韓，我等非皇親國戚，去宮城投奔誰哩？」韓贊周上下打量一番阿醜，說道：「阿醜，你何以知道宮城就是皇親國戚住的地方？」阿醜一撇嘴：「哼，盡小瞧人。」韓贊周拽了拽阿醜的衣襟，低聲道：「既這麼，就實話跟你說了，這兩位是咱洛陽逃出來的王爺。」阿醜再次把嘴一撇：「早看出來了，不說罷了。」韓贊周急道：「如今咱們同船為渡，一榮俱榮，一毀俱毀。」阿醜認真道：「那是。沒見我一路賣命嗎？」

漸漸的，宮城近在眼前。這座宮城，為明太祖朱元璋所建。一四二一年，朱棣遷都北京，便把南京宮城委以皇族和寵臣駐守，之後歷時二百多年，相沿不斷。朱由崧心想，皇室一族的人，到了南京宮城，也就等於到了家。然而，到得午門才發現，大門緊閉，敲門不應。阿醜嚷道：「你祖宗回來了，還不開門嗎？」說完，掄拳接二連三的敲擊城門。裡面的守軍夢中驚醒，氣急敗壞地把夜壺裡的東西潑撒出來，破口大罵道：「大夜裡不讓人睡個安生覺，找死呀！再來聒噪，一發抓了起來，錘死你們這些不知死活的東西。」

朱由崧等被澆個沒趣兒，個個如喪家之犬，罵罵咧咧走開了。一行人，如無頭蒼蠅，在南京的夜色中，東走西撞，終在一僻靜處停下。韓贊周打開箱籠，找出替換的衣服，無論合適與否，先給兩位王爺換了。把那濺汙的衣服，一丟了之。朱常洵年長，身體欠安，再三再四，肯求尋個住處。大家只得就近走入一條小巷，挨門挨戶，輪番敲門，手痛臂麻，亦無一戶開門。倒是犬吠與囈語，不絕於耳。因又冷又渴又餓，他們再無力走動，就一院門下，席地而坐，不分貴賤，彼此依偎。時辰不大，個個精力不支，頭一歪，盡皆入夢。

次日清晨，一小廝灑掃庭院，開門便見橫七豎八躺了一地的人，驚道：「人來呀！人來呀！」一聽到小廝殺豬般喊叫，一丫鬟聞聲跑來，見眼前情景，也是一驚，遂跑回房內，稟告主母。

那主母非別，正是向煙月。阮大鋮之正室，眼裡容不得煙月，阮大鋮懼內，只好為煙月另買住宅安頓。阮大鋮也還周全，除煙月原有的兩個貼身丫鬟跟著，又特地為她買了一個小廝使喚。因這裡與石巢園相距甚遠，加之正室看管極嚴，阮大鋮開始十天半月來一回。後來，阮大鋮直接叫牛總管送來一大筆銀子，再不上門。那煙月終日以淚洗面，漸漸習慣後，開始在家吃齋念佛。

煙月聞報，隨丫鬟來至院門。朱由崧等被驚醒後，爭相爬起，人人驚恐萬狀，以為遭遇打劫。待煙月出現，判定是良家之人，才略略放心。隨之，個個噴嚏連天，鼻涕直流。煙月逐一查看門前之人，突然，目光停在阿醜臉上，她輕聲試探道：「阿醜哥？」阿醜不解，心想：「眼前這位華麗美豔的貴夫人，何以知道自己的賤名？我一個流浪江湖的藝人，哪來這闊親戚？她定是喊錯了。或同名同姓，亦未可知。」

煙月見阿醜有了反應，先是認定了三分，乾脆大著聲，又叫了一聲：「阿醜哥！」阿醜蒙了：「你叫我嘛？夫人何以知道小子賤名？一向不曾聽家裡人說過，在南京還有什麼親戚。」煙月拿準，跑向前，矯情的跺了跺腳：「阿醜哥，我是你表妹煙月呀。」說完，淚水早已止不住地滾落下來。

阿醜的腦子嗡的一聲：「煙月，你怎的到南京來了？」煙月哭道：「哪是一句話的事，快家裡來。」阿醜一指朱由崧等：「我們一起的。」意思是，家裡能容這麼多人嗎？煙月聽出言外之意，說道：「後院有閒置的房子，住得下的。」朱由崧懸著的心落下來：「多謝姑娘容留。」隨即，箱籠竹篋的提進去。小廝把門一關，隨著咿呀聲落，門前那條晨霧瀰漫的小巷，複又冷寂下來。

所謂嫁雞隨雞，嫁狗隨狗，那向煙月在阮大鋮的調教下，什麼琴棋書畫，賦詩作詞，樣樣能來。日久天長，染一身斯文氣。阮大鋮知道煙月愛書，打理這座小院時，亦給煙月添一書房。這在阮大鋮的妻妾中，算是一個例外。

阿醜等進了院子，煙月直接把他們帶到書房，坐著歇息。煙月這裡，純屬小門小戶，所以比不得豪宅大院，客人來了，說個上茶，茶就來了；說個上飯，飯就來了。煙月這裡不行，喝茶得現燒，吃飯得現做。煙月囑咐丫鬟：「快去燒水烹茶。」遂又對阿醜道：「你們先坐，我去去就來。」

阿醜追出來：「煙月，你看我這身衣服，骯髒到家了……」煙月捂著鼻子，把家裡的小廝叫來：「快去找件你的衣服，給阿舅換上。」小廝正要走，阿醜用手比劃了個「二」字：「要兩件才是。」小廝本就不快，一聽要兩件，嘟囔道：「備著的海青直裰①，統共也才兩件。」煙月安慰道：「就拿兩件來，過後重新給你置辦兩件就

① 海青直裰，為深藍色闊袖長袍，式如道袍。

說話。

是。」那小廝悻悻而去。阿醜折回書房，陪大家

煙月回到內室，趕緊梳洗打扮，她為自己骯髒跑去見人，十分後悔，心想：「在書房，隨阿醜同來的那位膀大腰圓、鼻直口方的美男子，他的眼總在我身上移來滑去，不知是個什麼意思。」那煙月十八芳齡，春情正濃。阮大鋮久不上門，煙月寂寞難耐，與身邊的小廝眉目成情。因顧慮重重，也只是偶染小廝。如今天賜一個美男子，無法不讓她動容，是以精打細扮。但見煙月髮髻兩旁，各插一枝金玉梅；又用兩枝犀玉大簪，橫貫發股，綴以一朵翠卷荷。然後，煙月打開珠寶盒，挑一串珠嵌金玉丁香耳墜戴上。煙月打扮停當，復回書房。

朱由崧乃拿色當飯吃的主兒，在洛陽王宮時，他的女人數，勝比其父。只可惜，逃跑時全數丟下，被起義軍所瓜分。後一路南逃，腳不點地，沿途所遇美女，也不過是飽個眼福而已。如今在南京，總算有了落腳地，不意眼前的女人，竟這般的如花似玉，且落落大方。但見煙月：脂勻粉淡，楊柳細腰，淡淡娥眉，櫻桃小嘴，豔而不俗。朱由崧心想：「洛陽王宮，美女如雲，有幾個如這位小女子？」朱由崧想入非非，不能自拔。

阿醜和韓贊周去另屋，換罷直裰，復入書房。因一屋男人，煙月不便入座，故而站著說話。朱由崧情色迷離，讓煙月渾身不自在，她先是裝作不經意瞥了朱由崧一眼，進而對阿醜道：「阿醜哥，這件衣服是不是也太小了點？」阿醜使勁拉扯一番剛換好的直裰，左看右看不得勁：「我和老韓，穿上你家小廝的衣服，醜死了。」韓贊周打趣道：「我還算好，你阿醜可就更醜了。」

茶水上畢，煙月話題一轉：「笑歸笑，阿醜哥，你還沒引介這幾位客人呢。」阿醜一笑，指著朱常淓道：「這位是方草先生，生意場上的朋友。」遂又指著朱由崧道：「這位是王福，洛陽的商賈世家。」朱由崧坐在椅子上，一動不動，只對煙月微微點了點頭。阿醜指著韓贊周道：

「這位是王大人的管家老韓。」手又一轉，指著自己道：「我乃戲子阿醜。」逗得人皆歡笑。

阿醜引介兩位王爺時，所用皆為化名。大明皇室這叔侄二人，逃到淮安時，才有的化名。朱由崧的化名，出自韓贊周的鬼點子，把福王顛倒一下，便成了王福。到朱常淓時，韓贊周沒了點子，說拿出一個「淓」字，請江湖算卦先生給拆個化名。結果，拆出個「方草」。人荒馬亂，背井離鄉，誰還細想名字的好壞。可韓贊周看到「方草」二字時，啞然失笑：「我的老天爺，方草沒了水可怎麼活？」但也不去戳破。那煙月聽了「方草」這個名，倒覺十分好笑，想到：「一把鬍子的人，起這麼個風花雪月般的名字，不成心逗人噴飯嗎？」忍了幾忍，終沒笑出來。

阿醜心細，見煙月與朱由崧眉目弄情，就有了幾分主意。晚飯時，朱由崧出手闊綽，叫了一桌外賣，酒肉齊上，推杯換盞，一個個話多酒少起來。阿醜雖有醉意，卻也處處留心。他假裝抖落筷子，俯身撿拾時，發現桌下大有風景，朱由崧與煙月，正忙著牽手勾腳。阿醜搖了搖頭：「唉，真是女大十八變，越變越難看呀！算了，今夜我就成全他們罷，否則那臉可就丟大了。」遂起身，拉煙月於內室：「表妹，跟哥哥實說，你原先的主兒是休了你，還是怎的，哥哥給你做主。」煙月東搖西晃，有些站立不穩：「表哥說什麼？我聽不明白。」阿醜急道：「一個女子怎好在這世上獨身？若你的主兒不要你了，哥哥做主，將你嫁個大佬。」

阿醜一句話，戳到煙月的疼處：「那阮禿子怕大室，棄我於不顧……」說著，委屈四溢，霎時哭得天昏地暗。阿醜趕緊勸住：「咱也甭管誰是阮禿子，既然被他棄了，也總不能就這麼懸著，一朵花兒，管它牛糞馬糞，總得插上才是那麼回事。」煙月破涕為笑，推了阿醜一把：「表哥噁心人，真壞。」阿醜擺擺手：「此言差矣，表哥真壞的話，早當官了。廢話也不多說，只要表妹願意，哥哥願牽線搭橋。你看我們大佬如何？一表人才不說，還腰纏萬貫。嫁了他，這輩子無愁也。」煙月把頭一低，笑而不答。阿醜屈身仰視煙月道：「不說話就是同意了，我這就去說媒。」遂樂顛顛的去了。煙月腿一軟，坐在床邊，心跳加快。

那朱由崧正是瞌睡遇到枕頭，見阿醜前來保媒，立時就同意了：「阿醜，來日我若顯貴了，一定報答你。」阿醜一向不喜空頭文書，對朱由崧的話也就不以為然：「眼下還叫海風吹著屁股哩，說什麼日後不日後，我就愛活在當下。所以，也讓你們今夜就合房。」朱由崧陪笑道：「說的是，這才是明白人的活法，明白人的做法。」站在一旁的韓贊周，笑得合不攏嘴，直誇阿醜機智，會辦事。你道那韓贊周，因何推許此事？卻原來，朱由崧由他一手帶大，其脾性偏好，無不詳查。然那朱常洵，滿臉羞意，心裡一邊罵著「丟人現眼」，一邊默默走開。煙月的小廝、丫鬟，從韓贊周那裡得了許多喜錢，個個過年似的，喜於言表。

入洞房前，朱由崧囑咐韓贊周，拿五百兩銀子給阿醜作為謝儀。韓贊周剋扣下三百兩，阿醜渾然不知。

當夜，朱由崧與煙月合房，速配成婚。這於煙月，福矣禍矣？無人知曉，惟煙月入洞房時，她的眼皮跳個不住。於是，整夜惶恐不安，不知未來幾何。

過了些日子，朱由崧派韓贊周和阿醜去宮城試水。到了那裡，韓贊周拐彎抹角，跟守門的軍卒說：「請進去通稟一聲，就說洛陽來的福王家人求見。」那軍卒把三眼槍一挺：「什麼福王窮王？你個下賤種，倒來這裡托大。」嚇得阿醜緊拽韓贊周的衣襟，低聲道：「老韓，這地方不是鬧著玩的，快走快走。」走得遠了，韓贊周才恨恨道：「沒見過這麼渾不講理的畜生。看樣子，就是福王來了，也未必進得了宮城，就更別說故舊相認了。再說，裡面的人，誰認識你是福王呀。」

二人回來，把情況說了一遍，朱由崧哀歎道：「失勢鳳凰不如雞。認命吧，我等就此安腳，以待時局。」

第十八章

南京不惟風聲鶴唳，且雪上加霜，乃因一個新流言，說鎮守武昌的大明將領左良玉，擬揮師東下南京。這左良玉自幼習學武藝，能挽五石之弓，善為左右之射。其身材高大魁梧，力大過人，鄉鄰每稱之為紅臉大漢。左良玉因驍勇善戰，曾得時任兵部右侍郎侯恂的賞識和提拔，一路攀升為大明王朝鎮守一方的將軍，時人稱其左元帥，或尊之為左爺爺。然這位左爺，與李自成、張獻忠等流寇作戰，卻屢屢受挫，可見名不副實。

勝敗乃兵家常事，這倒也不必苛責。但有一點，是個頂大的壞處，那左良玉的兵，一半要算強盜，其淫汙狠毒，甚之又甚。左良玉駐兵襄樊時，其兵卒每入百姓家勒索，必用木板將人夾住，然後文火慢烤。襄樊百姓個個肉體凡胎，怎受得了這個？意志不堅者只得就範，把家裡財產悉數交出。這其實就是誘餌，你交出一，那左兵便認為你還有二，於是繼續將人燒烤。被勒索的人在慘叫聲中，又擠出一點財產。左兵嚐到甜頭，以為找到不盡的財源，當下你沒交出，不是因為你沒有，而是他們不夠狠，是以狂燒猛烤。被勒索者惟在酷刑中死去，左兵方信，那是真的一窮二白了。因被燒烤致死者眾，四溢的人油，泛沒腳踝，令人作嘔。此即明軍，已然淪為黎民百姓的死敵。

罪加一等者，左兵竟然在大庭廣眾之下，姦淫婦女。百姓不僅被逼圍觀，還得為左兵獸行叫好。凡不忍圍觀叫好者，當即被捕殺，後剁碎餵狗。左兵每至一處，必以燒殺姦淫為樂，後將可憐的婦女，拉上軍艦，一一帶走。岸邊的親人，不忍骨肉分離，不免飲泣落淚。這也令左兵大發雷霆：「嚎喪什麼？你們家的女人跟著左爺去享福，你等卻哭哭啼啼，分明是在懷疑左爺的仁慈。一個個不知感恩戴德，活著無用，統統宰了！」於是，又一波人頭落地。左兵嘻嘻哈哈，把那一顆顆血淋淋的頭顱當做毽球，踢來踢去，只踢得面目全非。最後一個遠射，噗通噗通，一一踢入水中。此即明軍，他們來自人民，卻對人民懷有莫名其妙且深入骨髓的仇恨。

襄樊百姓每每氣哭不過，半夜裡常常結伴放火，焚燒左良玉兵營。又暗通起義軍，頻頻偷襲左營。左良玉難以立足，拔寨去了武昌。襄樊百姓歡天喜地，遂殺雞宰牛，設宴款待起義軍。

起義軍源自於饑民，人人有本血淚狀。依據常理，這支隊伍肩負「救民於水火，解百姓於倒懸」之責。然起義軍所到之處，照樣是燒殺掠奪，無惡不作。他們只知自己的苦難，卻不管別人的死活；他們只知自己的疼癢，卻不管別人的淒苦。百姓殺雞宰牛款待起義軍，是藉此減弱他們為惡的程度。天知那是引狼入室，還是殺雞取卵。

左良玉坐鎮武昌，亦難立足，於是揚言東下南京。錢牧齋聞言，於過度恐慌中，染疾病倒。經名醫診治，加之柳如是悉心照料，幾天後，錢牧齋已能下床走動。病情稍穩，錢牧齋即對柳如是說：「留都亂象叢生，直不讓人活。我看，趁左良玉還沒到，你我走為上策。」

柳如是不解道：「留都有五軍都督府坐鎮，還怕一個左良玉？」錢牧齋不以為然：「說別人不瞭解明軍尚可，我曾為朝臣，還不知其斤兩？以腐敗而論，文官職銜標價出賣，武官職銜亦然。拿錢買來的官，他只管撈錢，不顧其他。軍中高官，言必效忠皇室，私下卻只效忠自己的利益。你能指望他們禦敵嗎？遠的不說，大的也不說，就說眼下的李自成，對於左部，流寇毛賊而已。可實際的情形呢？兩者相逢，屁滾尿流的竟然是大明軍。別看大明軍在流寇面前不堪一擊，可他們對付手無寸鐵的百姓，個個直如蓋世無雙的大英雄，什麼撬門扭鎖、拆屋扒牆、姦淫婦女、燒殺掠奪，樣樣精通。」錢牧齋一番話，令柳如是膽戰心寒，遂答應回常熟老家暫且躲避。

當晚，錢牧齋與柳如是在堂屋喝茶，一張八仙桌，老夫少妻分左右端坐，商討相關細節，哪些東西留下，哪些東西帶走，跟誰道別，等等。正說著，臘兒來稟，說：「侯公子來了。」話音剛落，侯方域便慢步而入。錢牧齋與柳如是尚未起身相迎，侯方域趕緊上前：「錢宗伯、柳夫人切莫客氣，方域話短，站著說無妨。」

錢牧齋與柳如是相互看看，見侯方域說得懇切，便欠了欠身，復又坐下。但見侯方域給錢牧齋與柳如是各作一揖，遂道：「錢宗伯，柳夫人，方域打擾日久，於心不忍。再則，方域還有些繁雜，不便客居於此。我擬明日搬出，還望錢宗伯、柳夫人體諒。」錢牧齋驚道：「侯公子，下人有不周之處嗎？」侯方域解釋道：「哪裡哪裡，一日三餐，可謂酒足飯飽。只是我，真的有些繁雜……」

柳如是見侯方域有難言之隱，恰值他們亦暫離南京，不便強留，就同意了：「離開飛來樓，你們主僕二人，不知又要怎樣的書劍飄零。」侯方域安慰道：「錢宗伯、柳夫人不必擔心。」說完，再各作一揖：「方域永遠不忘錢宗伯和柳夫人的恩德，告辭了。」侯方域重重的拱了拱手，轉身離去。錢牧齋與柳如是雙雙站起，送至門口。

侯方域回屋未幾，錢牧齋提一盞燈籠，來至西廂房，輕拍門環。侯方域在裡間聽到敲門聲，便對外間的商哥道：「你去看看，門外是誰。」商哥披衣起床，摸索著來到門前：「誰呀？」

錢牧齋低聲道：「我。」商哥聽出聲音，一邊開門，一邊對裡間的侯方域道：「少爺，錢大人來了。」就聽裡面一陣忙亂。侯方域趕緊起床，點燈。比及亂著，錢牧齋就進來了。商哥想幫著打燈籠，錢牧齋不許，說：「不勞煩，我打個逛就走。你去睡好了，我有話跟你家少爺說。」商哥知趣兒，復又回到床上，兩眼睜著，聽裡間的動靜。

侯方域手忙腳亂，一副吃驚的樣子：「錢宗伯，這麼晚了，你這是？」趕忙讓座。錢牧齋也不坐，從袖裡摸出十兩銀子，塞給侯方域：「這是內人的意思。你主僕在南京，也沒個照應。」

侯方域淚水連連道：「錢宗伯，你們的情義，晚輩終生難報。」說完，就要屈膝跪謝。錢牧齋趕緊拉住：「用不著這麼客氣，畢竟都是讀書人。就是從尊翁那裡論起，也該照應的。」侯方域捧著銀子道：「就說我謝謝夫人。」錢牧齋點了點頭，打著燈籠要走。侯方域回身把銀子放在床上，騰手去接錢牧齋手裡的燈籠，錢牧齋依舊不肯：「這怎使得。」再三再四，錢牧齋堅持自己打燈籠。這時，彼此相持著，就走到外間。商哥一骨碌爬起來：「我去送送錢大人。」再去接手中的燈籠，錢牧齋便鬆了手：「你們不用這麼客氣。」商哥接過燈籠，把錢牧齋送回他的院內。次日，侯方域與商哥，便搬著行李離開了飛來樓。

錢牧齋和柳如是離京前，特地到石巢園拜別阮大鋮。阮大鋮聞聽錢牧齋他們到了，一路小跑，出得詠懷堂：「錢大人，有什麼事，叫管家來支應一聲就行了，何必動勞貴體，你不是病癒，才下床的嗎？」柳如是笑道：「我勸他了，可他說臨走前，不拜會你一下，對不住你一向以來的關照。」阮大鋮很是訝異：「怎麼，你們要去哪裡嗎？」錢牧齋心情沉重道：「我看南京有些不穩，準備帶如是回常熟。」阮大鋮一邊引著進書房，一邊說：「這樣也好。若非我在南京有這麼大的家業拖累，我也拔腿一走了之了。為物所累，可歎可歎。」

三人至詠懷堂落座，下人上了茶。錢牧齋重重的跟阮大鋮拱了拱手道：「我和如是走後，這飛來樓就託付大鋮兄照管了。」阮大鋮也沒忙著回禮，而是問道：「侯公子不是一直住著的嗎？再不濟，還有應四。」柳如是接話道：「侯公子書生氣濃，昨天便搬走了。應四嘛，思鄉情切，和我們一併回去。再說，牧齋也離不開他，倒是個勤快人。」

阮大鋮對錢牧齋柳如是各拱了拱手：「即如此，看護飛來樓，大鋮義不容辭。」錢牧齋一拱手：「多有勞動。」柳如是也把手拱了拱：「拜託拜託。」阮大鋮一揮手：「這麼說就見外了。」三人又探討了一番朝廷的事，一番左良玉的事，一番留都的事。臨了，阮大鋮留他們吃飯，說：「怎麼也得餞行一下才說得過去。」錢牧齋與柳如是歸心似箭，力辭不就，阮大鋮也就悉聽尊便，放他們去了。

一路無話。至家，錢牧齋帶柳如是直入新居，柳如是很是驚訝：「牧齋，上次回來，不曾有什麼『半野堂』的，這是怎麼回事？」錢牧齋詭異地嘿嘿一笑：「老夫給你一個驚喜。」柳如是捏了把錢牧齋腰上的肉，低聲道：「呆老頭，怪會哄人的。」錢牧齋謹慎道：「應四在那邊。」柳如是道：「怕什麼？我還親你哩。」說著，踮起腳尖，雙手勾住錢牧齋的脖子，對了下嘴。錢牧齋噓噓道：「好個瘋丫頭。」

此後，錢牧齋與柳如是就在「半野堂」品茶論道，煮酒談心，乃至寒舟垂釣，賦詩作詞，過著世外桃源般的悠閒日子。未幾，另一驚喜不期而至，錢牧齋命人在紅豆山莊以近，特為柳如是起一小樓。錢牧齋借《金剛經》中「如是我聞」一句，將小樓命名為「我聞室」，以暗合柳如是之名。小樓落成之日，錢牧齋賦詩一首，曰：

> 清樽細雨不知愁，鶴引遙空鳳下樓；
> 紅燭恍如花月夜，綠窗還似木蘭舟。

曲中楊柳齊舒眼，詩裡芙蓉亦並頭；
今夕梅魂共誰語？任他疏影蘸寒流。

柳如是讀完，奉為摯愛。她一把拉過錢牧齋：「坐下，可愛的老頭。」錢牧齋坐到床沿上，一臉茫然：「看你笑成那樣，準沒好事。」柳如是抿嘴笑著，把錢牧齋撲倒在床，一吻再吻：「呆老頭，天下最美是風月，這算壞事嗎？」錢牧齋求饒道：「瘋丫頭，讓人看見。」柳如是道：「這裡沒人。」繼續的吻下去，直到盡情為止。柳如是起身端詳，捧腹大笑。

錢牧齋不知就裡，問道：「瘋丫頭，有什麼好笑的？」柳如是笑道：「你滿嘴口紅，像……像個瘋老頭。」說著，笑彎了腰。錢牧齋忙拿柳如是的香帕去擦，柳如是情意纏綿地問了句：「老頭子，說句實話，你到底愛我什麼？」錢牧齋想了想，扮個鬼臉，慢悠悠低聲道：「我愛你烏黑頭髮白個肉。」

柳如是聽入耳內，心頭就是一癢，心想：「此話豔極，待我逗他一逗。」想到這裡，詭異一笑：「你說什麼？我沒聽清，再說一遍。」錢牧齋大著聲，把剛才的話重複一遍。那柳如是把剛剛坐起的錢牧齋，再次撲倒，一邊吻他，一邊說：「老頭子，那話直讓人的心頭癢。我有下聯了，你想聽嗎？」

錢牧齋嘿嘿一笑：「還下聯？你當我那是對子呀？看你笑成那樣，又要搗鬼，瘋丫頭！」柳如是用手輕輕捋著錢牧齋白白的鬍鬚：「告訴你吧，我的下聯是……」尚未出口，已笑得不行。如是多次，才說：「我愛你雪白頭髮烏個肉。」錢牧齋一聽，也是心癢不止，遂用手去撓柳如是的癢癢肉：「瘋丫頭，罵人都罵得那麼豔麗。」這一老一少鬧著，笑著，漸漸不能自持，遂雙雙醉入溫柔鄉。兩人雲收雨散，柳如是即興作詩一首，回贈錢牧齋，題曰〈春日我聞室作呈牧翁〉：

裁紅暈碧淚漫漫，南國春來正薄寒；
此去柳花如夢裡，向來煙月是愁端。

畫堂消息何人曉，翠帳容顏獨自看；
珍貴君家蘭桂室，東風取次一憑欄。

錢牧齋看了，甚喜。然他發現詩裡藏著向煙月的名字，卻是不知為何。因有質疑，柳如是大感詫異，遂去看那首詩，看得她竟也莫名其妙起來：「隨來之筆，卻帶入煙月芳名，不知何兆。」百思不得其解。

第十九章

南京的緊張氣氛趨緩，街上的行人漸多，攤販日稠一日，十里秦淮，復為往日的繁華與喧囂。可謂是：燈紅酒綠依舊，盛世美景依舊，男歡女愛依舊。洛陽失陷的悸動，已然過去。崇禎十四年秋，南京的鄉試，也將一如既往。吳次尾提早至京，準備秋天的鄉試。因去租房，不意邂逅商哥，一見如故道：「商哥在此？」

商哥抬頭見喜，鬥嘴道：「吳公子在此？離鄉試早著哩，才春暖花開，怎的就來了？」吳次尾仰臉道：「哼，你們不也貪戀南京春色來了嗎？」商哥道：「哎，不是這麼說，河南遭了兵災，這回我們是逃出來的。」吳次尾道：「哦，這等說，你是背井離鄉的難民了？」商哥惱道：「你損不。」遂抖了抖身上的錦衣亮服，昂起下巴道：「請問『刺蝟囟』，世上有這等難民嗎？也不想想，損我就是損我們家少爺，損少爺就是損我們家老爺子。老爺子是誰？當朝的大臣，也是你損的？」吳次尾仰天大笑：「那是那是，打狗還得看主人嘛。」商哥愈加惱怒，吹鬍子瞪眼道：「好個吳刺蝟！」罵完，扭頭即走。

吳次尾心想：「完嘍，這回刺扎狗腿上了。」笑著，遂從行囊裡掏出一本書，追上商哥：「此乃《閨房寶典》，專門送你的。」商哥停住腳步，接過書，隨手翻了翻，清一色美女圖，那真是愛不釋手。商哥轉怒為喜：「這還差不多。那咱就笑納了。走，帶你去見我們家少爺。」吳次尾道：「陳貞慧可否到了？」商哥道：「陳公子早你兩天到的。他說你們通過信，同約來京。他現正在河房，與我們家少爺對詩呢。」說著話，即到住處。三位公子相見，寒暄、敘舊，說個沒完。

晚上，侯方域與陳貞慧，就近一家酒樓，為吳次尾接風洗塵。席間，陳貞慧道：「上回，我們分手前，曾約定去雨花臺。因心緒不寧，未遂所願。」吳次尾道：「虧貞慧兄還記著。」侯方域看了一眼商哥：「都是他小子攪得。這次有什麼說的，明天就去走走何妨？」三人一拍即合。

次日，侯方域等出城，至雨花臺。爬上山頂北望，京城盡收眼底。自城西而過的長江，猶如碧藍的瓦片；注入長江的內外秦淮河，猶如瓦片上的兩個飄帶，舒緩而靜謐。

正午時分，侯方域等鋪下油布，打開食盒，吃了點東西，略又躺了躺，解了解乏。醒來時，日頭見斜，侯方域感歎道：「真是春眠不覺曉呀。」商哥嫌他家少爺酸氣太重，撇嘴道：「切，還處處聞雞叫哩。」山腳下，果就傳來幾聲雞鳴，三位公子彼此相視，哈哈大笑。陳貞慧道：「切，這小子準是饞雞吃了，走，再轉轉就下山吃飯。」

大家起身，收拾東西，給商哥背著，來到方孝孺祠和景清祠。這二人，皆因擁護建文帝，而被永樂帝所殺。方孝孺祠堂前的石碑上，刻著「夷十族」之類的話。侯方域看了，哀歎道：「翰林學士方孝孺所為何來？這大明王朝，究竟是朱家的天下。人家一家鬧翻，管你什麼事？非要弄個正朔與否。他也太較真兒。」商哥附和道：「切！」

吳次尾在商哥後腦勺輕輕一拍：「你知道什麼，就『切切』的，這是歷史，你懂嗎？」商哥給吳次尾一個白眼：「刺蝟凶，你幹嘛老愛動手動腳的？對人家的腦勺，非拍即彈。人家生來，是給你敲打著玩的嗎？再說了，我不懂歷史，還不懂『切』歷史嗎？」吳次尾被商哥一通搶白，有些傻眼，遂仿著歸德口音，問道：「哎，我說商哥，『切』是個嘛意思？」商哥又給吳次尾一個白眼：「刺蝟囟，這都不懂，還讀書人哩，『切』就是鄙夷的意思唄。」

陳貞慧打斷道：「次尾兄不必和書僮磨牙。余以為，剛才侯兄所言極是。燕王朱棣舉兵奪他侄兒的權，攻破南京後，命方孝孺起草即位詔書。方孝儒不從也就罷了，還說『雖滅十族，亦不附亂』，未免太迂腐了，讓朱棣滅了他九族不說，為湊夠十族，連其九族之外的學生也滅了，加一塊，八百七十多口人啊！」商哥又附和道：「切！」

吳次尾道：「切。俗話說，好漢做事好漢當，你方孝孺憑什麼拉上十族，一同去赴死？堆積如山的頭顱，鑄就你方孝孺一人的高潔，這又算什麼好漢？方孝孺以『十族』之滅的沉重代價，也未能阻止燕王前進的腳步，他照樣登上了皇帝的寶座。如果方孝孺認為朱棣的皇位來得不正統，那麼請問，誰的皇位正統？嬴政嗜血成性、殺人如麻，他以此當上中國的第一個皇帝，他正統嗎？南北朝時的無數皇帝，幾乎全是同室操戈的結果，那些皇帝正統嗎？隋朝的楊廣弒父即位，他正統嗎？李世民屠殺兄弟逼父退位，他正統嗎？舉國抗擊蒙古人的時候，朱元璋卻乘機爭奪地盤登上大寶，他正統嗎？世間的皇帝，有幾多是所謂正統的？」商哥再再附和道：「切！」吳次尾扭頭拿眼瞪商哥：「你怎麼『切切』個沒完？切！」商哥回敬道：「你們長篇大論的，就容不下我一個『切』字？切！」

陳貞慧見周圍有遊客走動，噓噓道：「各位小點聲，上回一個個落第，不就因為議論時政所致嗎？朱家天下，興亡與我等無關。沒見東去的長江水嗎？大浪淘沙，渣滓終歸是會沉底的。」侯方域與吳次尾不再高談闊論，大家又隨便走了走，看了看，見日已斜曬，遂下山吃飯。

山腳下有個小酒館，酒幡上寫著「杏花村」三個字。酒館隱沒在一片竹林裡，那酒幡隨風飄蕩，上面的字時隱時現。那些竹子，初發嫩葉，遠遠望去，猶如翠霧一般。侯方域等進得小酒館，把那可口的，一一點來。清燉雞一隻，鹵牛肉一盤、鴨脖一盤、肚片一盤、豆干一盤，酒一壇。須臾，美味佳餚，堆了一桌。

臨窗一桌，先就坐定的，乃是朱常涝、朱由崧、韓贊周、阿醜等人。朱由崧多喝了幾杯，臉紅脖子粗，嗓門高亢：「大膽狂徒，竟然給方孝孺、景清立祠。方孝孺的石碑，尤其令人氣惱，什麼『夷十族』，十足的屁話！」

韓贊周暗示朱由崧說話小心。朱由崧反其道之：「老韓，你老拉我的袖子幹嘛？誰願聽就叫他聽好了。假以天日，我為天子，當將方孝孺、景清等賊臣逆子的祠堂刨了揚掉，還要把立碑者後裔趕盡殺絕！」朱常涝見鄰桌目光逼人，便擂拳擊桌道：「勸你少喝不聽，惹出禍來，如何是好？」飯也沒吃完，便催促著離開了小酒館。

陳貞慧驚恐道：「何人如此氣焰？」侯方域思量道：「我看那醉漢，天庭飽滿，必非等閒之輩。自洛陽、開封陷落後，北邊的人多往南逃，誰知剛才這位是什麼主兒？以後小心為是。」吳次尾指了指侯方域：「聽那醉漢說話，仿如你們河南口音。」商哥一仰頭：「什麼話，那人就是咱河南人。切！」

侯方域納悶道：「河南有這麼大口氣的主兒嗎？」吳次尾道：「朱家的王爺，在你們河南封地的不在少數，怎麼沒有？」陳貞慧道：「就是。虧我等剛才那番議論是在山上。若在這裡，和剛才那醉漢的意思，不正反著嗎？一正一負鬧起來，吃虧的不是你我書生，還能是誰？」聽了，人皆一身冷汗，遂草草吃罷，趕回城裡。別無他話。

次日一早，侯方域、陳貞慧、吳次尾，又相約去郊外的神樂觀賞梅。此觀藍瓦紅牆，古木參天，梅林冠絕。倘在別處，梅樹入春，花事漸無。獨這神樂觀，梅花正濃。

至道觀門外，侯方域道：「我等就觀外石凳上歇歇腳。商哥，把那壇老酒放下，你先去裡面，找個石桌石椅，打掃了，我等再進不遲。」商哥放下酒壇，嘟囔著進去。侯方域摸了摸石凳：「有些寒氣。」吳次尾道：「又不是老翁，怕什麼寒氣。」說著，先坐下。三位公子，開口即言流賊逼京之事。吳次尾正說到「京師凶多吉少」一句時，商哥沮喪著出來，身後尾隨一個道童。待近前，道童滿懷歉意道：「先生，你們來遲一步，請回罷！」陳貞慧仰看天色：「這就奇了怪，我等一大早趕來，怎說來遲一步？」道童解釋道：「魏府徐公子要請客看花，昨已包定道觀，你們改日再來吧。」說完，扭頭而去。

商哥落寞地抱起那壇酒，嘴裡嘰嘰咕咕，似在自言自語：「還什麼魏府？魏忠賢那閹人不早死了嗎？他在勢時，有多少朝廷大官給他做乾兒子①；如今他勢頭早去，如何還有魏府虛公子、實公子的這麼張牙舞爪？切！」

吳次尾上前摸著商哥的頭，一邊笑，一邊說：「商哥，這話也就是在我等跟前說，叫外人聽了去，人家不笑話你，而是笑侯公子不會調教書僮。你家侯公子，十六歲既有萬言書言政。那四書五經、歷史地理，更是裝滿一肚子。你見天在他跟前做事，不要說讀書，就是聽書，今天聽一點，明天聽一點，後天再聽一點，也不該這麼沒見識的。」商哥把頭一撥浪，晃開吳次尾的手：「刺蝟凶，好好說話，你的手在我後腦勺晃悠，我頭皮發麻。」吳次尾叫道：「嗨！我說商哥，我又不詐屍，你頭皮發什麼麻？」商哥道：「你不知自己有動手動腳的習慣？切！」說著，站到陳貞慧身邊。

陳貞慧道：「商哥，你是該長些見識。次尾兄說的沒錯，剛才道童所說的魏府，哪能是魏忠

① 天啟年間，太監魏忠賢執掌明朝八年。朝中大臣，趨炎附勢，拜魏忠賢為乾爹者眾，阮大鋮是其一。更有甚者，如大學士顧秉謙，年近八十歲，同樣跪認四十多歲的魏忠賢為乾爹。專制政治的荒唐，無以復加。

賢那個『魏』呢？是指中山王徐達②那個魏府，人家祖祖輩輩世襲魏國公。今天來的這位爺，準就是魏府公子徐青君，徐達先輩的後人。當今南京守備③徐弘基，便是這位主兒的哥哥。此主兒作惡多端，人稱活閻王，惹不得。」商哥伸了伸舌頭，不再多言。

侯方域接話道：「如此，我等何不到鈔庫街去走走，那裡美女如雲，不比這梅花差的。」陳貞慧、吳次尾稱快，幾人遂租船回返。路上，吳次尾徵詢道：「侯兄，這鈔庫街翠樓雲集，我等倒要去哪一家呢？」侯方域道：「這還用說，媚香樓呀。那李香君是我等捧出來的，走著也近乎。」陳貞慧陡添精神：「是該去媚香樓走走了。」

②在所有與朱元璋共患難的老友中，只有三人沒有被扣上謀反的帽子，從而保全性命，即常遇春、徐達、湯和。然史學家仍認定徐達死於處決。據説，徐達患有一種疽瘡，最忌鵝肉。朱元璋卻偏偏著人送他一碗鵝肉，並命送鵝肉的宦官在旁監視他吃掉。徐達接過那碗鵝肉，一面吃，一面流淚。當晚，徐達毒發而逝。

③守備：軍職，約與知府相當。

見侯方域、陳貞慧同氣相連，吳次尾就有些吃味：「你倆一個戀著李貞麗，一個戀著李香君，我和商哥去了，豈不光棍添堵？」侯方域趕緊摘清商哥：「次尾兄，你不要拉商哥墊背，船到利涉橋，他自回河房。去媚香樓，只能咱們公子去。」商哥惱道：「那還真不是人去的地方，你們自去逍遙，提我幹啥？切！」三位公子面面相覷，吳次尾道：「這小子，罵人不帶髒字，且橫掃一片。」商哥道：「一些人，不過是咎由自取罷了。」

吳次尾想了想，調侃道：「商哥，你一向愛給人取綽號，叫我什麼刺蝟凶。你難道不凶嗎？」商哥把腮鼓起：「我個書僮，凶到哪裡去？」吳次尾道：「就你剛剛那一句，把幾位公子哥全傷了。你既然叫商哥，我也送你一個綽號罷了，喚作『傷哥凶』，『傷』害的『傷』，『凶』相畢露的『凶』，如何？」商哥笑道：「既然連我書僮都凶了，索性大家凶一塊吧。刺蝟凶私下叫陳公子『真會凶』，就剩我家公子沒綽號了，不如就叫『方欲凶』吧。」接著，也學吳次尾，把那幾個字特別的解釋一番。

侯方域怒道：「商哥休得放肆！」商哥道：「說你方才想著凶，你果就凶起來了。開個玩笑，當什麼真嘛。」陳貞慧對吳次尾道：「我說刺蝟凶，怎麼這裡面還有我的賬？你何時給我弄了個『真會凶』？」吳次尾笑而不答。侯方域用手點晃吳次尾道：「都是你起的頭。好了好了，大家都是『凶』字輩的人了，全亂套了。」

比及說笑著，便到了利涉橋。大家上岸後，商哥把那壇酒塞給侯方域，扭頭離去。商哥經過飛來樓時，那道他熟悉的門，緊緊關著，門環上落滿灰塵，生機全無。只有抬頭時，方能看到院內的幾枝桃花，伸出牆外。那桃花，猶如柳如是的笑臉，令商哥想入非非。

侯方域等來到媚香樓，見門關著，陳貞慧推了幾推，沒動靜，便喊道：「貞娘可在？」李貞麗聽出陳貞慧的聲音，下樓開門，彼此見了，無不春風拂面。李貞麗道：「三位公子，快進快進。」

三個公子進得院內，見落了一地的梅花花瓣，個個眼饞，不肯挪動腳步上樓。吳次尾踮起腳尖，生怕踩壞花瓣：「怪不得二位公子急著要來，媚香樓堪比仙境了。」李貞麗嗔怪道：「怎麼，難道吳公子不想來嗎？」吳次尾沾醋拿酸道：「不是不想來，是沒個人牽掛。」李貞麗把手在空中劃了個半弧：「這還不簡單，但凡媚香樓的姑娘，任由吳公子選。」吳次尾看看陳貞慧與侯方域：「我可不敢掠美，不然，有的公子可要吃醋了。」李貞麗道：「我知道吳公子一向刻薄的，他不說看不上我們這裡的姑娘，反說哪個哪個公子吃味兒。快上樓吧。」吳次尾笑道：「貞娘引路。」

幾人一前一後，拾階而上。李貞麗的一襲長裙，帶起片片落地花瓣。

李貞麗引著，三個公子逕直來到一陌生包房，但見那客廳：書畫牆上題，古玩幾上擺；簾紋籠架鳥，花影護盆魚；花格窗前下，正好望秦淮。侯方域把那壇酒放在窗前一張桌上，便踱步欣賞四壁上的詩，讚道：「都是些名公題贈，卻也難得。」

陳貞慧臨窗眺望，秦淮河靜靜流淌，潔淨的水面上，飄著淡淡的梅花花瓣；婀娜的垂柳，令鈔庫街嫵媚動人。陳貞慧歎道：「媚香樓占盡秦淮美景，令人好生羨慕。」李貞麗不以為然：「再美的景致，天天相守，也就平淡無奇了。」吳次尾道：「貞娘的話，透著王陽明般的深刻。」李貞麗道：「這就取笑過甚了。」遂在臉上劃過一絲不易察覺的惱意，進而笑盈盈地請幾位公子落座喝茶。

侯方域復又站起，走到一面牆前，但見那裡掛著一幅《寒江曉泛圖》，寒雪瀰漫的清江之上，一葉孤舟蕩於江心，天蒼蒼，水茫茫，人寥寥，好一派悠遠淡泊的意境，畫上題詩一首，曰：

瑟瑟西風淨遠天，江山如畫鏡中懸。
不知何處迴波叟，日出呼兒泛釣船。

畫上沒有落款，侯方域因問：「此畫何人大作？」李貞麗謙遜道：「是小女香君的塗鴉之作，不足為道。」侯方域遂道：「還不快喚香君出來相見。」李貞麗笑道：「這會兒，怕還懶床呢。」遂對臥房喊道：「孩兒出來，侯公子他們來了。」

裡面雖是應著，卻遲遲不見李香君的身影。過了良久，那道門方才一響，李香君款款而出，與幾位公子一一道過萬福。一番客套，彼此落座。因相談甚歡，侯方域索性作詩一首，送與李香君。詩曰：

綽約小天仙，生來十八年；
玉山半峰雪，瑤池一枝蓮。
晚院香留客，春宵月伴眠；
臨行嬌無語，阿母在旁邊。

李香君捧詩，藏入臥房。陳貞慧羨慕無言，

則吳次尾搖頭讚歎：「此曲只應天上有，人間能得幾回聞。純情使然，純情使然呀！」李貞麗挑理道：「這話也是，像我就俗不可耐得狠了。你們說說，來媚香樓的人，誰不使銀子？所以，人跟錢槓上，不俗都不行。咱煙花人家，自不能與公子哥比，你們是字眼裡的人，咱是錢眼裡的人，天上地下的差著哩。」

吳次尾的臉，一陣紅，一陣白，解釋道：「貞娘你誤會了，我不是那個意思。」侯方域打圓場道：「是呀是呀，次尾兄不過脫口而出，無心的。」陳貞慧附和道：「次尾兄一向口無遮攔，如有得罪之處，你多包涵。」李貞麗哈哈一笑：「我一番笑話，你們倒當真計較起來了，還大丈夫，大豆腐罷了。」李香君無話可說，低垂著頭，兩手擺弄著隨身的一個吊墜兒，心裡卻裝滿侯方域。

說笑間，已是正午。李貞麗叫人把美酒佳餚，抬上樓來。大家飲酒作樂，詠詩為歌。幾杯熱酒落肚，話頭大開，不知怎麼，就說到阮大鋮。李香君道：「阮老爺的才學真沒的說。前些年，在石巢園看他的《燕子箋》，真是佩服得不得了。就是他家的戲班，也是盡收天下奇才，什麼柳敬亭、蘇昆生、丁繼之、沈公憲、張燕築，南京有名的角兒，都在他那裡了。之前吧，也常聽人說起過阮大鋮阮老爺，以為老成個什麼樣。後來見了，也不似想像的那麼老。而且，阮老爺溫文爾雅，親和至極。」

李香君力讚阮大鋮時，侯方域只附和了幾句，那吳次尾與陳貞慧的臉上，便有些掛不住，個個冷若冰霜。李貞麗察言觀色，便拿腳去踩李香君。香君心有靈犀一點通，遂把話題岔開。然吳次尾、陳貞慧猶如曬蔫的茄子，精氣神一蹶不振。一席酒宴，是以草草收場。

回河房的路上，吳次尾憤憤不平道：「阮大鋮一個被貶官員，自他潛留南京以來，從不知『低調』二字。最初他站在東林黨一邊，品行也還算端正。後來，看看東林黨勢微，一下撲進閹黨懷裡。這兩面派小人，竟然在留都蓄養歌妓，竄訪官員與士紳，此賊野心不死！」侯方域陪著小心道：「次尾兄，你與阮某好歹是同鄉，因何這樣不待見？」吳次尾把眼一瞪：「這更顯我吳某剛直不阿之脾性。」

侯方域聽了，不以為然。吳次尾不依不饒：「李香君欣賞阮禿子，那是她不諳世事。侯兄何必跟著湊熱鬧呢？亦步亦趨於一個女孩兒，那麼多年的書，不白讀了嗎？李香君的才藝你大可喜歡，倒不必連她的無知一同攬入懷裡。」吳次尾的一番數落，讓侯方域無地自容。

一路說著，回到河房。吳次尾見侯方域的房間開著，不請自入。陳貞慧跟著進來。侯方域知道吳次尾話未盡興，便招呼商哥沏茶。商哥應著，用鼻子四處嗅聞。陳貞慧不解，仿歸德口音道：「你嗅啥哩？」商哥道：「還有啥，脂粉味唄。切！」說完，走出房門。

彼此落座，吳次尾道：「我這次到南京，什麼酒樓茶肆，什麼書場戲場，都在談論阮大鋮，捧他的場。南京人太健忘，難道不記得阮禿子曾為魏黨餘孽的事嗎？今天是誰的天下？是東林黨、復社的天下呀。」說著，站起來，在屋裡來回踱步。不大會兒，商哥提一壺茶進來：「吳大少爺，你怎的坐不住。」

吳次尾也不看商哥，卻對侯方域、陳貞慧道：「侯兄、貞慧兄，你們說我坐得住嗎？眼看阮禿子就要翻天，你我又都是復社成員，怎嚥得下這口氣。所以，余以為，防止魏黨死灰復燃，你我責無旁貸！」吳次尾因過亢奮，直說得吐沫飛濺。商哥用袖子抹了把濺到臉上的唾沫星，嘟囔道：「刺蝟凶，原形畢露了吧？切！」因怕吳次尾背後彈他，退著出去。

陳貞慧附和道：「次尾兄所言極是，我們不妨做一篇〈留都防亂揭帖〉，打擊打擊阮禿子的囂張氣焰。」吳次尾拍案而起：「我來主筆。」瞬間，侯方域已然為局外人，無所適從。侯方域感歎，世事如此變幻莫測。去媚香樓的路上，他還與陳貞慧並肩，落單者，吳次尾也；轉眼回到河房，落單者，卻又成了他侯方域。其間的變化，沒人刻意去經營，一切轉接，天衣無縫。這其中的喜與惱，感覺得出，卻說不出，侯方域是以情緒低落。

正當其時，復社名流黃宗羲來訪，見〈留都防亂揭帖〉，直呼為「及時雨」，二話沒說，亦署上大名。侯方域愈加被動，他深感屋內氣流，凝固一般，令他氣悶難喘，胸口作痛。侯方域萬般無奈，從桌上拾起一支毛筆，在黃宗羲名後，署上自己大名。瞬間，他感到屋內的空氣流動起來，他那鬱悶、隱痛的胸口，漸漸舒緩。

次日，吳次尾與陳貞慧跑遍大街小巷，尋訪同好，一天的時間，連署者竟達一百四十多人。隨即，請人把揭帖刊刻印發與招貼，南京一時流言四起，猜測不斷。

第二十章

話說這天上午，阮大鋮在詠懷堂看書喝茶。莫名之中，心裡突突亂跳，沒著沒落。正鬧心，牛總管拿一張〈留都防亂揭帖〉，慌慌張張進來：「老爺，你看看這個。」阮大鋮看罷，心顫手抖，神色凝重。半晌，他恨恨地道：「吳次尾、陳貞慧這些小畜生倒也罷了，侯方域怎的也跟著起哄？從他父親侯恂那裡論起，他該叫我世叔。」牛總管垂手而立，很想附和幾句、安慰幾句，卻又無從說起。阮大鋮見管家無話，就說：「你先下去，多留心外面的事。」牛總管應著，黯然退出。

到得下午，牛總管垂頭喪氣，帶柳敬亭、蘇昆生、丁繼之、沈公憲、張燕築，前來拜見阮大鋮。一見面，個個客氣有餘，但又歉意非常。阮大鋮問管家：「這是哪一齣？」牛總管沮喪道：「還是請各位先生自己說吧。」柳敬亭唯唯諾諾道：「阮老爺，我……我……我……」蘇昆生等躲躲閃閃，避免與阮大鋮相視。

阮大鋮站起，終將目光鎖在蘇昆生身上：「蘇先生，柳先生這是怎的啦？吃啞巴藥了？」蘇昆生如鑄大錯，怯生生地抬起重重的眼皮，與阮大鋮短暫對視，勉力解釋道：「是……是這麼回事阮老爺，柳先生他開不了那個口，昆生亦然。我等皆非糊塗人，老爺重情講義，待我等一向不薄……無奈人言可畏呀。」說著，從寬大的直裰袖裡摸出一張揭帖，略晃了晃。

阮大鋮了然，也不便慰留，遂傷感道：「人各有志，阮某也不強人所難。但我還是要謝謝各位先生，你們捧場多年，且幫我帶出幾多有出息的學生，阮某永志不忘。」說完，對柳敬亭等深鞠一躬。柳敬亭等受寵若驚，愈發自責請辭草率，且不近人情：「老爺這可使不得，我等擎受不起。」阮大鋮囑咐管家，結清柳敬亭等人的月銀，任令其便。石巢園從此門可羅雀，一派蕭條。

不出三日，陳貞慧獲悉石巢園淒景，即迫不及待將吳次尾拉至侯方域房間，興奮道：「聽說石巢園的門客，見了〈留都防亂揭帖〉，個個鳥散，不亦快哉！」吳次尾振臂高呼：「竟不知戲行中也有剛直之人，這些門客豈不可敬？我們該去拜訪拜訪他們才是。」陳貞慧道：「自然是該去拜訪的。我聽說柳麻子說書最有趣，何不先去拜訪他，聽幾段妙書，以消春愁。」商哥道：「我們歸德老家，就有個柳麻子。不想，這南京也有個柳麻子，逗死人了。」侯方域冷視商哥，令他住嘴，遂對陳貞慧、吳次尾道：「那就明天去拜訪柳先生好了。」三人意同。

但說這柳敬亭，十五歲即獨身闖蕩江湖，練就一身說書絕活。無論到哪兒，就地一撂攤兒，什麼正史稗史，什麼四書五經，什麼《水滸》、《隋唐》、《西漢》，逮著即講，絕無嗑絆。柳敬亭說書，或突兀一聲震雲霄，或明珠萬斛錯落搖，或似斷忽續勢縹緲，或才歌轉泣氣蕭條，或簷下猝聽風雨人，或眼前又睹鬼神立，或蕩蕩波濤瀚海回，或林林兵甲昆陽集，或座客驚聞色無主，或欲為讚歎詞莫吐。柳敬亭一張嘴，把市井人情、千軍萬馬，一一復活，令人身臨其境，不能自拔。後來，柳敬亭雲遊南京，為阮大鋮所器重，將其聘入自家戲班。

次日，侯方域等尋訪，至柳敬亭門上，商哥叩門道：「柳麻子在家嗎？」陳貞慧在商哥後腦勺上一拍：「我說商哥，人家柳敬亭橫豎也是江湖名士，又年過半百之人，你怎的直呼人家柳麻子？稱他柳先生才是。」商哥白了陳貞慧一眼：「『真會囟』怎的也學『刺蝟囟』頭上動土？書僮的頭也是頭，豈能任人動之？」陳貞慧道：「是教你如何敬人。」商哥道：「『真會囟』先前不也一口一個柳麻子嗎？怎的到我這裡就不能叫了？」陳貞慧氣得白眼朝天，無話可說。侯方域也憋了一肚子的鳥氣，沒處揮灑。吳次尾倒有閒心在那兒打趣：「貞慧兒，正人先正己呀。」

商哥復又叩門，改口道：「柳先生在家嗎？」

但聞院內腳步聲，木門咿呀而開，現出一個十五六歲的小後生：「你等找誰？」商哥道：「我等慕柳先生大名而來。」這小後生，乃柳敬亭新收弟子，見是慕名者，回看身後的柳敬亭：「師傅，找你的。」但見那柳敬亭頭戴小帽，身穿海青直裰，紅光滿面，儒雅和善。柳敬亭瞇眼打量來者，問道：「幾位是？」

陳貞慧一拱手：「在下宜興陳貞慧，這位是貴池吳次尾。」說到侯方域時，陳貞慧道：「這位是當今名士侯方域，河南來的，因久慕先生大名，特來拜謁。」柳敬亭笑著一拱手：「不敢當不敢當！請進請進。」

吳次尾內中嗔道：「貞慧兒恁般偏心，到我這兒，『貴池吳次尾』就完了，到侯方域那兒，就『當今名士』起來。彼此不都一樣嗎？不然，坊間何以有『四公子』之謂？我吳次尾也是四公子之一呀。」因在生人面前，不便面露不快，是以淡然處之。

商哥嗔意亦濃，直言道：「陳公子偏心，我乃當今名士侯方域的書僮商哥，連錢宗伯錢大人、柳如是柳姑娘，都把我放在眼裡，你怎的就目中無人。」柳敬亭笑道：「如此機靈的書僮，我還是頭一回見，不愧是當今名士的書僮。老漢真誠的請這位商什麼來著？」商哥搶答道：「商哥，商量的商，哥們的哥。」說得人皆開懷，噗嗤噗嗤笑將出來。柳敬亭摸著商哥的頭道：「哎呀，真個可愛的孩子，那就快請吧。」商哥也不差禮數，他站到一邊，等柳敬亭引著幾位公子進去了，他才跟進院內。柳敬亭的小徒弟復又把角門關上，一路跑回屋裡，去備茶水。

進院。落座。上茶。柳敬亭讓道：「各位公子，請用茶。」吳次尾端起茶盞，抿了一口，開門見山道：「學生聽說，柳先生先前在阮禿子家做門客。」柳敬亭聞言，便有些坐不住，一時更是不知如何回答。侯方域見柳敬亭有難言之隱，便給吳次尾傳眼遞色。那吳次尾佯作未見，繼續道：「以柳先生之能之德，跌落阮禿子家，不免玷汙清名，拖累前程。幸好……」

柳敬亭眼瞼的肌肉抖了幾抖，失色道：「公子過譽，柳某乃庸碌之輩，不足道爾。」陳貞慧道：「先生不必過謙，以學生看來，先生實乃我輩之人。」柳敬亭疑惑道：「公子何言『我輩之人』？」侯方域解釋道：「人以群分，物以類聚，學生們的『我輩之人』，實為『剛直不阿』之群。」柳敬亭笑道：「承蒙各位先生高抬。」說完一抱拳：「老漢這裡謝過。」

因是初次相見，話不投懷，不便久留，侯方域等又說了些客套話，告辭。走出院門，侯方域回頭問前來相送的柳敬亭：「後天在國子監祭祀孔聖人，柳先生可否同去？」柳敬亭合掌道：「祭孔不比祭其他，老漢自然是要去的。」說完一拱手：「各位走好。」侯方域等也拱手道別，不尷不尬而散。

回來的路上，吳次尾道：「感覺這柳麻子不怎麼上道。」商哥道：「是不是人家沒留你吃飯，怎的也稱呼起柳麻子來了？」侯方域訓斥道：「閉嘴。」遂又對吳次尾道：「次尾兄的意思，柳先生非我輩之人？」商哥道：「切，上你的賊船，就是『我輩之人』，就是先生；不上你的賊船，就非我族類，就是柳麻子。」說完，因怕侯方域吼他，商哥捂著耳朵，跑到前面去。吳次尾臉色發綠，氣道：「這哪是書僮，這是祖宗！」

南京國子監，位於皇城以北的雞籠山腳下。祭孔日，國子監莊嚴肅穆，籠煙松柏，蠟紅笙歌，爵帛牲醴，香芹供奉。祭酒與司業①，各著官服而至。侯方域、陳貞慧、吳次尾三人，約同楊維斗、劉伯宗、沈昆銅、沈眉生等復社成員，同來與祭。

阮大鋮乃萬曆四十年的進士，比起侯方域、陳貞慧、吳次尾這些連個舉人身分都不是的人來說，似更有資格前來祭孔。然祭祀結束時，阮大鋮節外生枝，倒給自己添了許多的晦氣。時值侯方域、陳貞慧、吳次尾等與舊識相互作揖，正說閒話。阮大鋮暗中打聽，約略知道，幾位青年才俊，誰是誰。心想：「定是疏於溝通，幾位公子才寫下〈留都防亂揭帖〉。今得良機，可攀談幾句；倘若投機，乘時解釋一二，也是好的。」因想著，阮大鋮便直奔吳次尾面前，畢恭畢敬，拱手施禮，低聲下氣道：「幸會吳公子，在下阮大鋮。」

吳次尾始料未及：「你我認識？先生何以知道我是吳公子？才剛你自報大名，何者？」阮大鋮謙恭道：「在下阮大鋮，拜會吳公子。」俗言，伸手不打笑臉人，然那吳次尾聽聞「阮大鋮」三個字，立時暴跳如雷：「你就是阮大鋮阮禿子？如何也來祭廟？你這不是戲弄先師，玷辱斯文嗎？還不快快滾出去！」

世之難堪，莫過於拿自己的熱臉，去貼人家的冷屁股。阮大鋮好歹也是當朝名士，自有氣性，遂怒道：「嘿，好個吳次尾，我誠心敬你，你倒一點不領情。這倒也罷了，孔聖人乃漢武帝、董仲舒標立的萬代宗師，是所有莘莘學子的先師。我乃堂堂進士，也是讀聖賢書長大的，和你等一樣，也有一顆尊孔敬師的心，何以你們能祭的，我就祭不的？」

吳次尾遲疑片刻，反擊道：「你追隨魏黨，罪不容恕。」阮大鋮剖白道：「今天大鋮前來祭我先師，正為表白心跡。諸兄不分青紅皂白，橫加指責。魏黨暴橫之時，大鋮在故里丁憂，何曾

① 祭酒與司業，即學校的正副校長。

傷害一人？即便我一時糊塗，屈節過魏黨，也只為保護東林黨諸君。你等復社社員，乃東林黨香火，在此不思回報，倒責怪起我來了。」

吳次尾又要反唇相譏，阮大鋮突然手指吳次尾的鼻子道：「年輕人休得口出狂言，這世上的事，沒有你想像的那麼簡單。我阮大鋮現在雖然仕途孤立落魄，畢竟沒有趨炎附勢，我靠一支筆養活自己、養活全家老少，更養活一園子的藝人。你呢？乳臭未乾，衣食住行之費，皆靠家中供養。一個『飯來張口，衣來伸手』的牛犢，有何資格在我面前指手畫腳？」說完，拂袖而去。

陳貞慧等本想幫腔，卻無言可對。尤其侯方域，更是左右為難。一邊是父親的同年，一邊是復社密友。是以躲到周邊，裝聾作啞。人縫裡，柳敬亭早已覷見阮大鋮，一樣的裡外不適，既不趨奉才俊，亦不近故交。直至阮大鋮與吳次尾爭執起來，見勢不妙，又不願跟著攪混水，便溜之大吉。

倒是前來祭孔的我敬梓，邁著四方步來到吳次尾面前，用怪異的眼神打量他，半晌才說：「公子可還認識我？選麗盛會上見過的。」吳次尾喜道：「哦，原是我老師，學生豈能健忘。」以為找到同好，不料我敬梓板著面孔道：「你剛剛演得那一齣，我看到也聽到了。年輕人，老夫給你一句忠告：是人就有污點。揪住人家的污點不放，反倒促成你的污點，那就是得理不饒人的小人行為。記住，格物須公允。」說罷，揚長而去。

吳次尾連遭嗆白，鬱悶難當。當晚，約同侯方域、陳貞慧，至一處水榭，借酒澆愁。阮大鋮亦心中鬱結不快，是以租船，夜遊秦淮河，散心解悶。可謂是冤家路窄，阮大鋮的船隻抵近水榭時，被吳次尾看在眼裡：「那船上燈籠，寫著一個大大的『阮』字，難道是阮禿子的船？」陳貞慧道：「租得起此般豪船者，南京無二阮，定是阮大鋮無疑。」

吳次尾奮起：「待我租艘小船去追，絕不

輕饒。」侯方域一把攔住吳次尾：「算了，得饒人處且饒人嘛。」吳次尾瞪眼道：「此話何其耳熟。」侯方域感到莫名其妙：「次尾兄何意？」吳次尾酸溜溜道：「上午在國子監，姓『我』的就說過類似的話，感情在你眼裡，我就是那得理不饒人的小人。」

陳貞慧勸道：「次尾兄，這哪兒跟哪兒。打死，侯兄也不能往那上面去想你。」侯方域一臉無辜的樣子，求吳次尾諒解。吳次尾這才釋懷：「算是便宜了阮禿子。」阮大鋮的船隻，燈紅酒綠，歌妓起舞，真是奪盡秦淮夜色。吳次尾妒火中燒，長吁短歎，懶散無神。侯方域見狀，遂道：「夜色已深，散了罷。」聞者相應，黯然而歸。

第二十一章

且說阮大鋮，近因〈留都防亂揭帖〉，國子監又遭嗆白，椿椿件件，氣惱煩亂，茶飯不香。乃想，不如效學錢牧齋，歸鄉隱居。然又一想，南京乃自己的福地，一旦離開，將無用武之地。是以打消歸鄉念頭，潛心著書。這天，他正在書房校讀新作，忽聞門外有人喊道：「阮兄！」

來者非別，正是阮大鋮的筆硯至交楊龍友。此君原本一縣令，因官場失意，擬歸故里，蟄居貴陽。不料，逗留南京時，腳步一懶，竟樂不思蜀。後又索性把一家老小，自貴陽遷來南京。

石巢園乃楊龍友熟地，門人見了，抱拳恭迎了事，一任楊龍友自去書房。聽到喊聲，阮大鋮急忙迎出，笑道：「我道是誰，原是龍友，裡面坐。」楊龍友向書房走著，嘴裡卻道：「正值春暖花開，草木扶疏，阮兄因何閉戶讀書？」阮大鋮道：「現有傳奇四種，目下正待刻版，恐有錯別字，故在此一一校對。」楊龍友坐下，接過抄本，笑道：「正好做下酒之物。」阮大鋮興之所至，遂喊下人：「我要和楊老爺在此小飲，快去告訴廚房，酒肴伺候。」小廝應聲退出。

不大會兒，小廝先把茶沏來，正要倒茶，

阮大鋮止住道：「這春天不冷不熱的，正好在室外喝茶宴飲，就門外空地上安置了吧。」小廝答應著走出書房，往小徑那邊一招手，路過的兩個丫鬟跑來，幫著抬桌搬椅，鋪布倒茶。見擺設完畢，阮大鋮與楊龍友出來坐下，只幾盞茶工夫，酒肴即已齊整。二人推杯換盞，看書聊天。園內的花瓣，偶有一兩片，飄然墜於酒杯之中。楊龍友喜道：「此景可謂入酒、入詩、入畫。這倒使龍友想起慧開禪師的一首妙詩。」阮大鋮道：「哦，有多妙？龍友不妨吟來一聽。」楊龍友清了清嗓子，吟誦道：

春有百花秋有月，夏有涼風冬有雪；
若無閒事掛心頭，便是人間好時節。

聽罷，阮大鋮面色暗黃，嘴唇發青，情緒一落千丈，他把後兩句各改一字，吟誦出來：

若有閒事掛心頭，便是人間壞時節。

楊龍友大驚：「阮兄因何如此低落？」阮大鋮遂把〈留都防亂揭帖〉的事，以及在國子監的遭遇，複述一遍。楊龍友道：「可惱可惱。」又說：「那〈留都防亂揭帖〉的事，我也有所耳聞，這才特地來藉慰阮兄。不想，還有國子監這些不快。」阮大鋮一捶腿：「唉，人倒楣，喝涼水都塞牙。」楊龍友勸慰道：「阮兄不必吃惱，小弟倒有一法，未知肯依否？」阮大鋮落寞道：「願聞其詳。」楊龍友見小廝在側，欲言又止。阮大鋮明白，一揮手，小廝走開，阮大鋮道：「龍友有什麼好法子，不妨講來。」楊龍友把抄本放在身後的竹几上，欠了欠身道：「若擺平復社小子，非侯方域莫屬。」

阮大鋮無所適從道：「我雖與侯恂同年，然與年侄侯方域素無往來，他如何肯幫我？祭孔那天，倒未見他有什麼非禮之舉。」楊龍友把桌子輕輕一拍：「有門。」阮大鋮道：「何以見得？」楊龍友道：「侯公子的老家河南，為李自成所占，他有家不能回，是以滯留南京。一個二十多歲的公子哥，正值青春年少，閒極無聊，你猜他會怎樣？」阮大鋮把眉頭一皺：「能怎樣？」

楊龍友急道：「阮兄裝糊塗不成？這秦淮河什麼地方？美女如雲，佳麗遍地，連錢大人都抱得美人歸，何況風流倜儻的侯公子呢？再說，秦淮八豔，乃侯公子傑作。本來嘛，侯公子屬意柳如是，可惜被錢大人搶先一步。坊間傳說，他退而求其次，正想李香君的帳。只是侯公子囊中羞澀，才無所作為。」

阮大鋮聽得一頭霧水：「龍友你且等等，我橫豎不明，這侯公子尋花問柳，與阮某何干？再者，囊中羞澀，因何還要沾花惹草？」楊龍友道：「所以說，這正是一個機會。侯公子無錢為李香君贖身，若兄肯出手相助，侯公子自然就是阮兄的人啦。那時，復社小子顧念侯方域的面子，是萬萬不會再跟兄過不去的。」

思謀良久，阮大鋮道：「也好。即使從香君那裡，我怕也說得上話，畢竟她與我家煙月，一個頭磕在地上，就算是沾了親，帶了故。況與侯公子，還有叔侄之誼。他滯留南京，生計遇困，我這當叔的，自當盡心才是。只是不知，資費幾何？」楊龍友扳了扳指頭道：「贖金怕要千把兩銀子。至於妝奩酒席，二百兩足矣。」阮大鋮道：「雖非小數，阮某倒也出得起。」楊龍友抱拳拱手道：「那我就先在此代侯公子謝謝了！」

阮大鋮招手，遠處的小廝跑過來，與他耳語幾句，小廝領命而去。很快，牛總管心急火燎的趕來，跟楊龍友一拱手：「請楊老爺的安。」楊龍友也拱了拱手。牛總管遂俯身阮大鋮耳邊：「老爺何事恁急？」阮大鋮如此這般，吩咐完畢，牛總管氣喘吁吁的去，又氣喘吁吁的回，把手裡托著的紅布包交給阮大鋮：「老爺，整二百。」阮大鋮雙手送到楊龍友面前：「龍友，此乃酒資。先把他們的婚宴辦了。日後別無枝節，贖身的錢，定當奉上。成人之美，阮某義不容辭。」楊龍友接了銀子站起：「酒也足，飯也飽，龍友去也。」遂與阮大鋮、牛總管各拱了拱手。

阮大鋮也不多留，起身相送。牛總管道：「楊老爺慢走。」說完，自去。阮大鋮送楊龍友出石巢園，順便問道：「最近可有你內親的消息？」楊龍友詫異道：「你是說鳳陽督撫馬士英嗎？」阮大鋮一邊替楊龍友擋開攔路的新枝椏，一邊說：「還能是誰？」楊龍友道：「你知道我這舅子，向無主見。不是命好，碰上你這麼個智多星，他能混上督撫？」阮大鋮嘿嘿一笑：「你知道智多星叫吳用（無用）噢。龍友抬舉我，心領了。說馬督撫少主見，我信。但你不得不佩服，他的確比你我命好。不過……」

楊龍友停住腳步問道：「不過什麼？」阮大鋮語氣沉重道：「如今流賊氣焰正烈，馬督撫那裡，你這當妹夫的，恐怕多寫信提醒提醒，讓他留意時局變化。」楊龍友抓住一根翠綠的柳條，拉了拉，晃了晃：「他也就是這柳條，隨風擺動罷了。勸他自保，他可沒那兩下子。」阮大鋮笑道：「我可沒說勸他自保。不過以龍友之見，以為朝廷還有多大的氣數？」楊龍友脫口而出：「我看懸。僅此而已。所以，朝廷貶了我的官，我並無惱意。這亂世的官，是可以當的嗎？」說完，繼續向園外走。到得石巢園門口，道別時，楊龍友指著園內道：「阮兄也該修修那些枝條，把你自己的路都當了。」阮大鋮拱手一笑，二人就此作別。

楊龍友走後，阮大鋮回到詠懷堂，他為先前跟楊龍友提起煙月而心神不安。遂喚來牛總管，吩咐道：「很有些日子沒去煙月那裡走動了，你抽空去一趟，看看安否。」牛總管應下，先忙手頭的事去了。

次日，楊龍友到得媚香樓。李貞麗一見即喜：「楊老爺有些日子沒來走動了吧？」楊龍友笑而不答。李貞麗道：「老爺心有喜事？」楊龍友依舊是笑而不答。李貞麗引著上樓，又道：「楊老爺是去我屋裡坐，還是香君屋裡坐？」楊龍友道：「自然是香君屋裡，有她的喜事哩。」進得香君屋，李貞麗納悶道：「楊老爺也不坐，只一味貪看牆壁上的詩畫。所謂喜事，我看不出？」

楊龍友這才坐下：「快快叫香君出來，我有話跟你母女說。」李貞麗進臥房，與香君同出。李香君見了楊龍友，靦腆地施了一禮：「楊老爺萬福！」楊龍友站起，倒退半步，細細端詳道：「喲喲喲，才多久沒見，這孩子益發標緻可人了。」一邊說，一邊手指粉壁：「可見牆上這些詩篇，贊得一點不差。」香君面嫩，先就把頭微微低下。

李貞麗道：「這當什麼新鮮。粉壁之上，沒有楊老爺的墨蹟，倒是一件缺典的憾事哩。」楊龍友略挽了挽亮綢直裰的袖子：「如此說來，楊龍友不現眼都說不過去了。敝人就和韻一首罷了。」李貞麗道：「孩兒屋裡有現成的筆墨紙硯，就請楊老爺賞賜墨寶吧。」說著，轉身從案几一角，把筆硯請出。楊龍友畢竟是畫士脾性，但見筆硯，即長精神。待他握筆在手，又猶豫了，心想：「論詩文，我楊龍友如何比得過張天如、夏彝仲這些大家。香君的閨閣不比別處，來往無白丁，我一旦把筆落下，豈不給人留下笑柄？」見楊龍友遲遲不肯動筆，李貞麗問道：「楊老爺寫詩也要費思量嗎？」

楊龍友道：「倒也不能說不費思量，不過留詩於粉壁，未免有狗尾續貂之嫌，也顯得缺乏新意。以我之意，還是作畫為上，一者揚長避短，二者點綴素壁，豈不兩全？」李貞麗道：「果然是楊老爺，總能標新立異。」香君一邊站著，點頭附和。那楊龍友醞釀之間，目光鎖住一副拳石，近前一看，喜道：「這落款不是西湖畫士藍瑛嗎？」李貞麗道：「正是。」楊龍友道：「藍瑛乃我多年畫友，你們相識，我卻不知。」

李貞麗笑道：「我哪裡有緣與他相識。是香君到飛來樓走動，在那裡結識藍先生。因性情相投，又承蒙不棄，藍先生得以光臨寒舍，是以有這幅墨寶。」楊龍友嘖嘖稱讚，他來回走動了幾下，隨口道：「有了。」說罷，在藍瑛的拳石旁，添了幾筆墨蘭。畫畢，楊龍友退了幾步，歪頭自賞：「也還說得過去。」遂又在牆上落款：「崇禎十五年仲春，偶寫墨蘭于媚香樓，博香君一笑。貴陽人士楊龍友。」

李貞麗乃久經歷練之人，南來北往的名士，不知見了多少，說出的話，堪稱一流：「楊老爺的畫作和書法，樣樣俱佳，堪稱雙絕。多謝多謝！」於是，忙請楊龍友坐下喝茶。李香君倒過一輪茶水後，也一邊陪坐。

楊龍友端起茶盞，聞了聞，複又把茶盞放下。他看了看李香君，對李貞麗道：「香君模樣，可謂國色天香，但不知技藝若何？」李貞麗道：「文史地理什麼的，倒也學了些。只是詞曲之類，才請人教她入門。」楊龍友追問道：「哦，但不知請的是哪一位？」

李貞麗道：「蘇昆生蘇先生，楊老爺知道此人嗎？」楊龍友又「哦」了一聲：「是他呀，我們一向很熟的，他原在石巢園，為阮老爺的戲班效力。後來，為〈留都防亂揭帖〉所惑，跟柳敬亭等幾位先生，一起離開石巢園。這不表示阮老爺有什麼問題，也不表示蘇先生他們有什麼問題，這叫人各有志。就蘇先生個人而言，說起來，那也是一代詞曲名手。你請他教香君技藝，算是找對了人。」李貞麗道：「如此說來，倒是孩兒有福了。」楊龍友道：「那是。」

說話間，聞得樓梯聲響。彼此緘口，聽那腳步聲走向。香君道：「想是師傅來了。」話音剛落，蘇昆生便進得屋來，一見楊龍友，當即把手一拱：「楊老爺在此，久違了。」楊龍友起身拱手：「久違久違。」李香君給師傅添茶一盞。

蘇昆生坐下道：「楊老爺這廂有空走動？」楊龍友道：「會些故舊，自然抽空都要來的。蘇先生那裡，可有什麼坊間新聞嗎？」蘇昆生一搖頭：「無非流賊兵災，說了只會讓人傷心，不說也罷。」楊龍友道：「我這裡倒有一樁桃色新聞，不知可否聽說。」蘇昆生做出洗耳恭聽的樣子，說道：「願聞其詳。」楊龍友道：「昨聞，一代名士侯方域，正在此間物色名姝。蘇先生可否聽說？」蘇昆生點了點頭道：「略有耳聞。侯方域乃我們河南大家公子，如此招搖，怕有失身分。」楊龍友不以為然道：「不儘然。年輕人嘛，自有他們的活法。」李貞麗心想：「這侯公子，三天兩頭跑我們媚香樓，從不曾提起物色什麼名姝。我們家就有現成的，他還看不上嗎？」想著，臉上的氣色便難看起來。

楊龍友見李貞麗臉色不佳，小心問道：「貞娘，我哪句話不對嗎？」李貞麗哀歎一聲：「楊老爺有什麼對不對的。我之擔心，是孩兒香君的未來。」楊龍友幡然醒悟，卻又佯裝糊塗：「怎的，香君的未來還有擔憂之處嗎？」李貞麗歎道：「楊老爺有所不知，那徐公子已來過多回，逼香君於他做小。我四處周旋，死活沒法兒。別說我不願把孩兒往火炕裡推，就是孩兒自己，也厭惡那徐公子。那是個什麼人，南京人誰不知道。」李香君聽了，怒道：「媽媽休再提那沒廉恥的東西。我就是死，也萬難從那『雙人余』。」

楊龍友思索道：「哦，原來徐青君也在想李香君的帳。事不宜遲，我和盤托出來意吧。」想到這，楊龍友對李貞麗道：「我倒有個法子，讓那『雙人余』徐大公子罷手。」李貞麗急切道：「楊老爺還不快說。」楊龍友看看蘇昆生，又看看李香君，轉而對李貞麗道：「如蒙不棄，我倒願意做成侯公子與香君。」李貞麗臉色漸暖，喜道：「侯公子也一向來熟了的，他有些心思，我也早看在眼裡，只是大家礙於顏面，沒有挑破這層窗戶紙。如楊老爺從中就便說和，我們香君當然願意高攀。」李香君聽了，抿嘴一笑，把頭低下。

楊龍友道：「我等在此『剃頭挑子一頭熱』不行，我還得趁熱打鐵，去探探侯公子的口風。」李貞麗急道：「那是那是。」蘇昆生也不住的點頭。楊龍友推開茶盞，起身離去。李香君望著楊龍友離去的背影，心裡突突亂跳，不知自己這段姻緣，是個怎樣的結局。

第二十二章

且說侯方域，近有三惱。他雖是書劍飄零，卻也春情難安。惟囊中羞澀，令他在李香君面前，裹足不前。此即一惱也。自他逃離河南以來，僅得家書一封，每每牽腸掛肚，鬱悶不樂，此即二惱也。阮大鋮乃其父同年，加之李香君對阮大鋮敬慕有加，自然他也愛屋及烏。吳次尾與陳貞慧仇阮至極，二人事事總避諱著侯方域，彼此貌合神離，此即三惱也。

今日一早，吳次尾與陳貞慧，約同侯方域去拜訪我敬梓。侯方域知道他們二人早已商定，出門前過來支應一聲，不過為了面上好看而已，也就藉口身體不適，婉言謝絕了。商哥見少爺近日怏怏不樂，也儘量避諱著，不去招惹。商哥正尋摸出去自娛的藉口，便聽天井裡有人喊道：「侯公子在嘛？」商哥跑出屋門，手扶迴廊欄杆，低頭一看，見一人正仰頭環顧，心想：「這不是來過的那個楊老爺嗎？」遂興奮道：「楊老爺快請。」楊龍友揮了揮手，轉身拾階上樓。侯方域聽了，搶出門來，去迎楊龍友。

見面一番寒暄，侯方域主僕滿臉堆笑，把楊龍友迎進屋內。商哥一通忙活，把茶沏好斟畢。楊龍友見商哥勤快，滿眼歡喜：「這麼機靈的孩子，哪裡去找。」侯方域道：「就是話多。」商哥不快道：「楊老爺來恁大工夫了，我還不曾有一言。」楊龍友哈哈一笑，轉而對侯方域道：「今天我來，特有喜事一樁。」商哥搶著道：「我說今早，河房屋頂上有隻喜鵲，嘰嘰嘎嘎的，揮也不去，原是報喜的。楊老爺，什麼喜事？」開懷不已的侯方域假嗔道：「就說你話多嘛。」

楊龍友也不理會侯方域主僕的磕牙拌嘴，直言道：「我來為侯公子保媒如何？」商哥依舊搶話道：「楊老爺，這可使不得，我家少爺乃有室之人。」侯方域面色難測。楊龍友道：「哎，有室之人咋啦？妻妾成群乃是好事，多個內眷，跟添個茶盞有何不同？」侯方域心中，已猜度八九，遂探問道：「楊老爺必不會打趣方域，但不知是哪家女孩？」楊龍友喜道：「還能哪家，你一向屬意的李香君唄。」商哥道：「切，我以為是那個人。」說著，帶上房門出去。楊龍友不以為意，只等侯方域回話。半晌，侯方域難為情道：「方域囊中羞澀，奈何？」

楊龍友儼如闊佬，說道：「錢不是事。」侯方域唯唯諾諾道：「讓楊老爺破費，方域於心不忍。」楊龍友道：「說哪裡的話，成人之美，乃君子之道。侯公子這樁喜事，還有貴人相助。」侯方域大惑不解：「貴人相助？我一個異鄉落魄人，誰能做我的貴人？」楊龍友破解謎語般的說道：「在這南京城裡，除了你父親的同年阮大鋮阮老爺，還能有誰這麼肯出死力？」

侯方域搓手撓腮，怯生生道：「阮叔如此仁義，讓晚生羞愧難當。上回在國子監祭孔，吳次尾嗆白他時，我竟袖手旁觀。現在想來，無地自容。」楊龍友擺了擺手：「人非聖賢，孰能無過。話又說回來，你當時沒站在吳次尾一邊，就已經是幫阮老爺了。僅此一點，阮老爺總念念不忘。」侯方域讚歎道：「世叔可謂宅心仁厚。」楊龍友道：「阮非聖賢，但讀得卻是聖賢之書，當然的宅心仁厚了。客氣的話就不說了，明天我帶你去媚香樓，當面把你和香君的事說開。因應之費，都不在話下。」

侯方域畢恭畢敬的把楊龍友送出河房，回到屋裡時，不免有些手舞足蹈：「沒想到，我侯某竟有這等豔福。」話從口出，方見商哥斜歪在床上，正拿異樣的眼光看他。侯方域先是嚇了一跳，進而自知失態，在屋裡空轉一圈，一股無名火衝膛而出：「你小子何時又鑽回來的？你不這麼整天盯著我，你會活不下去？」不等商哥回話，甩門而去。商哥彈跳起來，衝門外喊道：「你『方欲囟』啥時變成『刺蝟囟』了？人家好好躺著，一句話沒說，就平白的挨你數落，算回什麼事？」

次日，楊龍友與侯方域同至媚香樓。楊龍友敲了幾下院門，保兒一開門，便滿臉喜氣：「原是楊老爺、侯公子，蘇師傅已來了，快請。」其時，楊龍友透過漸開的門縫，已見院內的蘇昆生，遂忙對身後的侯方域道：「快隨我進來。」一邊進院，一邊與蘇昆生抱拳施禮。蘇昆生亦拱手，問道：「楊老爺，想必這位就是我們河南同鄉侯方域侯公子了？」

楊龍友道：「蘇師傅真是明察秋毫。我正要引薦於你，侯公子快過來見過蘇師傅。」侯方域近前，與蘇昆生拱手施禮：「一向知道蘇師傅的大名，選麗盛會那年見過之後，再未謀面，都有些眼生了。」蘇昆生也把手拱了拱：「客氣客氣。你我雖是河南同鄉，卻只是神交而已。」侯方域道：「再見便是熟面了。」楊龍友不見李貞麗、李香君的人影，本想問蘇昆生，見他們同鄉相見恨晚的樣子，沒去打擾，先自近至樓梯口，對樓上喊道：「貞娘，你們還不快下來，東床佳婿來也。」

聞聲，李貞麗捧著茶壺，李香君捧一盤鮮豔的櫻桃，腳前腳後，飄然下樓。蘇昆生驚呼道：「這對母女，快趕上仙女下凡了。」李貞麗下得樓，把茶壺放在石桌上，悄聲對楊龍友道：「還沒擺到桌面上的事，就滿院嚷嚷什麼『東床佳婿來也』，小心讓人笑話。」楊龍友自知不周，連連點頭：「還真是。」

見美人下樓，侯方域便目不轉睛的盯看，令李香君滿面緋紅，腳步零亂。李貞麗看在眼裡，樂不可支道：「侯公子，都不要站著，坐下說話。」侯方域道：「蘇師傅、楊老爺先坐。」彼此謙讓一番，各自歸坐。

李貞麗往桌上一指：「這壺裡泡的，是虎邱新茶；這盤裡裝的，是新市的櫻桃。」楊龍友一指侯方域：「這邊坐的是新郎。」轉手一指李香君：「那邊坐的是新娘。」說得侯方域與李香君，低頭抿嘴而笑。蘇昆生道：「春天真好，欣欣向榮。」

未幾，肴齊酒滿，楊龍友道：「敞快人不做拖遝事，我也就有話直說，楊某今天給侯公子和香君保媒，想必皆大歡喜。」說完，他掃視一圈，李貞麗和蘇昆生點頭贊同，侯方域和李香君滿面羞容。楊龍友繼續道：「這平日，侯公子與香君見了，有說有笑。如今給他們保媒，倒羞澀起來。你們不搖頭就是贊同。」遂舉杯：「讓我們滿飲此杯，以示恭賀。」盡皆把酒乾了，遂又舉箸，以肴壓酒，以話助興。

酒過三巡，楊龍友拉過侯方域和李香君：「今天這酒，是你們的訂婚酒，一對新人，喝個交心酒才是。」李香君羞得滿面桃紅，遂遮袖走開。蘇昆生嗔怪道：「香君面嫩，不要見怪。我倒要問問侯公子，對這樁姻緣的真實打算？」侯方域笑道：「自然是求之不得。」李貞麗接過話茬：「既蒙不棄，擇定吉日，我們家香君可要高攀了。」楊龍友掐指一算：「三月十五日，正是花月良辰，以為如何？」皆無二話，只待佳期。

眨眼，佳期即至。但說這晚，媚香樓院內，花紅柳綠，筵席笙歌，賓客盈門。楊龍友、侯方域於媚香樓門前下轎，聘禮由數人抬著，等待進院。見保兒在門口迎賓，楊龍友近前問道：「貞娘呢？」保兒喜道：「喲，楊老爺、侯姑爺來了。我這就給你們喊媽媽去。」不及轉身，但見李貞麗滿面春色迎出來：「楊老爺、侯公子到了，快請。」楊龍友揮手，示意槓夫把聘禮抬進院內。保兒引著槓夫，樂顛顛的，把數件箱籠，抬上樓去。

見財生喜，李貞麗笑道：「楊老爺破費了。」遂對樓上喊道：「香君快下來！」其時，李香君早已扮畢。聽見媽媽喊她，已猜出新郎到也。於是，在幾個姐妹的陪伴下，含羞帶笑，一襲盛妝，下得樓來。

李貞麗對李香君道：「楊老爺賞了許多東西，還不上前拜謝。」李香君來到楊龍友面前施禮：「楊老爺萬福，香君感恩不盡。」楊龍友道：「些須薄意，聊表寸心，免了免了。」李香君見過侯方域，彼此互致問候。

院內兩張八仙桌上，茶點、乾碟之類，擺成講究的梅花狀。李貞麗道：「坐下說話。」大家一一落座。保兒斟茶數盞，捧至每人面前。楊龍友道：「怎不見蘇師傅？」這時，但聽有人說道：「誰念我呢？」眾皆回頭，見蘇昆生笑著走來：「不但我來了，連柳師傅也來了。」李貞麗等紛紛站起見禮。蘇昆生與柳敬亭各抱賀禮，不便回敬，二人只是不住的點頭致意。他們帶來的賀禮上，紮著紅綢，喜慶祥和。

蘇昆生走近李貞麗，把賀禮遞上：「不成敬意。」李貞麗道：「蘇師傅客氣。」柳敬亭也把賀禮遞上：「不成敬意。」李貞麗把賀禮抱在懷裡，回道：「柳師傅客氣。一向聽蘇師傅說來著，今天總算見到，三生有幸也。」柳敬亭道：「客氣客氣。」楊龍友招呼道：「蘇師傅、柳師傅快坐。」侯方域道：「是呀，快坐。」李貞麗把賀禮交到保兒手裡：「送上樓去。」保兒應著，抱賀禮上樓。

比及亂著，剛落座，又有客來。眾皆再起，但見丁繼之、沈公憲、張燕築攜禮來賀，他們進得門來，與蘇昆生等拱手施禮，「恭喜」聲、「久違」音，不絕於耳。尚未落座，鄭妥娘自門外便笑語不斷的走進來，又是一番寒暄與說笑。鄭妥娘把賀禮往李香君懷裡一塞：「妹妹從此有主，安妥了。」李香君轉手把賀禮交給一姐妹，遂拉住鄭妥娘的手道：「多謝姐姐賞光。」之後，眾人你推我讓，落定座次，兩桌剛好坐滿。楊龍友道：「蘇師傅，你看是否可以開始了？」蘇昆生道：「院中規矩，不興拜堂，就吃喜酒罷。」楊龍友道：「吃酒吃酒。」李貞麗跟早已伺候在側的響器班一招手，酒席之上，頓時歡聲雷動。

酒足飯飽，楊龍友言稱告退。李貞麗道：「孩兒大喜的日子，楊老爺搖席破座，豈不掃興。」楊龍友道：「時候不早了。這不還有蘇師傅……」蘇昆生道：「老朽亦酒足飯飽。楊老爺，你我同走。」柳敬亭道：「同走。」說著，幾人站起。另一桌的丁繼之、沈公憲、張燕築、鄭妥娘等起身相送，又是一通嘈雜的客套聲。楊龍友、蘇昆生、柳敬亭各自歸訖。

丁繼之等複入酒席。沈公憲道：「貞娘，把兩席合二為一吧。」李貞麗、侯方域、李香君走到丁繼之等人那桌，攢椅挪筷，一桌擠了十餘人。彼此又互敬了幾杯，丁繼之問道：「新房何處？」李貞麗道：「暫居媚香樓。待侯公子為香君贖身，另覓新房不遲。」沈公憲道：「情投意合，住哪兒不是住。」張燕築道：「那可不一樣。女子出嫁，焉有住娘家的道理。」

又喝了幾杯，說了些閒話，丁繼之懶散道：「時候不早了，快送新人回房罷。」話音未落，但見李香君連打兩個哈欠。侯方域見了，亦打哈欠。忍不住又要打，生怕誤會，強把哈欠忍了回去。鄭妥娘見狀，說道：「是該撤了，送新人入房罷。」李貞麗道：「改日再請幾位來坐。今晚不能盡興，都在我身上。」侯方域攙扶李香君上樓，李貞麗隨後拾階而上。

張燕築向酒借膽，一把拉住身邊的鄭妥娘：「我們也配成對兒，去包房歇了罷。」鄭妥娘把手一甩：「煙花人家的規矩，張先生敢是不懂？」鄭張燕築道：「不就是錢嗎？老張從不差錢。」鄭妥娘道：「妥娘跟別的姐妹有個不同，一律先拿錢，再辦事，皇帝老子來了也不例外。」

張燕築果真從身上摸出十文錢，一一數給鄭妥娘，嘟囔道：「你不說這世上，怕就怕講『認真』二字。」鄭妥娘道：「可見你老張也夠認真的。」遂背過張燕築去數錢。張燕築道：「數錢都不好意思，煙花人家扮什麼面嫩呢。」鄭妥娘道：「煙花人家怎的了？自太祖起，我們煙花人家就明明白白做生意，老老實實去賦稅，這不強似那些打家劫舍的官兒嘛？」張燕築一把摟過鄭妥娘的柳腰：「你這張嘴呀，秦淮河第一。」鄭妥娘呸了一聲，說：「哥哥你錯了，我不是秦淮河第一，也不是秦淮河第二，我還入不上數。」

張燕築來了精神：「你倒說說，誰是第一，誰又是第二？」鄭妥娘沾酸拿醋道：「那飛來樓裡的河東君①是第一，這媚香樓裡的小扇墜②是第二。人家這些主兒，自幼琴棋書畫、文史地理，樣樣精學到手。然後，再贖身從良，嫁個如意郎君。咱鄭妥娘就不同了，要色相沒色相，要文墨沒文墨，可不只有拿皮肉胡亂對付著過日了嗎？」

容不得張燕築插話，鄭妥娘進而借題發揮道：「剛才你說我這嘴怎的了？那可是說一不二的嘴，我說多少錢一夜，那就是多少錢，絕不反悔。哪像官府，朝令夕改，口是心非。」張燕築聽得不耐煩，遂在鄭妥娘屁股上輕扭一把：「妥娘說這話可就不妥了，小心因言獲罪。」鄭妥娘輕蔑道：「現如今這兵荒馬亂的，誰還管得著說什麼？除非生逢盛世，官府才想著法兒去堵人的嘴巴。」二人一邊鬥嘴，一邊上樓去找空房。丁繼之搖頭叨念道：「這個老張。」遂與沈公憲拜別李貞麗等，走出媚香樓。

---

① 宋朝有位陳季常，其妻柳氏，性格強悍。陳季常宴客，必招歌妓助興。柳氏不滿，每每用燒火棍擊打牆壁，並聲嘶力竭地大聲叫喊。客人見狀，紛紛逃走。蘇軾聽說這事後，聯想起杜甫「河東女兒身姓柳」的詩句，寫了一首詩贈給陳季常，曰：「忽聞河東獅子吼，拄杖落地心茫然。」蘇軾以「河東獅吼」喻陳妻的粗俗無禮。恰巧，柳如是的別號，又叫做「河東君」，鄭妥娘在此用雙關語詮釋「河東」，意在揶揄柳如是。

② 小扇墜，李香君諢名。

第二十三章

消停了幾日，楊龍友想起侯方域與李香君那段姻緣，乃想：「公子佳人結罷良緣，也該把贖身的事結了。」又一想：「贖身不比妝奩喜宴，花費甚巨。如這對小夫妻不配和諧，讓阮老爺枉費錢財，豈不冤得慌。得，我去媚香樓，探探這對新人，和諧不和諧。」想著，穿戴整齊，坐一頂小嬌，自家中出發，逕奔媚香樓。

聞敲門聲，保兒把門打開：「喲，楊老爺，多日不見。」楊龍友四處嗅聞：「什麼味？」保兒把兩手攤開：「沒見人家挽著袖管嗎，正刷馬桶哩。」楊龍友捂著鼻子，疾步上樓：「貞娘在嗎。」樓下的保兒嬉笑道：「在茅房哩。」楊龍友心想：「嘿，這個寸勁兒，全讓我趕上了。」是以逕直來到李香君包房，尚未開口，李香君先笑迎道：「楊老爺萬福！」侯方域道：「幾日不見，楊老爺都好。」楊龍友道：「都好都好。」一對新人，手忙腳亂，收拾屋子，禮讓楊龍友坐下。李香君沏茶倒水，楊龍滿臉笑意，說道：「你們快坐下，我有話說。」

侯方域與李香君面色變冷，忐忑不安地雙雙坐下。侯方域道：「楊老爺有何吩咐？」楊龍友笑道：「如此緊張，所為何來？」李香君道：

「楊老爺語氣裡的意思，怕有不測風雲。」楊龍友哈哈大笑：「兩個傻孩子，無故多心做什麼。」這時，但聽門外有人說道：「誰說誰傻呢？」李香君趕緊起身：「是媽媽。」楊龍友亦站起：「貞娘來得好，我正有話跟你說。」李貞麗跟楊龍友道了個萬福：「楊老爺此來鄭重，不會是……」李香君道：「誰說不是，楊老爺嚴肅有餘，也把我們給嚇著了。」侯方域道：「是呀，人家到現在還忐忑著哩。」彼此坐下，一邊喝茶，一邊說話。

楊龍友道：「我乃喜神，一見有喜，你們怕個什麼？」李貞麗道：「楊老爺那就快說，免得我們提心吊膽。」楊龍友賣關子道：「我說過了嘛，喜神，我嘴裡說不出惱來的。」李貞麗跺了跺腳：「即便是喜，小戶人家，也承受有限。」李香君道：「是呀，小戶人家，悲喜皆難擔承。楊老爺快說了吧，我的心都快跳出來了。」侯方域沉穩道：「既是好事，不妨發酵發酵，喜事儲之越久越香濃。」楊龍友笑道：「我還是說了罷，喜事儲之不當，也會發黴變質。貞娘是這樣，我意趁熱打鐵，索性把香君的身也給贖了，好事成雙嘛。以為如何？」

李貞麗喜道：「敢情好。只是一再讓楊老爺破費，我們於心不忍。」楊龍友道：「說哪裡的話，這樣的至交。你就說個數吧。」李貞麗面色尷尬：「既是至交，此話如何說得出口。」楊龍友道：「至交歸至交，贖身歸贖身，兩碼事。沒聽說誰家養孩兒是白養的。」李貞麗當著侯方域、李香君的面兒，思前想後，難吐贖身的價碼。

這時，李香君道：「楊老爺，我和侯公子的好合，多虧你幫襯。楊老爺雖有馬督撫那樣的至親，經濟上也並不借力。你平時花銷謹慎，這盡人皆知。今為香君妝奩喜宴的事，已頗多破費，如今又要替侯公子為小女子贖身。在香君來說，這猶如再生，自然是喜之不盡，感之有餘。然如此厚情，恐難一而再再而三的受之。每常言，無功不受祿。想這其中，定有個緣故。如蒙鼓裡，在香君受之有愧，在老爺施之無名；今日問個明白，以圖日後相報。楊老爺方便說嗎？」楊龍友反問道：「怎麼，侯公子沒跟你講嗎？」李香君疑惑道：「講什麼？」楊龍友就便把阮大鋮出手相助的事說了一遍。

聽罷，李香君內心深處，跌宕起伏，遂對侯方域道：「這就是侯公子的不是了，如此大事，因何不對我講？」侯方域愧疚道：「實在難以啟齒。」李香君道：「難以啟齒？好個冠冕堂皇的藉口。實話跟你們講，石巢園的阮某人，我也一向欽佩的。可如今，他無情無義，棄煙月妹妹於不顧，我不得不對他另眼。豈止這些，自〈留都防亂揭帖〉告知天下以來，我對阮某人除了鄙夷，再無青眼。」侯方域先是左右為難，進而也一反常態，附和道：「香君所見甚是。」李貞麗卻如鯁在喉，心急火燎，手足無措。

楊龍友被當頭一棒，遂唉聲歎氣道：「侯公子，說起來，阮大鋮原是東林黨的人，他結交魏黨，只不過為救護東林黨人而走的一步險棋。不料，魏黨一敗，東林反與阮大鋮水火不容。後來，復社興起，續東林之香火，來勢也不可謂不猛。最近這段時日，復社的很多才俊，如吳次尾啦、陳貞慧啦等等，見了阮大鋮，非打即罵，你說是不是有點過了？大鋮故交雖多，因朝政因素，無人敢近他。所以，他每日向天哭泣，說『非河南年侄侯方域不能救我』。可你呢？立場不堅，左右搖擺，人云亦云，豈不讓人寒心。」李貞麗如坐針氈，如芒刺背，啞口無言。

侯方域耳根立軟，遂道：「如此看來，阮年伯也著實可憐。就便他真是魏黨，只要悔過自新，亦不可絕之太甚。次尾、貞慧，皆我至交，明天見了，必定數落他們幾句。」楊龍友拱手謝道：「果然如此，大鋮也就不會度日如年了，在此我代他謝謝侯公子。」李貞麗的臉色漸暖。

楊龍友話音未落，李香君便滿面赤紅，怒道：「侯公子這是什麼話，那〈留都防亂揭帖〉不也署著你的大名嗎？做人怎好出爾反爾？阮大鋮趨附權奸，廉恥喪盡，與那『雙人余』有何區別。這阮大鋮聲名狼藉，人人惟恐避之不及，你倒好，還要為這等沒廉恥的人去打圓場。你的意思我明白，無非因他幫襯咱們。不就幾件釵釧衣裙嗎？這算什麼，好名聲強似好衣裝。」說完，李香君拔簪脫衣，身上只留下貼身的衣服。那單薄的內衣裡，出人意料地包裹著一顆火辣辣的心。

一旁的李貞麗臉色蠟黃，她騰地站起，嗔怪道：「這孩子真不懂事，把好端端的東西丟一地，圖個什麼？」隨即去撿拾地上的東西。楊龍友也怒道：「香君的氣性也太剛烈，你個小女子，知道什麼權奸不權奸的？不要人云亦云，聽風是雨。朝政的事，比你想像得複雜多了。端坐在臺上的，未必是好人；被一腳踢下臺的，也未必全是壞人。你這麼一通不分青紅皂白的叫罵捧打，叫方域的面子往哪兒擱？」

楊龍友本意為侯方域開脫，豈料侯方域再生變數，打斷楊龍友的話：「楊老爺不必說了，若非香君提醒，我倒忘了自己的本源。今天我之所以是復社之一員，正源於家父為東林黨人。那些社友平日重我侯方域，也只為這點義氣；我若依附奸邪，到那時群起而攻之，不要說救別人，恐怕連自己都泥菩薩過河，自身難保了。楊老爺休怪，不是晚輩不領情，實在是怕做下離經叛道的事，為婦人女子所恥笑。」面對此局，李貞麗走不出，也進不去，左右為難。

楊龍友狠狠道：「侯公子你也真夠書生氣的，一朝墜入煙花裡，就滿口婦人女子如何。你這麼做，就不怕爺們恥笑？走了！」侯方域一把拉住楊龍友：「且慢，這些箱籠，原是阮家之物，香君不用，留之也無益，還請楊老爺帶走吧。」楊龍友暴跳如雷：「就算我多情好了。這些東西你們看不上，丟進秦淮河不就得了，那一河春水，乾淨著呢，它能洗淨一切醜惡的靈魂。」說完，憤然而去。

出門時，楊龍友撞上氣喘吁吁跑來的商哥，他一把將楊龍友拉住：「楊老爺，我家少爺是不是被你拐到這裡來了？幾天不見他人影，這要有個三長兩短，誰擔待得起？」楊龍友也不回答，甩開商哥，大步流星走了。商哥丈二和尚摸不著頭腦，他「切」了幾聲，氣呼呼的直奔院內。李貞麗剛回屋，便聽商哥在天井一陣亂喊：「少爺，少爺，你人沒丟吧？」李貞麗咚咚跑出，站在二樓梯口，把腰一掐：「哪來的野小子，跑這裡罵街來了。保兒來，把他給我轟出去。」

保兒從茅房鑽出來，提著褲：「誰在此撒野？！」商哥也不讓步，把腰一掐：「大爺的便是。」保兒見眼前瘦猴似的人在搭話，也就陡增勇氣：「我以為多大的爺，不過一孫子。」說著，繫好腰帶，上前一搶步，兜頭就是一拳。商哥立定腳步，身子一個側閃，左手順手牽羊，鉗住保兒的腕部；右腿向前一弓步，另隻胳膊向外一拐，只聽保兒「哎呀」一聲，被彈出三五步遠，實實的坐在地上。保兒那個疼：「哎喲，哎喲，我的屁股！」李貞麗怒道：「反了反了！侯公子，你快出來看看。」商哥頭也不回，大步走出媚香樓。

楊龍友自媚香樓出來，逕奔石巢園。阮大鋮正在書房校對書稿，楊龍友面皮紫漲地進來。阮大鋮疑道：「龍友因何氣惱成這樣？坐下說。」楊龍友坐下，氣呼呼的一言不發。阮大鋮也不催他。過了會兒，下人把茶沏上，阮大鋮親自斟了一盞茶，遞給楊龍友：「先喝口茶。」楊龍友潤了潤嗓子，說道：「別提了，那李香君你是知道的，很單純的一個女孩兒，怎的也跟著復社的人跑了。我們這裡好心成全她和侯公子，她不領情不說，還把你不三不四的帶累一通，氣煞我也！」

阮大鋮氣頂腦門：「想來，都是吳次尾那些小畜生們攛掇所致。不用你說，她罵什麼我都知道的，什麼附逆權奸，拜閹人做乾爹。這臭丫頭懂個屁，她再清高，不也是個妓女嗎？」楊龍友狠狠地喝了一口茶，說：「如今這南京城，已然為復社人的天下。都什麼時候了，還黨爭不斷，真是不知死活。」阮大鋮亦憤恨有加：「此即中山狼，得志便猖狂！」

這時，牛總管進來，見楊龍友坐著，先問了個好，遂跟阮大鋮耳語了幾句。那阮大鋮聽罷，真是怒從心頭起，惡向膽邊生：「真乃禍不單行！反了。丟人。無恥。賤人。」氣頭上，阮大鋮已語無倫次。楊龍友摸不著頭腦：「阮兄，這是怎的了？」阮大鋮長長送出一口氣：「龍友乃至交，跟你說也不怕丟人，我那小妾煙月，竟然背夫適他。天理不容，天理不容啊！」

楊龍友疑惑道：「何人如此大膽，竟然明搶良家婦女？」牛總管看看阮大鋮，意思是，有些話，不知當說不當說。阮大鋮心領神會，說道：「又沒外人，你直說好了。」牛總管道：「我知道的也不確切，聽說煙月改適之人自北邊來，身邊還有幾個隨侍，闊氣的在南京城也少見。所以，我看這事不可輕舉妄動。」

阮大鋮聞聽此言，重重的坐到籐椅裡，那籐條吱扭響了幾聲。楊龍友道：「真是屋漏偏遭連夜雨，阮兄這段時日也太不順了。物極必反，倒楣透頂，就該時來運轉了，也未可知的事。」阮大鋮鐵青著臉道：「我倒看不出，眼下只是一味的倒楣。」

楊龍友勸慰道：「柳暗花明又一村，這古訓，不是教人向前看的嗎？煙月那裡你也別在意，不就一小妾嗎？再說，你對她置之不顧，難免如此。總之，凡事大處去想，後面的路才會越走越寬。」

阮大鋮道：「多虧龍友在此，不然大鋮就要沉淪下去了。不過，也不能就此稀裡糊塗，該打聽打聽煙月新適之人是個什麼主兒。不然，什麼都蒙在鼓裡，豈不窩囊。」楊龍友道：「那是自然，這事叫管家去辦即可。」

牛總管點頭，一臉的謙恭與和順：「我這就去打聽。」遂出詠懷堂，不料與急著進來的一個丫鬟撞了個滿懷。牛總管訓斥道：「又不是死了人，你毛躁什麼？」那丫鬟不由分說，哇的一聲哭了。牛總管道：「這是怎麼說的？我不過一句氣話，你哭什麼？」阮大鋮氣道：「我還沒死呢，你哭什麼喪？」那丫鬟依舊嚎啕大哭，不發一言。楊龍友起身過來：「如此泣不成聲，可知是不吉利的事。有話好好說就是，你是誰身邊的丫頭？」

阮大鋮怒道：「這麼有出息的人，還能是誰屋裡的，她是正室的貼身丫頭。」楊龍友再次好言相勸：「有話慢慢說，誰欺負你了？」牛總管急得直跺腳：「你倒是說呀！」那丫頭稍稍鎮定後說：「夫人歸天了！」說完，繼續號啕大哭。聽罷，阮大鋮仰天長歎：「老天呀，你成心亡我阮大鋮嗎？」遂暈厥過去。楊龍友與牛總管手忙腳亂，一個掐人中，一個灌水。那丫鬟不再哭泣，跑過來，跪在阮大鋮面前呼喊：「老爺你醒醒！老爺你醒醒！」

過了一會兒，阮大鋮醒來。看看楊龍友，再看看管家，淚流滿面。楊龍友道：「有龍友和管家在，阮兄不必著急上火，嫂夫人的喪事一切由我等去打理，你好生休養即可。」牛總管把阮大鋮新納的一個小妾叫來，讓她帶著兩個貼身的丫鬟，照顧阮大鋮的起居生活。然後與楊龍友，前後忙了數天，把阮夫人的喪事亂過去。

數日後，楊龍友到石巢園探望阮大鋮。一見面，阮大鋮既臉掛淚珠：「都說男人有淚不輕彈，可我這些哪是淚，滴滴是血呀。」楊龍友心疼道：「阮兄老這麼哭，也不是個法兒。日子還得一天天過，那淚水再不止，恐怕真的要泣血了。」

阮大鋮唉聲歎氣道：「龍友你說我命苦不苦？正室在世的時候，她一天也容不得煙月。正室身體一直不好，我就等她歸天後，把煙月接回石巢園扶正。真是人算不如天算，正室歸天，煙月歸他，兩個我最愛的女人，老天一個也沒留給我。」楊龍友道：「阮兄保重身體為要。」

午時，下人把酒宴擺到詠懷堂。阮大鋮道：「龍友陪我喝兩杯，雖說借酒澆愁愁更愁，可沒有酒，豈不更愁。」兩人起身，來到堂屋，在八仙桌前坐下。楊龍友先把酒杯舉起：「阮兄，一切都會過去的，乾！」二人一仰脖，酒杯見底。

　　時有牛總管進來，跟楊龍友拱了拱手。阮大鋮道：「有話你直說就是。」牛總管道：「我打聽了一下，煙月所適之人，是從洛陽逃出來的，叫王福。說是商賈，但憑我那天與他的碰面，感覺不像個買賣人。」阮大鋮問楊龍友：「洛陽那邊會有些什麼人流落到南京呢？」楊龍友道：「只會是兩種人，一是有錢的士紳商賈，二是王府裡的人。總之，平民百姓難跑這麼遠。」阮大鋮道：「一切留心就好。」

第二十四章

一晃，便是崇禎十七年春。多舛之運，與阮大鋮漸行漸遠。然當朝皇帝朱由檢，卻正迎來他的多事之秋。李自成的起義軍北伐，漸逼京師；東北的韃靼軍南窺，虎視京師。刻下的北京，可謂腹背受敵。寢食不安的朱由檢，情急之下，將甯遠總兵吳三桂、湖廣總兵左良玉、江南總兵黃得功封為伯爵，召令三人入京勤王。

左良玉、黃得功在南部剿賊滅寇，往往勝少敗多。這倒也不算什麼，尤可惱者，左、黃二部，不僅不能維持一方平安，且所到之處，燒殺掠奪，甚於起義軍。此般部將，如何進京勤王？也由此，吳三桂成為朱由檢最後一根救命稻草。朱由檢令吳三桂放棄遼東，移防山海關。他之所謀，京師告急，吳三桂即可入京勤王；滿人南侵，吳三桂又可據守京師東大門。朱由檢以為運籌帷幄，實則自毀城池。

且說田妃之父田畹，因聞起義軍漸逼京師，終日愁眉不展。田畹知道，起義軍所過之處，無不搶光、掃光、殺光；西安秦王府、太原晉王府、洛陽福王府亦未倖免。如起義軍攻陷京師，皇親國戚、達官貴人，必死無葬身之地。生逢亂世，個人安危，是為首要。然則安危大計，當今聖上已無能為力，惟手握兵權的將軍，方解燃眉之急。

田畹乃貪腐政治的受惠者，其金銀珠寶、田地房產、奴僕女婢，不可盡數。保衛腐敗成果，已然為田畹的當務之急。話說這天，田畹在陳圓圓屋內談及此事，是以悶懷不樂：「老夫欲找個安身立命的依託，縱然搜腸刮肚，亦不知誰能為之？」

陳圓圓見狀，便乘機分憂道：「國丈，你怎的忘了一個人。」田畹無精打采道：「誰？」陳圓圓起身，來到田畹身後，為其捏肩捶背。田畹道：「這些事，自有貼身的丫鬟做，愛妾不必為之。你快說，那人是誰。」陳圓圓坐在田畹腿上，說道：「國丈，就是甯遠總兵吳三桂呀。聖上近將北京衛戍，託付於他，此人已然為殿前新寵。這兩天，吳三桂入京覲見聖上，國丈不可錯失良機，若能與之結交，還愁不能為護身符？」

田畹聞言大喜，把陳圓圓擁了幾擁，親了幾親：「寶貝，若非你提醒，老夫真就忘了，我這就派人去下帖，約其入府歡宴。」遂半推半扶，與陳圓圓一同起身。田畹在屋內踱了幾步，思量道：「老夫與吳三桂向無交情，焉知他肯否賞光？」陳圓圓道：「國丈非等閒之輩，除非那吳總兵患了失心之瘋，得了汗邪之病，不然沒有不給面兒的道理。」田畹喜道：「愛妾高見。老夫命裡有圓圓，三生有幸，三生有幸啊。」一邊說，一邊樂顛顛的去了書房。

再說那吳三桂，自他接到田畹的請帖，便疑疑惑惑：「我與國丈一向不曾有交，他突兀下帖兒，是何意？」正琢磨，門房道：「總兵大人，田府前來下帖的人還在等回話。」吳三桂訓斥道：「催什麼？讓他略等一等。」這時，見吳襄自一道拱門走過來，問那門房：「一大早，你傻愣愣的站在這裡幹什麼？」門房道：「老爺，田府的人前來下帖兒，總兵大人還沒拿定主意，讓我在門外略等一等。」吳襄無話，直入屋內。

見吳襄進來，吳三桂近前請安：「父親早。」吳襄依舊無話，看著吳三桂手中的請帖。

吳三桂忙把請帖遞過去：「孩兒正想過父親那邊請教，這田畹是個什麼意思？」吳襄不假思索道：「還能什麼意思？這兩天前來下帖兒的人，把門檻都快踏平了。你身為總兵，這些個意思都看不明白，怎能領兵打仗？城裡的皇親國戚，達官貴人，人人拿你當護身符。這國運喪盡的關頭，你護得了誰？怕連你的家人都護不好，還護別人？我勸你趁早回防地，大家都消停些。我一早過這邊來，就為特地囑咐你這些。」把話撂下，轉身即走。吳三桂嘴裡應著，且連連點頭，把父親送出書房門外。見吳襄出了院門，門房小聲道：「大人？」吳三桂壓低聲道：「再略等等。」

吳三桂回到書房，繼續琢磨那田畹。他想到兩層，一者，田畹乃國丈；二者，吳三桂一向聽說，田畹占著秦淮八豔之一的陳圓圓。無論趨色，還是附勢，吳三桂皆無拒絕田畹之因由。尤其陳圓圓，吳三桂傾慕已久，卻無緣一睹芳容。於以吳三桂之個性，僅此一點，他必赴約田府。於是拿定主意，對門房道：「去告訴下帖兒的人，就說我準時前去拜謁田大人。」遂又小聲囑咐道：「此事不可驚動老爺。」那門房應聲而去。

到得赴約之日，吳三桂安排人馬，坐八抬大轎，靜寂無聲，出罷府第。及至田府以近，這才鳴鑼開道，擺譜逞強。田畹聽到外面震天的動靜，忙不迭跑出深宅，於高門之下，親迎吳三桂。

軍卒列陣田府大門兩側，嚴陣以待的樣子，令人不寒而慄。田畹身為國丈，雖見多識廣，卻也被眼前的陣勢，震得暈頭轉向。待吳三桂出得轎來，那田畹上前一步，抱拳施禮：「承蒙總兵大人光臨，寒舍真乃蓬蓽生輝。」吳三桂亦上前一步，拱手施禮：「國丈客氣。得攀尊府高階，吳某之幸也。」彼此一番寒暄，一番恭維，雙雙進入田府。

席間，數名絕色美女，輪番伺候吳三桂。更有美女無數，於舞池內翩翩起舞。田畹此舉，乃因其對吳三桂察知周詳。田畹所詳，吳三桂者：

貪污軍費，不計其數。或言，吳三桂富可敵國。因此，在吳三桂那裡，有錢難使其推磨。但吳三桂有個致命弱點，即嗜色如命。田畹投其所好，是以上演一齣「美女陣」，令吳三桂開懷不已。

田畹雖妻妾成群，美女無數，惟陳圓圓為之最愛，猶如美女堆裡的李治只愛武妃、李隆基只愛楊妃、朱由檢只愛田妃。令人費解者，陳圓圓乃田畹為聖上所選，他因何色膽包天，據為己有？長話短說，當今聖上為邊患、內亂所禍，無心戀色，是其一。其二，田畹江南選美，回京的路上，被陳圓圓的姿色所迷惑，遂私下掠美。這下作之舉，為一幕僚所知。私下裡，那幕僚問田畹：「陳圓圓還獻得出去嗎？」田畹低頭無語。

那幕僚知道田畹進退兩難，遂說：「這揭人瘡疤的事，照理也不該我在這裡說。就說令愛田妃吧，當初不正是內閣大學士周延儒獻於當今聖上的嗎？這老先生也是弄巧成拙，獻妃就獻妃吧，他還獻得拖泥帶水。在令愛的繡鞋上，他請人繡上一首詩，叫做『花為容貌玉為床，椒殿承恩鈿鉛妝。三寸繡鞋金縷織，延儒恭進字單行』。他的本意是讓皇上高興，也借機獻媚。可當皇上夜裡幸妃時，一看繡鞋上那首詩，很是不快。日後，不是找個機會，將周相國賜死了嗎？連帶令愛田妃，也被冷了許久。這都是前車之鑒。更何況，令愛田妃已病歿年餘，你如今的依仗，怕也是虛多實少了。」田畹連連點頭：「話俗理兒不俗，這陳圓圓是獻不得了。」陳圓圓從此與田畹為妾。

今陪酒美女中，其一為二十一歲的陳圓圓。吳三桂三十出頭，風華正壯。此君別無好論，但論風月，確為好手。況其有備而來，入席便問：「聞秦淮八豔之一的陳圓圓就在國丈府裡，不知可否得見一面。」田畹心想：「哪有開口即問人家女眷的，缺乏禮數至此，真乃武夫也！」因有求於人，只得忍了。

侍候在側的陳圓圓聞言，粉頸微垂，嬌羞含笑。吳三桂見狀，已猜出幾分。正待細問，田畹道：「將軍身邊這位就是陳圓圓。」語氣生硬而不快。吳三桂哪顧田畹語氣，只顧貪看美色。但見陳圓圓花明雪豔，秀麗不凡，確屬鶴立雞群之輩。陳圓圓聽田畹引介，微微抬頭，給吳三桂投去一縷愛意，遂點了點頭，復又粉頸微垂。

吳三桂見陳圓圓歡情四溢，便也熱情似火起來：「圓圓可否近前一坐？」陳圓圓抬頭看田畹，請他示下。那田畹的臉上，多少就有些掛不住。然他深知自己的目的，便點頭贊同。得到恩准，陳圓圓起身，只兩三個碎步，便來到吳三桂近前，與之貼身並坐。哪知，吳三桂迫不及待的伸出一隻手，在陳圓圓的柳腰間滑動起來。陳圓圓耳根一熱，臉紅若柿，越發顯得嬌媚動人。

眼之所見，令田畹蒙羞。但事已至此，也只好胡亂承應，萬不能顧此失彼，因小失大。酒過三巡，田畹見機行事，試探道：「吳將軍，眼下北京吃緊，老夫擔心闖賊破城，到那時，豈不落得個家破人亡？」吳三桂單刀直入，摟著陳圓圓道：「國丈若以圓圓見贈，我保田府無恙。」陳圓圓滿面緋紅，垂首不語。然田畹聞言，幾欲吐血。正尋由拒之，忽有下人呈上一份邸報，田畹接過一看，頓時喪魂失魄。

吳三桂道：「本將可否一看？」田畹將邸報交給下人，示意他拿過去。吳三桂接過邸報，草草一看，但見上有「代州失守，周遇吉陣亡」等字樣。吳三桂也是一驚：「代州一失，京畿就要戒嚴了。」田畹顫慄道：「老夫已是風燭殘年，還要遭此喪亂，這該如何是好？」

吳三桂接續前話道：「我剛才的話，不知國丈允否？若允，在下願力護尊府。」田畹心想：「吳三桂呀，你比那李自成，不知要下流多少倍！」但還得強顏歡笑，忍一肚子的苦水，把愛妾拱手讓人：「這有什麼允不允的？若吳將軍看得上，老夫願以圓圓相贈。」

於陳圓圓而言，可謂正中下懷，遂就坡下驢，對田畹道：「妾隨國丈數年，安忍輕離國丈，但圓圓事小，國丈事大，國丈有命，敢不尊從？」田畹心想：「好個陳圓圓，你倒會順水推舟，全無夫妻情分。也罷，再美不過一小妾，脫件衣服而已。」遂假意囑咐道：「你好生伺候將軍。」

吳三桂喜形於色，忙起身向田畹道謝：「吳某在此謝謝國丈。你放心，田府的事，就是本將的事。日後無論有什麼風吹草動，我保田府無恙。」說完，即命侍從，備轎回府。陳圓圓淚別田畹上轎，吳三桂則騎馬殿後，雙雙離去。

浩浩蕩蕩的隊伍近至吳府，立時偃旗息鼓，以防吳襄知曉。吳三桂進得自己院內，下馬就轎中接出陳圓圓，遂又俯身把她抱起，噔噔噔，即入寢室。二人正解衣寬帶，吳襄派人，把吳三桂叫到自己書房，狠狠訓斥道：「這都什麼時候了，你還風花雪月？這且不說，那陳圓圓是什麼人？豈是可以輕易沾手的？北京政要商賈，無不對其垂涎三尺。你如今弄到家裡來，無異於引火焚身。」吳三桂低頭道：「怕不儘然。」吳襄怒道：「你是不見棺材不掉淚。再住一兩天，你趕緊回守地履職。京城亂象叢生，不可久留。」吳三桂應著，回到自己院內。

一見陳圓圓，老父先前的話，吳三桂全然忘卻，兩人你愛我肌膚如雪，我愛你當世英雄，彼此貪歡，真是說不盡的纏綿。雲收雨散，吳三桂興奮道：「沒想到，秦淮八豔，我吳三桂竟得其一。」陳圓圓附和道：「將軍自當美人配。」吳三桂突又問道：「聞秦淮八豔，有二豔在京師？那一位是誰？」

陳圓圓略帶醋意道：「將軍因何問起她？」遂莞爾一笑：「怕不是再要掠美吧？」吳三桂哈哈大笑：「得圓圓足矣！」陳圓圓略略釋懷：「將軍如此說，便沒有瞞著的道理。告訴你吧，另一個在京師的姐姐，叫做顧橫波。不過，她如今已是名花有主。」吳三桂追問道：「顧橫波的主兒是誰？」陳圓圓道：「朝臣龔鼎孳。」吳三桂道：「哦，原來是他。」陳圓圓又道：「顧姐命好，嫁給龔鼎孳，便做了夫人。」

吳襄家教嚴厲，家法如山，吳三桂知道自己難效龔鼎孳，於是把話岔開：「聽說秦淮八豔魁首柳如是，嫁給禮部侍郎錢牧齋那老頭兒，可有這事？」陳圓圓道：「此話不假。錢大人被貶歸野，滯留南京時，他們認識的，也算是有緣。令人稱羨者，錢大人對柳姐姐言聽計從。想來，那也是柳姐姐的福分吧。」吳三桂想了想道：「錢大人也忒那個了些，有些風言風語，你是不知，還是故意避諱？」

陳圓圓大惑不解：「風言風語？願聞其詳。」吳三桂道：「聽說柳如是在常熟公然養面首①？這就過了。」陳圓圓惱道：「這話也信得嗎？那些風言風語，不過是一些人嫉妒柳姐姐，胡亂編排的罷了。」吳三桂見陳圓圓惱了，就此打住。

過了幾天，吳襄見吳三桂依舊戀在家中，遂大發雷霆：「男子漢大丈夫，不可為女人所拖累，更勿辜負聖上對你的期待。」吳三桂道：「孩兒明天即回山海關，只是有一事要請教父親，我擬帶圓圓同去，以為如何？」

吳襄怒道：「這兵荒馬亂的，你還如此貪戀美色，簡直不可救藥！為將者，最忌兒女情長，一旦為其所束，關鍵時候，難為大丈夫。再者，帶女眷去山海關，就不怕有人借機到皇上那裡大做文章？袁崇煥是怎麼死的？世道兇險，務必好自為之！」吳三桂幡然醒悟，於次日別過家人，回山海關去了。

①面首，即男妾、男寵。

第二十五章

吳三桂返回山海關不久，起義軍便兵臨城下，對京師形成甕中捉鼈之勢。朱由檢令吳三桂入京勤王。吳三桂接旨，當即率部棄關進京。東北大片土地，已無防禦可言。

且說李自成。崇禎十七年一月，李自成自西安建大順帝國後，即行北伐。所經之地的大明守軍，個個望風而降。而各地主降最力者，恰是那些為朱由檢所信任的監軍宦官。起義軍是以渡黃河、過山西、取長城，直至北京城下，一路如入無人之境。

起義軍並不急於攻城，而是特派於昌平投降的太監杜勳，入城與朱由檢密談，勸其禪讓，李自成則效仿魏晉，封王朱由檢。朱由檢血氣方剛，哪甘受辱？遂對杜勳吼道：「此賊不自量力！他以為自己是曹丕、司馬炎嗎？魏晉這兩位人主，乃梟雄之後，他李自成算什麼東西？不就一農民嘛？陳勝、吳廣也是農民，也舉旗造反，結局如何他不知道嘛？自古以來，草莽難成大事。你去告訴李自成，農民就是農民！」說罷，將杜勳呵斥出去。朱由檢自此橫下心來，寧死不屈。

杜勳回到城外，把朱由檢的話，一五一十講

給李自成聽。李自成不僅不惱，反而哈哈大笑：「農民就是農民！多麼經典的一句話。可崇禎帝也夠糊塗的，自古以來，皇帝老兒屁股底下的寶座，有幾多不是農民搖動、農民掀翻的？陳勝、吳廣是結局不好，同是農民起義的劉邦不就馬到成功、至尊天下了嗎？等著吧，我李自成帶農民進京考回試，看看中不。」李自成遂號令攻城。

說是攻城，其實已幾無可攻。城之內外的守軍，見大勢已去，兵變的兵變，溜號的溜號，盡皆自保去了。明軍何以至此？腐敗使然。軍中將領，中飽軍費於私囊，常致官兵半年領不到薪餉。朱由檢不得不在御前會上，下令王公大臣，捐金助餉。朱由檢以身作則，獻銀二十萬兩。然王公大臣不為所動，冷眼旁觀。嘉定伯周奎，係周皇后之父，其家資饒裕，不可言表，關鍵時候卻抗旨不尊，分文不捐。太監徐高，奉旨前去泣勸，周奎也只認捐一萬兩銀。太康伯張國紀算是慷慨的，捐銀也不過二萬兩。皇親國戚尚且如此，遑論其他？

就說那太監王之心，貪贓無數，卻一毛不拔。朱由檢身為皇帝，竟親自到王太監家涕泣而諭：「王公公，老話兒還說呢，天下興亡，匹夫有責。何況你是匹夫之上的人。」王之心憐憫聖上，也僅獻銀一萬兩。其餘各官，或千或百，敷衍了事。

起義軍兵臨城下，然守城者，無一大將，皆由太監督軍。太監曹化淳，託詞乏餉，凡參與守城者，無論軍民，每人只給百錢，且自帶乾糧。守城者怨聲載道，無人賣命。無奈之下，朱由檢徵召駙馬都尉鞏永固，令其以家丁護太子朱慈良南行。鞏永固哭著奏道：「大明律例，親臣不得藏甲，臣何來家丁？」

朱由檢聲淚俱下：「天作孽，猶可違；人作孽，不可活。」鞏永固聽得糊塗，不知如何回答，只好安慰道：「聖上不可自責過甚，一切皆由天意。」朱由檢一拍大腿：「你懂什麼『人作孽』？草民也叫人？這個『人作孽』的『人』是指朕。」鞏永固嚇得臉色蠟黃，他趕緊匍匐在地：「聖上息怒，你減膳撤樂，日夜為國，可謂鞠躬盡瘁，這一切婦孺皆知啊。」

朱由檢搖頭歎氣道：「你起來起來。」鞏永固起來，垂首而立。朱由檢又道：「大明律例，親臣不得藏甲。此條不由朕出，乃代代相傳爾。然訂立此律者居然沒有想到，『弱民即弱國』這麼個笨理兒。當下民弱不堪，別說衛城，不相食即已託福。」

鞏永固道：「聖上乃一代明君，老天有眼，必護佑我朝度過此劫。」朱由檢道：「也不過是尋常之理。話又說回來，朕何嘗不知道強民的好處。然一坐到這把龍椅上，便身不由己，一心怕民，死心弱民。民愈弱，天愈安。天子就想這個。亡國在即，才想到強民，一切都晚了……」

北京城陷前夜，監軍曹化淳打開廣甯門，兵部尚書張縉彥打開正陽門，迎接起義軍。酷似銅牆鐵壁的北京城，未經交戰，即告陷落。

朱由檢得知起義軍入城，即召群臣問計。大殿之內，惟涕泣之聲。朱由檢罵道：「一群廢物、蠢貨、白癡、混蛋、豬玀！國難當頭，計無所出，卻如婦人，哭哭啼啼，成何體統！」罵畢，朱由檢拂袖離殿。貼身太監王承恩，誠惶誠恐，尾隨而去。

各位大臣面面相覷，無所適從。一位大臣暗自嘀咕道：「大臣是一群廢物、蠢貨、白癡、混蛋、豬玀，那聖上是什麼？素日你獨斷乾坤，說一不二。如今火燒眉毛了，才想到大臣，可我等經過長期的『廢物、蠢貨、白癡、混蛋、豬玀』式訓練，哪還有什麼人的見解？嘿，說什麼都晚了，撒丫子回家保命去吧。」見一大臣拔腿而跑，於是一哄而散。頃刻間，金碧輝煌的大殿裡空空蕩蕩。

朱由檢回到寢宮，絞盡腦汁，未出一策。十多個貼身宦官，翹首以待，聖上一聲號令，他們便赴湯蹈火，在所不辭。朱由檢急道：「你等愣著幹什麼，還不抄傢伙，護駕突圍！」宦官王承恩兩手一展，做了個空空如也的動作：「皇上，大明律例，親臣不得藏甲，更況內侍。」朱由檢舉起一個青花瓷瓶，就地一摔，怒道：「好一個大明律例！好一個親臣不得藏甲！律例是死的，人是活的，你等平日難道不知多個心眼自保？說起這點，倪元璐就比你等蠢豬白癡頭腦靈活，廢籍期間，他在上虞老家招募敢死隊三百人，同吃同住同享受。十四年①，倪元璐就帶著這支隊伍，一路進京護駕。西北的流賊，以及長途奔襲於我大明關內的韃靼騎兵，對倪元璐的敢死隊，無不聞風喪膽、望風而逃。朕是以委以重任，令其出任兵部侍郎，後而又加恩戶部尚書。可你等呢？一群廢物而已！來人，把這幾個死腦筋的東西推出去，給朕斬了！」

隨侍在側的太監們匍匐在地，泣血求饒。朱由檢猛醒，心想：「哪還有什麼人，朕就剩這十幾個心腹太監了。」遂不耐煩道：「朕免爾等一死，都起來起來！」

① 崇禎十四年，即一六四二年。

太監們哆哆嗦嗦爬起，其中一個叫來福的太監想起什麼，壯膽奏道：「皇上，聽說萬曆帝時一位內侍，在西園一口枯井裡藏過一筐利器，不知可否還在。」朱由檢喜道：「還不快去搜尋。」來福領旨，帶人去尋。

不大會兒，太監們抬來一筐鏽跡斑斑的斧頭。朱由檢大喜：「我等有兵器也。」轉臉又是一怒：「來福，好個大膽的狗奴！竟敢私藏利器。大明律例，親臣不得藏甲，王承恩，把來福推出去，給朕斬了。」王承恩揮手：「把來福推出去，斬了！」太監聞令而動，扭來福胳膊的，掐來福脖子的，抓來福頭髮的，鬧鬧嚷嚷，湧出寢宮。王承恩從筐內取一把斧頭，跟隨其後。剛出門，王承恩便道：「就停那兒砍了吧。」

太監們停下腳步，令來福跪下。來福雙目緊閉，紫漲的嘴唇抖個不停。王承恩立定，尖著嗓子問道：「誰來行刑？」一個與來福不睦的太監，從王承恩手裡接過斧頭，近至來福，衝其脖頸，舉斧就砍。無奈，那斧頭鏽得鋒刃全無，砍了數十下，才把來福的頭剁下。

王承恩等回到寢宮交差，但見朱由檢腰佩寶劍，手提一支三眼槍，個個心驚肉跳，心想：「皇上這是怎的了？」接著便聽朱由檢道：「拾起傢伙，跟朕突圍！」太監們知道無恙，紛紛走到筐前，各持一把鏽斧，跟在皇上後面，衝出寢宮。

朱由檢等來至東華門，不料，被守門太監一陣亂箭，將他們擋回。朱由檢等再跑至齊化門，那裡的守將，正是寵臣朱純臣。朱由檢猶如抓到救命稻草，尋至朱純臣住宅，令太監前去叩門。宅內的朱純臣，聞聽皇帝駕到，閉門不出，且令手下，冷箭伺候。朱由檢等見勢不妙，連滾帶爬，奔向安定門。

安定門守軍潰散，人影也無。然安定門卻被關死，任太監斧砍斧剁，動靜也無。一太監氣急敗壞道：「該牢固的不牢固，不該牢固的牢固。」另一太監道：「照你說，什麼是該牢固的？什麼又是不該牢固的？這安定門難道不該牢固嗎？不牢固，那賊兵不早打這兒過來了嗎？賊兵打這兒過來，你不早就安不了腚了嗎？」朱由檢痛斥道：「火燒眉毛了，你們還有功夫在此打嘴杖！」說話間，天已拂曉，城內大火四起，起義軍的喊殺聲，漸漸逼近。朱由檢無路可逃，只得回返。

朱由檢回到後宮，見眷屬皆涕淚交加，瑟縮成一團。他無以相顧，伏案寫下兩封遺詔，一者寫給將他拒之門外的朱純臣，希望他統領諸軍，輔助太子朱慈良；二者寫給李自成，書曰：

逆賊直逼京師，固由朕之品德不足，上天才降下懲罰，但也是群臣誤朕。朕死無面目見祖宗於地下，請去掉朕之衣帽，以髮覆面，任賊分裂朕屍，毋傷百姓一人。

寫罷遺書，朱由檢把家人召到身邊，先是叮囑太子、永王、定王幾句，遂命太監將他們送往外戚家躲藏。進而痛哭流涕，對周皇后道：「你是國母，理應殉國。」周皇后哭道：「這有何難。」說罷，解帶自縊而亡。朱由檢轉身對袁貴妃道：「你也隨皇后去吧！」袁貴妃哭著拜別，亦自縊身亡。

朱由檢忙又對十五歲的長公主哭道：「你因何要降生帝王家啊！」說完，左袖遮臉，右手拔劍，刺向長公主。太監們愛莫能助，面壁無語。長公主聲嘶力竭，四處躲避。她哪裡跑得過父皇手中的長劍，但見朱由檢收住腳步反手一劍，隨即刺中長公主的左臂。長公主慘叫一聲：「父皇，女兒不想死。」朱由檢哪管長公主的求饒，再揮一劍，命中咽喉，一股鮮血噴薄而出，長公主立即倒斃。朱由檢一鼓作氣，又連連砍死妃嬪數人，方懷揣遺書、手持白練，與王承恩登上煤山。

朱由檢近至一棵樹前，把白練往樹丫上一搭，往脖上一扣，把腳下石一蹬，立時就掛了。一旁的王承恩，冷眼觀之，未有一絲勸阻之意。隨之，王承恩步其後塵，亦上樹掛了。時為崇禎十七年甲申三月十九日。

朝中大臣，皇親國戚，聞聖上駕崩，追隨而去者，不知凡幾。大學士范景文，戶部尚書倪元璐，左都御史李邦華，兵部右侍郎王家彥，刑部右侍郎孟兆祥，左副都御史施邦曜，大理寺卿凌義渠，太常少卿吳麟征，右庶子周鳳翔，左諭德馬世奇，左中允劉理順，檢討汪偉，太僕寺丞申佳允，給事中吳甘來，御史王章、陳良謨、陳純德、趙譔，兵部郎中成德、周之茂，吏部員外郎許直，兵部員外郎金鉉，宣城伯衛時春，惠安伯張慶臻，襄城伯李國楨，新城侯王國興，新樂侯劉文炳，駙馬都尉鞏永固等等，或自刎或自縊，或投井或投湖，或闔家懸樑自盡。宮女兩千多人，亦紛紛自溺而亡，井裡湖裡，飄滿她們的屍首。殉身者，並非基於愛戴大明王朝，多為懼怕流賊的侮辱與加害，才不得已走上絕路。

倖存者，無論皇親國戚、達官貴人，還是黎民百姓，無不遭至起義軍的肉體拷打與精神凌遲。李自成手下大將劉宗敏，入京所頒號令，頭一件即令起義軍為他掠美，尤以秦淮八豔中的陳圓圓和顧橫波為重。劉宗敏部由嚮導帶路，四處出擊，首獲陳圓圓。顧橫波因歸故里，得以倖免。

第二十六章

且說吳三桂，自山海關啟程，奉旨入京勤王。至豐潤①，聞京師陷落，崇禎帝煤山自縊。因無王可勤，吳三桂便返回山海關，靜觀其變。不久，李自成的使臣如期而至。

使臣叫做唐通，曾為明將，今之使命，特為招降吳三桂。唐通帶來五萬兩白銀，並吳襄書信一封。吳三桂不為錢所動，倒把家書展開細讀，書曰：「三桂吾兒：君逝父存，汝宜早降，不失通侯之賞，猶全孝子之名矣。」

看罷書信，吳三桂思量再三，未發一語。唐通見吳三桂遲疑不決，便遊說道：「大明已無君，豈可再失家父？」吳三桂權衡利弊道：「將軍所言極是，吳某當入京覲見新主。」唐通索要回信，吳三桂草草而就，加封交與唐通帶回。

唐通走後，吳三桂召集眾將，宣佈降順。部將馮鵬諫阻道：「自古忠孝難以兩全。在下以為，為大明戰死沙場，可流芳百世；歸降流賊，必遺臭萬年。」吳三桂道：「本將何嘗不想流芳大明史冊，然那大明早已腐爛透頂，以致讓我羞於與它為伍。上自皇帝，下至皇親國戚、王公大

①豐潤距北京一百五十公里。

臣，再至軍中，一句話，但有職權者，人人爭先恐後地貪，肆無忌憚地占，奢侈糜爛的生活，充斥官場。而黎民百姓，野草樹皮尚不能裹腹，不是去吃觀音土，就是去吃人的屍體。這哪是大明王朝，分明是大暗王朝嘛？我等棄暗投明，大丈夫也。」馮鵬聽罷，無言以對。

待李自成差來的守關將領趕到，吳三桂把關務交與來將，遂帶數千精兵，向北京進發。至灤州時，吳三桂遇上前來報信的一個家奴，那家奴將吳襄被擄，家產被抄的情形，一一訴說。吳三桂立時陷入兩難，心想：「北京亂象叢生，說法各異，到底誰說為實？」吳三桂正拿不準主意，那位家奴又道：「小的出門前，京師已鬧得不成樣子，流賊拷逼大臣，苛索財物，且不必說。宮裡的皇后妃嬪，多半隨崇禎帝殉節，那未死的宮娥彩女，皆被闖王的人搜去，日夜姦淫。就是我家姨太太，亦被流賊搶去。」

吳三桂急問：「哪個姨太太？」家奴道：「陳圓圓……」吳三桂聽罷，慘叫一聲「愛姬」，立時昏厥。部將聞訊，個個趕來探視。待吳三桂醒來，開口即言：「眾將隨我討伐流賊！」吳三桂率數千精銳，日夜兼程，往北京殺來。

李自成得報驚起：「朕已令其父吳襄作書招降，聞他已允諾歸降，因何又變？」一位將軍環顧宴席，見無數美女簇擁在李自成身邊，禁不住借題發揮，大聲喊道：「聽說那吳三桂就為一愛姬生變。」李自成也沒好聲氣：「他既翻臉，我也六親不認，明天朕將親征此賊！」說完，摟抱美女，宴飲依舊。次日，李自成以吳襄為人質，即親率二十萬大軍，浩浩蕩蕩，前去截擊吳三桂。

吳三桂得報，正計無所出，又聞滿清攝政王多爾袞，率雄兵十萬，將到寧遠。吳三桂惶急道：「內有闖賊，外有清兵，腹背受敵，如何是好？」權衡利弊，吳三桂決意借助外力，以化解自身危機。遂修書一封，令副將楊坤、游擊郭雲龍，赴多爾袞大營乞援。吳三桂在信中寫道：

明平西伯山海關總兵吳三桂，謹上書于大清國攝政王殿下：三桂初蒙先帝拔擢，以蚊負之身，荷遼東總兵重任，棄寧遠而鎮山海者，正欲堅守東陲，而鞏固京師也。不意流寇逆天犯闕，京城人心不固，奸黨開門納款，先帝不幸，九廟灰燼，賊首僭稱尊號，擄掠婦女財帛，罪惡已極，天人共憤，眾志已離，敗可立待。我國積德累仁，謳思未泯，各省宗室，如晉文光武之中興者，容或有之。遠近已起義兵，山左江北，密如星布，三桂受國厚恩，憫斯民之罹難，欲興師以慰人心，奈京東地小，兵力未集，特泣血求助。我國與北朝通好二百餘年，今無故而遭國難，北朝應惻然念之，夫除暴翦惡，大順也。拯顛扶危，大義也。出民水火，大仁也。興滅繼絕，大名也。取威定霸，大功也。流賊所聚金帛子女，不可勝數，義兵一至，皆為王有，又大利也。王以蓋世英雄，值此摧枯拉朽之會，誠難再得之時也。乞念亡國孤臣忠義之言，速選精兵，直入中協西協，三桂自率所部，合兵以抵都門，滅流寇於宮廷，示大義於中國，則我朝之報北朝者，豈惟財帛？將裂地以酬，不敢食言。

多爾袞讀罷，遂與范文程、洪承疇傳看。閱畢，范文程道：「王爺大喜，此番中原可定。」多爾袞心知肚明，拜託道：「全仗兩位先生費心。」洪承疇道：「此去中原，何患不滅李闖？但此番是為明討賊的義師，與前次入關不同，還請王爺發令，申諭將士，經過各府州縣時，不可屠戮人民，不可焚燒廬舍，不可掠奪財物。違令者斬！如此而行，則中原人民，定當望風投誠，萬里江山，唾手可得。求王爺明鑒！」多爾袞點頭稱是，遂道：「那吳三桂的來書，如何回他？」范文程道：「先招降吳三桂，令他與李闖交戰，待二者困乏，再收漁翁之利。」多爾袞道：「好好好，就依先生所言，回信便是。」范文程濡墨拈毫，伸紙疾書道：

> 大清國攝政王，覆書吳平西伯麾下：向欲與明修好，屢行致書，曾無一言相答，是以三次逃兵攻略，欲明國之君，熟籌而通好也。若今日則不復出此，惟有底定國家，與明休息而已。予聞流寇攻陷京師，明主慘亡，不勝髮指。當率仁義之師，沉舟破釜，誓必滅賊，出民水火。及伯遣使致書，深為喜悅，遂統兵前進。夫伯思報主恩，與流賊不共戴天，誠忠臣之義也。伯雖向與我為敵，今亦勿因前故懷疑。昔管仲射桓公，後為仲父以成霸業。今伯若率眾來歸，必封以故土，晉為藩王，一則國仇得報，一則身家可保，世世子孫，長享富貴，當如帶礪河山，永永無極！

范文程寫完，呈多爾袞檢視。多爾袞看了，很是滿意，遂命范文程加封，交付來使去訖。兵貴神速，多爾袞遂拔營進發，一路到了連山。吳三桂得多爾袞覆信，心中大悅，復派使入清營，催促清兵入關。清軍口頭應允，卻按兵不動。時李自成二十萬大軍，殺至山海關。仇人相見，格外眼紅，吳三桂當即激勵將士，開關出戰。山海關頓陷血泊之中。

值吳三桂人馬死傷慘重、力不能支之際，一支兩萬人的人馬，打著大順旗號，自關外殺來。吳三桂登陴遙望，大吃一驚。正絕望之時，探馬飛報，言北朝之豫親王多鐸、英親王阿濟格率部馳援。吳三桂轉悲為喜，鼓舞將士：「援軍已到，山海關無慮也。」

李自成見勢不妙，立時求和。吳三桂那肯輕饒，誓言將流賊殺個片甲不留。李自成只好撥轉馬頭，率殘部回京。吳三桂率部一路追殺，直抵北京郊外。李自成逃入城內，把所餘三萬人馬留在城外，分十二寨駐紮，抵禦吳三桂。起義軍早已潰不成軍，哪裡禁得住吳三桂人馬，不出半日，十二寨已有八寨被攻破，剩下的四寨則望風而逃。李自成遣兵出城迎戰，亦一一敗退。吳三桂兵臨城下，李自成大懼，再次遣使求和，稱願與吳三桂平分中原。吳三桂勝利在望，自然不肯與賊分享江山，遂斬罷來使，即令攻城。

攻城令下，忽聞城頭一片哭聲，吳三桂抬頭觀看，一家三十多口，盡皆五花大綁，涕淚交流。吳襄對城下苦苦哀求道：「我兒三桂，闔家性命，在你一身，你就降了罷！」吳三桂遂破口大罵：「闖賊，放我闔家老小還則罷了……」吳襄打斷道：「三桂我兒，你難道不顧一家老小之性命？」吳三桂跺腳急道：「父母深恩，兒非不知。但兒與闖賊誓不兩立，今有闖無兒，有兒無闖。若闖賊敢害我父母，兒誓把闖賊生擒活剝，償我父母性命。」話音未落，數顆血淋淋的人頭，自城頭落下。時間不大，人頭便棄滿一地。吳三桂見了，不由的從馬上墜下，昏厥過去。

部將與侍從驚慌失措，紛紛上前，掐人中的，劃拉胸的，灌水的，一陣忙活，吳三桂漸漸甦醒。他失聲痛哭，哎喲一聲，便爬到人頭堆裡，逐顆檢視，三十八顆人頭，獨不見陳圓圓首級，他那顆懸著的心，方才落下。

城頭上的李自成，見吳三桂不惜家人性命，既知對手已喪天良，便萌退路。時逢清軍亦兵臨城下，李自成只好連夜西逃。殿後的起義軍負責焚城，他們退一步，燒一處，終將大明宮殿，九門城樓，盡行燒毀。

黎明時分，攻城部隊見城內火光沖天，城頭守兵已不知去向，這才洞開城門，魚貫而入。吳三桂率部至皇宮，但見那裡惡火洶湧，煙霧瀰漫；頹垣敗瓦，哀鴻遍野。吳三桂不忍相看，遂率部回家探視。吳府一樣的頹敗不堪，人跡杳然。吳三桂令一班部從，搜尋陳圓圓下落；令一班部從，為幾十口家人收屍入殮。吩咐完，吳三桂便席地而坐，仰天發呆。時有一布衣求見，吳三桂道：「叫他進來。」那布衣之人進來，呈上一封書信，原是陳圓圓所寫。信中寫道：

賤妾陳圓圓謹上書於我夫主吳將軍麾下：妾以陋姿，猥蒙寵愛，為歡數日，遽別征旌，妾雖留滯京門，魂夢實隨左右。陌頭之感，不律難宣。三月終旬，闖賊東來，神京失守，妾以隸于將軍府下，遂遭險難，以國破君亡之際，即以身殉，夫亦何惜？第以未見將軍，心跡莫明，不敢遽死。闖賊屢圖相犯，妾以死拒。幸闖賊猶畏將軍，未下毒手，令妾得以瓦全。妾之偷息以至於今者，皆將軍之賜也。及闖賊舉兵西走，妾得乘間脫逃，期一見將軍之面，捐軀明志。乃聞將軍復出追寇，不得已暫寓民家，留身以待。今幸將軍凱旋，將別後情形，謹陳大略。伏維垂鑒，書不盡意，死待來命。

吳三桂不及細看，便跳起抓住那布衣：「我的愛妾今何在？」那布衣道：「隨小的去，即可得見。」吳三桂欣喜若狂，忙令手下賞銀百兩於那布衣。布衣人得了銀子，喜道：「將軍叫上幾個兵丁，隨我家去，把貴夫人用轎接來便是。」吳三桂一揮手：「我自當親往。」遂帶上一班人馬，來到那布衣人家，吳三桂見陳圓圓益發卓豔，不顧左右，一把擁入懷中，狂吻不止。

熱吻之後，這才起轎回府。到得家中，吳三桂道：「經此大難，不料你我還能相見。」陳圓圓哭道：「妾今日得見將軍，恍如隔世。我之所以苟活，也只為最後見將軍一面。只有死在將軍面前，方明妾身之全。」說完，拔出藏在身上的剪刀，意欲自盡。吳三桂手疾眼快，一把將剪刀奪下，復將陳圓圓緊緊抱在懷裡：「為了你，吳某一會兒降順，一會兒降清，顏面掃地不說，連一家幾十口人的性命都搭上了。你若一死，豈不讓我白費心血了嗎？」

陳圓圓嗚咽道：「將軍知妾，未必人人知妾。」吳三桂急忙打斷道：「我不疑愛妾，誰敢疑之？」陳圓圓道：「將軍如此憐妾，妾不死，無以自白；妾死，又負將軍，真是生死兩難。」吳三桂急道：「往事休提，今乃破鏡重圓之日，當與愛妾開懷暢飲，一訴離別之情。」

吳三桂遂命人酒宴伺候，為愛妾壓驚。席間，吳三桂迫不及待地問：「劉宗敏那賊，怎的沒將你一起帶走？」陳圓圓哭道：「我假言騙那莽賊，說惟把我留下與夫君團聚，方可止住追兵。那賊信以為真，遂撇我而去。」吳三桂舉杯相慶：「愛妾不僅貌美，且聰明機智，滿飲此杯！」兩人撲簌簌的淚，落入酒杯，遂一飲而盡。喝至黃昏，兩人語柔情稠，遂棄席，相擁入帳，貪歡至極。

第二十七章

北京城兵進兵出，亂作一團。那秦淮河畔，亦非寧靜之地。話說阮大鋮與楊龍友於石巢園品茗，言及李自成圍城，阮大鋮道：「馬督撫那邊可有消息？」楊龍友哀歎道：「早前還寫幾封書信，屢無回音，便擱下了。」阮大鋮歎道：「也是早前說過的話了，催你寫信提醒提醒他，讓他留意時局的變化。照現在的情形來看，手握兵權，就等於有了吃飯的傢伙。」

兩人正說著，牛總管臉色凝重，拿一份邸報進來。阮大鋮接過一看，大驚失色，遂又把邸報遞到楊龍友手裡。楊龍友看罷，那邸報便在手裡抖個不停，半晌才說：「剛才還說圍城的事，這會兒，聖上就已在煤山歸天了。這邸報哪來的？」

阮大鋮額頭浸汗，他擦了一把，說：「託人從皇城買的，這份邸報由留都內閣主辦，我託人悄悄買讀，也非止一日了。即便就形勢推測，也是這個結局。龍友，快快給鳳陽馬督撫寫信，讓他把握形勢，早做準備。如有必要，可讓他速來南京一趟。」楊龍友惶恐道：「是該這麼辦。」說著，急匆匆去了。

皇上自縊煤山，激蕩大江南北，亦給十里秦淮，再添恐怖氣氛。尤其留都文武大臣，個個如熱鍋上的螞蟻，上躥下跳，不知所措。朱由崧得知北京噩耗，更是夜不能寐，焦慮不安，狂躁易怒，且落下溺床病根。因羞於見人，朱由崧搬至後院，與下人同住。煙月不解，亦不敢多問，只好回到原來的寢室，那真是道不盡的孤零與淒苦。

話分兩頭。這天一早，楊龍友直入詠懷堂，見沒人，轉了一圈又出來。遇見書僮，遂問：「你家老爺呢？」書僮道：「在茅房。」楊龍友背著手，回到書房，一邊走，一邊囑咐書僮：「給我弄盞茶來。」書僮道：「楊老爺略坐坐，我這就去給你沏茶。」書僮把茶沏好送來，仍不見阮大鋮身影。楊龍友跑到書櫥，取了一本《論語》，一邊喝茶，一邊心不在焉地胡亂翻看，坐等阮大鋮。

良久，阮大鋮方懶洋洋走進來：「哎喲，是龍友。」楊龍友把茶盞一放：「等你半天了，怎的蹲恁久？」阮大鋮無精打采道：「不瞞你說，這兩天心急火燎，肝火過旺，便秘。龍友恁早跑來，莫非有馬督撫的消息？」楊龍友撥浪腦袋道：「還問你呢，我這舅子真沉得住。」

阮大鋮坐下，書僮把茶滿上，遞給主人。阮大鋮道：「馬督撫若有信給我，早叫你來看了，還勞你親自跑來問？」楊龍友煩躁不安道：「又聞吳三桂降清，聯手多爾袞，把李自成從山海關趕回了北京。」阮大鋮不屑一顧道：「這也不是什麼新聞，近悉，李自成連北京都沒站住腳，溜之大吉了。」

楊龍友張惶失措道：「那韃靼人不就長驅直入京師了嗎？」阮大鋮憂心忡忡道：「這正是要擔心的，多爾袞不比李自成。李自成終究是農民，幹不成大事。多爾袞不同，他是攝政王，幹起事來，有板有眼。我們將來的麻煩大了。」楊龍友道：「阮兄所言極是，只是你說農民幹不成大事，小弟不敢苟同。李自成把大明都給滅了，還有比這更大的事嗎？始皇之亡，不也源自農民陳勝吳廣的起義嗎？不可小看農民哩。」阮大鋮解釋道：「我是說，農民打天下可以，坐天下就不成。打天下靠闖勁，坐天下就得靠腦袋，而不是靠屁股。像李自成這樣的農民，缺乏遠見，是以有今之結局。」

時見牛總管跑進來，一臉的驚喜：「老爺，貴人到了。」阮大鋮與楊龍友一臉茫然，牛總管又道：「我剛才路過咱園子門口，遇到一位貴人，騎著高頭大馬，帶著兩個親隨，正與咱家門房說話。門房眼拙，不認得。那貴人，我自然是認識的，告訴他後面慢慢的來，我這裡先進來通報一聲，免得老爺措手不及。」

阮大鋮急道：「管家，說了半天，也沒見你弄出個子丑寅卯，那貴人到底是誰，讓你喜成這樣。」牛總管道：「老爺，還能是誰？就是鳳陽督撫馬大人呀！」聽罷，阮大鋮與楊龍友不及多言，一路跑著迎出。尚未得見馬士英人影兒，阮大鋮便興奮得口呼：「士英，士英！是你來了嘛？」楊龍友嘴裡亦不住的嘮叨著：「哎呀，這救星總算來也。」

隔著茂密的樹叢花卉，馬士英已聽聞阮大鋮的呼叫，亦加快步伐。但見那馬士英：筋骨人，大腦門；細瞇眼，直棱鼻；尖下頦；山羊鬍。馬士英遠遠的見了阮大鋮，把韁繩甩給隨從，跑上前：「阮兄！」遂彼此相擁，又騰出一隻手來，握住楊龍友的手：「妹夫也在。」進而跟牛總管點了點頭。牛耕地一臉滿足，笑容可掬。

阮大鋮喜道：「我和龍友正說你。」楊龍友亦喜不自禁：「說曹操，曹操到。」牛總管道：「馬督撫，我們老爺可有陣子沒這麼笑過了。」阮大鋮道：「別光站著，快到書房說話。」遂拉住馬士英的手，往詠懷堂走。至竹園，牛總管悄聲對馬士英的兩位隨從說：「二位請跟我這邊來。」牛總管把兩位隨從安置在竹園西屋，叫下人為三匹馬添了上好的料，一切都不在話下。

安排妥當，牛總管又跑到詠懷堂。見茶水已沏，便問馬士英：「馬督撫是否用過早飯？」馬士英笑道：「正餓腸轆轆。」牛總管道：「想必楊老爺亦沒吃。」楊龍友道：「誰會恁早吃東西？」牛總管道：「我這就去安排。」說著，眼睛便盯住馬士英的左肩：「衣服都被露水打濕了。」遂又把目光傳給主人。阮大鋮心領神會：「快去找內房的人，選一件我不曾穿過的新衣，給馬督撫換上。不用擔心大小寬瘦，我與馬督撫的身量，一向無二。」馬士英笑道：「一向無二，那是過去。阮兄發福了，我卻依舊乾瘦。」阮大鋮道：「也甭管合適與否，先穿上一件干生的衣服再說。來日方長。」牛總管樂顛顛去了。

時間不大，牛總管托一套新衣進來，馬士英就詠懷堂的屏風後面換了。出得屏風，一亮相，馬士英道：「我說寬了吧。」阮大鋮道：「寬衣活便。」馬士英笑瞇瞇的坐下，不大會兒，早飯備齊。因人人心中有事，皆食不甘味。彼此草草吃了，一邊喝著茶，一邊切入正題。阮大鋮道：「士英兄，難道你沒接到龍友的信嗎？」馬士英疑惑道：「龍友後面還有信給我嗎？就是有，焉能接到？但聞京師失陷的消息，馬某即往南京，繞道看了看黃得功等幾位將軍。羈絆了些日子，這才到京。」阮大鋮長吁一口氣：「哦，原來如此。但不知士英今後的打算。」馬士英道：「這正是我來京的意圖，希望阮兄不吝賜教。」

阮大鋮道：「之前讓龍友致信於你，也正為商討出路。如今之計，就得迎難而上。」馬士英不解：「何謂迎難而上？」阮大鋮道：「難者，京師一陷，崇禎一亡，這大明就算沒了；上者，就是一息尚存須努力，擁立新主，暫固江南，再圖後進。」馬士英興奮道：「阮兄高見。」進而緊鎖眉頭：「但不知誰可為新主？」阮大鋮四平八穩道：「擁立新主，以江山社稷為要，更以擁立者施展手腳為要。我的話只能說到這兒，畢竟我和龍友皆下野之人，朝政大事，不能涉之過甚。」楊龍友點頭附和。

馬士英想了想說：「李自成陷京後，太子即下落不明。坊間傳聞，說福王朱由崧與其王叔朱常淓，潛至南京，隱姓埋名。太子若無下落，惟這二王是新君的最佳人選。」阮大鋮點頭稱是。馬士英站起來：「如此說來，士英須去留都內閣走一趟。我的隨從、馬匹安在？」阮大鋮對門外喊道：「管家。」書僮跑進來：「老爺，牛總管去廚房安排這幾天的膳食去了，我這就去喊他。」阮大鋮揮手道：「罷了，你去照應一下即可。」書僮道：「他們在竹園歇腳，我帶馬督撫過去。」馬士英衝阮大鋮和楊龍友一拱手：「不送，我這就去皇城探個虛實。」說著，跟書僮走了。楊龍友後腳亦走，急忙回家，把馬士英到京的喜訊，告訴內人。

送走馬士英、楊龍友，阮大鋮坐到書案前，提筆給常熟的錢牧齋寫了封信，大意是說，南京有變，望他審時度勢，回來建言獻策。寫完，託人寄出。遂又叫來牛總管，如此這般這般，安排去了。

話說馬士英去到皇城，但見那裡：紅色宮牆琉璃瓦，丹墀御道白玉砌。這皇城大面，雖說皇家氣派猶存，然那六部及都督府，卻空無一人；各處院落，荒草盈階，烏鴉啼鳴。馬士英與隨從見了，不勝悲哀。兩個隨從，在六部四處喊叫：「有人嘛？！有人嘛？！」六部無人應答，倒把太平門守門的士兵招來：「馬督撫，先前就跟你說，文武大臣盡皆不在，愣不信。兩個隨從在此鬼哭狼嚎般的叫，怪瘆得慌。」馬士英未予回應，與隨從向外走去。

皇城現狀，似在馬士英意料之中。因為人皆知之，明成祖遷都北京後，改南京為留都。南京除無皇帝，內閣等職，與北京無別。南京所設之六部，稱「南六部」，各職多為落魄官員。萬曆以後，留都各機構，每況愈下，六部只有刑部尚書，其他五部尚書，長期空缺。就是六部之外的都察院，那御史也已缺十年之久。既非亂世，留都各部大小官員，因有職無權，也就形同虛設。大家樂得意，帶薪閒居在家。

見馬士英來了，另一守門士兵，跑到就近而居的高弘圖、姜曰廣家裡，通報情況。高弘圖、姜曰廣兩位留都大臣正在為時局大傷腦筋，聽聞鳳陽督撫馬士英到來，彷彿抓到救命稻草，一路小跑趕來，彼此在太平門相遇。一番寒暄，將馬士英引至清議堂，門一打開，灰塵撲面。馬士英、高弘圖、姜曰廣各得一鼻子灰，皆狀如舞臺小丑，滑稽甚甚。彼此相覷，竟自得其樂，開懷大笑。

因塵灰刺鼻，馬士英道：「堂外說話無妨。」三人走出清議堂。馬士英單刀直入：「士英此來，直為擁立新君。然目下各位大臣，都不在其位，奈何？」高弘圖道：「料想如此。但現下不行，需給個空兒，通曉各位大臣，定奪時日，共議方好。」馬士英急道：「高大人，這都火燒眉毛了，哪還有什麼空兒！過午使得嗎？」姜曰廣搖頭道：「最快也得明早。」馬士英不再堅持，是以敲定，明早在清議堂，議立新君，由高弘圖、姜曰廣兩位大人，通曉留都各位大臣。

馬士英回到石巢園，在廳房門口與阮大鋮相遇。阮大鋮將馬士英引進廳房，坐下喝茶。略歇了歇，馬士英把皇城虛實，跟阮大鋮說了一遍。不一會兒，楊龍友復來：「馬督撫，龍友回家，把你來的消息告訴了內人，她喜極而泣，就等家中相見。」馬士英喜道：「又是多年沒見妹子了，等忙過這陣兒，定回家相見。」阮大鋮道：「倒不如把令妹接來石巢園，於公於私兩不誤。」馬士英搖手道：「如何使得，一旦得空，即回妹夫家，與妹子相見。」阮大鋮與楊龍友頻頻點頭稱是。

楊龍友把話題一轉：「阮兄，說好為馬督撫接風洗塵的，怎沒動靜？」阮大鋮笑道：「難不成還要像王宮大臣那樣，奏樂伴席？你我哪有這講究。請吧。」說著，引馬士英、楊龍友出廳房，往詠懷堂走。馬士英的隨從，依舊由書僮帶至竹園。

到得席間，阮大鋮主席，馬士英客席，楊龍友陪席，推杯換盞之餘的話，也無非是如何應對時局。正說著，牛總管進來：「老爺，先前交待的事，已探得一二。這會兒講來，礙事不？」阮大鋮道：「不礙事，直說就是。」牛總管道：「煙月那邊，看來不如想像的好，他們住的小院，如今已是人去樓空。」

見阮大鋮臉色不好，馬士英問：「怎的了？」阮大鋮道：「沒來得及跟你細說，小妾煙月單門獨戶過日子，因我疏遠日久，她私下改適他人。那主兒，據查來自洛陽，叫什麼王福，懷疑就是隱姓埋名的福王……事不宜遲，馬督撫可差人回鳳陽，速調人馬來京，一則為日後舉事用，一則把兵丁分派南京大街小巷，就是掘地三尺，也要把福王找出來。這兵荒馬亂的，有了兵，等於有了一切。」

馬士英擊掌贊道：「我這就派人回鳳陽調兵遣將。」阮大鋮道：「切記，兵貴神速。」馬士英不住的點頭，遂又問：「明天清議堂議立新君的事如何處置？」阮大鋮道：「照常。文武大臣都是屬烏龜的，無利皆縮，見利皆伸，看好戲吧。」

牛總管逮住說話空閒，問道：「老爺，沒別的事，我先下去了。」阮大鋮擺了擺手，牛總管轉身走了兩步，阮大鋮又把他叫住：「管家，馬督撫他們的住處安排妥了吧？」牛總管退回半步說：「早妥了，就在竹園。」說完，走了。

馬士英美滋滋道：「竹園？啊哈，好雅致的地方。」阮大鋮道：「早些年，錢牧齋與柳如是伉儷曾暫居於此，士英兄也只好在那裡委屈一下了。」馬士英容光煥發道：「怎的說委屈，錢大人住過的，我去沾沾文氣，還求之不得呢。」酒足飯飽，各自安歇去訖。

第二十八章

翌日絕早，馬士英尚在夢中，便聞急促敲門聲。來者非別，正是阮大鋮。馬士英急忙更衣，開門便見阮大鋮手舉請帖，一身興奮：「馬督撫，你好大的面子，留都大臣昨晚也給我下了帖兒，邀我明日到清議堂，議立新君。送帖人學高大人話說：『阮大人雖然在野，畢竟曾為朝廷效力。現今已是國破家亡的絕境，為國出力，不分朝野。』不是我說，這高大人還真是全面人。」馬士英待要插話，阮大鋮又道：「昨晚這帖子也就是送晚了些，我過竹園這邊來，見你房裡的燈都熄了，沒好意思打擾。這不，大鋮一早過來報喜。這一切，沒有你馬督撫，簡直不可想像。」

馬士英喜道：「這敢情倒好，今之清議堂，馬某不再孤掌難鳴。阮兄，你我趕緊打整，早到皇城才對。」阮大鋮把請帖收納入袖，臉熱面燦道：「是是是，我這就去準備。」遂一溜煙跑回正房，翻箱倒櫃，刨出舊日朝服穿上，飄飄然，去了詠懷堂。

馬士英洗漱完，正疑惑「早飯怎還不送來」，便見牛總管笑盈盈進得屋內：「馬督撫，我們老爺說，今早讓你過詠懷堂那邊用早飯。」馬士英道：「想也是。」遂一手掩上門，隨牛總管來到詠懷堂。見馬士英進來，阮大鋮起身接應。馬士英迎頭就是一愣：「這朝服，阮兄還留著呢？」

阮大鋮躬身道：「慚愧。小弟下野後，便一直把這套行頭壓在箱底，一來留個念想，二來有備無患。誰承想，真就時來運轉，派上用場。」馬士英坐下，從桌上抓起一個蟹黃饅頭：「要不怎麼說阮兄是智多星呢。」阮大鋮哈哈一笑：「官場這點伎倆誰人不知？老實說，官場上沒有誰比誰更智慧，只有誰比誰更幸運。」馬士英道：「以阮兄的揣測，我等幸運幾何？」阮大鋮毋庸置疑道：「以眼下論，我等生正逢時。」馬士英笑道：「借兄吉言，但願今天無恙。」

早飯時，牛總管已在書房門外備好兩乘轎子。那些轎夫，乃石巢園工役，平日他們在園內打雜，或修繕房屋，或整飭花圃，出門抬轎即為轎夫。工役打雜穿工服，出門抬轎著錦衣。尤為今天，轎夫們的衣著比往更加華麗，如過年般，精神百倍。

用過早飯，馬士英先一步，走出詠懷堂。見門外嶄新的轎子、錦衣的轎夫，因問：「阮兄，這……這也未免太張揚了吧？」阮大鋮謙順地笑道：「是……是那個了些，下不為例。」馬士英悶頭上轎，心想：「這老阮，凡事就愛鋪張，日後真有個氣候什麼的，還待怎樣？唉，這也一向是他的老毛病，我埋怨何用。」見馬士英把轎簾落下，阮大鋮方樂顛顛上了自己的轎子。牛總管喊道：「起轎。」兩乘新轎，在一幫跟班簇擁下，疾步而去。不大會兒，便出了石巢園。

一路無話。到得清議堂院內，阮大鋮見楊龍友一身縣官打扮，也來了，於是近前問道：「龍友，昨晚你也接到了請帖？」楊龍友激動道：「誰說不是。留都大臣如此看中客居南京的你我，可謂至仁至義。國家興亡，你我有責，還有什麼說的，準備為我大明效力吧。」阮大鋮謙恭道：「那是自然，那是自然。」

楊龍友難為情道：「一切皆得益於阮兄運籌，你不必過謙。」阮大鋮警覺地看了看四周，拉楊龍友至一棵大槐樹背後，附耳道：「龍友，話可不能這麼說，你我乃貶員，倘非你大舅哥馬督撫的面兒，在留都，誰肯買你我的帳？以我老阮來說，平日別說人家的正眼，不被痛責就燒高香了。尤其那幫復社小子，個個跟我如有深仇，每每置我於死地。復社小子尚且見風使舵，更況留都大臣？」

楊龍友低聲道：「這我早有所察。大臣者，焉有不會看麻衣相的？」阮大鋮悄聲道：「這話被你說著，不會看麻衣相，萬難為臣。看麻衣相所為何來？不就為見風使舵，讓自己官場如魚得水嗎？自古以來，華夏官場，無不如此。這裡沒有誰比誰更高尚，只有誰比誰更卑鄙。所謂無毒不丈夫，在官場上少了一個『毒』字，怎混得下？你我，還有那個錢大人，血液裡都是缺『毒』之人，是以官場落魄。」楊龍友補充道：「阮兄句句真理，字字珠玉。」阮大鋮拍了拍楊龍友的肩道：「此乃官場沉浮的一點體會而已。關於那個『毒』字，準確說當為『陰毒』，此毒殺人不見血，最狠的。擁有這種手段的人，方為官場大丈夫。」

正說著，馬士英走過來：「你們在嘀咕什麼？」楊龍友笑著恭維道：「喲，是馬督撫。」馬士英拉著臉道：「此地須謹言慎行。」阮大鋮與楊龍友唯唯是諾，兩人挺了挺胸，復又彎腰駝背，極盡諂媚之情。這時，馬士英的隨侍跑來道：「稟大人，淮安的史可法大人，已在院門口落轎了。」

馬士英聞言，隨即相迎，阮大鋮、楊龍友尾隨其後。那史可法雖身材魁梧，卻氣宇庸常。大家見了，彼此拱手作揖。馬士英近前，與之寒暄道：「史將軍一向可好。」史可法反問道：「馬督撫也在南京？」馬士英點頭，遂又問道：「淮安那邊……」史可法憂慮道：「暫且無恙。」轉眼看見阮大鋮，心想：「阮大鋮乃貶官，怎的也在這裡？且不倫不類穿戴了舊官服，像什麼話。」心雖不快，畢竟曾客居過石巢園，不能翻臉不認。惟令史可法為難者，不知如何與阮大鋮相稱，稱其舊職，於官制不合；稱其先生，未免生分。史可法猶豫了一下，遂與阮大鋮拱了拱手：「阮老師，別來無恙。」

阮大鋮聞之大快，也把手拱了拱：「還算好。史大人也好。」史可法苦笑道：「兵荒馬亂的，已經談不上好了。」史可法又與楊龍友拱了拱手，看見個熟人，說句「失陪」，走了。阮大鋮低聲對馬士英道：「昨天我說什麼來著？無事皆蟄伏，見利都跳出。一向不曾聽說史可法來京，突兀的就冒出眼前，不可不防啊。」馬士英一邊點頭，一邊悄聲道：「一些話，留待家裡去說，這裡耳目眾多，不便。」阮大鋮把頭一縮：「是是。」楊龍友早已大氣不出，惟恐言語有失、肢體有誤，惹馬士英不快。

這時，但見南京守備徐弘基、忻城伯趙之龍與王鐸，肩並肩而來。看到王鐸，阮大鋮眼前一亮，顧不得什麼，跑上前拱手施禮：「王大人，王大人吶！」王鐸猛得停住腳步，扭頭見是阮大鋮，迅疾迎上：「阮兄，阮兄！」兩人手拉手，喜之不盡。趙之龍見王鐸遇故舊，先自進去。阮大鋮嗔道：「王大人什麼時候到南京的？怎的不到舍下來？」王鐸抱歉道：「說來話長，得空王某定去石巢園，好好聊聊。又是好些日子沒見了。」說著，便用異樣的眼神打量阮大鋮的行頭。阮大鋮不以為意，說：「可不，又是好些日子沒見了。」

王鐸心不在焉，見大家陸續走進清議堂，遂對阮大鋮道：「先公後私吧，來日方長。」阮大鋮乃明白人，王鐸眼裡話裡，皆鄙夷自己那套不尷不尬的行頭，更不屑與自己這樣的貶官為伍。這他能理解，官場嘛，就得見風使舵，少情寡義。則於王鐸，他與阮大鋮雖私交深厚，但官場忌諱多多，他也就不能明目張膽的與貶官太近。他能做的，就是儘量假裝不識阮大鋮。這些拙劣的官場技巧，須儘快適應、儘快學會、儘快掌握，否則就會身敗名裂。官場的可怕就在於，你不知怎麼就得罪了人，有時身敗名裂了，你都不知是哪股邪風把你的烏紗帽吹落在地的。鑒於此，王鐸說完那句「來日方長」，就形單影隻的進了清議堂，把個阮大鋮冷在那裡，令他窒息難耐。

阮大鋮暈頭暈腦走進清議堂，見楊龍友在犄角旮旯處向他招手，遂踉踉蹌蹌走過去，與之同坐，並很快消失在陰影裡。楊龍友問道：「阮兄何以如此低落？剛才與你說話的那人是誰？」阮大鋮小聲道：「王鐸王大人。一日不見，如隔三秋。」楊龍友道：「此話怎講？」阮大鋮長歎一聲：「人是會變的，尤其是官場之人。」

時聞高弘圖嚷嚷道：「各位同僚，趕快就座。」待大家落座，高弘圖道：「各位同僚，北京淪陷，皇帝升仙，我等當首先向北叩弔大行皇帝①，再行議事不遲。」眾皆贊成。高弘圖一揮手，禁衛軍抱來白麻，一一分發。在座者，皆把白麻繫於腰間，隨高弘圖、姜曰廣來到院中。

院內一張紅木几上，祭品擺好，蠟燭燃起。大臣於桌前列隊，莊嚴肅穆，鴉雀無聲。一道士擎香走到高弘圖跟前，高弘圖接了香，至蠟燭前，把香引燃，然後插入香爐。高弘圖復入佇列，司儀一聲：「跪！」眾臣跪倒一地。爐內的香，騰起青煙，把院子薰染得香味十足。高弘圖滿含眼淚呼嚎道：「我的聖上呀！我的大行皇帝呀！臣等遠在南京，不能勤王，罪該萬死。」說完，引領群臣，衝著供桌上笑瞇瞇的豬頭，連磕三個響頭。司儀一聲：「起！」眾皆爬起，魚貫而入，回到清議堂入座。

高弘圖道：「今把各位召集到此，乃以復我大明江山社稷為宗旨。鳥無頭不飛，人無頭不行。看來這擁立新君一事，當為首要。各位大臣，國之重任，擔於你我肩上，大家就此一議。」清議堂內頓時七嘴八舌，嗡成一片。

馬士英仔細觀察，發現嗡嗡震天，卻無人獨立發表政見。阮大鋮曾經囑他，須先聲奪人。馬士英深知時機已到，遂擊掌高喊：「高大人、姜

① 大行皇帝，即已故皇帝。

大人，各位。」嗡聲戛然而止。馬士英繼續道：「在下馬士英以為，擁立新君，依照倫序，當首推福王。」

引而不發的史可法聞言，當即拍案而起：「馬督撫此言差矣。福王朱由崧有『三大罪、七不可立』，萬萬立不得。」史可法語驚四座，阮大鋮目瞪口呆，心想：「以史可法的頭腦，他焉有周密理論前行？其背後定有高人。」限於特殊的身分，阮大鋮也只能聽之任之。馬士英不知史可法有此一招兒，一時不知如何應答，環顧四座，悶頭坐下。

清議堂內沉寂無聲。良久，高弘圖道：「史大人，沒有真憑實據，在此誹謗皇室，你不可帶累大家吃罪。」史可法理直氣壯道：「自然有真憑實據。先說福王的『七不可立』：一貪、二淫、三酗酒、四不孝、五虐下、六不讀書、七干預有司。僅此七項，就知福王非天子之器。再說他的三大罪，一者其祖母鄭貴妃當年曾有謀害太子、取而代之的圖謀；二者他驕奢淫靡，潛逃南京，私納民婦；三者……」

未等史可法說完，徐弘基把話打斷：「史將軍的所謂真憑實據，尤其所謂三大罪者，不過是牽強附會。你直說不同意立福王就是，不必拖泥帶水。你意下屬誰？」史可法憤憤道：「難道福王的叔叔潞王不是最佳人選嗎？此人一向不事張揚，定能帶領我朝，走出囧境。」姜曰廣、呂大器、張慎言等盡皆附和。

史可法所言之潞王，即朱常淓是也。如今，他與福王朱由崧一同隱匿南京。忻城伯趙之龍說：「福王也罷，潞王也罷，人在哪兒呢？」高弘圖道：「說得也是，我意找到二王，再行定奪不遲。」於是，一哄而散。

出門時，王鐸藉口有事，回避了阮大鋮。清議堂上，節外生枝，阮大鋮也沒好心情，一任王鐸自便。於阮大鋮而言，回石巢園商酌萬全之策乃為首要。馬士英與相知拱手告別，遂乘轎，回了石巢園。阮大鋮低聲與楊龍友道：「你我同回石巢園吧，有要事相商。」楊龍友難為情道：

「轎子也無，這麼遠的路……」阮大鋮一搖頭：「楊老弟，都什麼時候了，還恁講究？」說罷，拉著他疾步往宮城外走。阮大鋮的轎夫，抬空轎緊隨其後。

來到宮城門外，見一農夫牽一頭毛驢，阮大鋮將其攔下，那農夫嚇得哆哆嗦嗦：「大人，我沒幹壞事。」阮大鋮不耐煩道：「沒說你幹壞事。用你的驢子，把這位大人送到石巢園，送到了，重重有賞。」那農夫的臉色蒼白轉潤：「謝謝大人，謝謝大人。」

見驢子骨瘦如柴，楊龍友笑道：「未免太失體面。」阮大鋮道：「這會兒雇不著轎，你委屈委屈吧。」楊龍友只得騎上驢背，農夫囑咐坐穩，遂牽著韁繩，一搖三晃，往石巢園方向去也。阮大鋮笑著，上轎回府。

第二十九章

馬士英與阮大鋮，腳前腳後回到石巢園。轎夫經竹園時，阮大鋮挑簾道：「就停這兒吧。」轎夫停住腳步，攢挪幾下，於開闊處落了轎。阮大鋮出來，順竹園小徑，直奔西屋：「馬督撫，馬督撫？」馬士英剛進屋，又折頭搶步而出：「阮兄，快快進屋。」阮大鋮擺手道：「不了，到詠懷堂坐吧。待會兒，龍友也到了。」馬士英把門帶上，與阮大鋮同至詠懷堂。阮大鋮落座即言：「看到沒?史可法等竟來了個先發制人。事不宜遲，馬督撫須速速派人回鳳陽調兵遣將。眼下，抓住兵權，等於抓住擁立新君的主動權。」

馬士英憂慮道：「鳳陽那點人馬能成大事？」

阮大鋮反問道：「馬督撫可有高見？」馬士英道：「須籠絡各路人馬。士英來京前，特地繞道四鎮[1]，見過高杰、黃得功、劉澤清、劉良佐四位將軍，大家相談甚歡，可見是一路人。就是操江提督劉孔昭、南京守備徐弘基，也值得引為同道。」阮大鋮眼前一亮，興奮道：「馬督撫原

[1] 明、清兩代的軍隊，以鎮為基本編制單位。上設提督（軍團司令），下設總兵（或曰總鎮、鎮台，相當於軍分區司令）；總兵之下為副將、參將、游擊、都司、守備、千總、把總。江北四鎮，即為四個作戰區。

是有備而來。」

阮大鋮看了眼門外，見下人托著茶盤進來，便交代說：「叫廚房備三人席送過來。」下人答應著往外走，在門口遇到楊龍友：「楊老爺來了。」楊龍友點了下頭，呲牙咧嘴走進來。馬士英一臉困惑：「龍友你這是？」

阮大鋮笑道：「龍友乘寶馬而來，顛簸所致吧。」馬士英越發糊塗：「嗯?什麼寶馬？」楊龍友用手劃拉著刺疼的屁股，半嗔半怪道：「什麼寶馬，寶驢。」說完，一臉痛苦地坐下，復又「哎喲」一聲站起。阮大鋮道：「怎的這麼嬌氣?還大老爺們哩。」說著站起，把自己的坐墊，添到楊龍友椅上。楊龍友忍著坐下。阮大鋮道：「馬督撫，你不妨寫四封信，讓龍友等去江北四位將軍大營投書，遊說他們共舉大業，你看如何？」馬士英道：「如此甚好。」楊龍友不知就裡，問道：「什麼大營投書、如此甚好？」阮大鋮如此這般，把先前的話，複述一遍。楊龍友稱許，願為犬馬之勞。

說話間，飯菜齊備。下人斟酒時，馬士英推卻道：「酒易誤事，罷了。」阮大鋮道：「倒是，快把酒撤了。」下人把倒好的酒，收回托盤帶走。

三人心裡有事，皆食之無味。眨眼工夫，個個撂筷，推了飯碗。阮大鋮催促道：「馬督撫，把信寫了吧。」馬士英皺眉道：「如何措辭方好？」阮大鋮歎道：「馬督撫也是藏墨之人，區區書信，倒把你難住？」馬士英含蓄地笑道：「不是這個意思。」阮大鋮知其所慮，微微一笑：「這有何難？」於是如此如此，這般這般一番點撥，馬士英如醍醐灌頂，笑道：「還是阮兄高人一等。」楊龍友歎道：「人每贊阮兄為智多星，果然名不虛傳。」阮大鋮仰天大笑，遂又輕描淡寫道：「這本也不算什麼。」

馬士英起身，袖管挽起，伏案疾書。時間不大，給四位將軍的信，一一寫就。阮大鋮過目，讚歎有加，楊龍友亦刮目相看，心想：「先前總覺他唯諾無成，現下還真是大事在身的樣子。」

次日絕早，楊龍友等帶上書信，分頭奔赴江北四鎮。送走楊龍友等，阮大鋮叫來牛總管，如此這般吩咐一遍，牛總管領命而去。馬士英與阮大鋮回詠懷堂，落座喝茶。馬士英道：「阮兄讓管家去前花園搭棚幹什麼？」阮大鋮道：「區區小事，本不必煩勞馬督撫操心。你想，鳳陽人馬到了，住哪兒？」馬士英喜道：「阮兄，說你智多星，都貶低你了，那吳用不過一鄉下教書匠，怎與你比。說你是諸葛，或許過譽，但似乎也無比肩者。」阮大鋮紅暈上臉：「與諸葛比，阮某就無地自容了。大鋮這點自知還是有的，馬督撫就不要羞我了。」

過了些日子，馬士英的三百精銳軍，由鳳陽趕至南京，入住石巢園。一日三餐，酒肉不斷，士卒心滿意足，精神百倍。當晚，馬士英即令官兵，十人一撥，連夜搜城，找尋福王。阮大鋮馬士英於詠懷堂內坐鎮指揮，牛總管親理夜宵，保障供給。若干年來，阮家戲班，賺回不知凡幾的金銀，這回總算派上大用場。

三十撥人馬，遍尋南京，三天三夜無果。至第四天深夜，一撥人馬尋至一小巷，戶戶開門受檢，惟一戶人家，任官兵敲打院門，一概不應。軍官道：「破門而入！」兵卒勢不可擋，肩頂腳踹，院門屋門，相繼被破，官兵如狼似虎，湧進屋內。燈籠火把，照見犄角，圍坐數人。其中幾人，一副逃難的架勢。

你道何人？說來湊巧，他們正是潞王朱常淓、福王朱由崧，以及煙月等人。前書說過，自打崇禎帝煤山自縊的消息傳到南京，福王朱由崧便落下溺床病根。因羞怯難當，朱由崧搬至後院，與朱常淓、韓贊周、阿醜等同住。病根未除，新病又添。那些日子，總有莫名其妙者，從院前高坡處往院內窺探，朱由崧不能自持，溺床加重，尿液時常滴滴答答，每使褲子濕成一片。無奈之下，叔侄合計，另覓安身之處，是以有今之新址。原以為安穩，不想卻節外生枝。

官兵不知福王在此，一個個大剌剌的，毫無節制。一士兵提起韓贊周，呵斥道：「有什麼隱匿不報的？」韓贊周佝僂著身子，顫慄道：「以為是強盜，實不知是官軍。」那士兵一記耳光，打在韓贊周臉上：「敢把官軍比強盜，找死呀你！」韓贊周摸著火辣辣的臉，暗自罵道：「你們這些砍頭的，勝比土匪，下流胚子。」軍官上前，不分青紅皂白，就是一陣亂踢：「起來起來，你們這些豬玀！」士卒一哄而上，不管三七二十一，也是一陣亂踢，口裡且不住的狂叫著：「都起來！起來！你們這些豬玀！」

朱常淓、朱由崧等哀嚎慘叫，忙不迭站起。士卒打著燈籠火把，挨個照臉。照到朱由崧時，那軍官見此人天庭飽滿，臉龐英俊，覺得並非等閒，遂語氣嚴厲道：「姓甚名誰？」朱由崧怕引來殺身之禍，支支吾吾，不肯回答。韓贊周見勢不妙，代為答道：「我們老爺叫王福。」那軍官怒道：「噫？我們找福王，你們老爺卻叫王福，存心攪和是不？」隨即給韓贊周一記耳光。韓贊周暗自自責道：「沒有長進的東西，多什麼嘴？」收肩縮脖，悶了起來。

這時，阿醜從後面把頭抻出，試探道：「你等找福王做什麼？」一個士兵脫口而出：「做什麼？天上掉餡餅，正準備往他頭上砸哩。」阿醜不解：「那不疼得慌？」另一士兵吼道：「疼？喜還來不及哩。找到福王，讓他出來做皇帝。這多大的餡餅，你見過？」說罷，揪住阿醜，就要掌摑。阿醜佝僂著身子，小心翼翼道：「軍爺，我是說，我或許知道福王下落。」朱由崧見機，搶先說道：「如然，我便是福王。」

那軍官把朱由崧上下打量，怒道：「你倒會順桿爬，把賤名爛姓一顛倒，就貴姓美名了。要知道，這樣做是要殺頭的！」韓贊周忙從隨身包裹裡摸出一樣東西，遞上：「軍爺，還不信嗎？」那軍官呵斥道：「什麼就信不信的？」說著，叫士兵把燈籠打近了，反復的看。韓贊周輕蔑道：「軍爺長這麼大，還沒見過此物吧？這叫什麼？宮廷用物，腰牌！」那軍官是有所歷練的人，知道不假，遂把那腰牌還給朱由崧，嚇得立時跪下，後面的士卒亦跪下磕頭。但聽地上，一片哀求聲：「王爺贖罪！」

阿醜隨口說了句戲詞：「爾等平身。」官兵紛紛站起，怒視阿醜，乃至暗自揮動老拳威脅。阿醜見勢不妙，身子一縮，鑽進人縫，躲至煙月身後。煙月小聲埋怨道：「阿醜哥，這玩笑是要掉腦袋的！」阿醜伸了下舌頭，把頭一耷拉，再不言語。

那軍官無暇顧及阿醜言行，惟笑臉恭迎朱由崧：「王爺，我等奉鳳陽督撫馬士英之命前來護駕，休怪我等粗野，這黑燈瞎火，實不好辨。現就請王爺隨我等去見督撫。」朱由崧疑惑道：「去見督撫？」那軍官道：「王爺，在崇禎朝，一個督撫無足輕重。今則不然，大明有朝無朝，立誰不立誰，全憑馬督撫一句話。」

朱由崧聽罷，不由分說，抬腿就往門外走。朱常淓稀裡糊塗，同往外走，且拿手自掐：「這是夢裡？掐肉分明是疼的；倘若現實，留都大臣擁立新君，怎不是我這當叔的？哦，依序倫常，崇禎帝乃我晚輩，沒有叔叔接替侄兒帝位的道理。崇禎帝沒了，留都大臣讓朱由崧繼位，就像趙匡胤、趙光義兄弟那樣，算是哥終弟及。這裡不過倒過來，弟終哥及。也不對呀，燕王朱棣不就從侄兒建文帝朱允炆手裡接過帝位的嗎？唉，走一步，看一步吧。」向煙月的腦子裡，同樣是翻江倒海：「我說這個王福不一般，果然。他做了天子，那我是什麼？」

大家快到角門時，朱由崧突然停下腳步，對從人道：「此去不定是個什麼狀況，只叫老韓、阿醜隨本王去即可，你等在此好生安歇，果真本王做了天子，接你等一同去享富貴。如是禍端，本王也一肩挑了。」

阿醜暗想：「福王真爺們。」韓贊周受寵若驚，內心深處，對朱由崧感激涕零。則朱常淓、向煙月等聽了，如墜深淵。潞王心想：「這算啥？憑什麼福王吃肉，我連肉湯都沒得喝？」最是傷心莫過煙月，她原以為自己有出頭之日，不想，剛扒到船幫，便被一腳蹬回水裡：「我命苦也！」想到這兒，那淚便啪嗒啪嗒落下來。待潞王、煙月等明悟，朱由崧及官兵的身影，已消失在茫茫夜色裡。

第三十章

連日搜尋福王，令阮大鋮與馬士英身心疲憊。話說這晚，二人正倦怠於詠懷堂內，突見牛總管跑來報信，說福王已進大門。二人先是怔怔，進而無所適從，慢騰騰站起。馬士英半推半扶阮大鋮，讓他走前。阮大鋮哪裡肯，往後一閃，兩手推著馬士英，便出了詠懷堂：「馬督撫，橫豎你是有職在身之人，我一個在野者出頭露面，日後福王計較起來，你我都是欺君之罪。」二人不再推讓，一前一後，前往接應。牛總管萬般小心，亦步亦趨。

不大會兒，便遠遠聽到雜亂的腳步聲，隨之看到燈籠火把，在樹叢裡一閃一閃。慢慢的、漸漸的，燈光、火把照托出人的臉龐。因彼此腳步迅疾，須臾，大家便迎在一處。那軍官見了馬士英，一副邀功領賞的口氣：「馬督撫，我等前來覆命。」遂轉身引薦道：「王爺駕到。」

聞言，馬士英給朱由崧深鞠一躬：「在下鳳陽督撫馬士英，在此恭迎王爺。」身後的阮大鋮與牛總管，亦折腰致意。朱由崧受寵若驚：「馬督撫不必拘禮。」阮大鋮上前，直截了當道：「此非說話之地，還請王爺書房一敘。」朱由崧道：「頭前引路。」阮大鋮前面引著，朱由崧一行，往詠懷堂走去。

到得書房門口，阮大鋮側身停下，把朱由崧請了進去。次後，馬士英跟進。韓贊周與阿醜正要邁腿進去，被阮大鋮攔下：「兩位是？」那軍官道：「王爺的人。」阮大鋮於黑影裡四處尋摸，牛總管見了，知道主人在找自己，擠上前：「老爺，我在呢。」阮大鋮道：「找個地方，把這二位暫且安歇。」韓贊周與阿醜怏怏不快，但也無可奈何，只得跟牛總管走了。隨後，阮大鋮打發了當值軍卒，把黢黑的四周掃視一遍，這才進到書房，咔噠一聲，把門閂上。馬士英如此如此，把阮大鋮介紹一番；阮大鋮這般這般，把迎立的步驟說了一番。朱由崧連道「甚好」，別無他話。

諸事敲定，馬士英阮大鋮對視一下，雙雙站起。馬士英道：「王爺，時已不早，你就便在書房歇息。」朱由崧亦站起。阮大鋮往東間一指：「王爺，那是鄙人臨時歇息的地方，你先在那裡委屈委屈，我等失陪。」說完，與馬士英走出書房。朱由崧順手關門，躺在床上，心事重重。

馬士英與阮大鋮肩並肩往竹園走時，牛總管提一盞燈籠走來，忐忑不安道：「老爺，該安排的，都已安排妥貼，可還有什麼吩咐嗎？」阮大鋮道：「管家你也早些歇息吧，明天還有大事。」牛總管道：「你們這是要去西屋？我送送。」馬士英道：「管家總這麼客氣，不必了，就兩步路。你也累一天了，抓緊去睡。」牛總管道：「也不急在這點工夫上。」說著話，已頭前引路。

待馬士英與阮大鋮進了屋，牛總管把屋門帶上，沒走幾步，屋門又開，阮大鋮招呼道：「管家，你來你來。」牛總管感到主人語急，便往回跑：「老爺，還有要緊的事？」阮大鋮道：「差點忘了一件大事。福王那邊，連個把門的都沒有，這要有個閃失，了得？你速派一二十個家丁，把詠懷堂屋前屋後的，都派人守著，不得有誤。」牛總管睏意全無：「老爺你放心，我這就去辦。」說完，跑去安排。

阮大鋮回屋坐下，感到口乾舌燥。找水喝，壺是乾的。夜已深深，不便打擾下人送水，只好忍著，與馬士英談了又談，至雞叫頭遍時，方各自歇息。眼未闔上，便聽牛總管門外喊道：「老爺，楊老爺他們自江北回來了。」

阮大鋮疲倦地躺在那裡，一動不動：「夜深了，讓他們先安歇吧。」牛總管急促道：「江北的幾位將軍，帶著大隊人馬的，也到了。」馬士英與阮大鋮聽了，一骨碌，從床上爬起，邊穿衣服，邊奪門而出。阮大鋮興奮道：「馬督撫，莫非天助？上半夜得一福王，下半夜又得四位將軍，大業可成啊！」馬士英一把拉住阮大鋮的手，使勁兒搖了搖：「天助我也。」只走了幾步，便見一行人在燈籠火把的引導下，漸行漸近。將士們的腳步聲，鏗鏘有力，石巢園可謂是地動山搖。

待雙方近了，馬士英搶前幾步，拉住黃得功、高杰、劉澤清、劉良佐四將軍的手：「各位將軍深明大義，救國於水深火熱，不啻為豪傑。」黃得功開口喊了聲「馬督撫」，便被高杰打斷：「高某當年棄暗，投在馬督撫麾下。那時，倘非馬督撫收留高某人馬，今不知落魄何處。正思謀結草銜環，不意天降大任，高某義不容辭。馬督撫一聲令下，我等誓死效力。」黃得功惱那高杰搶話，畢竟舉事為重，也就不便計較，補充道：「馬督撫說哪裡的話，國家興亡，匹夫尚且有責，何況飽受恩澤的將領呢？」劉澤清、劉良佐狠狠瞅一眼高杰，附和道：「是呀是呀。」

馬士英回身，指阮大鋮道：「這位是前光祿卿阮大人。」四位將軍跟阮大鋮拱手道：「久仰久仰！」阮大鋮拱手還禮：「幾位將軍，快快進屋，共商立君大業。」高杰道：「找不到太子，可有現成的王爺？」阮大鋮道：「不瞞各位，上半夜，已把福王請到寒舍。」四位將軍交口稱讚。馬士英、四位將軍、阮大鋮、楊龍友等彼此著讓，依次到竹園屋裡坐下。

阮大鋮道：「牛總管，將軍和弟兄們一路勞頓，趕快吩咐廚房預備早飯。」牛總管愁道：

「這數千人馬，不是家裡小小廚房能對付的，恐要勞民。」馬士英底氣十足道：「這有何難，直稱為國徵用，哪個敢慢待。」黃得功欲言，高杰搶話道：「牛總管，我撥一支人馬於你，隨你支配。敢有不服徵調者，軍法從事。」阮大鋮挺了挺胸脯道：「高將軍痛快。謀大事者，是必大刀闊斧，敢作敢為。」

牛總管意外得了權柄，一時南北莫辨，呆在那裡。高杰道：「牛總管，一支人馬不夠嗎？」牛總管猛然醒來：「夠了，足夠了。」阮大鋮囑咐道：「管家，各位將軍的一日三餐，需更加仔細，不可怠慢。」牛總管一併應下，跟高杰的副手出門，點了百名士兵，摸黑往城裡徵調膳食去了。

馬士英道：「阮兄，各位將軍的人馬已到，把福王那邊的家丁撤了，官兵護從，方顯皇家尊嚴。」阮大鋮道：「那是自然。」遂轉向黃得功：「黃將軍以為如何？」黃得功道：「此乃正理。」高杰依舊搶話道：「我這就派中軍官，帶一隊士兵前去護駕。」說罷，當即派了官兵，去詠懷堂那邊，把阮大鋮的家丁換下。高杰咄咄逼人，令黃得功、劉澤清、劉良佐三將軍怒目圓睜。為顧念大局，盡皆忍下。隨後，阮大鋮親自安排四位將軍至梅園歇息。

送走四鎮將軍，馬士英與阮大鋮、楊龍友推敲迎立細節。馬士英道：「天亮即迎福王入宮，留都百官心存私念，不肯配合，如何是好？」阮大鋮道：「抄一份留都百官花名冊來，做一份請願書，民心合仰，誰敢二話？」

馬士英搖頭道：「這就弄虛過甚了。」阮大鋮不以為然：「為官者不弄虛，焉能官場立身？」楊龍友點頭贊許：「阮兄說得是，官例如此。」

馬士英依舊顧慮重重：「士英為官也非止一日，何嘗不知這其中的門道？花名冊之虛好弄，然在冊者挑理兒，又當如何？」阮大鋮跺腳道：「士英啊，真是迂腐！倘說在官場找幾個耿直之士，那真不易；若找那見風使舵者，遍地皆是。

天亮後，軍卒奉命戒護清議堂，那時，莫說反對聲，就是奉承，百官還惟恐不及哩。」

馬士英不安道：「天亮即迎立宮中，那裡不曾灑掃，成何體統。」阮大鋮斬釘截鐵道：「夜長夢多。官場如戰場，先下手為強。否則，連屍首都無處可收。」楊龍友讚許道：「要說把官場看這麼透的，除了阮兄，再無二人。」阮大鋮道：「慚愧慚愧。」馬士英拍案道：「那就依阮兄所言。」遂令各色人等，下帖、謄寫百官花名冊、撰寫請願書。事無鉅細，一一安排妥貼。

臨了，阮大鋮又道：「尚無司禮監。」馬士英拍腦門道：「這算是要緊的，然臨時抓瞎，未免作難。」阮大鋮想了想道：「有一現成的，你我何必騎著驢找驢呢？」馬士英道：「驢之何在？」阮大鋮笑道：「福王帶來的老韓是也。」說完，把牛總管叫來，讓他去請韓贊周。

片刻工夫，韓贊周睡眼惺忪的進來，馬士英問明情況，如此這般，交代一番；阮大鋮如此這般，調教一番。韓贊周一步登天，喜之不盡，說道：「兩位老爺歇著，那我回屋演練演練，以備明早急用。」韓贊周前腳剛邁出門檻，阮大鋮又把他叫住：「韓公公回來。」阮大鋮打開一個布包，從中取出袞冕①，交給韓贊周：「這個給王爺，明早穿的。」韓贊周檢視一遍，問道：「這不戲服嗎？」阮大鋮道：「找真的，哪來得急。」韓贊周道：「是是。」說著，捧著那套戲用袞冕，樂顛顛去了詠懷堂。

當值官兵問明事由，放韓贊周至書房門前。韓贊周輕叩木門，等了半晌，朱由崧迷迷糊糊，開了房門，見是韓贊周，急切道：「老韓，天未亮，你跑來做什麼？」韓贊周樂道：「你看這是何物？」朱由崧疑疑惑惑：「何物？」韓贊周把袞冕放在床上，摸到火石，點燃蠟燭，復又從床上拿起袞冕：「王爺長這麼大還沒見過吧？此乃袞冕是也！」朱由崧惱道：「本王自小看戲長大，連戲裝也不認得嗎？」

① 袞冕，即袞衣和冕，皇帝登基或祭祀時穿戴的禮服和禮冠。袞衣也就是俗稱的龍袍。

這時，阿醜被人領進書房。韓贊周道：「阿醜亦來？」阿醜道：「折騰人。你剛走，他們又把我叫醒，說是過來伺候王爺。進門便聞言戲裝如何，這天還沒亮，上哪兒去演戲？」韓贊周如此這般，說了一遍。朱由崧道：「啊？！讓本王穿戲裝袞冕即位，成何體統！」阿醜勸道：「這世上，真龍袍假皇帝的，不也比比皆是嗎？能做真皇帝，管它戲裝不戲裝。」

韓贊周心想：「阿醜犯渾，這等說，不是往王爺病根上戳嗎？當真倒扯起來，一根繩就能把福王倒扯到燕王那裡。你小子口無遮攔地說什麼『真龍袍假皇帝』，那不等於說，燕王朱棣的龍袍是真的，從侄子朱允炆手裡奪來的皇帝是假的。」想到這兒，面色緊張，立時把話叉開：「什麼真的假的，這都是不得已而為之。」遂把朱由崧拉過來：「來來來，穿上穿上，沒它，天亮難登大寶。」

無可奈何，朱由崧穿戴好戲裝袞冕。阿醜端詳一番道：「今兒，我主往龍椅上一坐，誰敢說這袞冕是假的？膽敢有那不識趣兒的冒犯龍顏，我主一句『推出去斬了』，那人的頭就像切蘿蔔櫻子一樣，首身分離。」韓贊周笑道：「這話就對了，龍椅上沒有假皇帝，當然就沒有假袞冕。人只要往那把龍椅上一坐，你就是穿著紙糊的袞冕，臣下亦絲毫不敢懷疑其真實性。」阿醜道：「自古以來，皇帝至尊，誰敢疑之？我主將登大寶，當放鬆心情才是。」韓贊周與阿醜一番勸導，朱由崧豁然開朗。

且說馬士英，打發了韓贊周，遂對阮大鋮、楊龍友道：「阮兄、妹夫，今之迎立大事，不比清議堂議事，你二人乃廢員，不可列迎立隊伍之中。倘日後有人挑刺，參奏你等欺君之罪，是要殺頭的。我等至交，來日方長，不愁起復之事。」阮大鋮倒也痛快：「大丈夫立功業，不計眼前得失。」楊龍友點頭附和。三人又推敲一遍迎立細節，這才各自扯過一件衣服，往身上一搭，瞇起眼，似睡非睡，但等天亮。

三人打了個盹，牛總管過來，叫用早飯。

阮大鋮問福王起了沒有，牛總管道：「早起了，正在用早膳。四位將軍亦整裝待發。」馬士英、阮大鋮聽了，草草用過早飯。剛擱下筷子，四鎮將軍即來領命。起初，黃得功走前，高杰、劉澤清、劉良佐隨後。即至門口，高杰搶前一步，先進得屋來，跟馬士英、阮大鋮行禮。黃得功被高杰三番五次著惱，大為不快。因想南京非鬥氣之地，凡事一忍再忍。劉澤清、劉良佐與黃得功交情非止一日，身同感受，惱恨高杰。然那高杰，處處搶人風頭，卻不以為意。四鎮將軍，由此漸生嫌隙。

彼此行過禮，馬士英等同去拜見福王。見眾人進來，韓贊周、阿醜一邊垂首侍立。朱由崧放眼看去，四位盔甲將軍，盡皆不識。馬士英略為引介，遂議定當天日程。朱由崧仍在石巢園安歇，馬士英則帶四位將軍及軍卒，到清議堂與各位留都大臣碰面。

這天清早，天未亮，高弘圖等即接馬士英邀帖，恐受排擠，人皆摸黑，爭先而至。待馬士英等到來，劉孔昭、徐弘基滿面春風，笑迎上前。高弘圖等猜度，馬士英、劉孔昭、徐弘基早便勾為一夥。再看馬士英身後的四位將軍，個個披甲戴盔，面孔森然；將軍身後，是黑壓壓的軍卒。大臣們見此陣勢，皆不寒而慄。

馬士英儼如一方霸主，說道：「各位臣僚，今邀各位，有要事相告，我等費盡千辛萬苦，已找到福王。我等與各位將軍共識已達，欲立福王為新君，各位意欲如何？」說完，馬士英先立目史可法，觀其反應。四位將軍言聽計從，亦把目光冷逼史可法。

見勢不妙，史可法面皮紫漲，嘴巴繃成一條線，不發一言。史可法心想：「看馬士英的意思，擁立新主，非福王莫屬。那四鎮將軍，乃我史某手下。不料，馬士英先下手為強，籠住四鎮，又籠住劉孔昭、徐弘基二人，我這兵部尚書，已然光桿司令也。況且昭穆倫次，立福王亦無大差。且罷，我做個順水人情，免得招惹麻煩。」未及開口，馬士英追問道：「史將軍？」

史可法雖內心似火，表面卻甚為節制，回答道：「立誰與否，史某無異。」高弘圖等聞言，亦紛紛效之，擁立福王為君。馬士英道：「真乃人心所向也！」

趁熱打鐵，馬士英又道：「既如此，還請各位臣僚與我等前往石巢園，迎接新君入宮。」眾臣不敢怠慢，隨馬士英出得清議堂。到得院內，但見無數頂轎子，自院內擺到院外。史可法暗自驚歎：「馬士英手快心細，我老史將來怎是他的對手？」一邊想著，就近坐進一頂轎子，仰天長歎。其他臣工，亦各乘轎，尾隨馬士英去了石巢園。

留都百官到得石巢園，方知此處已然為兵家重地，門口兩側重兵把守，一路進去，那士兵也是三步一崗，五步一哨。到得福王下榻處，留都百官於詠懷堂門前列隊站定。少許，馬士英擊掌，但見韓贊周自書房內走出，喊道：「福王駕到！」百官立時齊刷刷跪了一地。隨之，朱由崧袞冕而出：「各位愛卿平身！」眾皆站起。史可法、高弘圖等小心視之，嘀咕道：「這唱的哪一齣？福王尚未登基，怎就袞冕起來？」眾所糾結者，規制也；至於龍袍的真假，倒無一人看破。

時見馬士英走至福王面前，輕聲道：「福王可起駕還宮。」朱由崧點了點頭，上了一乘步輦。那步輦丈餘高、八尺寬，四根轎轅三丈長。步輦還算講究，紅鬃立柱，雲狀雕飾，鍛花葉片，抹金輦頂，朱紅遮簾，盡顯皇家氣派。

八個身穿紅綢轎衣的輿夫齊聲喊道：「起！」那步輦，便緩緩走出石巢園。這一行隊伍，前有官兵鳴鑼開道，後有數千官兵護駕，浩浩蕩蕩，前往宮城。馬士英等文武百官殿後。步行出石巢園時，馬士英低聲問阮大鋮：「此輦何來？」阮大鋮嘿嘿一笑：「託人從宮城庫內尋來，說來還是件古董。如今翻修一新，福王用著，也還體面。」馬士英笑道：「真有你的。」

第三十一章

且說留都，近因搜城，早已人心惶惶，雞犬不寧。忽又聞，新君已立，即刻進城。一傳十，十傳百，紛紛出門，爭睹奇觀。南京真個萬人空巷，熱鬧非凡。

人潮中，有一女子，鶴立雞群，喧賓奪主。但見：那女子冠插錦雞毛，上身內穿一件赭色鑲邊的淡黃窄袖衣，外穿一襲橙紅合領半袖背子；背子上用七彩絲線繡成纏枝花圖；腰間束一根褐色絲帶；下襯長可及地的十幅月華裙。一位儒雅的華髮老先生，與那位女子寸步不離。

這一老一少，正是錢牧齋與柳如是。自柳如是掌理錢府經濟，闔家上下，對其恨之入骨。正焦頭爛額之際，阮大鋮信約回京。錢牧齋之意，待形勢明朗，再回不遲。然那柳如是厭惡內鬥，執意回京。錢牧齋執拗不過，是以順從。隨即，選下黃道吉日，雙雙回到南京。

說來也巧，錢牧齋與柳如是到京這天，恰是迎立之日，身不由己，捲入人流。錢牧齋與柳如是身不由己，隨波逐流，至一低窪處，仰面所見，四周皆人。樹丫牆頭，窗前屋頂，人滿為患，皆把好奇的目光投向柳如是。錢牧齋汗流浹背，氣喘吁吁：「如是，你我因何遭致圍觀？我胸悶至極。」柳如是道：「我亦不解。」見錢牧齋滿面潮紅，柳如是攬住其手，安慰道：「會走出去的。」

一酒樓窗口，有人突然喊道：「我的豔遇！我的豔遇！」柳如是循聲望去，見一小夥，向她招手。柳如是正欲辨認，那小夥已爬上窗子，一手抓住窗櫺，一手揮動道：「柳姐姐，我是商哥！」聞言，柳如是猶如抓到救命稻草：「小哥哥，快來救我們出去。」那商哥張開雙臂喊道：「柳姐姐，我來也！」說完，縱身跳下。圍觀者莫不魂飛膽破，紛紛擁進酒樓前的小院，一探究竟。

商哥救美心切，莽莽撞撞，忘我一跳，不偏不倚，落進一口大魚缸，浮萍、金魚，濺出一地。那酒樓掌櫃，抱一罈老酒，恰好路過，沒留神，天降下一人。掌櫃的大叫一聲：「我的天！」雙手一鬆，酒罈落地。天井裡，酒香頓時瀰漫。掌櫃的定睛一看，魚缸裡有一人，正撲騰抓撓。掌櫃的生氣道：「年輕人？這怎麼說的？」

時見侯方域撥開眾人，擠到近前道：「掌櫃的，能怎麼說？他喝多了。」一邊說，一邊怒其不爭地往外拉商哥。魚缸沒至胸前，蘚苔覆壁，滑膩難攀，任侯方域生拉硬拽，商哥依舊脫身不得。掌櫃的不解道：「喝多了？他身上怎的沒有酒氣？」侯方域不耐煩道：「我是說，他把美色喝多了。」掌櫃的越發不解：「美色？本酒樓向來不出賣美色。」侯方域鬆開商哥，把手往牆外指了指：「一枝紅杏牆外來。」看熱鬧者，莫不移目牆頭。眼前雖白壁一面，因心有美女，人皆春色滿面。

商哥因不能自拔，便有些急躁：「少爺，牆角有摞磚，快學司馬光砸缸，魚撞滿懷，我受不了這個。」掌櫃的攔道：「年輕人不要輕舉妄動，你知道這是口什麼缸嗎，說砸就砸？」侯方域不屑一顧道：「能是什麼缸？」掌櫃的輕蔑一笑：「這可不是一口普通的魚缸，它價值連城。」

商哥疑道：「價值連城你還放天井裡，就不怕人偷？」掌櫃的歪著頭對商哥道：「依著你的意思，價值連城我就得把這口缸藏到被窩裡？告訴你說，南京人到我這酒樓裡來，不只為吃喝，更為這口缸來。告訴你記住了，我這口缸，乃南唐君主李煜遺物，你拿磚給我拍了，你賠得起嗎？」侯方域吃驚道：「果真？」掌櫃的一撇嘴，說道：「你這麼看我幹什麼？此缸經當今大名鼎鼎的收藏家錢牧齋大人鑒定過的，你懷疑這口缸可以，怎可懷疑錢宗伯的權威？等著，我去搬梯子。」

侯方域依舊半信半疑，圍著那口缸轉了一圈：「果真李後主用過的缸？」雖是自言自語，商哥以為問他，說道：「沒準是洗澡用的。」掌櫃的搬來梯子，對商哥道：「還真讓你這莽撞的傢伙給說著了，它就是洗澡用的。想知道是誰洗澡用的嗎？記住了小子，給小周用的。」商哥手扒缸沿問道：「誰是小周？」掌櫃的再把嘴一撇：「哼，連小周都不知，可見你不是南京人。」說著，把梯子小心謹慎的放到魚缸裡，拉著商哥的手，讓他攀登而出。侯方域以為掌櫃的誠心辱沒他的見識，就說：「他不知道小周，我知道呀。」掌櫃的另眼侯方相：「哦，你倒是說說。」侯方域手指水缸外壁上的文字道：「這不都寫著嗎？」遂朗讀起來：

> 花明月暗飛輕霧，今宵好向郎邊去，剗襪下香階，手提金縷鞋。
>
> 畫堂南畔見，一向偎人顫。奴為出來難，教君恣意憐。

掌櫃的鬥氣道：「這首詞上有小周嗎？」侯方域生氣道：「此乃李後主以小周視角寫的一首豔詞，還用我說小周是誰嗎？」掌櫃的哈哈一笑，跟侯方域拱了拱手：「果有學問，得罪得罪。」侯方域也不客氣，拉著落湯雞似的商哥便走。掌櫃的見了，跑來揪住商哥道：「小哥哥，這金魚你是要賠的，這浮萍也是要賠的。」遂又原地轉了一圈，指著酒罈碎片道：「這打碎的一罈酒，也是要賠的。」

侯方域從袖裡摸出一錠銀子，交給掌櫃的：「夠了吧？」掌櫃的點頭哈腰：「足矣足矣。」侯方域對商哥道：「還好，你沒打碎小周的洗澡盆。贗品雖不值錢，卻會訛錢。走吧，還愣著弄啥哩？」掌櫃的咂摸半晌，方跳腳嚷道：「唉，我說你什麼意思？」侯方域和商哥已擠出人群，回河房去了。

再說錢牧齋與柳如是。商哥當時縱身一跳，嚇傻柳如是。錢牧齋擔心道：「商哥沒事吧？」柳如是嘴唇鐵青，雙手合十：「但願他安然無恙。都是為了我們。」錢牧齋見周圍的人漸次散去，說道：「也幸虧商哥那一跳，分走眾人。不然，你我豈不被擠死。」柳如是道：「誰說不是，日後倒要好好謝謝人家才是。」錢牧齋道：「那是自然。」

說話間，一隊軍卒押著許多民夫，從街上走過，他們往皇宮搬運新添的家什。軍卒個個了得，走路橫如螃蟹。但見他們，揮動三眼槍，見人即扎，扎必見血。南京市民呼天搶地，個個奔竄，眨眼工夫，頓開一條通天大道。

見此情形，錢牧齋催促快跑。不想，柳如是猶如木樁，定在那裡。錢牧齋急道：「聖人言，君子不器，還有一層意思，就是不與武人一般見識。」柳如是笑道：「你又歪解《論語》。看我的。」

軍卒見市民遠躲，惟一老一少，神情淡定，猜度非等閒之輩，便多了幾分忌憚。經錢牧齋與柳如是身邊時，軍卒特地把三眼槍收起。投桃報李，柳如是回以微笑。軍卒六神無主，走走停停，腦勺碰前額，前腳踩後跟，你推我搡，隊形不整。錢牧齋心想：「這些軍卒，才剛還一副兇神惡煞相，這忽兒怎的變菩薩了？」

見無危險，柳如是道：「我想，跟軍卒走，一定能去到一個安穩處。」錢牧齋道：「離飛來樓，豈不越走越遠了嗎？」柳如是道：「那也強似被人擠扁。」二人遂尾隨而行，至皇城而返，街上行人，已復如常。

回到飛來樓門前，柳如是如夢方醒，叫苦連天：「完了，還得去石巢園取鑰匙。走不動，我實在走不動了。」說完，坐在門墩上，一臉愁苦狀。

錢牧齋心疼道：「如是快起，門墩上全是灰塵。」柳如是把嘴一撇，撒嬌道：「髒就髒了吧。」錢牧齋四處觀望：「待我尋個轎子去石巢園。」柳如是道：「還用尋嗎？過河去媚香樓，找香君妹妹去。」錢牧齋醒悟道：「我怎的就沒想到？」遂把一隻手給柳如是，拉她起來。

二人至媚香樓叩門，新來的保兒見生，問道：「你們是？」柳如是道：「香君妹妹在家嘛？」保兒知是熟人，嘴巴勤快道：「在的在的。」柳如是道：「快去通稟，就說柳姐姐來也。」保兒喜道：「原來你就是柳姐姐，香君姐姐想你想得，天天跟淚人似的，待我去報喜。」一面為之引路，一面跑到院裡喊叫：「香君姐姐，我柳姐姐來了。」見保兒甚會說話，柳如是叫錢牧齋掏了些碎銀給他，做見面禮。保兒得了銀子，在院裡喜得又蹦又跳。

香君在樓上聽保兒喊什麼柳姐姐，感應似的跑出來，憑欄往院裡一看，尖叫道：「天！我說這兩日耳根發熱，怕有貴人到，原是你們。」香君提起一襲長裙，疾步下樓，與柳如是抱在一起，兩姐妹喜淚不斷。半天，香君這才與錢牧齋施禮：「錢大人萬福！」柳如是嗔怪道：「這麼叫就生分了，他是你姐夫。」香君乖巧，遂改口叫了一句「姐夫」。錢牧齋自是歡喜不已。柳如是問道：「媽媽呢？」香君道：「給人做盒子會去了，還沒回來。我這就打發人去叫，說有貴人到。」柳如是止道：「自家姐妹也當是貴人嗎？不用叫了。」遂把借轎子的話說了。

香君嗔怪道：「若不為此，姐姐怕是不來我這裡了？」柳如是道：「傻妹妹，說話憑良心，問問你姐夫，在常熟我每每念叨你。」錢牧齋點頭稱是。柳如是又道：「本想安置好了，叫你家裡去坐，你我姊妹說個天昏地暗。哪想，事不湊巧，偏偏讓我和你姐夫這般狼狽相與你相見。你不可憐人家，倒在那裡說風涼話。無論如何，中午這頓飯是要討饒的，下午借了轎子，去石巢園那邊，再去取回鑰匙。」香君笑道：「這還像個姐姐。」遂對保兒道：「別愣著，快給姐姐姐夫上茶。完了，去酒樓要菜。」保兒不敢怠慢，沏茶去了。

有話則長，無話則短。柳如是他們剛推下飯碗，就聽院門一響。香君道：「該是媽媽回來了。」說著，跑出包房，見李貞麗正由轎內走出。香君急切道：「媽媽，柳姐姐他們來了。」李貞麗聞之，三步並作兩步，跑上樓來，拉著柳如是的手道：「這不是做夢吧？我給人做盒子會時，人皆爭說你柳姐姐。回家的路上，那般轎夫，也滿嘴『柳夫人賽過王昭君』地稱道。嘖嘖，柳姐姐果然打扮非凡，我都要嫉妒了。」誇得柳如是，一臉不自在。

寒暄過後，香君把柳如是借轎子的話，說了一遍。李貞麗道：「這當個什麼。」遂叫保兒過來：「快下樓，去把轎簾撩起，散散裡面的酒氣。」保兒沒走幾步，又被李貞麗叫住：「我屋裡有新的坐墊，拿去給轎子換了。香盒裡還有薰衣草……」李香君止道：「媽媽，這些孩兒屋裡都有，我親力親為吧。保兒毛手毛腳的，做成什麼事。」李貞麗一臉喜色：「瞧這孩兒，對她柳姐姐還真上心。」轉臉對保兒道：「沒你事了，去吧。」保兒下樓。

李香君至臥室，一陣翻箱倒櫃，抱著嶄新的坐墊和薰衣草下樓。不大會兒，一切就緒，李香君在樓下喊道：「柳姐姐，你們下來吧。」李貞麗引著，下得樓來，嗔責道：「孩兒不懂事，你也讓姐姐姐夫歇歇。」李香君道：「還看不出來嗎？他們哪有心思坐？」柳如是笑道：「這鬼機靈，都看穿人家的心思了。」又對李貞麗道：「剛回南京，家裡油鹽醬醋茶的，需一一添置。等忙完，再特地過來致謝。」李貞麗、李香君並不強留，放柳如是錢牧齋去訖。

坐在雙人轎裡，錢牧齋與柳如是閉目養神。

因為睏乏，走至一半路，雙雙睡熟。直到轎夫喊他們，這才知道石巢園到了。下罷轎，柳如是臉色突然煞白，一副失魂落魄的樣子。錢牧齋問她怎的了，她這才瞪大眼睛驚呼：「老天！昏不昏，我們把臘兒擠丟多時了！」錢牧齋急甩兩手：「這可如何是好？這可如何是好？」柳如是洩氣道：「老天保佑，她能找回家。」

二人正在抓狂，石巢園門人走過來：「二位這是……」柳如是道：「我們是來拜謁阮老爺的。」那門人把腰板一挺：「阮老爺送皇上進宮城去了，有事以後再說。」柳如是道：「你是新來的吧？」門人道：「新來的又怎的？」錢牧齋解釋道：「不怎的，我們是你家阮老爺的至交。家裡的鑰匙就放在尊府，特來找牛總管，取了去，以便安歇。」

牛總管自外面回來，驚喜道：「這不是錢大人和柳夫人嗎？」遂拱手作揖，又道：「今日迎立新君，老爺忙得，裡外沒個人樣。這不，去宮城遲遲未歸。」柳如是把取鑰匙的話說了。牛總管道：「這當什麼緊，隨我家裡去說話。」錢牧齋與柳如是對門人微微一笑，跟牛總管進了石巢園。隨來的轎夫，就門外等候。

一盞茶的工夫，錢牧齋就說要走。牛總管見留不住客人，便取來鑰匙，物歸原主。牛總管是個心細之人，見錢牧齋無僕相隨，便叫了幾個家丁，前去飛來樓照應。錢牧齋柳如是謝過回城，先把轎子還了，遂回飛來樓。推門所見，已是荒草盈階，松鼠作窩，鳥兒成群。

倒是隔壁魏國公的花園裡，一派喜氣，男歡女愛，淫靡之調，不絕於耳。柳如是道：「徐公子好像永無愁事。」錢牧齋低聲道：「全賴他的守備哥哥徐弘基撐著，若不然，他吃屎都不趕趟兒。」柳如是睜大眼驚道：「老頭子，我還是頭一回見你這麼刻薄粗俗！」錢牧齋道：「哼，這沒廉恥的東西，在他的園子裡搭建那麼高的塔棚，就為窺探這邊女眷。不為這，老夫何忍爆粗口。」柳如是道：「此般行徑，確為畜生所為。」說著，逕直朝內宅走去。

第三十二章

福王朱由崧，一路被抬進宮城，於金鑾殿前下輦，司禮太監韓贊周導引。君臣魚貫而入，至殿前。朱由崧先是對寶座拜了三拜，遂歎道：「兩百多年了，不想今日，重回太祖發祥地。」馬士英道：「此乃吉兆，寓意重整河山，再創輝煌。」高宏圖附和道：「我大明復興有望啊。」眾臣諾諾而讚。

韓贊周引著，朱由崧走上寶座。殿內雖燃燭無數，仍昏暗不明。朱由崧近至寶座，回眸一瞥，臣者面容，皆沒於陰影。殿內寂靜肅然，惟聞龍袍窸窣聲。朱由崧正襟危坐，頓起灰塵，嗆得他噴嚏連天，眾臣駭然。

韓贊周難為情道：「這個……這個……」朱由崧雖著惱不已，卻不發話。馬士英搶前一步，匍匐在地：「聖上息怒，登基大典倉促簡陋，實因怕夜長夢多。」朱由崧道：「馬愛卿言之有理，收復失地，重整河山，才是當務之急。朕不拘小節，登基儀式，一切就簡為要。」馬士英爬起歸隊，率文武齊刷刷跪倒，齊聲高呼：「皇上聖明！」朱由崧大快：「眾愛卿平身。」眾臣爬起，歸班。韓贊周遂高呼道：「百官朝賀！」眾臣再次撩衣齊跪，山呼：「吾皇萬歲！萬歲萬歲萬萬歲！」屋瓦震盪，灰塵灑落，眾臣噴噓連連。

朱由崧喜道：「眾卿平身。」百官齊聲喊道：「謝萬歲！」屋瓦再震，灰塵再次灑飛。文武百官謝過起身，依舊分列兩旁。朱由崧一呼百應，一言九鼎，心境美不勝收，那四處瀰漫著的灰塵，在他眼裡仿如金粉，把個大殿妝點得金碧輝煌。

登基儀畢，韓贊周宣讀詔書，改元弘光。福王朱由崧搖身一變為弘光帝。年號崇禎，從此走進歷史塵埃。

宣罷詔書，韓贊周大聲道：「有事出班早奏，無事捲簾退朝。」馬士英出班奏道：「微臣馬士英有本要奏。」弘光帝氣定神閒道：「呈上來。」韓贊周走下來，接過奏本，呈上。弘光帝裝模作樣看了看，知道此乃馬士英等私擬的論功行賞名單，也無可奈何，說道：「甲申不利，先是流賊壞了北京，後是韃靼占了北京。我太祖遠見卓識，兩百多年前即為後世子孫，預留南京為陪都，內閣及文武大臣無不現成，朕得以傳承香火。可謂是，祖德重光，民心合仰。然萬曆以來，留都各部缺員未補現象，十分嚴重。朕命愛卿馬士英擬就內閣名單，他為國為民，夜以繼日，嘔心瀝血。為獎掖馬愛卿，朕命其為首席大學士，入閣辦事。餘者，依其所奏。」遂把奏本拿給韓贊周，當殿讀來。

內容大致如下：

首輔馬士英，兼都察院右都御史；鳳陽等處軍務，亦由其督理。劉宗周在籍起用，命為左都御史。吏部尚書高弘圖、禮部尚書姜曰廣、兵部尚書史可法（並督師江北）、王鐸亦為大學士，入閣辦事。擁立之事，四鎮將軍功不可沒，當加官進爵，封黃得功為靖南伯，轄滁和，駐廬州，經理光固一路；高杰為興平伯，轄淮泗，駐泗水，經理開歸一路；劉澤清為東平伯，轄淮海，駐淮北，經理山東一路；劉良佐為廣昌伯，轄鳳壽，駐臨淮，經理陳杞一路。四將軍各返汛地堅守，不得有誤。其餘部院官員，無論大小，現任者，各加三級；缺員者，將迎駕人員，論功選補。

韓贊周宣讀完畢，百官齊跪：「謝主隆恩！」韓贊周又道：「起駕回宮。」弘光帝起身，三五個太監宮女簇擁著，離開金鑾殿。大殿犄角的阮大鋮和楊龍友，望著弘光帝離去的背影，失落萬分，沮喪甚甚。擁立新君，他們鞍前馬後，臨了，卻一無所獲。這面上，便很有些掛不住。待眾臣散去，他二人方拔腿，離開空空蕩蕩的金鑾殿。

且說弘光帝來至後宮，所見景象，破敗不堪。眾多役民，或灑掃庭院，或搬家具抬地毯，混亂不可言狀。韓贊周見龍顏不悅，趕緊搬把椅子於槐樹下，以袖拂塵：「皇上，你先略坐坐。」弘光帝踢翻椅子，怒道：「有史以來，哪個皇帝如此狼狽登基？這幫大臣，個個壞得頭上長瘡，腳下流膿，他們一心自我盤算。老韓，朕已疲累，龍床何在？朕要歇息。」

韓贊周顫抖著，匍匐在弘光帝腳下：「皇上息怒。」弘光帝拿腳輕輕踩了踩韓贊周的腦袋：「老韓，朕問你龍床何在？」韓贊周心想：「說什麼，你也是從我手心長大的，我再是你的什麼家奴，也不該用腳踩我頭呀。」但嘴上卻說：「皇上，皇上，容老奴說句不中聽的話，咱主僕自河南逃到南京，能有今天，那都是上蒼的恩賜，要知足呀。這個時候，能忍則忍。那俗話說，小不忍則亂大謀。那些大臣，看似低眉順眼、唯唯諾諾，實際一個個包藏禍心。歷史上，皇室被大臣劫持乃至殺戮的，還在少數嗎？」說著，已泣不成聲：「老奴求皇上以忍為重！」

弘光帝猛醒，雙手拉起韓贊周：「韓公公所言極是。朕才剛還說這幫大臣頭上長瘡，腳下流膿，怎的轉眼即忘。不過有一句，朕倒要給你糾正糾正。我朱由崧得有今天，非上蒼所賜，乃命之使然。這就叫：命裡有時終須有，命裡無時不強求。如今朕已是真命天子，不可再在朕面前提什麼上蒼。天就是朕，朕就是天。」

韓贊周以袖揩淚道：「皇上聖明，老奴謹記就是。」心裡卻想：「老天爺，總算把他給穩住。找個機會，咱老韓偷歸故里吧。俗話說，伴君如伴虎，我一把老骨頭了，臨了別讓皇上給禍害了。」韓贊周拿定主意，便事事敷衍弘光帝。

朱由崧南京即位的次日，滿清攝政王多爾袞即率部進住北京。這天，大明舊臣，無論官銜高低，皆出城五里拜降；多爾袞進至朝陽門時，京城男女老幼，無不焚香跪迎。不日，六歲的愛新覺羅・福臨，北京登基，宣佈為中國皇帝，年號順治。隨即下諭安民，厚葬前朝故帝朱由檢；進而論功行賞，滿人自不必說，漢人如吳三桂，封平西王，敕賜冊印；范文程、孔有德、耿仲明、尚可喜、洪承疇等，亦封王拜相，不在話下。

封賞完畢，順治帝降旨，追剿西奔的李自成殘部。授阿濟格為靖遠大將軍，率吳三桂①、尚可喜等，由大同邊外，會諸蒙古兵，入榆林延安，攻陝西之背；授多鐸為定國大將軍，率孔有德等，由河南趨潼關，攻陝西之前。阿濟格、多鐸等得令而去，多爾袞遂又遣豪格出師山東。

去秋，滿清皇太極暴卒，皇長子豪格，未承大統，其幼弟福臨繼位。皇太極之弟、福臨之叔多爾袞，為攝政王。豪格力單，只得忍辱負重，屈居苟且。今得旨出師山東，明知是調虎離山，豪格亦不敢違慢，當即掃興而去。

過了月餘，洪承疇求見多爾袞，稟道：「江南遣使左懋第、陳洪范、馬紹愉等，攜銀十萬兩，黃金千兩，綢緞數萬匹，來京犒師。如之奈何？」多爾袞拍案道：「笑話，當朝將士，倒要

① 吳三桂率部，晝夜追殺李自成殘部。李自成慌不擇路，於九宮山下，被村民誤殺。吳三桂至，驗明李自成身分，遂班師回京。順治帝獎掖吳三桂，封其為雲南王。吳三桂攜陳圓圓，率部入滇。陳圓圓歷經劫波，看破紅塵，到昆明不久，即遁入空門，長齋繡佛於五華山華國寺。

前朝殘部來犒賞？本王惟慮者，殘明在南京新起爐灶。」洪承疇道：「殘明雖新起爐灶，擁福王朱由崧為帝，然閣僚馬士英、史可法等，皆貪鄙無能、有勇無謀之輩，勿慮也。」

多爾袞點了點頭，又道：「來使獻禮，必有所圖。」洪承疇道：「正是。左懋第要求我朝，歸還北京，只肯把山海關外，割於我朝。如然，他們答應每年向我朝貢歲幣十萬兩。」多爾袞道：「不自量力。」洪承疇道：「更可笑者，左懋第竟然說，日後與我朝國書，只稱可汗不稱帝。」多爾袞聞言，勃然大怒：「將爾等趕出北京。」洪承疇遂執令而去。

第三十三章

且說這天，弘光帝散朝回到寢宮，一謝頂者跪倒門外求見：「給皇上請安。」韓贊周道：「你就是阮大鋮引薦來的裁縫？」那人道：「正是。」

弘光帝皺眉道：「哪個阮大鋮？」韓贊周道：「就是石巢園裡的那個阮大鋮。」弘光帝略想了想，又道：「此人沒有入閣辦事嗎？」韓贊周意味深長地「嗨」了聲：「別說入閣，他連個芝麻官都沒撈著。此人擁立有功，卻不自傲；今無官銜，卻心想皇上，可見其赤膽忠心。」弘光帝點頭讚許，遂問跪著的人：「你姓甚名誰？」那人道：「賤民笪家貴。」弘光帝道：「起來說話。」

笪家貴站起，垂首而立道：「阮老爺囑咐，今把龍體尺寸請回，裡裡外外的，做幾套先用著。日後再遍招裁縫行裡的能工巧匠，為皇上縫製一流的袞冕。」弘光帝心中大悅，遂又問道：「你難道不是能工巧匠嗎？」韓贊周贊道：「皇上，這笪家乃南京城一等的裁縫世家，每年單單是達官貴人的活兒，都應接不暇。」

弘光帝壞笑道：「做袞冕也是你的拿手嗎？」笪家貴嚇得匍匐在地，回道：「世代不曾做過袞冕。這會兒，也是阮老爺請來一試的。」說著，汗自額頭流下。弘光帝道：「要不朕把這身脫給你，比著去做？」竺家貴顫音道：「這倒不必。阮老爺給了一套戲裝袞冕圖樣，做起來相差無幾。惟繡工要精，珍珠瑪瑙之類要上乘。小人此來，只為請龍體尺寸，別無。」

弘光帝見竺家貴汗水濕背，遂道：「這也不必緊張，起來度量即可。」竺家貴爬起，拿軟尺，把弘光帝上下量了個遍。韓贊周見竺家貴手抖如篩糠，乃想：「這老小子不會嚇得尿褲吧？嘿，難怪都想當皇帝，無論何人，當了皇帝往那兒一站一坐，哪怕是躺著，為臣者，都嚇得耗子見貓似的，那是多大的威風。就是咱老韓，也不過皇帝身邊的一個太監，那些大臣見了，還一口一個『韓公公』的供著。那些孫子低眉順眼，就差舔我老韓的臭腳丫了。要說，做皇帝這檔子事，真他娘帶勁兒。」

待竺家貴量完尺寸，弘光帝道：「盡速做好袞冕，朕還要去孝陵祭祖。」竺家貴叩頭領命去訖，他那磕磕絆絆的背影，令人忍俊不禁。弘光帝道：「韓公公，你偷著樂啥？」韓贊周道：「我笑那裁縫，嚇得連路都不會走了。大概這輩子，他頭一回見皇帝吧。」弘光帝挺了挺胸：「皇帝就這麼讓人害怕？」韓贊周道：「那是，一言九鼎，君無戲言，金口玉言，這言那言，都是說皇帝的，恁般厲害，誰不怕。」弘光帝笑道：「韓公公，你只說了『三言』，還有一『顏』你沒說，叫做龍顏。與之匹配的是什麼？是龍顏大悅、龍顏大怒！」韓贊周謹慎道：「皇上現在是龍顏大悅，還是龍顏大怒？」

弘光帝踢一腳韓贊周，哈哈笑道：「這還看不出來？龍顏大悅也。」韓贊周道：「這就好，這就好。龍顏大悅與龍顏大怒，僅一字之差，後者往往使人頭顱滾落，不怕才怪。」遂把話題一轉：「皇上，這阮大鋮辦事還成吧？」弘光帝乜斜韓贊周一眼：「你是否想讓我賞他個一官半職？」韓贊周嚇得匍匐在地：「老奴不敢！」遂自打耳光。弘光帝道：「內侍干政，是要殺頭的！」弘光帝把話狠狠扔下，回到寢宮。

進得屋內，弘光帝見宮女體貌不揚，穿著骯髒，氣兒便不打一處來，順手拿起花瓶，摔碎於地：「你們這些歪瓜裂棗疤邋梨，都給朕滾出去！」宮女、太監，一個個趴在地上，聽候發落。弘光帝急道：「蠢貨，叫你們滾哩，趴在這找死呀！」宮女太監面如死灰，連滾帶爬而去。

韓贊周趴在門外，聞屋內動靜異常，抬頭見宮女太監跑出，知道不妙，爬起入內。見一地瓷瓶碎片，韓贊周正不知說什麼，一眉清目秀的小太監，抱著香爐，自弘光帝面前匆匆而過。弘光帝大喝一聲：「站住！」因恐懼，香爐自小太監手中滑落，砸向腳面。小太監疼得呲牙咧嘴，也只得忍痛跪下，聽憑皇上發落。

弘光帝近前幾步，摸了摸小太監細嫩的臉蛋：「叫什麼？」小太監哆嗦道：「張執中。」弘光帝又道：「多大了？」張執中道：「十五。」弘光帝大喜，遂道：「你今起侍駕。」張執中輕輕答喏。韓贊周上前，訓斥道：「不知好歹的奴才，還不謝主隆恩！」張執中磕頭如搗蒜：「謝皇上！我主萬歲萬萬歲！」弘光帝一笑：「平身，隨朕來。」張執中爬起，隨弘光帝入帳。韓贊周明理而退，隨手把門關上。

次日，弘光帝按部就班早朝。馬士英出班奏請，阮大鋮為兵部侍郎兼副都御史。阮大鋮雖為崇禎帝欽定的逆案人物，然如今是弘光帝朝，一切以是否擁立有功為參照。在弘光帝眼裡，阮大鋮雖非擁立第一功臣，起碼也是擁立先鋒，是以恩准，起復阮大鋮。眾臣耿懷於心，卻無人直言進諫。

退罷朝，馬士英等就文華殿，把餘下職缺，揀肥去瘦，把自己人補上。馬士英乃貴陽人士，其鄉黨楊龍友、何騰蛟、越其傑、田仰等，什麼禮部主事，什麼巡撫、漕撫，補了一大堆職銜在他們頭上。便是戲子阿醜，也搖身一變，為教坊司領銜，掌理樂舞樂戶。阿醜善為滑稽表演，深得弘光帝喜愛，是以養在身邊解悶。韓贊周則為太監總管，掌理宮中內務。

文華殿內，史可法、姜曰廣、呂大器、劉宗周等留都臣工，自覺礙事，謊稱有事，先走一步。未幾，韓贊周慌慌張張跑來：「大事不好，聖上震怒！」馬士英驚道：「韓公公，從何說起，這不剛起駕回宮嗎？」韓贊周道：「聖上見身邊清一色歪瓜裂棗疤邋梨，大發雷霆，說『就是在洛陽王宮，身邊伺候的，也是一色頂霧含露的花兒。到這兒，怎的全改醜八怪了？又不是入廟當和尚！』你們快去吧，聖上正惱著呢。」

馬士英忙道：「你等先散了吧。」說完，隨韓贊周去了寢宮。於寢宮門外，便聞瓷器落地聲。入內便見，太監宮女，個個匍匐在院內，瑟瑟發抖。馬士英搶前幾步跪倒：「聖上息怒，臣等不周，罪該萬死。」

弘光帝道：「馬愛卿，這後宮倒像個廟宇。」馬士英道：「微臣知罪。」弘光帝道：「詔令江南勝地，選繡入宮。另急選南京繡女，今晚入宮侍駕，不得有誤。」馬士英應道：「遵旨。」遂起身擬旨。弘光帝不耐煩道：「皇上金口玉言，還需擬旨嗎？傳朕口諭，今起，令各地官員進選繡女，多多益善。多進者賞，少進者罰，抗旨不尊者，殺無赦。」馬士英跪下道：「遵旨。」

領旨出來，馬士英逕去內閣，在此候信的阮大鋮，急問補職一事。馬士英道：「皇上恩准了。不過，倒有煩心事一樁。」如此這般，說了一遍。阮大鋮心不在焉，惟竊喜補缺一事。馬士英自言自語道：「登基這才多大日子，性子就變得恁般狂躁不安。日後，必小心為是。」

阮大鋮低聲道：「位置造化人，本也正常。那把龍椅，誰坐誰便非人化。忘乎所以是他，為所欲為是他，嗜好偏激是他，猜忌暴虐是他。再智慧的人，一旦登上大寶，便被讒言、謊言包圍。日久天長，造就一代蠢豬夯貨。此乃皇帝的弱點，誰掌握，誰便擁有了馭龍術。一個人能當皇帝，那不是他的能耐，而是他的血緣與機緣；一個人能駕馭皇帝，那不是他的血緣與機緣，而是他的能耐。這世上最了不起的，莫過於駕馭皇帝的人。」

馬士英悄聲道：「說的輕巧。」阮大鋮道：「順龍鬚，養龍慾，慾成山，皇上也就被壓住、困住、封住，朝廷的事，為馭龍者說一不二。」馬士英贊佩道：「阮侍郎高見。」話題隨即一轉：「喲，饑腸轆轆。」仰頭一看，太陽早已偏西。

阮大鋮急道：「當下，是你肚子要緊，還是聖上的事要緊？聖上就愛這一口，把他打發好了，這江山不是任你首輔宰治了嗎？」馬士英聽了，餓感全無：「阮侍郎句句擊中要害。先把口諭傳至南京各處，調動軍卒，挨家挨戶搜選美女。」阮大鋮道：「噯，這就對了，只有用欲望這根鐵鏈鎖住龍之手腳，臣之手腳才得以舒展。咱可不能像大宋官吏，皆被皇上用金錢和美女鎖住手腳。不然，金人也不會一口氣擄走北宋二聖。咱為臣的，不能走蔡京之路。」說著，二人就文華殿，排兵佈陣，廣搜美女。南京城頓起悲涼，家有女孩者，官府、軍卒即用黃紙貼額，生拉硬拽，拖入宮中。大街小巷，那真是：處處悲歌處處淚，處處撕心又裂肺。

太陽偏西時，已有數百女孩，被押至後宮。弘光帝見了，開懷大笑。然眾女孩卻涕淚交流，如泣如訴。弘光帝轉喜為惱，飛起一腳，踢中一女孩胸口。但見那女孩，口吐白沫，兩眼翻白，登時嚥氣。弘光帝怒道：「抬出去，著狗吃了！再有哀嚎者，一樣下場！」數百跪著的女孩，頓時鴉雀無聲。當夜，弘光帝幸女數人，方安然睡去。

次日早朝，規制略顯。五鼓時分，御林軍在午門外擺列，百官於午門外相候。時有百來個燈籠，由遠而近，眾臣知道馬士英到也，紛紛躲閃。落罷轎，馬士英走出，與百官略拱了拱手。午門適時大開，各官尾隨馬士英魚貫而入。過了奉天門，三聲靜鞭之後，鴻臚官叫了聲「排班」，百官這才到金鑾殿內站定。眾臣屏聲靜氣，持笏躬身，靜候皇帝駕臨。

韓贊周喊道：「皇上駕到！」但見一隊隊太監、宮女，捧金爐，持宮扇，簇擁著弘光帝，升了寶座。弘光帝戴一頂翼善冠，身穿盤領窄袖黃龍袍，身旁站著張執中。見弘光帝端坐，百官齊刷刷跪下，喊道：「吾皇萬歲，萬歲，萬萬歲！」弘光帝道：「眾愛卿平身。」百官起來，分列兩旁。金爐內的龍涎香，縈繞於金鑾殿內，使百官們神情，略略舒緩。

鴻臚官喊道：「有事出班早奏，無事捲簾退朝。」馬士英出班奏道：「臣有本要奏。」弘光帝無心看奏本，直言道：「眾愛卿聽旨，日後稟事，無需奏本，口頭即可。朕亦然，凡事口諭，此般方不致拖遝。」馬士英竊喜：「奏事無本，下旨口諭，首輔權傾朝野。」遂稟道：「臣等遵旨。」馬士英把奏本納入寬袖：「皇上，當下流賊殘餘勢力，正節節敗退黃河以北，韃靼鐵蹄以追剿流賊為名，威脅黃河以南。臣意，四鎮將軍應返汛地，保我江山社稷不被兩股勢力塗炭。」弘光帝道：「馬愛卿所言極是，准。」

馬士英又道：「江北四鎮，乃軍事重鎮，須有一位德高望重者，方可協調其中。」弘光帝掃視武臣，問道：「誰可擔當此任？」阮大鋮出班奏道：「臣保舉一人，定能旗開得勝，馬到成功。」弘光帝道：「講。」阮大鋮道：「臣保舉兵部尚書史可法。」

史可法聞言，恨得牙根直癢，心想：「也罷，回我的江北防地，離開朝廷，離開這般弄權的小丑，倒也乾淨。」遂出班奏道：「蒙阮侍郎保舉，臣願往之。」弘光帝道：「准。」馬士英等回班。弘光帝坐臥不寧，韓贊周心領神會，努嘴於鴻臚官，鴻臚官明白，喊道：「退朝。」

阮大鋮再次出班：「臣還有本奏。皇上，東林勢去，復社繼之，這南京城，被復社小人攪得烏煙瘴氣。尤其四公子之一的侯方域，其父侯恂，不僅是東林黨人，且附逆流賊李自成。侯方域自不用說，他夥同復社小子吳次尾、陳貞慧等，更是犯上不尊，擅自言政，擾亂視聽。特請旨恢復東廠，將東林餘孽、復社骨幹，捉拿一淨。」

弘光帝聞聽「東林」二字，怒火中燒：「准！」阮大鋮道：「但不知，誰領東廠？」弘光帝一愣：「這……朕還不曾細想。」遂扭頭看韓贊周，韓贊周明白，附耳道：「皇上，東廠一向是皇上身邊的人掌理。」弘光帝似有所悟，把手一指張執中：「就他吧。」韓贊周、阮大鋮等，皆吃驚不已。阮大鋮道：「皇上，微臣斗膽問一句。」他一指張執中：「皇上是說這個孩子嗎？」弘光帝不容置疑道：「沒錯，就是他，張執中是也！他是個孩子，你不會找幾個不是孩子的人輔佐他嗎？」

阮大鋮低頭應道：「臣領旨。」弘光帝又道：「東廠復工，阮侍郎操之，不必再請旨。日後東廠之事，自有掌印太監張執中向朕稟報。想來，東廠的復工，定能把那般東林小人、復社龜孫，掃個乾乾淨淨！散朝。」韓贊周喊道：「起駕回宮。」張執中上前兩步，攙住弘光帝。弘光帝小聲道：「你越發懂事了。」因寂寞難忍，摸了把張執中的臉蛋。大庭廣眾之下，張執中難為情，不覺桃花上臉。弘光帝見了，越發不能自己，帶張執中疾步回到寢宮。張執中示意太監宮女等人退下，順手把門關上。弘光帝急不可耐，氣喘吁吁，攔腰抱住張執中，呢喃如女。

再說那馬士英，步至午門，有人從身後拽住衣襟。回頭見是太醫鄭三山，他悄聲道：「馬大人，蒙你和阮大人推薦，小人得以侍駕。昨晚，聖上問我要房中寶物，我好歹對付過去。今早，聖上口諭，要各路官府，進貢春方媚藥。我就算是太醫，才幹幾個時辰？敢傳聖上口諭。」馬士英道：「也是。這事我來處之。」鄭三山謝過馬士英，去了後宮。馬士英因有事交代四鎮將軍，匆匆向午門外趕去。

話說楊龍友，雖不滿阮大鋮覆東廠之奏本，又無可奈何，心想：「大鋮處事急功近利，因而有失周詳。我與侯方域往來甚密，就是那吳次尾等，亦我好友。把這些人一網打盡了，我的臉往哪兒擱？我乃相爺妹夫，大鋮密友，你二人又都是前東林黨人，這牽一髮而動全身的事，你如何摘得清？難道不怕對手抓住把柄，壞我等大事？這鑽頭不顧腚的事，豈不同毀嗎？」想到這，楊龍友三步並作兩步，直奔媚香樓。

第三十四章

散罷朝，韓贊周於午門宣旨。眾臣跪接聖旨，齊呼：「吾皇萬歲，萬歲，萬萬歲！」呼畢平身，各領旨而去。惟史可法稍作猶豫，抬頭卻見，韓贊周正凝神相視。知道皆因擁立不力所致，亦馬士英攬權、阮大鋮排擠之必然。

史可法可謂糊塗，知其一不知其二，擁立與否暫且不說，即便其東林背景，亦為弘光帝所不容。因何？說來話長，當年的萬曆帝，後宮獨寵鄭貴妃。子因母貴，萬曆帝擬廢長立幼，立鄭貴妃之子朱常洵為太子。朱常洵即弘光帝之父。萬曆此舉，違反宗制，朝中大臣，以「有嫡立嫡，無嫡立長」的倫序綱常為反對基礎，是所謂「爭國本」，且態度堅定。焦灼之中，吏部尚書陳有年被迫辭職，其副官顧憲成上疏，請求皇帝予以挽留。萬曆索性連顧憲成一併免職。顧憲成歸鄉無錫，於東林書院講學，狂批時政，漸而吸引不少背時倒運的士大夫前來捧場，東林書院每每座無虛席。因氣味相投，東林人結為一體。反對者，將他們稱之為東林黨。

東林書院以「爭國本」為旗號，朝野順應者眾。萬曆無奈，於一六〇〇年認輸，立皇長子朱常洛為太子，封朱常洵為福王。又十餘年，方令朱常洵就藩洛陽。所謂國本之爭，前後費時二三十年，塵埃落定。倘非東林黨人爭什麼國本，朱常洵不會就藩洛陽，更不會被起義軍所吃。弘光帝是以對東林黨恨之入骨。

弘光帝也曾暗自盤算：「雖說馬士英、阮大鋮當年亦派屬東林，然他們畢竟涉之不深，今又擁立有功，所謂浪子回頭金不換，可親可敬也。」又想：「那史可法一根筋，撞到南牆不回頭，他若遠離東林小人，如馬士英、阮大鋮那樣極力擁戴朕，朕同樣會捐棄前嫌。可惜呀可惜！」是以逐之，令史可法揚州督軍。

史可法見大勢已去，接過聖旨，與韓贊周拱手而別。未幾，聞人喊叫「史閣部」，駐足回望，原是四鎮將軍。史可法對黃得功等說：「聖上命我督師江北，今與列侯約定，不日齊集揚州，共商收復中原大事。老夫到任去也。」黃得功等拱手相送。四鎮將軍明白，今之史可法，已是有職無權。馬士英、阮大鋮乃朝中新貴，才是他們當下努力攀附的對象。

見史可法走遠，黃得功等將軍方邁動大步離去。時見馬士英快步趕來，拉著他們的手道：「因迎立之功，聖上拜相封侯，我等肩負重任。此後但凡內外消息，須彼此照應，這樣我等的千秋富貴，才可以常保。」黃得功等感激涕零道：「永世不忘相爺提攜之恩，我等誓死效力。」馬士英又勉勵幾句，四位將軍飄飄然而去。

送走幾位將軍，馬士英遂又把太醫鄭三山之請做了安排，令各地官府速獻春方媚藥，不在話下。

卻說史可法回家，一路悔恨交加，悔不該讓侯方域借住府上。起初，他並無擁立之主見。依他所判，大明氣數已盡，立而不起，已成定局。因而，也就無所謂支持立誰，反對立誰。

那天晚上，到府聯動擁立的人走後，侯方域自屏風後走出，建言立潞王朱常淓，又把朱由崧的「三大罪、七不可立」搬出，令史可法嘆服。誰料，結局相反，且因此使自己在朝中備受排擠。想到這兒，史可法恨恨然，罵道：「侯方域這小畜生，害人不淺。」

史可法想著，便到了家。侯方域探問早朝新聞，史可法不冷不熱，答道：「年輕人當注重學問，朝政複雜，問它幹啥？」侯方域小心道：「晚生以後不再多事就是。」史可法慍怒道：「你已經多事了！」侯方域臉色煞白，小心道：「大人何出此言？」史可法道：「別不多說，你趕緊收拾行裝，找個地方躲了吧。今天朝會上，阮禿子先把我保舉到江北督師，接著把你和復社的人奏了一本，聖上宣旨捉拿。南京乃是非之地，不可久留，明天我亦江北赴任。」聞言，商哥自屏風後跳將出來：「大難臨頭各自飛，這如何是好。」史可法震怒道：「越發沒有規矩，一個小廝怎敢躲到屏風後窺探！」遂拂袖而去。

侯方域一怒之下，踢了商哥一腳。商哥道：「我早就說這不是寄身之地，你當成香餑餑似的。如何？當初住在媚香樓，錢袋子癟了，雖說鴇母臉色難看，那有什麼？只要香君姐不給臉色，就住得。你死要面子活受罪，又經不住史大人幾句抬舉的話，就顛兒顛兒的跑來。如何？」侯方域滿面通紅：「什麼鴇母鴇公的？你說話為什麼總撿難聽的說？媚香樓的主兒叫貞娘，這點義禮你都不懂？」說完，上去又是一腳。

商哥摸著火辣辣的屁股，惱道：「少爺不要借題發揮。踢我有用嗎？踢我能把阮禿子的魔掌擋回去，情願你踢。」把屁股一撅，對準了主子。侯方域怒道：「好個『傷哥凶』，你能，你行！」說完，回下榻處，收拾行裝，匆匆走出史府。門房問安，他也不應。商哥背上行李，如影相隨。門房一把抓住商哥，問道：「侯先生這是要哪裡去？」商哥不耐煩道：「除了媚香樓，他還能到哪裡去？」說罷，氣沖沖，亦出史府。

商哥至媚香樓，正要敲門，心想：「且慢，那新來的保兒，總見我不慣，進去不是自討沒趣嗎？那鴇母也沒有好臉色。罷了罷了，此處不留爺，自有留爺處。」遂去河房。見商哥囊中羞澀，房東道：「商哥，我知道你是老主顧，畢竟我們是靠房租度日的。欠的房租，你儘早補上，大家面子上都好看。」商哥道：「再沒有你這等小氣的，我商某是欠債的主兒嗎？」房東嬉皮笑臉的去了。

侯方域到得媚香樓，李香君見公子連行囊都搬來，十分詫異：「這是哪一齣？不是在史府好好住著的嗎？」侯方域亦無好聲氣：「不待見嘛？」李香君惱道：「怎的跟吃了火藥似的？人家說過不待見的話嗎？」背過身去，淚珠成線。侯方域以為香君不肯方便，生氣道：「真是失勢鳳凰不如雞！」把話撂下，負氣下樓。李香君大吃一驚，跺腳痛哭流涕：「今天這打哪兒說起，還讓人活不？」媚香樓姐妹聞聲跑來，勸的勸，扶的扶，香君回屋。那淚人兒，早已泣不成聲。

急匆匆趕來的楊龍友，於媚香樓院門口碰到侯方域：「侯公子，你這是哪裡去？我正有大事與你說。」侯方域不搭話，埋頭自顧前去。楊龍友不解，上前抱住：「這都什麼時候了？還使牛脾氣？走，跟我回去。」連拉帶扯，把侯方域拽到樓上，至香君屋裡坐下。一女孩推了香君一把：「楊老爺來了。」香君這才淚眼模糊地抬起頭，目光卻躲著侯方域。

楊龍友急道：「我也沒工夫問你們鬧的事。直說吧，這南京城，侯公子是不能待了。今天朝會上，聖上降旨，恢復東廠，捉拿東林黨和復社的人。要命的是，侯公子被點了名。事不宜遲，須速走。」

聞言，李香君如晴天霹靂，淚水傾瀉不止：「我說今天來了，跟往日不同。原是這樣，恁大的事，因何不與我商量？生悶氣奈何得了什麼？」楊龍友道：「事到如今，埋怨有什麼用？」侯方域的眼裡，淚光閃閃：「惟不捨香君……」楊龍友勸道：「留得青山在，不愁沒柴燒。」香君道：「楊老爺說的是，但不知去哪裡，躲得了這場人災？」楊龍友道：「就回侯公子老家河南吧，朝廷於那裡，鞭長莫及。興許躲一陣兒，什麼都過去了。」

侯方域站起，一把擁過香君，二人抱頭痛哭。侯方域道：「就此一別。」楊龍友道：「誰讓你現在就走？到處亮堂堂的，豈不是自投羅網嗎？等天黑了再走。」說著話，酒樓幾個夥計，把一桌酒肴送來。侯方域道：「楊老爺，這是？」楊龍友道：「不必客氣，龍友順路叫的一桌酒席，為你餞行。」李香君正欲表達謝意，時見李貞麗急急進屋：「這是怎麼說的？」說著，就哽噎起來。李香君撲到李貞麗懷裡，一抽一泣，屋裡氣氛，越發淒涼。

漸至黃昏，楊龍友見窗外天色尚明，內心急道：「天怎的還不黑呀。」正想著，保兒進屋：「楊老爺，轎子已伺候好了，讓侯姐夫上轎吧，免得夜長夢多。」話音未落，李香君便放聲大哭。李貞麗一把將李香君抱在懷裡：「傻孩兒，小些聲哭，把那捕頭招來吧。」香君強忍住，那單薄的脊背，一起一伏，抽泣之聲，令人心碎。

楊龍友又把窗外看了看，遂焦慮不安地對保兒道：「再略等等。」保兒見屋裡已暗下來，跑出去，點幾盞蠟燭進來。燭光一閃一閃，越發令人焦慮不安，坐臥不寧。李貞麗不住的看窗外，待夜幕覆蓋窗外的秦淮河，她抹了把淚，遂對侯方域道：「還不快走，愣著幹什麼？」

侯方域站起，對在座的人一一拱手：「來日方長，後會有期。」說完，一步三回頭地下了樓。李香君一聲尖叫，跑到臥房，撲在床上，嚎啕大哭。楊龍友也顧不許多，搖了搖頭，哀歎一聲，隨侯方域下樓。

楊龍友照應侯方域上轎，把頭伸進轎內，耳語道：「放心，我都安排好了，保你一路順風。」遂把轎簾一放，輕聲說了句「起轎」，兩位轎夫一使勁兒，轎子上肩，便出了媚香樓的院子。那頂藍色的小轎，沿河堤西去，時間不大，便隱沒在夜霧裡。

侯方域走得手忙腳亂，把商哥忘了個一乾二淨。待他走出南京地界，才想起商哥，已愛莫能助，索性把心放下，隨他自去謀劃未來。

連過數日，不見公子身影兒，商哥不快，心想：「都什麼時候了，還留戀風月！出來時，老太太再三交代，要照顧好少爺。少爺有個好歹，要打斷狗腿。不行，我得去趟媚香樓，再不回老家，什麼狗腿雞腿，命都保不住了。」

商哥走至門口，房東一手拿果子①，一手端豆腐腦，邊吃邊道：「我說商哥，都幾天了？你家侯公子沒個影兒，欠的房租也沒個影兒，我的臉上都掛不住。」商哥道：「都是老主顧，誰還成心欠你幾個房租。這就把我家公子叫回來，一文都不少你的。」說完走了。

商哥到得媚香樓，大門緊閉。叩了半天門環，保兒才來開門。保兒不知就裡，以為活見鬼：「商哥？你你你不是走了嗎？」拔腿便跑：「香君姐姐，活見鬼了。」商哥鬱悶，追上去，給保兒屁股上一腳。保兒「哎喲」一聲，商哥道：「怎的鬼也知道痛？」說著，幾步竄到樓上：「公子？公子！」

李香君開罷房門，也是一驚：「真的活見鬼了。」腿一軟，坐在地上。商哥疑惑道：「怎的都活見鬼了？姐姐，我是商哥。」遂把香君抱進屋裡，就籐椅上坐下。香君有氣無力地道：「你是又回來了，還是壓根就沒跟你家公子走？」商哥更糊塗了：「我去哪兒了又回來？」門外的保兒摸著疼痛的屁股，憤憤道：「哼，自己去哪兒了都不知道，可見還沒睡醒。你去哪兒了？你去了趟陰曹地府又回來了，不然我們怎的活見鬼，一個個嚇得腿發麻，腳抽筋。怪不得都叫你『傷哥凶』，我看你這位老兄，誰都傷！」商哥拿眼一瞪，保兒跑下樓去。

商哥道：「這該死的保兒，嘴巴越發刻薄陰毒了。我的話還沒問完，我去哪兒了又回來？公子走又是怎麼回事？難道我家少爺不在這裡？」李香君明白了：「你家少爺，前些天就回河南老家了，你怎的沒隨他去？」商哥怒火中燒：「我才活見鬼！」遂起身，噔噔噔，跑下樓。保兒見商哥出門，對其後影，扮個鬼臉，刷馬桶去了。

① 果子，即油條。

來到鈔庫街，商哥猶豫一下，沒有原路返回，他西走一段，上了利涉橋。晨曦灑在河面上，金光燦燦。商哥無心顧戀美景，走下橋，義無反顧，來至飛來樓門前。商哥站了半晌，輕叩門環。吱呀一聲門開，柳如是出現在面前，但見她：一身寬鬆舒適的淡妝，腳登一雙軟底布鞋，手持一把寶劍。柳如是興奮道：「小哥哥？」柳如是身後的臘兒悄聲道：「夫人，好像就是他，那天在樓上衝你喊什麼，接著就人群炸鍋，我被擠丟。」柳如是對臘兒微微一笑：「你不也尋回家來了嗎？」

商哥的造訪，自覺唐突，便把頭低下。柳如是側身，給商哥閃出路來：「快進來說話。」商哥邁步，進了飛來樓。院內草深樹茂，鳥語花香。飛來樓於樹叢之間，時隱時現。商哥心想：「上回住這裡，未曾這般景致。」

柳如是與商哥沿石板小路，往縱深走去。柳如是歡喜不一，忍不住對商哥道：「真是男大十八變，你快趕上潘安了。」說完，心怦怦直跳。商哥問道：「潘安是誰？」柳如是笑道：「古時的美男子呀。」商哥的臉，霎時飛紅。柳如是柔情道：「怎的，害羞啦？你那天不是衝著人家喊『我的豔遇』的嗎？」商哥的臉越發紅了：「喊著玩的，姐姐什麼人，我怎敢往那上面去想。」柳如是好奇道：「那你來做什麼，又是一大早？」商哥壓低聲音道：「我家公子把我一撇，逃回老家。我身無分文，河房的東家，見天催逼房租，跟姐姐實說，我走投無路，特來投你和錢大人，不知……」

柳如是長長地「哦」了一聲，把腳步停下，與商哥面對面：「說什麼投不投的，我和錢老爺正要找個管家，小哥哥願否？」商哥當即回道：「但不知錢大人允否。」柳如是道：「我這就帶你去見他。」商哥道：「上回住這裡，也沒見有這麼大地腳。」柳如是道：「後面這些，是阮大人才幫著買下的。」

二人一邊走，一邊說著，便看見錢牧齋，正指手畫腳，讓幾個民夫整理騎射圃。見柳如是帶來一人，錢牧齋走過來，打量一番，似曾相識，卻一時叫不上名：「這位小友是？」柳如是道：「不認識了？侯公子家的商哥。」錢牧齋也是一番「哦哦」聲：「幸會幸會。」略拱了拱手。商哥手忙腳亂，回禮不迭。柳如是把錢牧齋叫到一邊，單獨與他耳語幾句，錢牧齋不住的點頭，那商哥便留下了。商哥拿著柳如是給的銀子，回河房結清房租，背上行囊，走進飛來樓。

第三十五章

祭祖期至，弘光帝率文武百官，前往孝陵。此乃太祖朱元璋與馬皇后葬身之處，陵內植松十萬株，養鹿數千頭。建文帝、永樂帝時，尚有萬餘軍卒守陵。此後，守軍銳減至五千。崇禎帝末年，天災人禍，致使朱由檢反省自檢，是以下令，修繕孝陵，並在墓園入口處，增設一座下馬坊。下馬坊一側，立有一塊臥碑，上書「諸司官員下馬」，以示對太祖朱元璋的崇敬，違者立斬。弘光帝到得下馬碑，亦不敢簡慢，下輦步行。

祭祀畢，弘光帝至垂念殿，就一把黃絲綢椅上坐下，文武大臣左右垂手而立。餘下文武及侍從，由大殿至院內，再至院外道上，黑壓壓的站定，鴉雀無聲。少許，弘光帝道：「各位愛卿，朕意把守陵軍卒，復至萬人，爾等意下如何？」馬士英、阮大鋮等文武大臣皆出班跪倒：「臣等遵旨。」弘光帝又道：「孝陵乃大明龍脈，保其無恙，大明必化險為夷。」眾臣齊聲附和：「皇上聖明！」弘光帝道：「眾愛卿平身。」馬士英等文武大臣站起歸班。

弘光帝若有所思道：「各位愛卿，朕有一事不明，那雨花臺竟然有方孝孺、景清祠堂，不知所為何來。尤不可饒恕者，那方孝孺的石碑上，竟然有什麼『夷十族』之類的昏話，顯與史不符。」

馬士英一臉茫然。阮大鋮心想：「酒色之徒還懂這個。我與馬大人等都不曾與他說起此事，不知誰從中節外生枝。也好，正可藉以打壓異己。」遂出班跪答：「皇上，對南京的歷史，馬相不甚熟詳；就是微臣，也只是略知一二。」弘光帝道：「不妨說說。」

阮大鋮道：「皇上聖明，這方孝孺、景清祠堂，乃東林賊黨別有用心之作。東林賊黨借屍還魂，動輒以『國本』說事，跟萬曆帝叫板。崇禎帝正本清源，果斷剷除東林賊黨。然東林餘孽不思悔改，又以復社之名，興風作浪，干預朝政。這方孝孺、景清祠堂，乃復社賊黨的精神支柱，也是他們妄圖復辟的廟台。每到清明之際，東林餘孽、復社賊黨，便匯集雨花臺，名為祭奠方景二逆，實為歷史翻案。以微臣之意，把這兩座祠堂盡速鏟平，賊黨無廟可拜，自然樹倒猢猻散了。」

馬士英亦出班跪倒，奏道：「雨花臺實屬敏感之地，若大動干戈，必放大其敏感度，或致其反。」弘光帝訓斥道：「難道供著賊祠不成？」說完起身，上前雙手扶起阮大鋮：「阮愛卿，就依你所奏。」阮大鋮站起：「謝皇上。」弘光帝冷眼馬士英道：「馬愛卿，你也平身吧。」馬士英落魄地爬起，垂首而立。弘光帝對阮大鋮道：「阮愛卿，雨花臺之事，朕令你全權處之。」阮大鋮受寵若驚，匍匐在地：「謝主隆恩！微臣定誓死效力。」馬士英等大臣如芒刺背，惴惴不安。韓贊周喊道：「起駕回宮。」待弘光帝離去，阮大鋮方從地上爬起。

回宮路上，弘光帝問道：「韓公公，朕聞雞籠山，甚是好玩，此說然否？」龍輦一側的韓贊周道：「回皇上，是這話。哪天去走走？」弘光帝道：「哪天幹什麼？現在去不行嗎？」韓贊周道：「是是是，我這就招呼前隊，往雞籠山去。」弘光帝道：「等等，你去告知文武大臣，讓他們逕回宮城，朕自去雞籠山，免得他們去了話多。」

韓贊周至文武大臣前，喊道：「皇上有旨，文武百官巡回宮城歇息，餘者與皇上一同前往雞籠山。」文武百官面面相覷，低聲議論不止。阮大鋮對馬士英道：「祭祖的排場，弄得天大地大，不過點卯的工夫。卻原來，抽空去逍遙。對祖上如此不敬，怕是要天怒人怨的。」馬士英不以為然：「讓欲望把皇上的手腳給鎖住，我等方便，這話不是阮大人說的嗎？」阮大鋮想了想：「沒錯，是我說的。」馬士英道：「那就對了。現下百廢待興，許多朝政大事等你我去做，聖上忙去逍遙，恰是你我大顯身手之時。」

阮大鋮遂道：「相爺說的是，回城回城。」

韓贊周見大臣們自去，一路小跑，趕上龍輦，往雞籠山進發。到得雞籠山腳下，弘光帝問韓贊周：「朕聞，這山上有口胭脂井。」韓贊周心想：「大概皇上今天就為這個而來。」遂道：「皇上，這山上是有口胭脂井。順著眼前這條石板小路，拾階而上，就是了。」弘光帝很是吃驚：「韓公公，你來過？」韓贊周笑著，自身後拉過鄭三山：「皇上身邊就有位老南京，這都是鄭太醫告訴我的。」弘光帝道：「太醫亦來？」鄭三山跪下行禮，解釋道：「韓公公伺候皇上，周詳備至。」

弘光帝仰天大笑：「哈哈，朕有你等，何愁不快。鄭太醫，起來吧，前面帶路，隨朕上山。」鄭三山爬起：「皇上，小人走前，怕不合適。」弘光帝道：「帶路的走在後面，如何帶路？勿慮。」韓贊周道：「皇上說的甚是，太醫不必拘謹。」鄭三山這才前面帶路，且與弘光帝保持二十步之距，以免自己的屁股對著皇帝的臉。

一邊上山，弘光帝一邊問道：「韓公公，你何以知道朕想到此散悶？」韓贊周道：「老奴跟了主子幾十年，連這個都不知道，不白活這把年紀了？」弘光帝眼眶一熱，遂道：「到底是老家帶出來的人，知根知底，諸事方便。」

韓贊周哪受得了這個：「皇上甭這樣，這都是老奴的本分。老奴不心疼皇上，這滿京城，誰還是那掏心窩子的人？」弘光帝把淚花忍住：「韓公公你就好好給朕看守這江山，這滿朝文武，誰是那可靠的？馬士英？阮大鋮？高弘圖？姜曰廣？史可法？誰都不是省油的燈。你以為他們是為大明江山？他們全為自己。這些朕心裡跟明鏡似的，眼下也不過是利用他們而已。朕貼心的，還是韓公公你。」韓贊周道：「這大明是咱朱家的江山，老奴為守家業，萬死不辭。」弘光帝道：「韓公公，有你這句話，朕就放心了。」韓贊周從此打消抽身的念頭，一心一意，服侍皇上。

不多時，弘光帝登至一平坦處。韓贊周拿手巾給弘光帝擦汗：「看給累的，早知這個，讓人用轎子把皇上給抬上山。」弘光帝道：「坐轎子還叫爬山嗎？那還有什麼樂趣？」韓贊周一邊「是是是」的應著，一邊對一小太監喊道：「快把椅子搬過來，讓皇上歇歇。」張執中催促抱椅太監趕上來，尋平坦乾淨處，把椅子放下。

張執中扶弘光帝坐下，有宮女用托盤，把茶遞上。弘光帝喝了口茶，問道：「韓公公可知胭脂井的來歷？」韓贊周深知弘光帝最喜賣弄，是以裝傻：「老奴鬥大的字認不得一筐，焉知什麼典故。」弘光帝哈哈一笑：「又不是什麼深奧的東西，如何不知？說來，胭脂井也算一處名勝。相傳，陳後主與張麗華、孔貴嬪為避隋兵，忽忙躲在枯井中。隋兵至此，以投石恐嚇，陳後主無奈，當即投降。隋兵把繩送到枯井裡，底下人說聲『好了』，上面的就往上拉。那些隋兵，一個個累得滿頭大汗，呲牙咧嘴。你猜怎麼著？結果，一次拉上三人。你再猜猜，哪三人？陳後主與他的兩個嬪妃。」韓贊周目瞪口呆，猶如前所未聞，令弘光帝大悅。

歇息一陣，繼續前行。時間不大，弘光帝一行到得雞籠寺前。韓贊周先一步，來到一口石欄井前：「皇上快來，想必這就是胭脂井了。」弘光帝近前一看，但見那大理石的井欄上，紅白相間，色澤鮮豔。弘光帝拿手指在井欄上一抹，用舌頭舔了舔：「這哪是胭脂，分明是石色嘛？

傳說張麗華、孔貴嬪出井時，胭脂口紅擦到井欄上，以帛拭之，井欄上留下胭脂痕，故叫胭脂井。看來，傳說之事，很不怎麼靠譜。」韓贊周回頭道：「鄭太醫，快把雞籠寺老和尚叫來，讓他為皇上講解講解。」鄭三山道：「那老和尚就在邊上候著呢。」

韓贊周揮了下拂塵，喊道：「傳方丈侍駕！」那老和尚趕緊近前，鞠躬致意：「老僧叩見皇上。」弘光帝道：「這井欄的顏色，可有什麼說道嗎？」老和尚道：「那些傳說，皇上想必是知道的。」弘光帝點點頭。老和尚又道：「其實，這井欄石料，乃南京所產。此石因白裡間紅，人稱『南京紅』。陳後主與張麗華、孔貴嬪，同在此井藏身不假，但井欄之色，並非兩位娘娘的口紅，實乃『南京紅』本色。」弘光帝道：「哦，如此說來，這『南京紅』之美，確也非凡。」弘光帝把頭向井裡看了看，又四處走了走，也不過如此，便下山去。

到得山下，弘光帝口諭：「走水路回宮。」韓贊周道：「皇上，船早備好了。」數百侍從，擁著弘光帝來到珍珠河北端入河口，大家依次上船，幾十隻船浩浩蕩蕩，行駛在珍珠河上，蔚為壯觀。弘光帝問身邊的韓贊周：「韓公公，你可知這珍珠河的來歷？」韓贊周依舊裝傻。他深諳，駕馭皇帝最好的方法，就是裝傻，以自己的愚蠢，襯托皇帝的天資聰穎和無所不能。韓贊周道：「皇上恕罪，老奴尚未查知。」

弘光帝矯情道：「這也不是什麼典故，因何不知？說起來，這珍珠河與山上的胭脂井，同出一人，那就是陳後主。南陳時，這裡只是叫做潮溝。有一天，陳後主陳叔寶帶著大批侍從，在潮溝泛舟遊樂。突然，天降大雨，潮溝的蓮荷上，積滿水珠，那水珠隨風滾動，如珍珠般有趣。要說那張麗華，不僅人美，還滿肚子文學，她指著荷葉上的水珠說：『看呀，滿河的珍珠。』陳後主大悅，賜潮溝為珍珠河。」韓贊周道：「哦，原來如此。真真一個美名也。」

突然，一侍女喊道：「下雨了！」侍女們一

片驚呼。弘光帝一看，果然是雨打河面萬點泡，遂道：「這滿河珍珠的景致，朕也實實領略了一回。快快筆墨伺候，朕有感而發。」於是，搖頭晃腦，揮毫寫下兩句詩，曰：

江山如此多嬌，及時行樂多好。

韓贊周正要奉承，弘光帝不慎，肘拐捧硯宮女，墨濺宣紙。韓贊周怒道：「把她給我拿下！」一太監從宮女手中，小心接過硯臺。那宮女嚇得趕緊跪下：「皇上恕罪，奴婢實屬無意。」弘光帝一反常態，對那宮女平和道：「抬起頭來。」那宮女膽怯地把頭抬起，已是滿臉淚水。弘光帝眼前一亮，心想：「好一個美人胚子，幾時在我身邊伺候？怎就這麼眼生？」遂問道：「你叫什麼名字？」那宮女道：「嬌好。」弘光帝看了看案几上的詩，哈哈大笑：「竟有這麼巧的事，你們快看看，朕這詩裡，竟然巧合地暗藏了嬌好的名字。」

韓贊周近前一看：「果然是一首藏頭詩。」弘光帝越發開懷大笑起來：「韓公公，這哪是藏頭詩，分明是藏尾詩嘛。」韓贊周奉承道：「陳後主的風流佳話，也莫過於此。」弘光帝心中大快：「雖說李後主、陳後主治國有失分寸，但他們性情近人，創下一段段佳話，留於後人傳頌。歷史上有很多帝王，鐵腕治國，後人嫌他們人味乏陳，懶得傳頌他們那些冷冰冰的事。朕不做那樣的帝王，朕寧肯像李後主、陳後主那樣做亡國之君，也不做沒有人味的成功帝王。」

韓贊周驚詫，忙給弘光帝打手勢，示意不可失言；遂又惶恐不安地拉扯隨行史官王夫之①的衣袖，低聲道：「王大人，皇上這段話就不記了吧？」王夫之跟韓贊周耳語道：「韓公公，皇上這段話已然為歷史，你抹得了紙上的歷史，抹得了人心中的歷史嗎？勸你不要徒勞。」韓贊周威脅道：「這史官，你怕是不想幹了。」王夫之血

① 王夫之（一六一九－一六九二），明末清初思想家。

氣方剛，凌然道：「張獻忠那賊，以家父為質，脅迫為其效力，尚且不能動我信念，區區史官之職，算得了什麼？」

韓贊周瞪眼道：「嘿，王大人，小小年紀，你可夠狠的！」不再與之交談。回頭卻見，弘光帝正拿異樣的眼神看他和王夫之。弘光帝笑了笑：「你倆暗自嘀咕什麼？朕已猜出，這位史官是不是想直筆今日之事？」王夫之道：「不只是今日。」弘光帝笑道：「這正是朕把你留在身邊的原因。韓公公，叫他寫。他不照實寫，朝廷不白養他了嗎？」遂又轉身對嬌好道：「美人，沒事了沒事了，起來吧。」

嬌好戰戰兢兢站起：「謝陛下。」弘光帝道：「這也算是一段奇緣，你以後就在朕身邊伺候。」嬌好道：「謝陛下。」弘光帝拉起嬌好的手：「我們去裡面說話。」嬌好微笑道：「陛下，我手上有墨。」弘光帝見自己手上也沾了些許墨，笑道：「這正是墨緣呀。」二人手牽手，遂入豪華船艙。

韓贊周對王夫之道：「王大人，這也要寫？」王夫之道：「韓公公，我只寫我看到的。」韓贊周道：「那是，看得見的是歷史，看不見的也是歷史，可惜呀可惜，你只寫了一半，你不感到有愧於你的職責嗎？」說完，嘿嘿一笑，走了。王夫之一想：「是呀，我算什麼史官，半個史官而已。」遂苦笑一下，去了甲板，任憑雨水抽打臉頰。須臾，他便成了一個落湯雞。

第三十六章

但說高杰，因擁立有功，封為興平伯，一時之間，便心高氣傲起來。高杰返回汛地後，覺泗水寸地，山低水淺，裝不下他，遂起異心，拔營前往揚州富庶之地駐紮。鎮守一方的將領，擅自擇地駐紮，這還了得。然弘光一朝初肇，且值天下大亂，朝廷無暇顧及，高杰部，遂旁若無人，浩浩蕩蕩，大搖大擺，一路燒殺掠奪，向揚州奔來。

揚州的百姓早有耳聞，不及高杰部趕到，便紛紛罷市，到巡撫官邸請願，要求阻截高杰，不許他們入城作孽。揚州巡撫黃家瑞，一面令士卒關閉城門，嚴守關隘，一面親往史可法官邸，請其出面，勸返高杰。史可法計無所出，惟唉聲歎氣。黃家瑞垂頭喪氣，悻悻而去。

待高杰部趕到揚州，發現城門緊閉，關隘死防，知道不受歡迎，先就城外駐紮。因補給告急，高杰令士卒自為，於是乎，搶掠與燒殺，同時展開。揚州進士鄭元勳，請命調停，出城與高杰面商，意向初成：允諾官兵家眷城內安置，但高杰部不得入城駐防。揚州百姓聞訊激憤，遂將返城的鄭元勳擊殺。黃家瑞見勢不妙，逃之夭夭。高杰惱羞成怒，下令攻城。

史可法思前想後，不得已，親往城外高杰大營，動之以情，曉之以理。高杰之妻邢夫人，原適李自成。此人美豔，機智過人，李自成當年曾委以重任，令其經理後勤調度。邢夫人背棄李自成，改適高杰，隨部南征北戰。高杰每對人言：「邢有將略，吾得以自助，非貪其色也。」此言不虛，高杰當初投在馬士英麾下，策出邢夫人。可見，高杰對邢夫人，那真是言聽計從。

邢夫人見史可法至誠，勸高杰歸心。高杰納言敬史。史可法大喜，遂將府邸讓予邢夫人居住，並將高部，安於揚州以近的瓜州駐紮。

安頓下高杰部，史可法便召四鎮將軍，共商防禦之計。豈料，高杰與黃得功、劉澤清、劉良佐積怨成仇，彼此反目。大家剛一落座，史可法未及一言，黃得功便道：「史閣部在上，本將本不該爭論。翻天鷂子高杰，乃投誠的草寇，有何戰功，據守揚州？」劉澤清附和道：「何止。高杰投誠，捎帶手，拐走闖王妻邢氏，可見其賊心不死。」

史可法無言。高杰乃血性漢子，豈容他人羞辱，遂也直呼黃得功和劉澤清綽號：「請教黃闖子、何洲，二位的嘴是用尿片擦過的嗎？我高某雖曾事李自成，但早已棄暗投明，且比你等年長，四鎮之中我坐頭把椅子，據守揚州，有何不妥？」劉良佐怒道：「你翻天鷂子在揚州飽享繁華，妄自尊大慣了。皇帝還有個輪流坐，今天也該輪到咱騎鶴上揚州[①]了。」

高杰暴跳如雷：「好個花馬劉，你也和他們串通一氣！」史可法勸止道：「高將軍，他們講的也不是全無道理，你多少謙讓些，這事就過去了。」又對黃得功等人道：「誰駐守哪裡，乃是聖意，誰敢抗旨不尊。彼此消消氣，有話好好說。」然那高杰怒氣不減：「既是商討防禦大計，如何在這裡扯起淡來了。此處不留爺，自有

[①] 殷雲《小說》裡有幾個人談理想，第一個說希望做揚州刺史，第二個說希望自己腰纏萬貫，第三個說希望騎鶴上天，最後一個說：「我希望腰纏萬貫，騎鶴上揚州。」時人以「騎鶴上揚州」為口頭禪，喻其繁盛。

留爺處。」說完，怒沖沖而去。

回到大營，高杰令人入城，請回邢夫人，與之商量道：「如此不尷不尬，半空吊著，索性效法大隋程咬金，尋座山頭，去做個混世魔王，也不枉此生矣。」邢夫人以為不妥，但又無計可施，便默然之，謂曰：走一步，看一步。高杰遂決定率部渡江，去搶佔蘇杭。巡撫鄭瑄不見聖諭，亦未接調度關文，判定來者有違逆之嫌，遂操舟架炮，堵住江口，高杰只得退回揚州。腳跟未穩，先得探報，三鎮將軍率部討逆，先鋒已至高郵。高杰無奈，厚著臉皮，去求史可法。

史可法升帳，傳高杰入內。高杰進得帳來，噗通跪下：「高杰擅離防地，罪該萬死。求閣部大人開恩饒恕！」史可法拍案而起：「高杰呀高杰，你原是一介亂民，朝廷恩准你投誠，加封侯爵，不曾薄待了你。為何一言不合，竟自起兵而反？一個將軍，忽而作反，忽而投誠，把個作反投誠當兒戲，成何體統！本該軍法從事，姑念你盡速悔罪，暫且饒恕。」

高杰叩頭謝恩，又道：「三鎮來討，還望閣部大人救我。」史可法沉吟道：「眼下只有一計兒可施，你率部去駐防河南，以此援助許定國。此既解目前之圍，又立將來之功。那三鎮將軍知你遠去，氣兒也就消之。將軍以為何如？」高杰道：「在下聽憑閣部大人調遣。」史可法遂發令箭：「那就即刻率部啟程，以免夜長夢多。」高杰哪敢怠慢，遂拔營去了河南。次日，三鎮將軍抵達揚州，無功而返。

第三十七章

盛夏，左懋第等，自北京回到南京，將滿人態度，如實奏覆。弘光帝聞言，大驚失色，遂於朝會問策：「眾位愛卿，韃靼人不肯相合，如何是好？」馬士英無語，阮大鋮道：「韃靼人即使不肯還我北京，我朝也還有一個南京。效法南宋，隔江而治，未嘗不是上策。」弘光帝道：「韃靼人豈肯就此罷手？」阮大鋮道：「我朝有長江天塹為障，又有百萬大軍，聖上寬心。」弘光帝道：「為朕解憂者，阮愛卿也。史可法身為閣僚，又兼兵部尚書，每每報憂不報喜，令朕著惱。傳朕口諭，罷黜史可法兵部尚書一職，由阮愛卿取而代之，併入閣辦事。」阮大鋮聞言，隨即出班，匍匐在地：「謝主隆恩！吾皇萬歲，萬歲，萬萬歲！」阮大鋮口呼萬歲，心卻竊喜：「咱老阮從此入閣辦事，也算得上大明一相了。」因阮大鋮喜不自禁，直到弘光帝二度喚他平身，他才從地上爬起歸班。

弘光帝突發此舉，令馬士英手足無措。高弘圖、姜曰廣、劉宗周等大臣，更是暗自憤然。高弘圖心想：「不用說，這又是馬士英之意。我等為阮大鋮起復一事，再三諫諍，此人不可重用。令他出任兵部侍郎，就已出格，再行拔擢，必生內亂。」想到這兒，正擬出班反對，卻有姜曰廣搶先跪倒，奏道：「臣有本要奏。」

阮大鋮一向痛恨姜曰廣多事，也深知他與高弘圖、劉宗周等人在皇上面前揭他的短處，便扭頭立目。豈料，姜曰廣卻說：「臣之賤體，病患重重，不負重任，奏請皇上，恩准老臣回家養疾。」弘光帝乃粉叙隊伍裡的英雄，朝政行列裡的狗熊。姜曰廣以請辭發難，弘光帝無措，目視馬士英。馬士英對上微微點頭，弘光帝遂一個「准」字，將姜曰廣去職。姜曰廣叩頭謝恩，歸班。高弘圖、劉宗周、呂大器三位大臣深感意外，他們以目交心，達成默契，皆出班跪倒請辭。馬士英對上點頭，弘光帝又一個「准」字，摘掉三個大臣的烏紗帽。至此，馬士英與阮大鋮再無掣肘。

散朝時，大臣各懷心事，走出金鑾殿。因馬士英與阮大鋮位高權重，臣僚對他們避之不及的有之，膽戰心驚的有之，阿諛奉承的有之。因此，眾臣要麼快步離去，要麼遠遠躲避。馬士英與阮大鋮並肩而行，便顯得天大路寬，說話也就少有顧忌。馬士英對阮大鋮道：「阮兄扶正，士英自當一賀。」阮大鋮謙恭道：「客氣客氣，大鋮這就回去準備，恭候相爺光臨。」馬士英一拱手：「我稍後就到貴府拜賀。」阮大鋮拱手還禮，坐上八抬大轎，鳴鑼喝道，逕回石巢園。

阮大鋮回府未幾，馬士英的貴陽鄉黨楊龍友、何騰蛟、越其傑、田仰等人，先一步至石巢園祝賀。大家正聊著，牛總管一身暗紅新衣跑來：「相爺門口落轎了。」阮大鋮聽罷，騰地站起：「各位稍候，貴人到了。」楊龍友跟著站起：「相爺到了，我等怎敢坐等？一起去吧。」於是，一群人，呼呼啦啦，向門口跑去。

馬士英的侍衛，前呼後擁，黑壓壓一片，湧入石巢園。阮大鋮等遠遠見了，飛步向前，滿臉堆笑。阮大鋮拉住馬士英的手道：「相爺親臨，有失遠迎，大鋮受寵若驚！」馬士英一團喜氣，語含嗔怪：「唉，這話就見外了。」遂對楊龍友道：「你幾位先到了？」楊龍友等點頭哈腰：

「怎敢讓相爺等我們。」說著，一窩蜂似的，簇擁著巡赴宴席。

到得廳房，阮大鋮主席，馬士英客席，其他依序陪席。落罷座，阮大鋮關切道：「大鋮查知不周，裡外忙得，竟忘了問一問，熊尚書①那邊的老宅子，相爺還住得吧？」馬士英喜上眉梢：「那萬玉園怎敢與你這石巢園比？自熊尚書北去，那宅子就擱著，荒了多年。叫人拾掇一番，倒也配得上相府。」阮大鋮陪笑道：「忙過這兩天，是一定過去看看的。」忽又想起什麼，遂問：「叫人送去的家什，相爺使著，可還順手？」

馬士英道：「正為這個，還要謝你！你送的那紅木傢俱，這南京城，就是拿錢也買不著的。」接著把手一拱，深深一謝。阮大鋮道：「這也動勞相謝？相府不比下官府上，怎麼對付都說得過去。若相府隨便對付，失的就不是相爺個人的體面，而是大明尊嚴了。所以，當著大家的面兒，我阮大鋮有句話先擱在這兒，但凡相爺缺少的，我這石巢園又有的，相爺儘管說，緊著相府使。」

田仰插話道：「佈置相府那些天，我等才切身感受到，什麼叫『眾人拾柴火焰高』，不僅阮尚書給相爺府添用物事，就是南京城官宦士紳，知道的都來捧場。什麼稀奇古玩、珍珠瑪瑙、字畫墨寶，就連宋代瓷器、洪武傢俱，都堆得沒處擺放，更遑論其他。我等清理、規整、擺放、打包、儲存，費時無數。要說，這官場還真是人情十足。」

馬士英一揮手：「這也值得顯擺。」楊龍友恭維道：「那是，堂堂相爺，乃一人之下，萬人之上。說個不合適的話，這大明江山都是相爺的，那點物事，又算得了什麼。」馬士英一皺眉：「妹夫這話越發離譜了，這話傳出去，豈是鬧著玩的？你等不會說話，就把嘴閉上。」楊龍友、田仰點頭哈腰，嬉皮笑臉，滿嘴「是是是」

① 熊尚書，即熊明遇，崇禎帝時代的南京兵部尚書。

的應著，不再言語。

說話間，牛總管拿一張拜帖進來：「錢大人和柳夫人門前落轎了。」阮大鋮就是一愣：「你說誰？」牛總管道：「就是飛來樓的錢大人和柳夫人。兩個來月，這老夫少妻，也不知來過幾回了。老爺為國，嘔心瀝血，日夜操勞，全無時間會客。」馬士英聽了，臉色不佳，阮大鋮糾正道：「管家的話不該這麼說，為國嘔心瀝血、日夜操勞的是相爺，我不過相爺的一個馬前卒。」馬士英臉色轉暖：「阮兄不必過謙。」阮大鋮道：「不是大鋮過謙，原本如此。」遂又對牛總管道：「既然錢大人和柳夫人來了，還不快請。」牛總管一路小跑，去了。

馬士英問道：「錢大人本有正室，柳如是不過一妾，將其稱之為『柳夫人』，怕不合適吧？」阮大鋮解釋道：「相爺有所不知，錢大人把他的這位小妾寵得不行。回南京前，在他們常熟老家，錢大人把家裡的經濟，交由這位小妾掌理，鬧得錢府上下，雞飛狗跳。那柳如是什麼人？文史地理，琴棋書畫，哪樣在正室之下？小女子頗有心計，那正室只好甘拜下風。日久天長，錢府裡的人，心裡服不服的，面上無不恭順她，乃至加以奉承，叫她柳夫人。錢大人裝聾作啞，也就聽之任之。」馬士英道：「哦，這麼個柳夫人。」

門外的牛總管喊道：「老爺，錢大人柳夫人到了。」阮大鋮、馬士英、楊龍友等站起，阮大鋮迎到廳堂門外，拉著錢牧齋的手：「錢大人，久違久違！」遂對柳如是道：「柳夫人越發光彩照人。請！」柳如是以笑代答。進屋見很多人，錢牧齋道：「原來家裡有貴客。」接著便看到馬士英：「哎喲，首輔大人在此。」馬士英一拱手：「錢大人快請坐。」推三讓四，阮大鋮主席，馬士英客席，錢牧齋陪席；柳如是於錢牧齋右側坐下，其他依序而坐。

阮大鋮道：「請相爺開席。」馬士英道：「你是主人，這席自當你來開。」阮大鋮道：「有相爺在，這在座的，哪個敢造次？」馬士英笑道：「那本相就當仁不讓了。今天是阮大人高升的日子，我們理當舉杯慶賀。」錢牧齋疑惑道：「阮大人升任兵部侍郎兩月有餘，何以才相慶賀？」馬士英笑道：「錢大人在野之人，不知朝中之事。今天朝會上，聖上免了史可法兵部尚書之職，由阮大人補缺，豈不可賀？」

柳如是隨口道：「阮大人兵部侍郎的喜酒還沒討得一杯，今又補了兵部尚書。看來，要討雙杯喜酒了。」阮大鋮眉開眼笑道：「柳夫人真會說話，雙杯喜酒，大鋮自會奉上。不過，奉上這雙杯喜酒之前，須先有個接風洗塵酒。」錢牧齋問道：「怎的還有個接風洗塵酒？」阮大鋮道：「我寫信催你們回京，可我卻忙不迭，沒有為你們接風洗塵。這杯酒一定要補上的。」馬士英道：「那是你們之間的帳，等會兒，你們舊賬、新賬一起算。現下，就讓我們共同舉杯，祝阮大人前程似錦，步步高升。」於是杯觥交錯，一派喜氣。石巢園這場酒，一直喝到太陽掛西，方盡興而散。

送走馬士英等，阮大鋮回到詠懷堂休息。牛總管隨後跟進來，悄聲道：「老爺，你讓我打聽的事，有著落了。」阮大鋮皺眉道：「什麼事？」牛總管道：「就是四公子之一的侯方域，他在河房住過一段。後來，不知怎的，史可法回南京暫住時，他便跑到史府去借住。想來，這一老一小、一文一武相惜，也不過同為河南人的緣故。」阮大鋮拍腦門道：「呀，看我忙的，倒把這小畜生給忘了。」牛總管道：「老爺現在什麼人？皇帝依託的人，哪有閒工夫想那些小人小事。」

阮大鋮道：「我為國鞠躬盡瘁以來，你亦為國貢獻綿薄，經事多了，說出來的話，越發像個臣子了。所謂近墨者黑，近朱者赤，就是這個理兒。」牛總管臉紅道：「老爺過獎了。」阮大鋮道：「還說正事吧。有侯方域蹤影嗎？」

牛總管道：「聽說已潛回他的河南老家，老爺辦他，怕已是鞭長莫及。聽說，河南那邊也不怎麼消停，韃靼人總是派奸細，到黃河以南鬧事，冷不丁就燒殺掠奪一回，鬧得人心惶惶。他即便回去，還不是自投火坑。」阮大鋮道：「這倒給我提了一個醒，須儘快嚴辦東林、復社小人。否則，皆成漏網之魚了。」遂又拍一下腦門：「這不豬腦嗎？聖上早已恩准把東廠復工，這都多久了，東廠空有一個掌印太監，班底卻連個影兒也沒有。差不多，我把這事都忘死了。可是，誰來具體張羅東廠呢？」牛總管道：「咱家有個廚子，專管殺雞宰鵝，又是老爺的至親，難道不能勝任嗎？」

阮大鋮道：「你是說胡大鵬那小子？」阮大鋮掂量了一番：「管家，你真有眼力。快去把胡大鵬給我找來。」一會兒，牛總管把胡大鵬帶到詠懷堂。但見那胡大鵬挽著袖管，滿手血淋淋的進來：「表舅，你叫我？」阮大鋮煩道：「大鵬，你怎的血淋淋就進來了？我這滿屋的字，都是斯文人寫的，褻瀆不得。」說著站起，把胡大鵬引往外間：「交你差事，可幹得了？」

胡大鵬喜形於色道：「表舅，可是做官？」阮大鋮道：「你別官迷，這可是為皇上他老人家效力的事，什麼官不官的，就是那相爺，不也是為皇帝做事的嗎？你直說，幹得了，幹不了？」胡大鵬拍著胸脯道：「手握大權，世上無難事。表舅發號施令就是，我一切聽表舅的，你老人家指哪兒，我打哪兒，絕不含糊。」

阮大鋮咧嘴道：「你看看你，不僅雙手沾滿雞鴨們的鮮血，連胸膛上都是了。」胡大鵬低頭笑道：「若早跟表舅辦差學樣，就是殺雞宰鵝，也斯文許多。」阮大鋮道：「廢話少說，我把東廠交給你，辦得了嗎？」胡大鵬精神早去大半：「那東廠是磨豆腐的，還是磨米麵的？還不如我留在廚房殺雞宰鵝來得痛快。」

牛總管急得直跺腳：「什麼亂七八糟的？東廠是響噹噹的官署，皇帝的耳目，打誰的屁股，抓誰去坐大牢，都是東廠一句話！」胡大鵬精神復起：「表舅，我就喜歡這個。小時在懷寧老家玩把戲，我只演捕頭，賊過癮。」阮大鋮心想：「這可真是一頭難得的豬。」於是說：「那行，就給你個掌刑千戶幹好了。」胡大鵬道：「這是什麼官？多大？」阮大鋮道：「多大？你的頭上只有一個十五歲的掌印太監。」胡大鵬一搖頭：「太監管著我？而且還是個十五歲的孩子，也忒逗了。這不成，我就是在園子裡殺雞宰鵝，也絕不讓一個小太監騎到我頭上。」

阮大鋮怒拍桌子：「胡鬧！你知道這個掌印太監頭上是誰？是皇上。」胡大鵬差點暈過去：「我的天，看似一個小小掌刑千戶，卻手眼通天。那我管多少人？」阮大鋮道：「管多少？僅僅是掌班、領班、司房，這些頭頭腦腦，就幾十號人。人人皂靴褐衫的穿著，精神著呢。至於再下面的役長、幹事之類，也就是小嘍囉，要多少，還不全憑你這當千戶的高興。」

胡大鵬聽罷，喜得手舞足蹈：「我幹了我幹了。」進而又轉喜為悲：「騎在我頭上的那個孩子怎麼辦？」阮大鋮道：「你還真把他當回事呀？他也就是一擺設。在這朝中，凡事咱爺們說了算。」胡大鵬又樂開了花：「表舅，這回我們可撈著了。」阮大鋮道：「明天就隨我去上任，回去準備準備。可有一點，到了衙門，該說的儘量少說，或不說；不該說的，打死都不能說。否則，隨時會咔嚓一下，人頭落地。」胡大鵬把脖子一縮，臉色煞白。

次日早朝，阮大鋮把復東廠之事，奏報上去。弘光帝道：「不早恩准了嗎？怎的現在才復工？」說完，看著張執中。那粉嘟嘟的小太監看看弘光帝，做錯什麼似的，把頭低下。阮大鋮道：「皇上，都是微臣辦事不力，與小張公公無關。」弘光帝見阮大鋮為心愛的小太監開脫，便十分的喜歡起阮大鋮來：「阮愛卿不必自責。看樣子，你是有事要奏？」

阮大鋮乘時獻上一冊《百官圖》，把素所不快的士大夫，包括留在北京的、逃到南京的，以及曾經投降順政權②的，依次羅列編織。弘光帝也懶得看，直說：「依次搜捕即可。」那禮科給

②順政權，即李自成於一六四四年在西安建立的順帝國。

事中袁彭年不以為然，出班諫道：「東廠禍國殃民，不該恢復。想當年，魏忠賢起用崔呈秀對付東林黨，崔呈秀編織《同志錄》和《點將錄》，網盡東林黨二百餘人。東廠的人，按圖索驥，每殺一個東林黨人，便剔取喉骨，裝小匣，獻於魏忠賢表功。可憐的東林正人幾無倖免。如今這張《百官圖》，豈不重蹈覆轍，悲劇重演？」

弘光帝無言。阮大鋮道：「請問何謂東林正人？以你之言，東林黨全是正人，反之，當年的魏黨皆歪人、邪人。阮某當年曾上書崇禎帝，建議將東林黨與魏黨一起罷去。為什麼？因為在咱這塊土地上，是個黨就不講理！你說東林為正人，然他們得勢時，對異己不也是趕盡殺絕嗎？復社創始人張天如，曾列黑名單給周延儒，要求除復社人外，一概殺盡。周延儒接過黑名單，當時就蒙了，說『天如雅量過淺甚甚，這麼多人，我又怎能殺得盡呢？』即便是廉潔者，東林也鮮有幾個，敗類倒是一抓一把。所以，甲申巨變，東林黨人亦難逃罪責。」

戶科給事中熊汝霖，更是出班激言反駁：「東廠復工之日，告密飛章之時；公器私用，國何愁不亡！」弘光帝聞辯，惱羞成怒，一氣之下，把兩位給事中降級調外，並罰俸一年。

胡大鵬就職即招兵買馬，因其素喜紅色，將東廠處處著紅，兵穿紅衣，馬配紅鞍。東廠復工那天，阮大鋮親臨視之。見處處紅烈，因問胡大鵬：「東廠人穿的，原本是暗紅，你怎的擅自改為絳紅了？此色尤惡。」胡大鵬道：「不知表舅……」阮大鋮打斷道：「這是府衙，怎可私人相稱。」胡大鵬點頭哈腰：「是是。東廠上上下下的底色，已然如此……」阮大鋮道：「暫且就這麼對付吧。」胡大鵬來了精神：「有阮相支持，我保準不出多久，定讓全國山河一片紅。」阮大鋮笑道：「言過其實了，頂大你也就猴子屁股那點紅。」說完，走了。

因東廠赤衣人過於扎眼，又往往招搖過市，更是無惡不作，人人見了這支紅色隊伍，便手發抖、腿抽筋、心發顫。時日久了，人們便稱胡大鵬掌理下的東廠為赤衛隊。這赤衛隊所到之處，人們必奔走哀嚎：「紅魔來了！紅匪來了！」聞聲，市民抱頭鼠竄，立時躲得無影無蹤。即便是長輩哄孩子，也每每以此為例：「快睡，不然讓紅匪抓了去下油鍋。」小兒當即止哭止鬧。

第三十八章

話說這天，錢牧齋與柳如自石巢園回來，二人連連感歎，柳如是道：「世間的事竟如此捉摸不定，昨天的阮大鋮還是復社眼裡的小人，今天卻成了殿前新寵。席間，馬士英雖為首相，話上卻都在阮大鋮之下。尤其我聽聞，阮府裡的人，竟私下稱他們老爺為阮相。還真沒看出，阮大人有這能量。」

錢牧齋道：「你有所不知，馬士英能有今日，多虧阮大鋮。早在崇禎帝時，為讓周延儒出任內閣首席大學士，太倉張天如、涿州馮銓、歸德侯恂、懷甯阮大鋮……」錢牧齋頓了頓，在似笑非笑之間，隱入一絲自我揶揄，繼續道：「還有江左錢牧齋。」

柳如是聽了，咯咯直笑：「我說到這兒怎的噎住了，原來還有一位江左人士。快說說，太倉啦、涿州啦、歸德啦、懷甯啦、江左啦，你們幾位都怎的了？」錢牧齋垂首，撩起眼皮，滑稽又不失正經地說道：「還能怎的，出血唄。」柳如是睜大眼：「出血？怎的一個出血？」

錢牧齋衝柳如是把眼一鼓，逗道：「你又在裝傻糊弄老頭，出血就是出錢唄。我等每人分攤一萬多兩銀子，共湊六萬兩，始得周延儒復相。

周延儒則起復我等，入朝為臣。只是阮大鋮，乃崇禎帝欽定的逆案人物，不能起復，他就此把名額讓給同年摯友馬士英。馬士英被起用，故對阮大鋮感激涕零。阮大鋮政治上肯投資，是以有今天。」

柳如是連連頷首讚歎：「阮大鋮這一點，倒與呂不韋有點相似，都肯在政治上下賭注。」錢牧齋道：「這就是徽人的精明之處。你看那些徽商，即便他們不投資政治，也肯把大把的錢花在文士身上。如今的揚州，文化上能自成一格，且帶動揚州的繁華，徽商功不可沒。阮懷寧就是這徽人之一員。」柳如是若有所悟道：「照老頭所說，那投資政治的，是小智慧；投資文化的，就是大智慧啦。」

錢牧齋道：「也不儘然，那呂不韋的智慧小嘛？」柳如是道：「呂不韋先是投資政治，後又投資文化，他如果沒有《呂氏春秋》傳世，我看不出他能留名史冊。政治永遠是過眼雲煙，在這世上留得最為久遠的，只有文化。徽商看準了這一點，所以成為徽商。北京那麼大，怎的就沒出過京商一說？」錢牧齋道：「但那裡盛產政治。」柳如是不屑一顧道：「垃圾而已。」錢牧齋面色不快：「我也在那裡從過政呀。」

柳如是哈哈一笑：「呆老頭，我倆在此認什麼真，說正經的吧，我真沒看出，阮大人還是政治奇才。牧齋，我們是不是該宴請阮大人？」錢牧齋疑惑道：「這不才聚過嗎？」柳如是道：「呆老頭，席間你沒聽他們說嗎？這次被皇上免掉的，何止一個史可法，還有姜曰廣、高弘圖等人，什麼吏部尚書、禮部尚書，位置已然空出。阮大人寫信催你回來，難道只為在古舊面前顯擺？」錢牧齋心領神會，說：「聽憑夫人周旋就是。」

轉眼已是仲秋。話說這天，阮大鋮自宮城回來，便在詠懷堂手舞足蹈。牛總管在門外聽到裡面哼唱昆曲，便把腳步收住，側耳傾聽。阮大鋮轉身，瞥見管家，說道：「有事還不進來，站那裡幹什麼？」牛總管躬身而入：「阮相……」阮大鋮打斷道：「管家，怎的你也改口了？」牛總管道：「此非我等擅自改口，實在關乎府體顏面、大明尊嚴。若我等下人尚且對上不尊，誰還尊我阮相？尊卑有別，世代如此，亂不得。」

阮大鋮囑咐道：「家裡改改口也就罷了，若在外面，還須低調做人。此般稱呼，不留神傳到馬相耳裡，容易使人誤會。」牛總管道：「這倒未必。入閣辦事的大人，不都是相爺之尊嗎？馬相怕沒有那麼小氣，到阮相這裡挑理兒。」阮大鋮再三囑咐道：「理兒不差，但官場微妙，還是小心為是。」牛總管微微是諾。阮大鋮道：「管家有別的事吧？」

牛總管道：「一打岔，倒把正事忘了。我剛才打門前過，碰見一小夥來下帖，問是誰家的，說是錢牧齋大人家的，便領進來。見是不見？」阮大鋮往太師椅上一坐，把譜擺開：「讓他進來好了。」牛總管出門揮手，把小夥引入，但見他一身華麗的直裰，白底布鞋，一塵不染。小夥手裡拿一張暗紅色的拜帖，進來說：「阮相，小人是錢府管家商哥，奉老爺、夫人之命，過來下帖。」牛總管把帖接過，雙手呈給阮大鋮。

阮大鋮聞聽錢府的人，亦稱他「阮相」，內心大悅。但還不能就此放下架子，相反，更把那「相譜」擺足，官腔打足。阮大鋮因隨意翻了下帖子，顧左右而言他：「錢府的管家，不是一個叫做應四的嗎？」商哥道：「老爺夫人這次自常熟回來，就沒帶他來。別的，小人就不知道了。」阮大鋮揮手道：「知道了，回去告訴你家老爺夫人，本相準時到府打擾。」商哥給阮大鋮鞠了一躬，扭頭出了詠懷堂。牛總管陪著送了幾步，彼此拱手而別。

牛總管送商哥出去，阮大鋮立時跳起，內心翻江倒海，忐忑不安，心想：「我老阮這是咋啦？被灌迷魂湯，人事不省了？我剛剛對錢府夥計說什麼來著？自稱『本相』……呀，呀……呀呀呀！」一邊自責著，那張老臉便發起燙來。

次日，阮大鋮乘八抬大轎，黑壓壓的士兵，前呼後擁，直奔飛來樓。沿途百姓，唬得四散。嗚鑼喝道的，持棍攜槊的，撐傘掌扇的，打旗舉牌的，在南京見多不怪，沒人新鮮。但阮大鋮的儀仗，自然不同，單是轎前轎後的四十名持燈士兵，就令人瞠目結舌。這些士兵，轎前二十名，分左右兩列；轎後二十名，也分左右兩列。士兵手中，各提一盞特大號燈籠；阮大鋮在每盞燈籠上，親筆題寫「阮府」二字。

酒肆茶樓裡的客人，皆把頭伸出窗外，只為爭睹奇觀。趕巧，我敬梓與嚴不素同桌品茗，見窗外陣勢，嚴不素嘀咕道：「阮大人這演哪一齣？青天白日，讓士兵提盞燈籠做什麼？」鄰桌一茶客搶前一句：「一向只知阮大人的戲本寫得好，今天才知道，他的書法也不賴。大約是為了展覽他的書法，才想出這麼個奇巧的勾當來。」我敬梓很是憤然：「書法有什麼要緊的？再好能好過王羲之、王獻之爺兒倆？就是當朝內閣大學士王鐸的字，阮大鋮也不趕趟兒。愚之所見，為官者之所為，舉手投足，一言一行，有幾個不是為展覽嘴臉的？」許多茶客聽了，無不頷首稱快。另一茶客道：「這一路上的陣勢，還只是鬧著玩的。飛來樓那邊，早已戒嚴了，士兵林立，圍幔嚴擋。」眾皆搖頭歎息。

知道阮大鋮將到，錢牧齋、柳如是鮮衣華服，早早恭候於門外。待阮大鋮那華麗無比的八抬大轎漸近，柳如是道：「哇，牧齋快看，就是皇上的十六抬大轎，也沒這範兒。」錢牧齋冷冷道：「重在裝潢。有錢有勢的人，也可以把二人小轎，裝潢成八抬大轎；八抬大轎，也可以裝潢成阮大人這個樣子。」

柳如是譏笑道：「老頭兒，阮大人這麼大的範兒，等他到了，我們要不要跪接呀？」錢牧齋一本正經道：「這倒不必，作揖拱手即可。」遂又道：「夫人，你手心裡都是汗了。」柳如是把身子靠近錢牧齋，依舊略帶譏意：「老頭兒，我長這麼大，還沒見過這麼大的場面，心裡好生緊張。」錢牧齋悄聲安慰道：「阮禿子也是人。」

柳如是撲哧笑了。錢牧齋衝柳如是單眼一閉，扮個鬼臉：「還緊張嘛？」柳如是撒嬌道：「好些了。老頭兒真會調教人。」

說著話，阮大鋮的轎子已在飛來樓門前落地。裡面的人一挑簾，錢牧齋與柳如是擬近前施禮，哪知出來的卻是一位如花似玉的小丫鬟。錢牧齋驚歎地悄聲對柳如是道：「阮禿子變美女，莫非做夢？」柳如是尚未對答，轎裡又出來一位水靈靈的小丫鬟。柳如是懵懵懂懂道：「老頭兒，阮大人沒出來，倒先變出兩位美女來。」錢牧齋也暗自嘀咕道：「今天阮大人這演哪一齣？」

兩位小丫鬟出來後，在轎門口左右垂首站定。不料，裡面還有兩位小丫鬟，她們左右而立，挑起簾子，阮大鋮這才現身。阮大鋮一下轎，轎門口的兩個小丫鬟，一邊一個，趕忙攙扶。柳如是心想：「老天爺，這還是轎子嗎？」正胡思亂想，錢牧齋已抱拳施禮：「阮大人，老夫與糟糠，有失遠迎，得罪得罪。」柳如是亦抱拳施禮：「阮相光臨，寒舍蓬蓽生輝，請！」阮大鋮手持摺扇，兩手一抱，拱手道：「客氣客氣，打擾了。」遂又特地對柳如是道：「夫人稱我阮相，豈敢。」說完，先自走進飛來樓。

阮大鋮被引入錢牧齋的書房拂山堂。阮大鋮見七十餘櫃藏書，整齊貯列，便嘖嘖讚歎：「論藏書，我遠不如錢大人。」錢牧齋道：「客氣。詠懷堂也大有氣勢，每每去了，我也是自歎弗如。」阮大鋮再看，書房內擺一盆山礬，一個成窯青花瓷瓶裡，插著時鮮花卉，好不雅致。

略說了幾句閒話，彼此入席。見席上喝茶用的，是成窯五彩小蓋盅，阮大鋮就知道，錢牧齋柳如是兩口兒，對成窯的瓷器情有獨鍾。開席時，阮大鋮因問：「沒有別的客人了？」柳如是道：「如今這滿朝文武，還有誰能和阮相比肩？請誰來陪坐，不失你的身分？」阮大鋮假裝嗔怪：「夫人這麼說，我不成一人之下，萬人之上的人了嘛？那馬相爺往哪兒擺？這可不成，傳出去，招人嫉恨。」

柳如是自圓其說道：「誰不知道，馬相爺那裡，凡事都靠你的謀劃。這還不是一人之下，萬人之上嘛？」錢牧齋打圓場道：「夫人年輕，經事不多，哪知官場上的規矩，以為誰負重能幹，誰的職銜就最大。」阮大鋮越發高興，依舊假嗔回應：「你們仗著老夫少妻的睿智與靈透，成心要挖苦大鋮是不？」柳如是道：「喲，沒想到阮相也會給人灌迷魂湯，說出的話，跟蜜似的。我和牧齋也值得你誇？牧齋如今不過一個在野之人；我吧，自打嫁進錢門，就跟著他東跑西顛。我們還睿智靈透？若非阮相照顧，我們怕在南京，連個落腳地兒都沒有。」

阮大鋮道：「說這些就客氣了。大鋮一向佩服你兩口的博學與文采，能幫忙的地方，自然賣力。」柳如是輕輕拍了拍錢牧齋的腿，說：「像我們家牧齋，空有一肚子學問，沒處發揮，更不能報國，有什麼好佩服的。」阮大鋮道：「依著夫人的意思，肯讓錢大人復出？」柳如是道：「若說別個執國，我們絲毫不會有這念想。如今是阮相當朝，能跟著鞍前馬後的跑跑，自然是求之不得的事。」說完哈哈一笑：「不當真不當真的，我們先敬阮相一杯……」

阮大鋮打斷道：「酒可以慢慢喝，先把話說透了。聽夫人的意思，錢大人是要出來效力聖上的。這也在大鋮身上，不就是一句話的事嗎？正好禮部尚書的位置空著，給錢大人補上就是。」錢牧齋、柳如是雙雙站起，一抱拳，錢牧齋道：「阮大人……」說到這兒，改口道：「阮相器重老朽，感之不盡。」柳如是接著道：「阮相為國吐握，不拘一格降人才，可見大人至上的人品。也難怪我們家牧齋，每到一處，總美言大人，讓那些對大人有誤解的人釋懷。」

阮大鋮道：「這個不用你說。起初，我和錢大人都是東林黨的人，後來，皇上惱東林黨，我為保護同志，跟魏黨走得近了些，就有人背後戳我脊樑骨。東林黨這麼多同志，就錢大人懂我，還四處幫我解說。若非如此，咱們今天也坐不到一塊。有仇未必報，有恩是一定要報的。」說得錢牧齋柳如是兩口，頭熱鼻酸起來。

柳如是端起酒杯：「阮相，什麼都不說了，話在酒中，乾了。」阮大鋮再次攔下：「且慢，你兩口先坐下。剛顧說話了，薄禮未獻，怎就開席呢？」一招手，侍從端上一個精緻禮盒，打開一看，原是價值千金的一頂珠冠。錢牧齋道：「也太貴重了，不知如何相謝是好。」柳如是喜不自禁：「讓阮相如此破費，如是無以為報。」阮大鋮道：「小小禮物，何足掛齒。喝酒喝酒。」

錢牧齋受寵若驚，對柳如是道：「如是，你坐到阮相那邊，代老夫多敬幾杯。」柳如是滿面紅光，移席阮大鋮一側坐下。隱隱的，阮大鋮聞到一股淡淡的香粉味。柳如是舉杯道：「敬阮相一杯。」阮大鋮提杯道：「好，咱都乾了。」三人一仰脖，全乾了。

酒過三巡，阮大鋮腿癢，便伸手去撓，意外觸碰到柳如是的大腿。柳如是穿著絲絹長裙，手感細膩滑爽。柳如是漸漸帶酒，意識不清。大腿因觸微癢，便含羞帶笑。阮大鋮見了，心想：「這柳如是真不愧是『秦淮豔魁』，就是仙女也沒有這般美。老錢豔福不淺吶！」這時，新一輪菜呈上，錢牧齋囑咐廚子：「小心湯熱！」阮大鋮見錢牧齋目光移開，又去撓腿，撓著撓著，襠內一股熱流奔湧而出，身子一軟，精氣神頓無。

柳如是驚道：「阮相，哪裡不好嗎？」錢牧齋亦吃驚不小：「怕是酒多了。商哥，快喊丫鬟過來，扶阮相去臥房歇息。」阮大鋮慢慢抬起頭：「多大的事，好了好了。」略略吃了些東西，喝了一小碗燕窩湯，精神復原。又推杯換盞了一陣子，扯了些官場閒話，吃了些美味佳餚。阮大鋮因想著身分有別，不便久留，遂站起道：「過幾天，還要去視察江防，諸事尚未安排妥當，就此別過，再會再會。」阮大鋮晃晃悠悠走了幾步，又站住，一手拉著錢牧齋的手，一手拉著柳如是的手：「錢大人不日即可到職，你兩口兒盡可放心。」

走出門，阮大鋮被自己的丫鬟攙扶著，上了轎。阮大鋮一行，黑壓壓的，回石巢園去了。

次日早朝前，阮大鋮把補錢牧齋為禮部尚書的事，跟馬士英說了，馬士英道：「這也情理之中。錢大人原是北京禮部侍郎，當下南京的禮部尚書一職，非他莫屬。不過，錢大人此前是潞王朱常淓的擁護者，聖上准嗎？」阮大鋮道：「聖上時時忙於後宮之事，哪有什麼心思想誰擁護，誰不擁護。」馬士英道：「倒也是。」

靜鞭響過之後，百官入金鑾殿，馬士英出班，把補錢牧齋為禮部尚書的事奏報上去。但凡馬士英、阮大鋮所奏，弘光帝無有不應。錢牧齋柳如是得信兒，驚喜萬分，贊阮大鋮為當朝能臣。

大明不設相，大學士們也就取而代之，並列為相。內閣大學士者，多兼職尚書，這類高官，時稱相國。延及之下，即便沒有內閣大學士頭銜的尚書，也往往被尊稱為相國。如錢牧齋者，時人就稱他為相國。夫貴妻榮，柳如是則被稱為「相國夫人」。因地位之變，飛來樓日夕相迎者，無一不是紗帽補服的當朝顯貴。

又過了幾天，阮大鋮奏請聖上，說韃靼人日漸逼近本朝，須到江防營地視察一番，方可安枕。弘光帝恩准。阮大鋮早有計劃與準備，待散朝之後，即示下起程。阮大鋮穿蟒袍，佩玉帶，煞是風光體面。那隨行的軍卒，足有千人之多，黑壓壓的，遮天蔽日，氣勢奪人。

再說柳如是，如今一步登天，成了相國夫人。於公，他們是朝臣，要為國效力；於私，他們受惠於阮大鋮，要知恩圖報。念及於此，柳如是與錢牧齋商量：「我意去江防營地，慰勞將士。一者為國，二者給阮相捧場。」

錢牧齋深以為是：「夫人言之有理。讓商哥多帶幾個家丁一路護從，再把身邊的兩個丫鬟帶上，照料你的起居。我就不能相陪了，人在朝中，身不由己。」柳如是道：「那是，夫不安貴職，妻何享尊榮。」柳如是賣去大半金銀珠寶，收拾停當，準備上路。

餞行宴上，錢牧齋問道：「如是，怎的不見備轎？」柳如是哈哈一笑：「勞軍乘轎，豈不讓人笑話。」錢牧齋皺眉道：「那你是？」柳如是起身，拉錢牧齋至門外，便見一匹棗紅馬，拴在一棵樹上，正在吃料。那匹馬的毛色，油亮可鑒，柔軟如緞。柳如是善騎，此乃錢牧齋託人，專為其所買。在飛來樓，有塊開闊的綠地，闢為騎圃，柳如是閒來無事，便在此騎馬尋樂。當初請人教練騎馬時，柳如是曾感慨道：「若非當年堅持不裹腳，今日怎享騎馬之樂。」又一想：「因不願裹腳，當年差點丟了性命，這叫患得患失。」

錢牧齋跟在柳如是身後，出門見棗紅馬，就是一愣：「怎麼，夫人要騎馬去？」柳如是不容置疑道：「坐轎去還是柳如是嗎？」錢牧齋擔心道：「那可得當心。」回頭對商哥囑咐道：「此行你一路陪著，小心伺候夫人，不可閃失。」商哥連連點頭：「大人放心。」柳如是牽著錢牧齋的手，復回八仙桌。錢牧齋囑咐的話，又說了一籮筐。吃過飯，柳如是道：「該起程了。臘兒，老爺你要盡心照料。」身後的臘兒連連點頭。一身昭君出塞裝的柳如是，在商哥等人的簇擁下，騎馬而去。

阮大鋮錦衣素蟒，正臨師江上。突然，軍中一陣騷亂，高臺上的阮大鋮回頭望去，但見柳如是一身戎裝，頭插錦雞毛，騎一匹棗紅馬，風風火火，向他這邊趕來。快到近前，柳如是揮了揮手中的馬鞭，甩離馬蹬，翻身跳下馬背。營中官兵見了柳如是，歡呼雀躍，士氣大振。阮大鋮喜出望外，一抱拳：「柳夫人，你怎的也來了？」柳如是道：「阮相視江，女弟也來湊個熱鬧。」阮大鋮伸手，把柳如是拉上高臺：「看，剛才弟兄們還像曬蔫的茄子。你一來，全都水裡泡過的一般，個個生龍活虎起來。」

柳如是叫商哥把萬兩銀子呈給阮大鋮，遂笑道：「阮相過獎過獎，這是女弟勞軍的一點小意思。另外，我帶來幾個女孩兒，也教得幾支曲兒。阮相若不嫌棄，就讓我等獻醜。」阮大鋮讓手下接過銀兩，遂拍手道：「那當然求之不得。只是旅途勞頓，不如先歇息歇息。」柳如是道：「怕弟兄們等不及。」阮大鋮道：「那就有勞了，辛苦辛苦。」阮大鋮與柳如是一前一後，走下高臺。

阮大鋮與身邊的一個將軍低語幾句，但見那將軍對數千官兵道：「弟兄們，我來引介一下，這位就是秦淮八豔第一名的柳如是，她也是本朝禮部尚書錢宗伯的夫人。」營中頓時炸鍋，官兵躍起，齊聲高喊：「柳如是柳如是柳如是！」喊聲如雷。

那將軍爬上高臺，示意安靜，但無濟於事。柳如是見狀，跟商哥等，把帶來的那筐糖打開，撒向官兵，乘時亂作一團。良久，隊伍復為平靜，但聞一片咀糖聲。柳如是趁機喊道：「弟兄們，你們嘴裡的糖，為董小宛親手製作，託人帶給我的，如是捨不得吃，全給你們帶來了。」

聞言，官兵皆呆若木雞，遂又彼此騷動起來，齊聲高呼董小宛的名字，進而一遍又一遍的喊起「董糖」來。直到柳如是的唱聲響起，喊聲才戛然而止。柳如是唱道：

垂楊小宛繡簾東，鶯花殘枝蝶趁風；
最是西泠寒食路，桃花得氣美人中。

第三十九章

阮大鋮視江放下不提，但說田仰到楊龍友府上閒話。因見楊龍友正在作畫，田仰陰陽怪氣，咂舌不已。楊龍友擎著畫筆，扭頭問道：「怎的，吃草噎著了？」田仰道：「哥哥跟我總隔著肚皮說話。田某非驢，因何吃草？」楊龍友繼續作畫，頭也不抬，問道：「那你一見面就咂舌，是個什麼意思？」田仰道：「我那意思是，好歹你大舅子也是一國宰相，因何老這麼趴著？」楊龍友嗔怪道：「又來了不是？不提相爺，你活不了？」田仰生氣道：「不提相爺，即便是你自己，堂堂禮部主事，憑啥都讓錢牧齋說了算？要知道，你是相爺的妹夫呀……」楊龍友打斷道：「有事直說，用不著兜圈子。」

田仰嬉皮笑臉道：「弟之嗜好，哥哥還不知道？」楊龍友拿手點晃田仰道：「色，又是色！怪不得人家都說我們貴陽人好色，都是叫你這種人壞的名聲。」田仰不以為然道：「名聲已壞，何不順流而下。弟要到漕撫任上去了，臨走，想帶個秦淮美女去享受。哥哥不好色，卻大有美女緣，你引介一個給老弟，田某終生不忘。」

楊龍友放下畫筆，責怪道：「你遲遲不去就任，原為這事呀。前天，相爺還問起你，似乎有些生氣的樣子。」說著，走到幾旁，給田仰倒了一盞茶：「喝吧，這可是陳年普洱。」田仰端起茶盞，看了看，聞了聞：「果然好茶。我愛陳年普洱，就愛它那琥珀的湯色。又是朋友自雲南帶來的吧？」楊龍友不容置疑道：「那是自然。」遂話題一轉：「我剛才跟你說，相爺似乎很生你的氣，怎的不見你有什麼反應？」田仰依舊裝聾作啞：「這不還有些事沒辦完嘛。」楊龍友心領神會：「好好好，美女的事就包在我身上。事成，你趕緊離京。否則，相爺可真要生氣了。」田仰迫不及待道：「哥哥引介何方美女給我？」楊龍友想了想：「李香君如何？」

聞「李香君」芳名，田仰喜道：「李香君？秦淮八豔之一耶！她若答應，我情願休了正室，讓她做夫人。」楊龍友道：「別高興太早，還不知人家願意不願意，你先不要剃頭挑子一頭熱。」田仰想起什麼似的：「她不是名花有主，許給侯方域了嗎？」楊龍友道：「侯方域早逃之夭夭了。」田仰道：「年紀輕輕，獨守青樓，可憐！我為她贖身好了。」楊龍友揶揄道：「你真丈夫。」田仰不以為意，反而見杆就爬：「大丈夫當如此。」楊龍友乜斜田仰一眼：「哼。我這就去媚香樓，你是在我這裡等，還是回家等話？」田仰乾脆道：「我回家好了。」說完，從寬大的衣袖裡摸出三百兩銀子，交給楊龍友。楊龍友接了，笑道：「你是有備而來呀。放心，辦不成，還退你。」田仰哼著小曲走了。

答應了田仰，楊龍友大加後悔，心想：「見了香君，這怎麼說得出口。李香君與侯方域，是我牽的線，搭的橋；如今又來拆散，豈不成也蕭何，敗也蕭何了？」硬著頭皮，走至烏衣巷，碰到鄭妥娘，楊龍友道：「妥娘這是哪裡去？」鄭妥娘愣道：「楊老爺？你升了大官，還認得咱家？」楊龍友道：「哪裡的話，皇帝還有三親六故哩，我一個小小禮部主事，就眼珠朝天看了？倒要問你，穿得花枝招展的，這是去哪裡？相親不成？」

鄭妥娘輕輕打了楊龍友一下：「大人休得取

笑，新添的衣服而已。還沒問，大人風塵僕僕，你這是要去哪裡？」楊龍友撓了撓頭：「怎麼說呢……」鄭妥娘道：「吞吞吐吐，倒不像你了。」楊龍友道：「你有所不知，田漕撫要到任上去，臨走想帶房小妾，開口就讓我說和香君。你說，我怎麼說得出口。」鄭妥娘道：「你是說不出口，那樣你就缺了八輩子德了。」楊龍友道：「這話要你來說，不僅不會缺德，反而是積德。」鄭妥娘正要推脫，但見楊龍友已從袖裡掏出白花花的銀子，身段一軟：「楊大人這是……」

楊龍友把三百兩銀子往鄭妥娘手裡一塞：「媒人的，新娘的，全在這兒了。事成，還得讓田大人謝你。」鄭妥娘接了銀子：「這是怎麼說的，我這不見錢眼開了嗎？」楊龍友道：「皇帝老子都見錢眼開，何況你我俗人。」鄭妥娘笑著，一邊把銀子往身上揣，一邊道：「我去是去，成不成，還得看天意。」楊龍友道：「你這就幫了大忙了，龍友先在此謝過妥娘。」說著，鞠了一躬。鄭妥娘折頭，去了媚香樓。

李貞麗恰好不在，鄭妥娘直入李香君包房，見面即問：「香君獨坐樓窗，寂寞不？」李香君苦笑道：「獨守空樓，習慣矣。」鄭妥娘試探道：「孑然一身，孤苦伶仃，所為何來？妹妹招一新婿如何？」香君狠狠道：「吾已嫁侯郎，豈肯改志。」鄭妥娘道：「我曉得你的苦心。今日禮部楊老爺說，有一位新任漕撫，肯出三百金，娶你作妾，托我來問一聲……」李香君聞言猛然站起，橫眉立目：「原來姐姐為此而來。」說完，端起一盞茶，潑向窗外。鄭妥娘趕忙站起：「就當我什麼也沒說。你歇著。」鄭妥娘悻悻而去。正是：

蜂媒蝶使鬧紛紛，闌入紅窗攪夢魂，
一點芳心採不去，朝朝樓上望夫君。

第四十章

阮大鋮巡視江防結束，與柳如是同回南京。下船登岸，阮大鋮乘轎，柳如是騎馬，於街頭並行一個段，方道別而去。

柳如是至家，錢牧齋先把田仰逼娶香君的事說了：「雖說李貞麗代嫁而去，香君亦受驚不小。她躲過一個田仰，後面還候著一個徐公子，真不知她命運幾何。」柳如是聽罷，含淚埋怨道：「香君也太執拗，一個東躲西藏的侯公子，值得她這麼忠貞不渝嗎？吃過晚飯，我去看看她。」錢牧齋道：「以你的身分，去媚香樓恐惹人非議。」柳如是沉思道：「晚些去，不就遮人耳目了。」錢牧齋默然應許。

到得晚上，柳如是對鏡理鬢，淡眉輕粉。錢牧齋走過來道：「叫臘兒帶個丫鬟，提兩盞燈籠引路。」柳如是回頭一笑：「老頭兒，你總那麼細緻入微。」走過來，把錢牧齋輕輕抱了抱，又在他臉上親了親：「兩岸的燈籠，多得數也數不過來，到處亮堂堂的，用得著提那麼多燈籠嗎？」錢牧齋道：「也是。」說著，拿手揩去臉上的口紅。柳如是嗔道：「你不喜歡？」錢牧齋壞笑道：「就你出格。讓下人看見，不成榜樣。」柳如是笑著，走出房間，喊道：「臘兒。」

臘兒突然出現在柳如是身後，低頭一笑：「夫人，我在這兒呢。」柳如是回頭一驚：「死丫頭，倒嚇我一跳。去，帶上菊兒，我們去媚香樓。」臘兒一指身後的丫鬟菊兒、打著燈籠的商哥：「喏，都早等著了。」柳如是稱心如意，遂翹起蘭花指，提起長裙，往臺階下走。柳如是一邊走，一邊對商哥道：「這也用得著管家親自打燈籠？不是還有陸新櫃他們嗎？」

商哥拿燈籠照了照柳如是腳下，回道：「黑燈瞎火的，這不是不放心他們嘛。」柳如是感到一股暖意，話頭不免多起來：「老爺的詩，讀過幾本了？」商哥撓了撓頭，怯怯道：「早知這麼深奧，當初就不發狠讀老爺的詩了。還是夫人的詩詞易懂好讀。」柳如是笑道：「你這是奉承我，還是貶低我？」商哥趕忙解釋道：「好讀易懂的書，不一定淺薄。你看陳貞慧、吳次尾他們編的書……」

柳如是打斷道：「他們編的那些書，都是些時政爛文，也值一說？老爺從三山街順手買回，不過當參考罷了。你年紀輕輕就看那些時政爛文，會把性子弄得又偏又激。這不，你剛把口頭禪『切』字改掉，總不能又染疾時政爛文吧？這樣不好。」商哥應道：「夫人，我知道了。」

柳如是笑問道：「陸新櫃幾個，還拿『傷哥凶』取笑你嗎？」商哥不好意思道：「面上早沒有了，誰知他們私底下叫我什麼？好像這世上，人人都應該有個外號吧，就像梁山一百單八將那樣。」柳如是好奇道：「是嗎？你們私底下叫我什麼？」商哥道：「為尊者哪有什麼外號。這些，都屬於下人們的。」柳如是聽了，以為有理，不再細問。

須臾，便到了媚香樓。商哥上前，拍了幾下門環。不大會兒，保兒把門打開。商哥笑嘻嘻提起燈籠，把保兒的臉照得紅彤彤的。保兒道：「客官，把燈籠放低放低，沒有這麼鬧的。」柳如是柔聲道：「管家勿鬧。」商哥把燈籠放低，保兒瞅了瞅：「哦，商哥？喲，柳姐姐！快進快進。」商哥把身子一閃：「夫人，我回了。」柳如是點頭，遂帶臘兒菊兒進院。商哥倒走幾步，見保兒關了門，放心離去。

保兒正要扯著嗓子往樓上通報，被柳如是止住：「你去忙，我自己上去。」保兒識趣兒，走了。柳如是來到李香君包房前，門虛掩著。輕輕一推，門開了。但見李香君趴在桌前小睡，案几上是一幅尚未畫完的畫。臘兒輕聲道：「夫人，待我把她喊醒。」柳如是擺手，遂輕咳一聲。李香君聞聲坐起，見眼前站著三個女子，以為夢裡，復又趴下睡去。

柳如是與臘兒面面相覷。柳如是心想：「這是哪一齣？生我氣，不想見了？」又輕咳一聲，李香君抬頭，方知非夢，猛得站起，一把抱住柳如是：「這不是做夢吧？」柳如是把李香君攬在懷裡：「不是做夢，不是做夢。我是你柳姐姐，特地過來看你的。」任柳如是怎麼勸，李香君就是哭個不住。

時聞院門一響，又有人來。柳如是道：「快別哭了，不知誰來了。」等來人上得樓，柳如是、李香君全呆了：「煙月？」煙月欲語淚先流。柳如是、李香君搶著，把煙月攬在懷裡。柳如是道：「妹妹，傻妹妹，這不是做夢吧？同城多年，說個不見，影兒也沒一個。你倒是去了哪裡？」煙月哭得上氣不接下氣：「妹妹一直在你們身邊，只是苦無機緣，不能時時相見罷了。」說完，已是泣不成聲。

彼此落座。保兒把茶壺、茶盞擺到桌上。香君提起茶壺：「保兒，你去吧，這裡有我。」保兒下樓，香君倒了一盞茶，遞給柳如是：「姐姐為大。」又倒了一盞給煙月：「妹妹為小。」說著，那淚又流下來：「夢裡也見過多少回，就這回不假。」遂用手，親昵地扭了一下煙月的臉。煙月道：「人生如夢，夢如人生。誰知當下又是什麼？」柳如是拿手帕，替煙月擦去臉上的淚珠，香君自己也擦了擦淚。柳如是道：「真是一筐癡語。人活著，不都得過好每一天？不然，如何對得起生身的爹娘。」

香君對煙月道：「正經的倒沒問，多年沒

見，妹妹這是打哪裡來？一向可好？」煙月道：「哪來什麼要緊的，要緊的是我來了。聽說妹妹被強人奪去，又不信，又牽掛，就這麼來了。這南京城，咱八姊妹，沒剩幾個了，再不走動走動，怕是沒機會再見面了。」柳如是疼愛道：「什麼話，新朝伊始，往後的日子還長著呢。」

香君問道：「妹妹消息真快，你聽誰說，我被強人擄走？」煙月思量了半天，才說：「這有什麼要緊的，要緊的是你沒有被搶走。」遂起身道：「時候不早了，我該回去了。」說著就往外走。李香君大感意外：「煙月，你才來呀？」要去拉，手裡卻空空的，什麼也抓撓不著。

柳如是坐在那兒，怔怔無語。眼前的一切，令臘兒菊兒戰戰兢兢。待煙月下罷樓，柳如是李香君如夢方醒，追到院裡，已不見煙月蹤影。回到樓上，柳如是道：「煙月妹妹怎麼怪怪的？」李香君道：「我感覺，自始至終，都如夢裡。」

因感瘮氣重重，柳如是把話岔開：「媽媽走後，誰在打理媚香樓？」李香君歎口氣：「還能有誰？是你這命不濟的傻妹妹勉強維持。」柳如是拉了拉李香君的手，接著問道：「可有侯公子的消息？」李香君愁眉不展道：「蘇師傅回河南老家去了，說順便幫我打聽侯公子下落，不知他老人家現在何處。」柳如是哀歎道：「中原兵荒馬亂的，找個人，豈不是大海撈針嗎？」香君道：「疼上一個人，就是一股道跑到黑，心裡也甜。」

柳如是站起，用手指輕輕點了下李香君的額頭：「到處黑咕隆咚的，你的心能甜到哪裡去？」說完，就往屋外走。李香君哭道：「怎的你也說走就走，今天如何都怪怪的？」到得樓下，柳如是道：「飛來樓媚香樓兩步遠，你若不棄，過來走走，姊妹說說話，喝喝茶，畫畫畫，解解悶，也是好的。」

走到院門前，一道光束，從門縫裡照進來。香君道：「不知又是誰來了。」柳如是道：「接我的人吧。」保兒跑過來：「柳姐姐要走啊？」邊問邊把門打開。李香君一眼看見燈籠上的「錢府」兩個大字，才知道什麼是體面。此刻，她只想哭，卻不知為什麼。香君強忍五味雜陳的感受，又強顏歡笑，正想說點告別的話，卻從燈光裡看見商哥，以及他身後的幾個家丁。李香君先是一驚，隨即把目光移開。柳如是道：「妹妹回吧。」商哥臘兒菊兒，與幾個家丁，前呼後應的簇擁著柳如是離去。

回家的路上，商哥道：「家裡來客了。」柳如是道：「客？」商哥道：「說是如皋來的，已在書房多時了。」柳如是聞聽「如皋」二字，拔腿就往家跑。進得內宅，柳如是喊道：「小宛，是你來了嗎？」董小宛衝出書房，冒辟疆緊隨其後。柳如是與董小宛抱在一起，那淚水撲簌簌的直往下掉。錢牧齋站在書房門外：「夜深寒氣重，快進屋說話。」柳如是跟冒辟疆點個頭，遂與董小宛執手進屋。

董小宛坐下道：「聽錢大人說，你去媚香樓看香君姐姐，我說正好，也好久沒見她了，一塊過去看看。錢大人說，喜事一紮堆，就不免樂極生悲。所以，還是把幸福分波享受最好。」柳如是充滿愛意地看看錢牧齋：「沒想到，我家老頭兒還會開導人。」錢牧齋微微把頭仰起，一笑而過。

柳如是道：「你兩口兒來幾時了？」董小宛道：「你剛走，我們就進門了。一前一後的事。香君姐姐還好吧？」柳如是擔憂道：「好是好，就是一根筋。」董小宛道：「此話怎講？」柳如是道：「大限來時情人飛，從此侯郎是路人。」董小宛皺眉道：「姐姐，我更不懂了。」柳如是道：「就是說呀，侯公子迫於亂世，跑回河南老家。香君的情人，不就等同於飛走了嗎？可中原兵荒馬亂，還不及南京呢。是死是活誰人知？所以，從此侯郎是路人。這當爾，田漕撫願為她贖身，收為偏房。香君死活不肯，還拿茶把媒人潑出門，這不一根筋嗎？但願有情人終成眷屬吧，不說她了。」為香君的不幸，董小宛灑下幾滴淚來。

柳如是把見到煙月的事瞞過，轉而問道：

「小宛，你託人帶來的糖，此番派上大用場。我去江防營地慰軍，提起你的大名，都炸鍋了。」董小宛不解道：「何以如此？」冒辟疆張著嘴巴，渴望一聽下文。柳如是道：「歡呼雀躍，掌聲雷動！都喊董小宛呀。」董小宛生氣道：「姐姐取笑人。」柳如是沖門外喊道：「管家，管家你進來！」

商哥聞聲進來：「夫人有何吩咐？」柳如是道：「江防營地的弟兄，高喊董小宛了沒有？」商哥道：「我在場親耳所聞，那哪有假，不僅喊董姐姐的名兒，當把糖撒給弟兄們時，他們還高喊董糖哩。」董小宛滿臉潮潤：「越發不可信了，那些軍卒何以知道是我做的糖？」商哥道：「夫人招呼的唄。夫人說，『這些糖是董小宛親手所製』，下面才喊起你的名字，慢慢又變成『董糖』的喊聲了。」

董小宛紅著臉道：「我本喜靜之人，叫姐姐這頓爆炒，日後還靜得下來嗎？」柳如是道：「越是火爆的，越易隨風而去，不必擔心。哦！對了，又帶什麼好手藝來了？比如董肉。」董小宛笑道：「也不知誰這麼抬舉我小宛，把我醃製的虎皮肉，叫做董肉，有這麼恭敬人的嗎？」冒辟疆道：「知道的，這是抬舉小宛，不知道的，不免有傷大雅。」柳如是道：「叫什麼重要嗎？重要的是，人人皆知世間有這麼一道美食，沒準還會千古流傳喲。」董小宛道：「姐姐就會拿人取笑。」

錢牧齋道：「商哥，去把東西抬進來，給夫人過目。」一會兒，商哥帶著幾個下人，把幾筐東西抬進書房。錢牧齋又道：「這都是冒公子和小宛帶來的。」冒辟疆道：「不成敬意。」董小宛半是嗔怪、半是歡快道：「怎的不成敬意？這可都是我親手做的，有這麼不成敬意的嗎？」遂又調侃道：「姐姐，這一筐可是傳說中的董糖。」話未說完，就先自咯咯笑個不住。柳如是道：「好像與此前的不同？」冒辟疆道：「這次又加了新料。」

董小宛解釋道：「這一回的，比以往更好吃了，有芝麻、炒麵、飴糖、松子、桃仁和麻油。

就是大小……」董小宛調皮地看看錢牧齋，再看看柳如是，未語先笑：「就是大小，也與傳說中的『錢柳磚』差不多。」柳如是在董小宛臉上溫柔地扭一把，然後笑得前仰後合：「壞妹妹，在這裡等著我呢。」錢牧齋一本正經道：「夫人小心傷了董肉。」連冒辟疆也忍俊不禁，撲哧一聲笑了。董小宛對錢牧齋道：「原以為錢大人古板，沒想到也這麼風趣。」接著又介紹道：「那一筐是桃膏、瓜膏，角上那一筐是紅腐乳。」

菊兒托過一盤董糖，讓大家吃。錢牧齋吃了一塊：「嗯，酥鬆香甜，入口即化。」柳如是品嚐後說：「吃完了，還舌尖留香呢，董糖董糖。」錢牧齋又道：「可惜甜品多了些。」柳如是道：「冒公子喜吃甜食，小宛就以為天下的人都愛吃甜食。你們小倆口如此甜蜜，我可要嫉妒死了。」錢牧齋道：「淺薄的人是一葉障目，小宛這裡是一愛障目。冒公子福分不淺喲。」

董小宛聽了，一身的快活勁兒：「原以為老夫少妻隔著什麼似的，不想你們這般默契，變著法兒的讓人笑，也把自己樂翻天。柳姐姐嫉妒我和冒公子，我還嫉妒你們呢。」柳如是道：「你那『原以為』，其實就是坊間傳言吧。我早聽說了，還『原以為』幹什麼？」冒辟疆不好意思道：「柳夫人真是洞若觀火，這都知道。」柳如是哈哈一笑：「我才不管別人怎麼說，又不活給別人看。」董小宛道：「這才是柳姐姐嘛。」

說話間，錢牧齋叫商哥等把董小宛帶來的東西挑到廚房。幾個人又說笑了一回，各自歇息。冒辟疆與董小宛，就便住在飛來樓。一夜無話。

第四十一章

翌日，錢牧齋早朝回府，內宅靜寂無聲，因問臘兒：「夫人呢？」臘兒抿嘴笑道：「懶床，還沒起呢。我這就過去支應一聲。」錢牧齋止道：「不用，還是我過去吧。」

錢牧齋進了暖閣，見柳如是醒著，懶洋洋的趴在床上。凌亂的頭髮，有的披散在背上，有的壓在圓潤的肩下。柳如是道：「剛才你和誰說話？」錢牧齋不應，直嗅鼻子。柳如是翻過身：「問你話呢，音兒不回一個，聞什麼？」錢牧齋笑道：「暖閣味重，我去開窗子。」柳如是撒嬌道：「人家還沒起呢，著風如何是好？」

錢牧齋就便坐在床沿，把柳如是的頭髮理順，說道：「昨晚你倒頭便睡，連軸轉，怕是累壞了。有件要緊的事，昨天本想說的，你剛自江防營地回來，又是看香君，又是冒公子兩口兒來，沒得空於你說。」柳如是坐起，一邊劃拉額前凌亂的頭髮，一邊說：「肯定不要緊的，要緊你憋悶到天亮？」錢牧齋不與之磨牙，繼續道：「你去慰軍前的一次朝會上，聖上口諭，令禮部遴選優伶，上演阮大人的《燕子箋》。我在禮部才幾天？頭緒全無，還忙得焦頭爛額，竟把這事給忘死了。昨天突然想起，急得不行。偏偏又這事那事的，拖至今早才給夫人講，這可如何是好。」

柳如是笑而不答，下床近至窗前，把簾幕拉開，一束晨光，透過窗外光禿禿的樹丫照進來。柳如是瞇起眼，看了看窗外的景色，不遠處的枝椏上，有兩隻肥胖的鳥兒，相互依偎，一隻兩眼閉著，一隻則睜一隻眼閉一隻眼。柳如是噗嗤一下，笑得兩肩連連聳動。錢牧齋略有嗔怪：「都老大不小的人了，與你正經說事，你那裡卻偷著樂。」

柳如是走過來，神秘兮兮地拉著錢牧齋來到窗前：「老頭兒，你快看那兩隻鳥。」錢牧齋仔細往樹丫裡一瞅，明白了：「哦，原為這個樂呀。」柳如是悄聲道：「小點聲，當心把它們吵醒。有意思吧？如果那兩隻鳥是你我，你是哪一隻？」錢牧齋不容置疑道：「還用說，我就是那隻打更的。」柳如是撒嬌道：「這都什麼時辰了，還打更？」錢牧齋道：「打更也有站崗的意思，我給夫人放哨呢。」柳如是哈哈一笑：「就你會哄人。」說完，在錢牧齋臉上，咬了一個淡淡的牙印。

錢牧齋道：「夫人吶，我正向你討要主意呢。」柳如是輕輕推開錢牧齋：「掃興。」復又站到窗前，樹丫上的那兩隻鳥兒，已不知去向，遂言歸正題，對錢牧齋道：「南京乃古都，若說連個名角都找不到，誰信？阮大人家的戲班，不就現成嗎？」錢牧齋道：「這在過去可以，如今阮大人乃殿前新寵，你也敢打他家戲班的主意？昨晚躺在床上，我也略略想了想。聖上的意思是，廣搜歌妓及閘客，說他們水準高，先把他們選進宮，再教授優伶。」

柳如是感到一絲涼意，遂把窗幔攬入懷中，以禦寒氣。錢牧齋順手，從床頭拿過一件裘皮大衣，送到夫人手裡。柳如是甜甜地笑著，披在身上，繼續站在窗前，一邊望著窗外，一邊道：「這麼說，聖上還是戲行裡的明白人。」錢牧齋道：「誰說不是。我意今起就開始物色歌妓及閘客，你隨我去禮部，幫忙選選。」柳如是回過頭，難為情道：「小宛他們才來。再個，內人去禮部，怕人背後說閒話。」

錢牧齋不以為然：「那也得看為誰做事。為聖上選優，妄自非議，那還了得。至於冒辟疆他們，也都是至交，把話說明白，他兩口兒是不會怪的。」柳如是默然。這時，錢牧齋走到窗前，見柳如是敞著懷，怕她冷，便幫著合攏大衣。柳如是曖昧地笑道：「老頭兒幹什麼？」錢牧齋關切道：「冷風灌進懷裡，怕你著涼。」

柳如是道：「人家就喜歡這樣嘛。」說完，低頭看自己雪白的乳溝。錢牧齋的目光被牽引過去，因無法自己，便俯身去親吻那裡。柳如是瞇起眼，喃喃道：「昨晚，我就想讓你過我這邊來睡，無奈，呆老頭不解風情。」錢牧齋道：「呆老頭風情正解。」遂把麵粉團上的一顆紅櫻桃吮住。但聞柳如是浪情一叫，把錢牧齋的頭抱在懷裡。錢牧齋騰出一隻手，把窗簾拉上，慢慢的抱起柳如是。柳如是兩手勾住錢牧齋的脖子：「老頭兒，你還抱得動我？」錢牧齋嘿嘿一笑：「老當益壯。」說著，走到床邊，把柳如是輕輕放倒。

雲收雨散之際，商哥在門外急喊：「老爺，聖上口諭到了！」錢牧齋慌亂下床，一邊穿衣，一邊開門，把商哥向外迎，引至堂屋問道：「怎麼說？」商哥道：「聖上口諭，說是讓老爺盡速入宮議事。」錢牧齋納悶道：「傳旨人呢？」商哥道：「走了。臘兒在暖閣門口悄聲叫了幾遍，裡面無應答。傳旨人還有別的事，先走了。」錢牧齋臉上本就紅潤光鮮，聽商哥說他們「悄聲叫了幾遍，裡面無應答」，就有些自羞，臉紅如醉。商哥異樣的看看錢牧齋，問道：「老爺，你沒事吧？」錢牧齋頭也不抬，揮揮手：「沒事沒事，快去備轎。」

商哥一指門外：「早備下了。」果然，天井裡擺了一頂轎子，頂上落了薄薄一層雪。因不見轎夫，錢牧齋急道：「快去喊轎夫，這就走。」商哥用手一指：「不都在屋簷下躲雪的嗎？」遂走到院裡，一擊掌：「老爺要上轎了。」轎夫們這才抱著膀，瑟縮走出。

錢牧齋換上官服，急忙上轎，去了宮城。因是臨時御前會，禮儀皆免，大臣直入殿內議事。弘光帝顯得六神無主：「眾位愛卿，韃靼人已定山東。目下，他們正兩路出師南下，宿遷眼看不守，如之奈何？」馬士英出班奏道：「聖上勿憂，史可法的奏報，多有偏激之處，小事說成大事，小功冒為大功。前線弄虛作假，由來已久，史將軍亦不例外。」阮大鋮出班奏道：「首輔所言極是。以臣下之見，即使江北四鎮失守，一向不習水性的韃靼人，膽敢冒險，長江即他們的葬身之地。」弘光帝大悅：「有各位愛卿輔佐，朕無憂也。」遂退朝。

錢牧齋回到家中，提及韃靼人攻下山東的事，把柳如是嚇得面如土色。錢牧齋寬慰道：「韃靼人亦非五穀不分的猛獸，他們對士人還是有敬重之情的。今天在朝堂之上，聽到這麼一件新聞，說韃靼人攻陷曲阜，有清兵挖掘孔子墓，守墓人以死抗爭。豪格不解，問一位漢人謀士：『孔子何人？』謀士道：『古之聖人也。』豪格聞言大怒：『好大的膽子，聖人墓也敢挖掘！』隨即下令，將掘墓清兵斬殺。」

柳如是聽了，臉色漸暖。錢牧齋復又前話重提，遂對柳如是道：「選優之事，再拖不得。哪天聖上突然想起，口諭的事未辦，豈不是欺君之罪？」柳如是也嚇了一跳：「說得也是。」於是，幫著錢牧齋列了個單子，柳敬亭、丁繼之、沈公憲、張燕築、李香君、鄭妥娘等在冊。過了幾天，除柳敬亭、丁繼之因病缺席，李香君等均被傳入宮，教演《燕子箋》。

話說這天，錢牧齋自禮部賞心亭回到家，把席間一樁奇事說給柳如是聽，馬相爺、阮尚書、楊主事在座，如何掃雪烹茶，如何推杯換盞，如何賞畫賞雪，如何聽評彈唱。尤其說到李香君，特別來氣：「抬舉她入宮教演《燕子箋》，席間要驗看一番，留香君獻唱，她非但不領情，還大罵阮大人，好沒來由。」柳如是驚道：「如何罵起阮大人？罵什麼來著？」錢牧齋道：「那話要多難聽有多難聽，不說也罷。」

柳如是鐵青著臉道：「我說她一根筋，她還真就一根筋。她吃虧的事，還在後頭呢。」遂又道：「哦，今天冒公子老家捎來口信，說令堂病重，等不及與你道別，帶小宛急回如皋了。」錢牧齋輕輕「哦」了一聲，沒說什麼，就去書房，悶坐了半天。柳如是不放心，過來問道：「老爺怎的了？」錢牧齋道：「我有些累，歇歇就好。」柳如是帶上房門，去了暖閣。

時至年下，弘光帝因問韓贊周：「教演《燕子箋》的事如何？」韓贊周自責道：「老奴該死，實不知情。」弘光帝生氣道：「恁大的事，你也不替朕想著點？那些奴才糊弄朕，你也跟著起哄啊？」韓贊周匍匐下去：「老奴不敢，我這就去質問阿醜，這事一向是他操辦的，怎的如此不上心。」說著爬起，退出寢宮。未幾，韓贊周回來說，都妥了，就等聖駕至薰風殿鑒賞。弘光帝選定日子，與諸大臣同觀《燕子箋》。

有話則長，無話則短。但說這天，弘光帝等看罷《燕子箋》，意猶未盡，示意阿醜上臺來一出獨角戲。阿醜生就一張鐵嘴鋼牙，又有一副憤世嫉俗的熱心腸。偏巧，碰上一個戲迷皇上。那弘光帝迷戲，又以丑角的撮科打哄①為最愛。但凡弘光帝看戲，必有阿醜的即興表演穿插其中。弘光帝圖樂，阿醜即興所演，無論諷誰刺誰，一概免罪。目的只有一個，娛樂至上。

阿醜今之所演，不是即興，乃早就憤然於胸的事。何事惱了阿醜？自馬士英、阮大鋮掌朝以來，他們就大肆搜刮，公開賣官鬻爵，選用文武官員皆有定價，如武英殿中書一千二百兩，文華殿中書一千五百兩，布政司各職五百兩……因此，南京大街小巷，盛傳「掃盡江南錢，堵塞馬阮口」、「職方賤如狗，都督滿街走」的時語。

① 撮科打哄，又稱設科打諢、插科打諢。科是戲劇裡的滑稽動作，諢是戲劇裡的俏皮話。撮科打哄，類似相聲，兼具詼諧、幽默、滑稽、諷刺等特點。阿醜的撮科打哄，主要以諷刺為主。

那阿醜上得台，照例先來個開場白：「這回獨角戲，叫做《買賣人》。各位，阿醜的臉，正一個角色，左一個角色，右一個角色；趕上角色多了，阿醜的後腦勺，也是一個角色。你看好，一角多扮的戲，這就開始了。」

甲：禮部大人，你這頂帽子多少銀兩買來的？

乙：不多不多，三千兩銀子，硬大人便打折賣給了我。

甲：硬大人何以跟你打折？

乙：夫人移席，陪硬大人喝了幾盞，是以享受貴賓待遇。不然，一個禮部尚書，少了五千兩銀子，是買得下來的？

丙：（阿醜提了提褲子，拉了拉前襟，彷懷寧口音）貴夫人乃色藝雙馨之人，得其移席陪酒，三生有幸，欣慰欣慰！

阿醜一拱手：「獻醜！」說完，下臺。

弘光帝當即開懷大笑。然那阮大鋮、錢牧齋卻如坐針氈、汗流浹背，恨不得找個地縫鑽進去。弘光帝笑著，與昏暗的燭光裡找尋阮大鋮、錢牧齋，因不見其影兒，隨口叫道：「阮愛卿？錢愛卿？」阮大鋮、錢牧齋直起佝僂著的背：「臣在。」弘光帝笑道：「笑話而已，兩位愛卿不必往心裡去。」阮大鋮與錢牧齋略略放鬆，待各自到家，發現內衣汗濕，擰可出水。

事後，阮大鋮、錢牧齋拜請韓贊周，請阿醜口下留情。韓贊周帶上賄金，找到阿醜，見面即言：「你一向口碑不佳，怎的又損起兩位德高望重的大人來了？」阿醜道：「我從不在王八面前樹立自己的口碑。」韓贊周跺腳道：「嘿，一派瘋話。」阿醜雖那麼說，但還是嬉皮笑臉，接了賄金。

阿醜拿到五百兩銀子，轉手，一股腦給了煙月。煙月道：「阿醜哥，哪來這麼多銀子？」阿醜說了句「封口費」，不再多言。臨走，阿醜憂心忡忡道：「看來，讓皇上回心轉意，已不可能。你和潞王要多加小心。」說完，匆匆而去。

且說這天，弘光帝正懷擁美人，飲酒作樂，臣下奏報，稱宿遷已被韃靼人拿下，前線告急。弘光帝擲杯於地：「混賬，沒見朕正高興嗎？」時有馬士英請求覲見，弘光帝對韓贊周道：「叫他進來，一個個喪門星。」

馬士英小心翼翼近前，跪下道：「聖上因何動怒？」弘光帝道：「都是這些不中用的東西，偏偏把失地的事，這個節骨眼上奏報。」馬士英道：「聖上原為這個。也不必著惱，正好趁機教訓一番史可法，是對其不擁立的懲罰。」弘光帝道：「還是馬愛卿智慧過人。傳旨，罰史可法半年俸祿，以示警戒。」馬士英瞞下要事，諾諾而去。

次日早朝，弘光帝問道：「對史可法罰俸的旨意，可否傳出？」馬士英道：「早已遵旨辦了。」錢牧齋看看馬士英，再看看阮大鋮，出班奏道：「聖上，欣逢盛世，微臣懇請在三山門一帶復建四層樓的賞心亭，在通濟門一帶復建三層樓的孫楚酒樓，請聖上裁奪。」馬士英、阮大鋮同時出班奏道：「聖上，錢尚書所言極是，這兩處乃古之勝景。將其復興，正好體現我朝盛世。」弘光帝口諭一個「准」字，便起駕回了後宮。

那賞心亭和孫楚酒樓，原為南京人文景觀。辛棄疾的《水龍吟・登建康賞心亭》，就有「把吳鉤看了，欄杆拍遍，無人會，登臨意」，正是借賞心亭來抒懷的。那孫楚酒樓，源自晉代，太守孫楚來此樓飲酒，詩興大發，狂飲高歌，店主遂改店名為孫楚酒樓。李白遊歷南京時，常與文人酒友在此飲酒，留下「朝沽金陵酒，歌吹孫楚樓」的詩篇。

不日，新春即至，弘光帝大宴群臣。歌舞才起，弘光帝便止住：「還是先看阿醜的獨角戲吧。」阿醜一愣，心想：「這大年節的，怎的先來這個？」想著，就走上台去，說道：「聖上有旨，阿醜不敢怠慢。這回獨角戲，叫做《盛世忙》，各位看好了。」

奴才：皇上，那烏衣巷乃孫權故居，建議復興了；還有那王謝宅子，也一併復興了吧。

皇帝：依著這個，查查典籍，看看堯舜的時候，這秦淮河邊還有什麼，一併復興得了。

大臣：這個……

皇帝：別這個那個的，你們總要喊著復興復興，我腦子都聽炸了。你們打著復興的旗號，四處復興建築，不就為多撈倆錢嗎？我個當皇上的，什麼不明白？

弘光帝一臉壞笑，默不作聲。然那馬士英、阮大鋮、錢牧齋，卻汗濕全身。自此，他們打消復興話題。

夜宴結束，胡大鵬覲見弘光帝，提醒阿醜乃危險人物。弘光帝哼哈了事。他明白，阿醜很醜，卻能幫他抑制權傾朝野的幾位大臣；可又不能對其過於放縱，讓大臣以為他弘光帝借由阿醜那張嘴，來整治他們。弘光帝意在寵臣和阿醜之間尋找平衡點，使自己儘量久遠些，如此而已。

馬士英、阮大鋮、錢牧齋不知就裡，對阿醜懷恨在心。尤其阮大鋮，敦促韓贊周質問阿醜，因何無信。韓贊周得了好處，自然幫忙，把阿醜帶到一隱蔽處，問道：「說好了，你不再揭醜。那些銀子白給你了？」阿醜道：「我也正為多撈點，才不得已而為之。」韓贊周道：「這麼幹，怕面上不好看？」

阿醜道：「什麼面不面的？我個當小丑的，本來就沒多大面子，若是再給了人，不是更沒面子了嗎？從皇帝到小丑，要想為自己掙足面子，那就儘量不給別人面子。你只有不給別人面子，自己才有足夠的面子。你韓公公不就捨不得給人面子，你自己的面子才很大嗎？別說是這朝中大臣，就是當今皇上，不也事事聽你擺佈嗎？因此，那些朝中大臣，個個在你面前點頭哈腰，你都快趕上魏忠賢了。」韓贊周衝阿醜豎起兩個大拇指：「你行！你能！」說完，走了。

此後，阿醜漸漸感到，弘光帝有些疏遠他。這天，他出宮去見煙月，阿醜道：「朱由崧是王福的時候，你是煙月；王福變成福王，你就還原為民女；當福王成了皇帝，你再提跟他有往，就等於往他臉上抹灰。人做普通百姓的時候，那張臉還是臉；人一旦做了官，他那張臉就不是臉了；人要是做了皇上，他都不知臉為何物了。你小心為是。」

煙月憂心忡忡道：「小心？怎麼小心，前天，潞王不知被什麼人帶走了，至今生死未卜。」阿醜嚇了一大跳：「我的天，他們這就動手了?!」又安慰了幾句，把所剩不多的銀子，一股腦放在桌上，走了。丫環花茵送出門去：「爺你慢著腳步。」阿醜擺擺手，朝皇城方向去也。

第四十二章

且說高杰。自他率部去了河南，便以興平伯為居，處處目中無人。教場點兵，他竟對許定國當面責罵。許定國乃掌兵十萬的河南總兵，即便你擁立有功，即便你是皇帝加封的興平伯，怎的說罵就罵？大明河山顏色，大半已改，當下惟收拾人心，招納英才，一致對外，方為出路。高杰不思揚州教訓，今又重演故技。許定國不以為意，反請高杰睢州城內宴飲。高杰部從以為有詐，諫阻此行。高杰斷然拒絕道：「我高杰威名蓋世，便是三鎮將軍，也甘拜下風；許定國不過走狗小將，有何本領，我倒要怕他？」部將勸阻不下，只好由他。

高杰人馬，自揚州而來，於睢州城外紮營。睢州城四面環水，易守難攻。高杰一心奪美，苦無良機。許定國此番宴之，他豈肯錯失良機。是以帶上副將兩員，騎兵數人，往睢州城而去。

至護城河邊，高杰勒住韁繩，四處觀望，突聞林中有人喊話：「什麼人如此大膽，在此窺視？」高杰與部將騎在馬上原地打轉，不見喊話人。高杰怒道：「我乃高杰高將軍，是你們許總兵座上賓，還不快去稟報！」這時，一小卒從樹林中閃出，跪在高杰馬前道：「實不知是高將軍，得罪得罪。」遂用手一指東邊：「此去一百多桿子，便是吊橋。」

高杰等撥馬加鞭，逕奔吊橋。部將喊道：「高杰高將軍到也，快快把橋放下！」對岸守兵聽了，放下吊橋，於路旁跪迎。高杰騎馬而至，用馬鞭指一軍官道：「許總兵因何不親迎本將？」軍官道：「許總兵身體欠安，特差在下前來代為迎接，請高將軍進城筵宴，點查兵馬。」高杰道：「宴席設在何處？」軍官道：「在察院公署。」高杰道：「起來吧，引馬前行。」那軍官從地上爬起，牽著高杰的馬，往城裡走。時間不大，一行人便來到察院公署。

許定國早已恭候在察院公署門口，見了高杰拱手道：「高將軍，許某有失遠迎，得罪得罪。」高杰跳下馬，拱手還禮：「許總兵貴體安否？」許定國道：「託高將軍的福，無大恙。」彼此寒暄一番，進得公署院內。高杰吩咐軍卒院內伺候，他與兩位副將進屋，入席歡宴。

待坐定，高杰見八仙桌上肴瘦酒弱，遂大發雷霆，摔杯擲箸：「今乃正月初十，預賞元宵，怎的無花燈，無戲子？這不要說在十里秦淮，便是在揚州，也早熱鬧成個什麼樣了。」許定國難為情道：「稟將軍，這睢州前線，兵荒馬亂，著實沒處買燈叫戲。」

高杰大為不快：「自古以來，世道再亂，民間再疾，也沒有苦官的道理。崇禎帝末年那會兒，百姓吃完樹皮吃死人，吃完觀音土再吃屎，可當官的照樣花天酒地。就是說，只要你還有的官當，無論啥時，這美酒美女都絕不了世。許總兵就不要在我面前擺樣兒了，大家都是明白人。」許定國回頭訓斥部下道：「就是掘地三尺，也把歌妓找來幾個，陪將軍樂樂。」中軍官近前道：「稟大人，手下覓得歌妓四位，且名色俱佳。佳餚美酒，也已備下。」

高杰笑道：「還不快快把美女美味美酒端上來！」許定國揮手，四位妖豔的歌妓款款而至。高杰開懷大笑，遂擁妓入席。高杰坐下，叉開雙腿，令兩歌妓坐在他的大腿上，親親這個，摸摸那個，心滿意足道：「這還像個預賞元宵的樣子。」許定國陪坐，另二妓陪高杰的兩位副將入席。

高杰正快活，一副將催促查點兵馬，以便筵宴之後早回營地。高杰貪杯戀色，不屑一顧道：「天色已晚，明天再查點兵馬不遲。來，讓我們權把睢州當秦淮，多喝幾杯。」許定國舉杯道：「將軍所言極是，明天查點不遲，來，滿飲此杯！」遂站起敬酒。高杰不便站起：「將軍不必客氣。」一努嘴，一位歌妓心領神會，端起酒杯，餵入高杰唇邊。高杰一仰脖，把杯中酒乾了。

另兩歌妓，亦把酒杯端起，嬌裡嬌氣地敬高杰的兩位副將：「將軍，兩位大人都把酒乾了，咱們也乾了吧。」高杰聞言，勸道：「對對對，你們也乾了吧。」兩位歌妓先乾為敬，兩位副將難辭，也喝了。許定國跟兩位歌妓使了個眼色，但見她倆站起，努嘴扭臀，坐到兩位副將大腿上。高杰越發歡快道：「好，皇帝尚且與民同樂，我等亦然。」兩位副將半推半就，把兩位歌妓抱在懷裡取樂，緊繃的神經，漸漸鬆弛。時間不大，高杰及副將，已爛醉如泥。許定國道：「快扶高將軍歇息。」四歌妓聽了，攙扶起高杰，去了內室。高杰的兩位副將，溜到桌下，早已鼾聲如雷。

高杰酒量及其臂力，軍中無人可比。即便他醉酒之中，仍力大過人。四歌妓把高杰攙到臥房，費九牛二虎之力，才將其衣服脫個精光。她們亦赤身裸體，與那似睡非睡的高杰，鬧做一團。下半夜，高杰揮精泄力，倒頭便睡。一歌妓把棉布簾一挑，半遮裸體，對外間守兵道：「他睡了。」話音剛落，聞聽室外一聲鼓號，伏兵四起，先把高杰副將一一斬首。內室四位歌妓一躍而起，將赤條條的高杰死死按住。高杰的侍衛在天井聞有異動，大喊：「高將軍，有刺客！」高杰從醉夢中驚醒，見四位歌妓將他緊緊摁住，嚎叫而起，猶如醒獅，把四歌妓甩了個人仰馬翻。恰此時，許定國急速闖入，手起刀落，把高杰的頸上人頭砍落。歌妓們驚恐萬分，不顧一切，赤裸裸逃向外間。眨眼之間，高杰一行數人，命喪黃泉。

許定國提著高杰人頭，交給一位部從：「快，連夜過河，把高杰人頭獻於多鐸，就說我許定國已打開黃河一線的大門，恭迎清軍。」部從提著高杰人頭，消失在伸手不見五指的黑夜裡。次日，清軍統帥多鐸，見高杰人頭送到，隨之進取歸德。

你道那許定國，因何設計伏殺高杰？原來黃河以北的清軍，早已派奸細買通許定國。許定國得了清軍的重金，決意投降，並把兩個兒子送過黃河為質。

史可法聞高杰被殺，涕淚交流，忙令高杰外甥李本身，前去收攏部眾，又立高杰兒子高元爵為世子，撫定軍心。然亡羊補牢，為時已晚。

但說蘇昆生回河南省親，時逢戰亂，已是無親可尋。滿目所見，潰兵亂軍，趁火打劫，燒殺掠奪，無惡不作；市井村舍，生靈塗炭，難民饑民，東奔西竄。偌大中原，儼如人間地獄。

離亂之中，蘇昆生騎一頭瘦驢，奔命於黃河岸邊。突有三個逃兵追來，把蘇昆生推下驢背。蘇昆生「哎呀」一聲，順坡滾下黃河：「我的驢，青天白日，怎敢搶人家的驢！」那三個逃兵，轟趕著毛驢，一路狂奔而去。

蘇昆生從堅冰上爬起，忽見一熟悉的身影自面前而過，他脫口喊道：「貞娘？！」那人正是李貞麗，她駐足凝目：「你是？」蘇昆生喜極而泣，上岸道：「果然是你。貞娘，我乃蘇昆生也！」李貞麗吃驚道：「蘇師傅，你怎的在此？」蘇昆生搖頭道：「說來話長……」李貞麗道：「此去不遠，乃我暫居之所，到那裡說話。」

李貞麗引路，蘇昆生隨後，二人來到一個雞聲茅店。進得屋內，蘇昆生迫不及待問道：「貞娘因何來河南？」李貞麗道：「一言難盡。貞麗命苦，代香君嫁田仰。無奈，田仰正室悍妒異常，心如蛇蠍，動輒把奴揪出房來痛打。田郎懼內，又不忍我死在他家，便把我賞於一老兵。這會兒，他當值去了。蘇師傅，你怎的也來河南了？」蘇昆生愁眉苦臉道：「本為省親，然已是舉目無親。」遂把香君的事，從頭到尾說了一遍。正說著，推門進來一人：「方才你們又是貞娘，又是蘇師傅的，口音聽著耳熟……哎呀，果然是你們。」

李貞麗道：「侯公子？」蘇昆生站起來，興奮異常：「原是侯公子，正要去尋你，不想在這裡撞著。謝天謝地。」李貞麗淚流不止：「侯公子，快坐快坐。」蘇昆生復又把李香君的事，說了一遍。侯方域哀歎道：「世事驟變，可這『同是天涯淪落人』的人，因何偏偏是我等？」

蘇昆生道：「達官貴人就好？天下大亂，無人置身事外。」蘇昆生把話題一轉：「中原如今是生靈塗炭，難以容身，我等還是回南京吧。」侯方域附和道：「那是。」李貞麗哀傷道：「蘇師傅，你們回吧。如今我已另適他人，必守婦道，方對得起自己的良心。」次日，侯方域、蘇昆生淚別李貞麗，趕回南京。

第四十三章

侯方域與蘇昆生結伴回到南京，二人就利涉橋下船，侯方域道：「蘇師傅還回原來的家住嗎？」蘇昆生黯然道：「哪有什麼原來的家，因想著葉落歸根，便把南京的房產變賣了。人算不如天算，老了老了，一把老骨頭倒要丟在異鄉。公子若無處投奔，你我就河房住下罷了。」侯方域哀歎一聲，背起行囊，與蘇昆生同行。

安罷腳，侯方域道：「蘇師傅可否隨我一同去媚香樓看看香君？」蘇昆生斜歪在床上，瞇著眼道：「一路勞頓，累得不行。你自先去，見了香君，代我問好，說我歇息歇息，就去看她。」侯方域應著，邁出房門。至媚香樓，大門緊鎖，已然物是人非事事休。但見：人跡罕至鳥啁啾，牆皮剝落滿地塵。侯方域推開一道門縫，往裡探看，小院內，人去樓空，敗景淒淒。侯方域失落而歸。

回到河房，侯方域把媚香樓的淒涼之景，先講了一遍，又道：「回來的路上，碰到楊龍友楊大人，方知香君被選入宮，去教演《燕子箋》。而今阮大鋮日正中天，四處捕殺東林黨人和復社人。這次回來，可謂是逃離虎口，又入狼穴。真真不讓人活也！」蘇昆生道：「勢必躲一躲。

你我不妨去投蔡先生。」侯方域道：「哪個蔡先生？」蘇昆生道：「在南京稱得上蔡先生的，難道還有第二人嗎？不是蔡益所，又能是誰？」侯方域不假思索道：「是個去處。」蘇昆生道：「事不宜遲，這就走。」二人收拾行囊，結清房錢，奔三山街去。

在三山街蔡益所書坊前，侯方域見廊柱上貼著新選書籍的封面，左邊一行小字，寫的是「壬午癸未房墨合刊」①，右邊選家，赫然寫著「陳貞慧、吳次尾」大名。侯方域喜道：「原來他二人在此做起了選家。」遂急忙進去，東看西看，見吳次尾、陳貞慧在一間小屋，正埋頭編輯。侯方域悄立門口，乾咳幾聲，吳次尾、陳貞慧抬頭見喜：「侯兄？」二人手忙腳亂的站起，吳次尾帶翻椅子，陳貞慧帶倒茶盞。也無暇顧及，過來就與侯方域相擁相抱。侯方域回頭把蘇昆生拉過來：「這是蘇昆生先生，香君的業師。」吳次尾、陳貞慧與蘇昆生彼此拱手見禮，互致問候。隨後至外間，喝茶敘舊。

且說阮大鋮，這天閒來無事，到三山街拜客。出行的儀仗，黑壓壓，搖動四方。阮大鋮的轎子，恰在蔡益所書坊前落地，軍卒依舊螃蟹般橫掃一切，嘴裡嚷道：「行人靠邊！閒人讓路！」有那躲閃不及者，肩上背上屁股上，不吃棍就吃槍，可憐的市民，奔竄不迭。

阮大鋮出轎，歪頭即見廊柱上的封面，遂勃然大怒：「復社乃東林後起，與周鑣、雷縯祚同黨，朝廷正在予以緝拿，他們竟敢在此選書。胡大鵬何在？」胡大鵬跑至近前：「老爺因何動怒？」阮大鋮指蔡益所書坊道：「此坊竟敢用逆黨編選新書，犯下十惡不赦的大罪。你不是說，南京城一個東林黨、復社人都沒有了嗎？這裡不是？」胡大鵬狠狠道：「小的定要將功補過。」胡大鵬大手一揮，赤衛隊如狼似虎，蜂擁搶進蔡益所書坊。不大會兒，把蔡益所五花大綁，拖到阮大鋮面前。因拖拉過猛，蔡益所下巴血肉模

① 房墨合刊，即中選試卷合集。

糊，鬍子蹭掉一地。

阮大鋮道：「裡面還有什麼人，一併捉拿乾淨！」話音未落，另一波赤衛隊把侯方域、陳貞慧、吳次尾捆綁拖拽出來。蘇昆生外出，逃過一劫。阮大鋮大吃一驚：「我說一個個影兒也無，原來都躲到這兒來了。」他踱步至吳次尾面前：「想來這位就是當年在夫子廟羞辱本官的吳次尾吧？」吳次尾白了阮大鋮一眼，把頭低下，無語。阮大鋮繼續道：「『刺蝟囟』，你也有今天！」說完，瞥一眼侯方域：「胡大鵬，此賊姓甚名誰？」

胡大鵬想了想道：「就是那個那個侯什麼玩意來著？」阮大鋮捏著侯方域的下巴，猛的往上一抬：「哦，你就是大名鼎鼎的侯方域侯公子侯年侄兒，別來無恙！」又狠狠的猛把手一放，侯方域的頭往前重重的搶了幾搶，勉強穩住，冷冷的看著阮大鋮，亦不發一言。阮大鋮遂對侍從官道：「速調人馬，把三山街掘地三尺，給我抓，寧可錯殺一千，也絕不放過一個！」三山街頓時風聲鶴唳、雞飛狗跳起來。

只半天工夫，赤衛隊便在三山街捉拿疑犯數十。阮大鋮拜客興趣全無，遂帶疑犯回到皇城，交東廠嚴刑拷打。胡大鵬乃屠夫出身，練就鐵石心腸，每以拷打人犯為樂趣。但說這天，胡大鵬就東廠大牢，第一個即提侯方域。待那侯方域帶枷而至，他二話沒說，掄起手中棒槌，便猛然砸向侯方域的木枷。那一棒槌下力過狠，木枷碎裂，木片碎屑刺入侯方域脖頸和手腕，鮮血直流。侯方域力不能支，搖搖晃晃，倒在地上。

胡大鵬腳踩侯方域的頭問道：「聽說你四處找尋李香君？你放心，爺會幫你照顧她的。」侯方域恨道：「你這畜牲，你怎麼她了？」胡大鵬用力一踩，侯方域的嘴角立時鮮血直流。胡大鵬怒道：「這個賤人竟敢在賞心亭罵官，爺怎麼她了，你懂得。」說完，提著棒槌，往門外一指：「提尾巴上有刺的那一位！」

隨之，吳次尾亦帶枷而至。胡大鵬惡狠狠道：「『刺蝟囟』，你怎的不囟了？」吳次尾見侯方域血肉模糊，頓時嚇得渾身發抖，他語無倫次道：「大人，我有罪我有罪！」胡大鵬怒道：「你不是有名的『刺蝟夃』嗎？怎的軟柿子了？」吳次尾重複道：「大人，我有罪我有罪！」胡大鵬哪管求饒，起手就給吳次尾襠下一棒，吳次尾夾著雙腿，立時倒地，滾做一團，那慘叫聲聞所未聞。胡大鵬對手下道：「扒開他的雙腿，他不是叫吳次尾嗎？今天我胡大鵬先就把他的刺給拔了，看他還刺什麼尾！」

五六個彪形大漢一擁而上，掰開吳次尾的雙腿，將其死死按住。吳次尾苦苦哀求道：「胡大人，看在你我同鄉份上，饒我一命。」胡大鵬道：「你糟蹋阮相時，可想過同鄉之誼？」說著，掄起棒槌，在吳次尾的襠裡接連猛擊數下。再看那吳次尾，臉色蠟黃，聲息減弱，癱軟在地。

胡大鵬又道：「提『兩撇鬍』！」手下遂把我敬梓帶上來。胡大鵬道：「我敬梓，你姓啥不好，倒要姓『我』？『我』也是你隨便亂姓的？」我敬梓道：「祖上就這麼姓來著，我有啥法兒？」胡大鵬道：「你到『蔡氏書坊』聯絡什麼人去了？」我敬梓道：「沒去聯絡什麼人，我純是去買書，一個月都要去個幾回，三山街的人都知道我這習慣。」

胡大鵬道：「是嘛？地上躺著的這兩位你都看到了？」我敬梓道：「進來就看見了，我知道他們，但少有往來。」胡大鵬歪著頭：「聽上去你像個聖人，完美無缺。」我敬梓道：「沒這麼說過。」胡大鵬道：「那麼罵《燕子箋》『巧』得沒道理，『巧』得牽強附會，『巧』得近乎霸道；甚至說《燕子箋》弄髒了純潔的文字，這話可是你說的？」我敬梓先是十分驚訝，後又想了想，連連點頭：「沒錯，這話是我說的。」胡大鵬很是鎮靜：「那就行了，把東西給我端上來。」

手下端過一口沸騰的油鍋，裡面滿是紅紅的辣椒。胡大鵬道：「看看是你的口辣，還是這辣椒辣。」說完，令人把我敬梓捆在木樁上，用鐵釺把他的嘴撬開，並把一個鐵皮漏斗插進我敬梓嘴裡，然後把熱滾滾的辣椒油灌了進去。我敬梓不曾呼喊，當即昏死過去。

胡大鵬道：「提蔡益所！」蔡益所帶枷而至，胡大鵬上去就給他一記耳光：「為什麼提你？」蔡益所道：「為編書的事。鄉試在即，自己選書，嚴格按照禮部規定來做。這次所選的書，乃鄉會房墨，每年科場都要選一部的。」胡大鵬道：「這麼說，你等皆無辜之人，錯的是朝廷了？告訴你，朝廷永遠不會錯，錯的永遠是你們這些酸腐文人。看來你也是不見棺材不落淚，大來人，大刑伺候！」哪有蔡益所分辯的機會，大刑一上，他也即刻不省人事。接著便輪到陳貞慧等，亦被打得大小便失禁，滿地找牙……可憐文弱書生，一個個求死不成，苟活亦難。

侯方域等身陷囹圄，直鬧得滿城風雨，復社成員人人自危，膽戰心驚。惡訊傳到錢牧齋、柳如是耳裡，二人愕然。良久，柳如是道：「如何是好。」錢牧齋與柳如是短暫對視了一下，無奈道：「凶多吉少。」柳如是小聲道：「可還有活路？」錢牧齋果決道：「此案乃聖上欽定，不可妄議。」柳如是沮喪萬分，再不多言。

第四十四章

話分兩頭，且說弘光帝，近因癡迷《燕子箋》，中原敗局，沒有敢奏報者。那弘光帝一高興，有時竟粉墨登場，從中取樂。沉迷戲中半月有餘，弘光帝起膩，突發奇想，要微服私訪。貼身小太監張執中不敢擅自主張，請大總管韓贊周示下。韓贊周一邊照知赤衛隊待命，一邊隨張執中疾步至弘光帝寢宮。

見韓贊周進來跪倒請安，弘光帝歡喜道：「韓公公，你來的正好，朕擬出宮去看看。」韓贊周道：「這親民之舉，實屬千人讚萬人誇的好事。但不知皇上到哪裡去走走看看？」弘光帝道：「起來說話。」韓贊周道：「謝皇上。」遂爬起，往側邊一站，微微垂首，抬起眼皮，一臉謙恭。弘光帝接著道：「朕聞夫子廟一帶最為熱鬧，就去那裡走走吧。」韓贊周嘴裡道一個「是」字，扭頭遞給張執中一個眼色。張執中被韓贊周調教得靈透有加，即知其意，悄悄退出，吩咐赤衛隊前往警戒。

弘光帝見韓贊周只應一個「是」字，甚覺奇怪，遂問：「韓公公，怎的站著不動？看你若有所思的樣子，莫非要怠慢朕嗎？」韓贊周道：「奴才豈敢。老奴想，需帶多少人出宮合適。」

弘光帝道：「朕要微服私訪，體察民情，帶一大堆人，嚇跑了民，情又何在？」韓贊周連忙點頭：「皇上聖明。那我跟著，再帶上兩個內侍，可好？」弘光帝道：「自然你要跟著，你與朕扮成農夫；張執中不必去了，帶兩個貼身的侍女，讓她們扮作村姑。」

韓贊周不敢怠慢，吩咐出去。不大工夫，太監宮女抱來平民衣裝，給弘光帝穿上。韓贊周與兩個宮女，亦盡速扮好。弘光帝看看自己，再看看左右，笑道：「這才像個微服私訪的樣子嘛。走，出宮。」一行人，自宮城後門乘船，由進香河南行，至夫子廟下船登岸。

到得街上，行人寥寥無幾。弘光帝納悶道：「馬士英、阮大鋮等大臣，還有你老韓，每每在朕面前稱頌什麼盛世。可你看，這街上店鋪緊閉，人跡罕至，如何像個盛世？」韓贊周道：「這會兒，人人忙得不亦樂乎，誰有閒工夫亂逛？」弘光帝想了想：「嗯，倒也是。」走至一巷口，感覺不對，弘光帝質疑道：「怎的巷子裡也沒個人？」韓贊周站在巷口，把手一指：「那不，巷尾處有個人。」弘光帝瞅了瞅：「他怎的站在那裡，一動不動？」一侍女小聲道：「皇上，像個放哨的哩。」弘光帝怒道：「老韓，你莫非戒嚴了？」

韓贊周辯解道：「主子說哪裡的話，你說出來走走，這才多大工夫的事。就是老奴有心那麼做，也來不及呀。」弘光帝道：「嗯，倒也有理。」遂又側頭問那個侍女：「你說呢？」那侍女道：「我也說不清。」弘光帝正疑惑，街一頭，突兀的就出現好多往來者。韓贊周指道：「聖上，那不是人嗎？」弘光帝興奮道：「是呀，是呀，你等快隨朕親民去！」說著，大步流星，向前奔去。不及趕上前，那些市民又齊齊的進了一個小巷，只聽一陣角門的咿呀聲。弘光帝到得巷口一看，人影也無。街上復為死寂。弘光帝拍了拍腦門：「莫非做夢？是呀，午睡時，朕是做夢微服私訪來著，那街上，人山人海、摩肩接踵。到底哪是夢？哪是現實？」

韓贊周道：「聖上，此乃天堂般的現實生活。」弘光帝道：「那民怎的不讓朕親？」韓贊周尚未回答，一邊的侍女又小聲道：「皇上，剛才那些民，好像宮裡的戲子哩。」弘光帝驚道：「你是說，他們讓戲子來扮民？那真的民又去了哪裡？」那侍女道：「想是被清場了。」

弘光帝一把抓住韓贊周：「老韓，你說說清楚，這大街之上，人毛也沒有一個，朕這是哪門子的微服私訪？這跟宮中無二。」話到這兒，但聞身後有吱吱呀呀的木輪聲，回頭一看，一輛拉藥草的騾車走來，前前後後，跟了七八個人，那些人動作機械，目光呆滯，神情緊張。弘光帝上前，與其中一人交談，那人的臉立時蠟黃，話也不敢說一句，便急急忙忙向前走去。

弘光帝追了幾步，沒追上，眼前倒現出一座門樓，上書「飛來樓」三個大字。隨口道：「嘿，這名兒取得好，進去看看。」韓贊周擦了把額頭上的汗，心想：「老天爺，總算糊弄過去了。」遂上前，及閘人交涉。門人不知皇帝駕到，仰頭回道：「此乃宗伯官邸，不接納私人遊覽。」弘光帝大為好奇：「何人官邸？」門人不耐煩道：「此乃錢宗伯錢牧齋錢大人官邸，南京人都知道，怎的就你們不知道。聽口音，北邊來的吧？」韓贊周怒道：「這是怎麼說話哩？還不快去稟告你家老爺，看看誰來了。」門人聽韓贊周那口氣，知道非同小可，立馬飛奔進去。

這天，柳如是心情甚佳，寫了一首詞，叫做〈金明池・詠寒柳〉：

有悵寒潮，無情殘照，正是蕭蕭南浦。更吹起，霜條孤影，還記得，舊時飛絮。況晚來，煙浪斜陽，見行客，特地瘦腰如舞。總一種淒涼，十分憔悴，尚有燕台佳句。

春日釀成秋日雨。念疇昔風流，暗傷如許。縱饒有，繞堤畫舸，冷落盡，水雲猶故。憶從前，一點東風，幾隔著重簾，眉兒愁苦。待約個梅魂，黃昏月淡，與伊深憐低語。

意滿，自賞一番，方去午睡。睡得晚，起得遲，直至商哥二度進屋催叫，柳如是才懶洋洋醒來。柳如是道：「老爺起了嗎？」商哥道：「早起了，正在看書呢。」商哥回話時，見柳如是睡衣上邊的兩粒絞絲紐扣開著，貼身的紅色小衣，粉白鮮嫩的乳溝，使得商哥不能自拔。柳如是發現異情，臉一紅，把那兩粒紐扣輕輕扣上。

商哥知道自己莽撞，遂把目光移開，卻不意看見掛在臥房內的那幅版畫。這在平日，柳如是身邊有臘兒伺候，輪不著管家踏步暖閣。只因臘兒母亡，回家奔喪，柳如是一時又找不到可心的人在身邊，她寧缺勿濫，是以叫商哥暫代臘兒，略為支應。今兒午醒，錢牧齋有事與夫人商量，身子不適，腿腳懶惰，便三番五次的催促商哥，去喚醒夫人。商哥於夫人的暖閣，一向不敢越雷池一步，今因老爺催得急，夫人又懶床，這才不得已進屋。

商哥初入暖閣，吃驚的發現，那畫中男子的手，竟罩在女人的乳房上。商哥看得出神，柳如是低聲問道：「小哥哥，你在看什麼？」商哥的臉越發紅了，他不知所措，心想：「自打我進了飛來樓，夫人一向喊我管家的，怎的叫起『小哥哥』來了？」正尋思，見柳如是聲音更低、更纏綿了：「小哥哥……」商哥的心，幾欲跳出胸膛，他慢慢的向床邊走去。這時，但聞門外有人喊道：「夫人，有貴客來了，老爺叫你趕快下樓。」商哥一步跨出暖閣，柳如是急急忙忙穿戴一番，隨後跑出。柳如是站在正堂簷下一看，錢牧齋正跪在一人面前。柳如是心想：「老頭子這樣的大臣能跪誰？壞了，一準是皇上來了。」是以疾步下樓，跪迎於地。

錢牧齋指柳如是道：「啟稟皇上，這位是賤內柳如是。」弘光帝興奮異常：「不用說，朕也猜了個八九不離十。都起來吧。」錢牧齋與柳如是道：「謝皇上。」遂站起，兩口兒一時手足無措，僵在那裡。韓贊周上前一步：「錢大人，還愣著幹嘛，快快把皇上引進書房。」錢牧齋彎腰駝背，做了個請的動作。弘光帝道：「錢愛卿引路。」錢牧齋道：「是。」遂跟柳如是嘀咕了幾句，柳如是道了個萬福，去備酒席。錢牧齋則頭前引路，逕奔書房。

快到書房時，弘光帝道：「朕看你這園子倒有幾分雅趣，不妨先四處走走。」錢牧齋依舊答一個「是」字，側身倒走，為弘光帝引路。走著走著，弘光帝道：「錢愛卿，你西鄰偌大的花園，為何人所有？」錢牧齋道：「皇上一向生活在洛陽，對南京的事有所不知。西邊的花園，乃魏國公花園。」弘光帝道：「魏國公？莫非就是封為中山王的徐達嗎？」

錢牧齋道：「正是。太祖念他為開國功臣，特許在夫子廟旁，建府邸花園。此園佈局典雅精緻，小巧玲瓏，曲折幽深。全園面積八畝，僅假山就占了近半。園內宛如襟帶的小橋，竟有十五座之多，其中就有典雅玲瓏的獨孔橋、三孔橋、七孔橋，還有四角重簷的亭橋等。」弘光帝道：「錢愛卿，朕看你這園子裡的樓閣亭橋也不少呀。」錢牧齋道：「再怎麼，敝園與魏國公的花園，也難有一比。」

錢牧齋引著弘光帝，走累了，就近在一個亭子裡歇息。略歇上一歇，又四處的走動。柳如是別過弘光帝，吩咐商哥如此這般這般。那商哥手腳麻利，帶著十幾個家丁，緊鑼密鼓的將飛來樓園內的亭榭佈置一新，新坐墊，剛沏的茶；小甜點，熏香的爐，陳設簡潔大方。就亭榭歇腳時，弘光帝一味的喝茶，不怎麼吃那甜點。轉著轉著，便有些餓，遂問錢牧齋：「錢愛卿，朕餓了，可備有晚膳？」錢牧齋道：「賤內準備去了，想來是皇上在宮裡不曾吃過的。」弘光帝喜道：「哦，這天下美食，還有什麼是朕不曾吃過的？」錢牧齋也不說，帶著弘光帝又轉了一個時辰，這才來到書房。柳如是在那裡，已擺下酒席。

弘光帝進得書房，便聞到一股木炭的香味，扭頭對身後的錢牧齋道：「愛卿家的木炭香味，與宮裡的大不一樣。」錢牧齋口訥，逕引弘光帝入座。柳如是躲閃不開，給弘光帝道了個萬福。弘光帝不坐，問柳如是道：「一向聽人說，柳夫人與人見禮，全然大丈夫做派，今跟朕倒用起婦人之禮來了。」柳如是道：「天下丈夫千千萬，可皇上只有一個，女子怎敢唐突。」弘光帝哈哈笑道：「朕倒想看看，婦人行男人之禮，會是個什麼樣。」柳如是道：「皇上不降罪，小女願獻醜。」弘光帝開懷道：「隨你。」柳如是衝弘光帝一抱拳：「皇上，女弟這廂有禮了。」錢牧齋搖頭歎道：「嘿，這叫什麼詞？全不搭界！」弘光帝道：「錢愛卿，你管她什麼詞，高興就是。」說完，即入席。

柳如是見弘光帝入座，又一抱拳：「皇上慢用，女弟去也。」弘光帝看了一眼錢牧齋，道：「偌大宴席，惟朕與卿，不免冷清。破例，你也就此坐了吧。」柳如是一抱拳：「謝皇上。」也坐了。韓贊周與兩侍女，另席就座。

錢牧齋擬敬酒，弘光帝看看滿桌陌生的菜肴道：「且慢，這麼多佳餚，朕一樣不識。」錢牧齋對柳如是道：「你為皇上報報菜名兒。」柳如是微笑道：「不過一些家常菜。我順著報來：松虎皮肉、野茅菜、董肉、火肉、風魚、醉蛤、蝦、油䱜、酥雞；那邊那盤黃如蠟、綠如翠的，是鹹菜；那一盤……」

弘光帝打斷道：「那一盤不用你介紹，朕在宮裡最愛吃的，那不是『錢柳磚』嘛？」錢牧齋與柳如是面面相覷，柳如是紅著臉道：「皇上，樣子相仿罷了，我這一盤，叫做董糖。」弘光帝道：「剛才有盤叫做董肉的，怎的這裡又冒出個董糖？你這席上之物，怎的董來董去的？」柳如是道：「待會兒，女弟慢慢道來，皇上先嚐嚐，這些菜肴可否入口。」

錢牧齋敬酒，柳如是陪著。弘光帝飲罷酒，咂摸了咂摸：「嗯，美酒，美酒！這該不會是董酒了吧？」錢牧齋道：「啟稟皇上，此乃地道的常熟老白乾。」弘光帝道：「老白乾怎的勝比御酒？」錢牧齋解釋道：「這罈老白乾，為先父早年埋於地下的，怕也有個幾十年的歷史了。一直擺著，不曾啟封。今皇上駕到，自當奉上。」弘光帝假意嗔怪道：「錢愛卿，這麼好的美酒，也不見你進貢。」柳如是道：「皇上，我家老爺實不知這老白乾的好壞，若皇上不喜，豈不弄巧成拙。」弘光帝揀了一筷火肉放到嘴裡：「嗯，有股松柏的香味，的確好吃。」

柳如是給弘光帝盤裡，布風魚一塊，弘光帝吃了，道：「嗯，有麂鹿的味道。如此不同尋常的美味，到底出自何人之手？」柳如是道：「皇上，此乃董小宛的傑作。」弘光帝驚道：「就是秦淮八豔之一的那個董小宛嘛？」柳如是道：「正是。」弘光帝道：「不得了，一個小女子，竟有此般廚藝。她今在何處？」柳如是道：「在如皋。」弘光帝道：「那這些佳餚？」錢牧齋道：「是董小宛託人帶來的。如皇上喜歡，家裡還有一些，我叫人送進宮裡即可。」弘光帝默許，並囑咐錢牧齋道：「你給董小宛寫封信，給朕也帶些她的傑作來。」錢牧齋應道：「請皇上放心，臣盡速把信寫好，八百里加急速遞如皋。」弘光帝連用幾個「好」字相讚。

飯後閒話，弘光帝聞柳如是曾與阮大鋮一道，去江防營地慰軍，盛讚柳如是為女中豪傑。柳如是臉紅道：「區區小事，不足掛齒。」弘光帝道：「怎說是小事？朝中大臣多多，有幾個是真心為朕分憂、為國出力的？」想了想，問錢牧齋：「有現成的筆墨紙硯嗎？」錢牧齋回稟：「有有有。」遂吩咐柳如是：「夫人，筆墨伺候。」

柳如是把案几上的宣紙展平，潤了潤墨，新啟一支毛筆，擺在筆架上：「皇上請。」弘光帝走過來：「錢愛卿，你這『飛來樓』，名兒固然好，但未免太文。朕新題一個匾額給你們，你看如何？」錢牧齋與柳如是雙雙離席跪下：「寒舍得聖上賜墨，不勝榮幸。」

韓贊周與兩個侍女吃罷飯過來，見錢牧齋夫婦跪倒在地，以為犯上。韓贊周瞪大眼道：「錢大人，你兩口這是？」弘光帝道：「你們起來吧。」錢牧齋夫婦說個「謝皇上」，雙雙起身。但見那弘光帝執筆在手，把毛筆往墨裡一浸，於硯臺裡左右攤了幾攤，在宣紙上揮筆寫下「德藝雙馨樓」五個大字。

韓贊周見錢牧齋夫婦看傻了眼，提醒道：「如此褒獎，我朝第一回，你兩口還不趕快謝主隆恩。」錢牧齋與柳如是趕緊俯身下拜：「謝主隆恩，吾皇萬歲萬萬歲！」弘光帝道：「二位平身。」錢牧齋夫婦站起。弘光帝道：「韓公公，時候不早，隨朕回宮吧。」韓贊週一挑棉簾：「皇上請。」

錢牧齋夫婦，把弘光帝送出大門口，直至不見其影，這才回來。柳如是納悶道：「今天的街上，怎的連個人影都沒有？」錢牧齋道：「皇上出來，怕是淨街了。」柳如是道：「皇上是微服私訪呀。」錢牧齋道：「那也擋不住赤衛隊的人淨街。歷史上的皇帝微服私訪，向來如此。只有皇上一人以為是微服私訪。」柳如是道：「合著都瞞皇帝一人。」錢牧齋嘿嘿一笑：「至尊至愚。」柳如是道：「怎麼講？」錢牧齋小聲道：「人人騙至尊，他不愚才怪。」柳如是道：「可憐。」

錢牧齋夫婦說著話，走進書房，見弘光帝的題詞，滋味雜陳。錢牧齋道：「把管家叫來。」柳如是挑簾道：「管家。」只一聲，商哥便跑來：「夫人有何吩咐？」柳如是道：「進來吧。」商哥進得書房，錢牧齋道：「你現在就到裝裱坊，把這幅字裝裱成一塊匾額。」柳如是回暖閣，開箱取出銀兩，遞給商哥：「快去快回。」商哥道：「怕不會這麼快吧。」柳如是道：「這要分誰的活兒。你就說是錢宗伯的，他們都知道的。」商哥去了。果真，即去即做，很快把「德藝雙馨樓」的匾額捧回，當晚就把「飛來樓」的木匾取代下來，珍藏於書房。

次日，馬士英、阮大鋮、徐弘基等大臣得知皇上為飛來樓題詞，紛紛登門恭賀。響器吹打，宴席相慶，一連亂了五六天，才算完事。

第四十五章

　　春色漸濃。但說這天，弘光帝閒極無聊，對韓贊周道：「韓公公，朕晝夜悶於宮中，心生黴醭。自打去過錢愛卿家，再未曾微服私訪。一不留神，便春暖花開了。古人云，一年之計在於春，你說怎好辜負了這一個『春』字。」

　　韓贊周瞅瞅門外，瞅瞅宮女，不發一言。張執中與幾個宮女心有靈犀一點通，退出寢宮。韓贊周悄聲道：「皇上的意思，再次微服私訪？」弘光帝不容置疑道：「那是自然。只是不知這南京，哪裡的春天最好？」韓贊周想了想：「也許後湖不錯。」弘光帝道：「韓公公，趕緊準備，明兒個咱就去後湖。」韓贊周得了口諭，退出寢宮。張執中及閘外的宮女見韓公公出來，猶如老鼠見貓，眼皮也不敢抬一下。待韓贊周走遠，他們方回寢宮，伺候皇上。

　　後湖，亦即玄武湖。因在皇城以北，又稱北湖。話說這天，弘光帝到得後湖，發現與往迥異。這後湖有靈隱的幽深，亦有天竺的清雅。金粉樓臺，竹籬茅舍，桃柳爭妍。湖中多島，曰圖籍島、寺院島、百竹島、百花島、百鳥島。每島置屋十數間，庭院內，合抱的古木，芬芳的梅花，令人陶醉。各島備渡船一隻，供水中遊玩。

後湖物產豐饒，雞鴨魚鵝，菱藕蓮芡，令人口涎三尺。

弘光帝乃貪色戀景之人，見後湖景致幽深清雅，竟決意逗留幾日。韓贊周無奈，只得從命，並把弘光帝素日所喜的幾位宮妃接來同樂。住到第三天，弘光帝興致正高，阮大鋮帶胡大鵬而來。弘光帝站在竹林裡，看著跪在面前的阮大鋮、胡大鵬，一臉不快，心想：「喪門星上門，定無好事。」遂道：「朕正快意，卿等是否添堵來了？」

阮大鋮道：「臣等不敢。只是事關重大，不敢隱瞞不報。」弘光帝惱道：「怎的天天『事關重大』？凡事都讓朕去處置，要你等大臣幹什麼？」阮大鋮匍匐在地：「是是是。」

弘光帝踱了幾步，不耐煩道：「起來說。」阮大鋮與胡大鵬道句「謝皇上」，就地爬起。二人一邊起身，一邊拍了拍黏在膝蓋上的竹葉。站定，阮大鋮一臉嚴肅道：「稟皇上，太子朱慈良到了南京。」弘光帝聞聽，猶如晴天霹靂，臉色煞白，身子一軟，險些跌倒。張執中將弘光帝扶住，弘光帝嘴唇泛青，語無倫次道：「太子現在何處？」

阮大鋮寬慰道：「皇上勿慮，臣等已將太子妥善安置。」弘光帝的臉色，忽白忽綠，怒道：「勿慮是何意？太子乃正朔，他來了，朕歸何處？」阮大鋮道：「皇上息怒，臣之意，我等已把太子軟禁。」弘光帝喘息未定：「軟禁？既是軟禁，他就隨時可以出來即位，你等不為朕分憂，卻來添堵！」阮大鋮心領神會，轉而道：「臣等查知，這太子有假冒之嫌。我等回去嚴審，如然，必為十惡不赦之罪。」

韓贊周附耳阮大鋮：「阮大人，據我所知，太子早為李自成所害，你這裡還說什麼真假？」阮大鋮難為情道：「韓公公，朝中大臣均知曉此事，遮人耳目怕沒那麼容易。再者，北來的舊臣，多已指實，來者即太子也。倘若莽撞，必禍起蕭牆。」

弘光帝失去耐心，怒道：「阮愛卿接旨！」阮大鋮跪倒：「臣接旨。」胡大鵬亦隨之跪倒。

弘光帝厲聲道：「你與胡大鵬速速回城，假太子須斬立決！」阮大鋮與胡大鵬道：「臣遵旨。」二人從地上爬起，不再顧及黏在身上的竹葉，灰溜溜而去。韓贊周道：「皇上，我看這後湖怕是待不下去了，焉知這太子是自己跑來的，還是別有用心者的什麼圈套。」弘光帝連連點頭：「此言甚是，趕緊起駕回宮。」

且說阮大鋮與胡大鵬，往後湖門口走。胡大鵬道：「阮相，那太子審還是不審？」阮大鋮正色道：「你抗旨不遵嗎？」胡大鵬道：「這怎敢？殺人不過頭落地，只是遮人耳目，實屬不易。我得提醒一句，這太子乃左良玉將軍派人，一路護送到南京的。太子突然死在你我手裡，怎向人家交代？左良玉什麼人，豈是咱惹得？」阮大鋮道：「那就在午門內將其斬首吧，免得人多嘴雜。左良玉那邊，就說太子自行出走，不知去向。」

胡大鵬道：「聽說當年永樂帝殺方孝孺，就在午門內。阮相，此話當真？」阮大鋮道：「不假。不過，那已然為歷史。大鵬，你也放手去創造歷史吧。」胡大鵬想了想，自言自語道：「沒想到，我一個殺雞宰鵝的屠夫，竟然也有機會去創造歷史，快哉快哉！」說著話，就來到後湖門口，阮大鋮與胡大鵬，各乘一頂轎子，回到城裡。

阮大鋮的轎子停在宮城門外，也不下轎。胡大鵬知道阮大鋮有話要說，下轎跑過來，試探道：「表舅大人？」阮大鋮急道：「這什麼地方，還這般稱呼，避嫌都不知道呀。」阮大鋮身邊的兩個丫鬟，直視胡大鵬，令他羞臊難當：「是是是。」阮大鋮低聲道：「你逕去內閣衙門傳旨，然後悄悄把事辦了。我去飛來樓錢大人那邊等消息。你這邊把事辦妥，趕緊過來回話，務必乾淨利索。」胡大鵬領命而去。

但說內閣衙門，大臣們正簇擁在朱慈良周圍，問長問短。時見胡大鵬現身高喊：「聖上口諭！」大臣們齊刷刷跪倒，惟太子立而不跪。胡大鵬道：「聖上口諭，帶太子覲見。諸臣各安其位，不得僭越。」室內頓時鴉雀無聲，大臣們依序退出內閣衙門。

胡大鵬走到太子跟前，單腿著地：「聖上口諭，著太子前去覲見。」太子激動道：「胡大人快快請起，帶我去見聖上。」胡大鵬站起，執太子之手，向門外走去。太子一路緊隨胡大鵬，在宮城內繞了幾繞，當走到午門內時，胡大鵬輕咳一聲，突然從丹墀後衝出一個刀斧手，太子感到腦後一股涼風，不及回眸，已人頭落地。可憐這位年僅十八歲的太子，經甲申巨變，被起義軍抓住，逃跑；再抓住，再脫逃；又一路南逃。歷盡千難萬險，總算至京。喘息未定，便一命嗚呼。

為除後患，胡大鵬將朱慈良的首級割下，放入錦盒，叫手下人藏好。旋即，乘轎前往飛來樓，向阮大鋮覆命。

阮大鋮正與錢牧齋下圍棋，見胡大鵬進來，知道事已辦妥。胡大鵬如此這般這般，簡單複述一遍。阮大鋮把一顆黑子往棋盤上一放：「好，我這就帶你去面聖。」說完，急忙走了。柳如是納悶道：「阮大人突兀而至，寡言淡語，一味下棋。後又神秘兮兮，絕塵而去。真看不懂他。」錢牧齋道：「有事。不信你看著，有大事。」

回到宮城，阮大鋮叫胡大鵬帶上錦盒，正擬往後湖趕，卻發現，一支隊伍魚貫入城，知道皇帝歸來。當韓贊周走過阮大鋮身邊時，阮大鋮俯耳道：「韓公公，事辦妥了。」韓贊周低聲道：「信物呢？」阮大鋮一指胡大鵬手裡的錦盒，韓贊周全明白了：「隨我進宮，給皇上吃定心丸去。」

轎子到得寢宮門前，弘光帝走出來，扭頭看見韓贊周、阮大鋮和胡大鵬，不著一言，逕直走進寢宮。韓贊周等輕手輕腳跟了進去。胡大鵬把錦盒放在地上，解開外面裹著的那層布。弘光帝冷冷的看著那錦盒，說道：「打開。」胡大鵬打開，朱慈良那顆血淋淋的頭顱，便呈現在眼前。弘光帝百感交集，一塊石頭，總算落地。隨即口諭，厚賞有功之人，不在話下。

雖秘密處決朱慈良，但依舊走漏風聲。這天散朝，錢牧齋回到家裡，把太子羅難的事，前後說了一遍。柳如是聽罷，怔怔不已，無言以對。錢牧齋心情沉重道：「太子自北而來，只是逃命，不為爭位，何必要其性命。」

奔喪歸來的臘兒，見柳如是臉色蠟黃，端上一盞八寶茶：「夫人，喝點茶吧。」柳如是把茶喝下，臉色漸暖，說了句「太子可憐」，這才長長送出一口氣。錢牧齋道：「胡大鵬本是阮府廚子，怎可掌理東廠。東廠復工，本就令人詬病，再幹出這等勾當來，整個南京恐怕都要風聲鶴唳了。」

柳如是靠在床頭上說：「胡大鵬懂什麼？聖上不點頭，就是阮大人也不敢為之。我看聖上的脾氣，一天大似一天，你日後上朝，言語上務必把握分寸。這天下，是朱家的天下，好了，你當當大臣；不好了，你回家看書習字。為別人家的天下，犯不著要死要活的。」錢牧齋頻頻點頭稱是。

且說弘光帝，這天散朝回至後宮，韓贊周嘀咕道：「今天文武大臣，多不似以往，個個像悶葫蘆。」弘光帝道：「朕知道他們為太子的事，耿耿於懷。這幫該死的大臣，若非擁立有功，早把他們送去見閻王爺了。等著吧，當皇帝的，哪能任臣子擺佈。」韓贊周道：「何不先來個殺雞儆猴？」弘光帝瞪大眼問道：「誰是那隻雞？」

韓贊周看看一旁的張執中，說道：「我看胡大鵬有點像？」張執中默然。不料，弘光帝卻道：「那不成，他為朕清除異己，功不可沒。再者，日後還要用他。」韓贊周道：「在朝中，找個有主見的人不易，找隻聽話的狗，遍地都是。殺了一個胡大鵬，會有無數胡大鵬似的人填補其位。」

弘光帝大為不快：「你跟胡大鵬有仇？」韓贊周趕緊匍匐在地：「皇上息怒，老奴的本意是為皇上開脫。眼下，畢竟不是跟大臣鬧意氣的時候。當年，萬曆帝為立儲之事，跟大臣鬧了幾十年，不也沒個結果嗎？」張執中附和道：「是呀。」弘光帝看了一眼張執中，踢了一腳韓贊周：「你就別裝模作樣了，起來吧。」韓贊周爬起，垂手而立。

弘光帝在寢宮內來回踱步，問道：「韓公公，剛才你說，在朝中找個有主見的人不易，找隻聽話的狗，遍地都是。你哪裡知道，大明有史以來，直言極諫不怕死的文官，不知出了多少。這幫東西，表面一副奴才相，內裡多是些傲世的狂狷之士。想把他們內心擺平，比登天還難。真想把他們全都滅了！可又一想，全滅了，朕給誰當皇帝去？給裡外奴性十足的人當皇帝，還不如死了。」韓贊周道：「人每說，皇上乃一代中興之主，就憑皇上剛才這番話，一點不錯。」張執中附和道：「是呀。」

弘光帝聞言大悅：「韓公公，小張子，不瞞你們說，朕留著胡大鵬，是因為他的事還沒做完。」韓贊周裝糊塗：「他手裡還有何事？」弘光帝道：「那天自後湖回來，朕就想，今天有人弄個太子出來，後天會不會有人弄個歌妓出來？」韓贊周依舊裝傻：「歌妓？」弘光帝道：「有一天，你猜阿醜對朕說什麼？」韓贊周道：「老奴不知。」弘光帝道：「也不知這阿醜所為何來，竟然建議朕把煙月接回後宮。」韓贊周唏噓道：「這個阿醜，未免也太大膽。舊事重提，有侮辱皇室之嫌。」弘光帝道：「是呀，朕讓胡大鵬見機行事。」韓贊周明悟，提醒道：「此事不可再像太子案，拖泥帶水的，惹來非議。」

正說著，胡大鵬求見。弘光帝道：「叫他進來。」一個太監，引胡大鵬進來，他跪下道：「皇上，向煙月已被拿下，正在嚴加審訊……」弘光帝騰地站起：「胡大鵬呀胡大鵬，你怎的拉屎不擦腚？誰讓你抓她？還嚴加審訊？」胡大鵬額頭上的汗珠立時滾下來：「皇上放心，這回定乾淨利索，不讓半點風聲走漏。」弘光帝生氣道：「去吧！」

到得夜深人靜時，胡大鵬帶兩個黑衣蒙面大漢，殺氣騰騰，走入東廠大牢。牢頭見了胡大鵬，畢恭畢敬：「胡爺，你來了。」胡大鵬昂首挺胸，哼了一聲，帶人逕奔向煙月牢房前。胡大鵬把頭一甩，示意開門。那牢頭不敢怠慢，把門打開。兩個黑衣蒙面大漢，悶聲不響，進去便摁住向煙月，用帶來的絲巾，堵嘴的堵嘴，勒脖子的勒脖子，沒多少時間，煙月便氣斷身亡。

次日散朝之後，韓贊周給胡大鵬使了個眼色，胡大鵬便尾隨弘光帝，來到華蓋殿。弘光帝停下腳步：「事都辦利索了？」胡大鵬跪下道：「稟皇上，事都辦利索了。神不知，鬼不覺。」弘光帝道：「鬼神都不知不覺的事，你仨卻知覺了，你們勝似鬼神矣？」韓贊周、張執中趕緊匍匐在地：「奴才向皇上保證，縱使碎屍萬段，也絕不向外透露半個字。」說著，各自臉上的汗珠滾下來。弘光帝突然哈哈大笑：「都起來吧，朕不過跟你們開個玩笑而已。」

三人從地上爬起來，皆垂首而立。弘光帝對胡大鵬道：「胡大鵬，忙你的去吧。」胡大鵬再次跪下：「謝皇上。」爬起來，如無頭蒼蠅，踉蹌出了華蓋殿。

第四十六章

胡大鵬走後，弘光帝對韓贊周道：「就快清明了，傳竺家貴，朕要添幾件袞衣，以備祭陵時用。」韓贊周道：「皇上，年前才量過的尺寸。」弘光帝掐了掐肚子上的肥肉道：「新年以來，朕發福得很，舊尺寸怕是不中用了。」韓贊周道：「皇上心寬體胖，此乃吉兆。我這就叫人去傳竺家貴。」

過了一個多時辰，竺家貴隨韓贊周至弘光帝寢宮。竺家貴跪下：「給皇上請安！」弘光帝道：「免了。竺師傅有些日子沒來宮裡了，一向可好？」竺家貴道：「託皇上的福，一向安好。」弘光帝道：「那就量尺寸吧。」竺家貴道：「是。」遂看看四周，又道：「皇上，清明時穿的袞裳，要合身些，量的尺寸自然不同。皇上穿著夾襖，裁量不便。」弘光帝明白竺家貴的意思，對韓贊周等道：「你等都退下吧。」

韓贊周一揚手，張執中帶著宮女與太監，盡皆散去。韓贊周近前，幫弘光帝把夾襖脫了，接著又脫去一層，只剩貼身的絲質內衣。韓贊周見弘光帝腹大如甕，乃想：「皇上的體型，越發如老福王了。我得去看看那些該死的走遠了沒有，他們若見了此般龍體，傳出去，還不惹人笑話。」想著，把弘光帝脫下的衣服放到龍床上，走至寢宮門口，東張西望。

笁家貴拿出軟尺，先把弘光帝的胳膊、腰圍量過。接著，又繞到弘光帝身後量肩寬。突然，笁家貴的左手往弘光帝的脖前一繞，右手一拉，那軟尺便死死絞住弘光帝的脖子。弘光帝雖死力掙扎，因喉管被勒，難以呼救。笁家貴脖頸青筋暴突，臉面潮紅，渾身顫抖。

千鈞一髮之際，韓贊周聞屋內異動，回頭一看，大驚失色：「有刺客！快來救駕！」門外的張執中等聞聲衝進來，彼此扭打，亂作一團。須臾，眾人將笁家貴按倒降服，張執中狠命一吐，笁家貴的半個鼻子，血肉模糊的落在地上。

韓贊周急道：「快把皇上抬上龍床！」幾個太監宮女，費九牛二虎之力，方把肥胖如球的弘光帝抬上龍床。韓贊周又道：「快去傳御醫！」其時，早有宮女跑去請御醫。當幾個太監把笁家貴綁成粽狀時，太醫鄭三山等人，已氣喘吁吁趕到。但見弘光帝脖頸處勒出血印數道，正躺在龍床上「哎喲」呻吟。幾個御醫，跪在龍床前，把脈的，看舌苔的，翻眼皮的，一片混亂。

時見黑壓壓的赤衛隊、御林軍，地動山搖地趕來，鄭三山起身，拉韓贊周走到一邊，低聲道：「皇上無大恙，惟驚嚇過度而已。我開幾副藥，再在飲食上調理一番，不日即好。」進而又問道：「這笁家貴怎的成了刺客？」

韓贊周渾身顫抖道：「我也一頭霧水，須交東廠審了才知。」鄭三山道：「東廠？胡大鵬那幫廢物，就會幹因言治罪的事，且手段無所不用其極。這麼大的案子交給他，還不鬧得滿城風雨？」韓贊周幾乎已是六神無主：「就是交給阮大人，最終還得交給胡大鵬。說什麼都晚了，這都是我疏忽之失。」

但聞弘光帝有氣無力道：「笁家貴，亂臣賊子，交刑部凌遲，滿門抄斬。」過了一會兒，煎好的藥湯已冷熱適中，弘光帝喝罷，剛躺下，馬士英、阮大鋮、胡大鵬等急至，跪在龍床前，自責失職。弘光帝依舊道：「笁家貴，亂臣賊子，交刑部淩遲，滿門抄斬。」馬士英等領旨，弘光帝補充道：「立刻就鬧市裡，把笪家貴淩遲。」馬士英等齊聲領命：「臣等遵旨。」遂爬起，令赤衛隊押著笪家貴，走出寢宮。

馬士英等把笪家貴押至刑部，任你加刑拷打，笪家貴不吐一字。阮大鋮道：「不招就不招吧，聖上即已降旨，就鬧市裡把笪家貴淩遲了，胡大鵬，去行刑吧。」刑部門外，不知站了幾層人，赤衛隊，御林軍，黑壓壓透不過氣。胡大鵬一聲令下，赤衛隊將笪家貴押上囚車。劊子手帶上淩遲用的全副刑具，緊隨其後。胡大鵬因問何處行刑最佳，手下道：「夫子廟最熱鬧，何不就那兒剮了笪家貴。」胡大鵬大快：「往夫子廟去。」

市民不知就裡，相互打探：「從沒聽說要剮人呀？」有的說：「說的是，這是本朝第一回。」有的問：「剮的是誰？」有的說：「我認識，就是南京大名鼎鼎的裁縫笪家貴。」有的問：「他個裁縫，能犯什麼事，也值得剮罪？」人們議論著，尾隨著囚車，來到夫子廟門前。胡大鵬把周圍掃了一眼，說道：「的確是個好地方，也讓孔聖人看看，是他的以德服人管用，還是咱的以刀服人管用。大刑伺候！」

赤衛隊的人如狼似虎，把笪家貴從囚車上拖下來，剝去衣服，一絲不掛，就夫子廟的門柱上捆了。有人驚呼：「大閨女小媳婦的擠了一街，羞煞人也。還不快把笪家貴那醜處遮起來！」劊子手蔑視地掃了一眼說話人，打開刑具箱，拿出一把快刀，上去就把笪家貴的陽具割下來。然後，往木盆裡一丟，問那說話人：「你還羞嗎？」那人當即作嘔，吐了一地，捂著嘴巴，擠出人群。

再看那笪家貴，一刀下去，慘叫一聲，立時昏死。劊子手不予理會，令人端來一盆冷水，往笪家貴身上一澆，血水混合，流了一地。劊子手把刑具箱擺好，用來淩遲的各種刀具，把把寒光凜凜。待笪家貴醒來，劊子手先拿出一把柳葉大的刀，就笪家貴耳上一劃，一塊肉飛落到托盤裡。圍觀者，隨著竺家貴新一聲慘叫，個個把頭抱住，要麼蹲下，要麼扭過身子，不敢親睹。這時，但聞托盤子的劊子手大聲數道：「第一刀，第一塊肉！」人們躲避的目光，這才漸漸回到凌遲現場。

話分兩頭，韓贊周帶一波人馬，趕到竺家大院，裡三層外三層的，圍了個水泄不通。韓贊周道：「不要說人，就是地底下的耗子，也要給我殺個乾乾淨淨。一句話，裡面但凡喘氣的，一個不留！」這時，人群外傳來一個聲音：「刀下留人！」赤衛隊的人知道來者不善，紛紛讓開一條道。進來的不是別人，正是徐青君。他來到韓贊周身旁，深鞠一躬：「韓公公，竺家貴的女眷，一向是在下屬意的，可否留下？在下不勝感激。」韓贊周仰天看日，不作一語。一個赤衛隊員心領神會，上前就給徐青君一大嘴巴子：「念你是徐守備的弟弟，快滾！」徐青君嚇得屁滾尿流，跌跌撞撞而去。

竺府門人，不知風雲突變，有人叫門，便開了一個門縫，見勢不妙，不及關門，被為首的士兵一刀結果了性命。大隊人馬趁勢衝入院內，殺人與掠奪，同時展開。隨之，裡面聲嘶力竭的哭喊聲，此起彼伏。僅半個時辰，哭喊聲漸弱。血淋淋的屍體，被一具具抬到前院空地上，一校尉清點完畢，稟道：「韓公公，竺府八十七個亂臣賊子，一無活口。」話音未落，一士兵用三眼槍挑著一個嬰兒跑來：「這裡還有一個。」說完一拋，嬰兒遺體落在屍堆上。韓贊周道：「掘地三尺，再給我搜！」

韓贊周所關注者，竺家貴身世之謎也。新一輪搜查，果有士兵從竺府地窖裡，搜到一套衮冕。韓贊周疑之，速攜回宮。弘光帝已能坐起，看著韓贊周帶回來的衮冕，也是疑惑不解：「今天哪有這樣的衮冕？錢牧齋兩口知識淵博，快詔他們入宮勘驗。」

夫子廟一帶人山人海，前來降旨的太監，難近飛來樓。但聽劊子手高呼「第二百零一塊肉」，那降旨太監立時嚇得尿褲。他捂著耳朵，擠擠挨挨，待竺家貴被凌遲完畢，圍觀者漸漸散去，他方來到飛來樓。以為褲濕難瞧，低頭一看，濕處已半乾。聞叩門聲，錢牧齋與柳如是膽戰心驚，知道是太監前來降旨，詔他們入宮，又改心驚肉跳了。柳如是道：「老頭子，是福不是禍，是禍躲不過，我們去吧。」

到得宮裡，弘光帝令錢牧齋兩口鑒定那套袞冕：「錢愛卿，你們看看，這袞冕自竺家貴家抄來，可否看出其年代？」錢牧齋兩口細心查看，彼此交換眼神，錢牧齋道：「啟稟皇上，袞冕自太祖以來，變化無幾。因此，以微臣來看，袞冕無假。只是年代，大有可疑之處。永樂三年新制，袞裳玄衣肩部織日、月、龍紋；背部織星辰、山紋；袖部織火、華蟲、宗彝紋；領、袖、襈、裾皆本色……」

弘光帝不耐煩道：「朕哪有心思聽你考據，你直說利害便可。」錢牧齋道：「這套袞冕是真無疑，但非永樂定制，當在此前。」聽罷，弘光帝差點從龍床上掉下來：「竺家貴？竺家貴？」

錢牧齋道：「皇上，竺家貴會不會是個諧音？比如取朱家之貴的意思。」弘光帝道：「他本來就叫竺家貴嘛。」錢牧齋道：「微臣所說，此朱非彼竺。我所說的朱，乃皇上本姓。這個竺家貴，會不會是建文帝之後呢？」弘光帝道：「愛卿的意思是說，當年建文帝並沒有被燒死，也沒有出家當和尚？」錢牧齋道：「微臣也只是猜測而已。臣對南京的歷史，一向抱有興趣，建文帝前，南京城不曾有竺家巷一說；之後，漸而有了竺家巷不說，經過上百年的繁衍，竺家巷竟成南京第一大巷。這是深可疑慮的一件事。」弘光帝道：「朕也曾作此猜想，不然，一個裁縫，哪裡就有真的袞冕。哦，對了，這個竺家貴，當初是阮大鋮推薦給朕的，快把他叫來，他定知此人底細。」

恰好，竺家貴被凌遲，阮大鋮膽戰心寒，前來覆命。弘光帝問起竺家貴的底細，阮大鋮道：「此人只是家中優伶們的固定裁縫，微臣也實不知其底細。」弘光帝道：「若真如錢愛卿所析，這竺家貴是建文帝之後，及時暴露，是君臣之福。若遲來，若來得神不知鬼不覺，那禍可就大了。日後，阮愛卿還須嚴加查防才是，尤其竺家巷，若查有實據，證明即為建文帝後人容身之地，可把此巷從南京城抹去。」阮大鋮領旨告退，錢牧齋兩口亦隨之退出寢宮。

韓贊周緊跟幾步：「阮大人留步。」錢牧齋兩口知道韓贊周有話跟阮大鋮說，一拱手，先告辭了。阮大鋮停住腳步：「韓公公有事？」韓贊周上前，一把抓住阮大鋮的手：「這裡說話不方便，走，到兵部去坐坐。」阮大鋮道：「韓公公有要緊話，還是另找地方，兵部人多嘴雜。」韓贊周白了阮大鋮一眼：「多事。走，那就到我宅內好了。」說著，二人逕直來到韓贊周寓所。

一進院，韓贊周對幾個太監道：「幾個王八羔子，你們先出去玩玩，待會兒再回來。」幾個太監放下手裡的活，跑出門去。韓贊周走到屋裡，對幾個宮女道：「去，你們也出去玩玩，我與阮大人說回話。」幾個宮女把頭深深埋起，輕步而出。阮大鋮道：「韓公公，你的家法可夠嚴的。」韓贊週一抻脖、一擠眼：「對這些下賤東西，就得冷酷無情。你有一點好顏色，他們就踩鼻子上臉。」

韓贊周把門關上：「阮大人坐。就幾句話，下人不在，我也不給你倒茶了。」阮大鋮坐下道：「韓公公不必客氣。」韓贊周道：「阮大人，剛才聖上的疑慮你是知道的，關鍵時候，寧可錯殺一千，也不可放過一個。」阮大鋮皺眉道：「什麼意思？真的鏟平竺家巷？」韓贊周道：「那還有假？」阮大鋮略尋思了一下道：「這竺家巷，也非小巷，數百口人，一夜之間消失，倘若讓那阿醜知曉，又不知如何出去說三道四，那時阮大鋮祖祖輩輩豈不被人詛咒？即便不被詛咒，能逃過當朝史官王夫之的眼睛？他那支筆一向不肯饒人，連當今聖上都拿他沒法，我個兵部尚書又算得了什麼？」

韓贊周不耐煩道：「瞧瞧，書生氣又來了。自秦皇漢武以來，哪朝哪代不是這麼走過來的？

阿醜那個混蛋，管他幹什麼？至於王夫之，你放心，我來擺平。不就一個史官嗎？」阮大鋮噓噓道：「我說韓公公呀，你不知道漢武帝與司馬遷的事吧？就因當皇帝的不滿史官什麼都記，一刀就把史官給閹了。至今，漢武帝仍被釘在歷史恥辱柱上。他老人家在那根柱子上，怕是永遠下不來了。韓公公呀，得罪史官划不來。」

韓贊周惱道：「我說過要閹割王夫之了嗎？這都是話趕話，說到這兒了。至於要怎麼擺平阿醜與王夫之，那都得視情況而定。咱們的手裡，除了鞭子，還有蘿蔔櫻子。」阮大鋮緊張的神情，漸漸舒緩下來：「這話就在理兒得很了，王夫之暫且不必顧慮，阿醜不可不防。此人乃殿前寵兒，性格倔如驢，實不知如何是好。」

韓贊周道：「聖上這段日子，倒也不怎麼待見他了，只是還沒有割捨的決心。這時拉攏他，要容易的多。」阮大鋮道：「韓公公言之有理，當下倒真是拉攏阿醜的好機會。不如就寒食節上，把阿醜請來石巢園，把面子給足給夠，這心就拉近了。」韓贊周道：「是呀，阿醜這種人，是金錢買不住的，他就愛個面子什麼的，面子值幾個破錢？給他就是了。」

阮大鋮道：「既如此，先把阿醜的帖子寫了吧。韓公公，你這裡可方便？」韓贊周拉開抽屜，取出一個空白請柬，從窗下的案几上，把筆硯端過來。阮大鋮親筆給阿醜寫了一個帖子，待墨蹟一干，收起，交給韓贊周：「韓公公，拜託把這個送給阿醜，務必讓他賞臉。」韓贊周笑道：「這一來，不賞你的臉，就等於不賞我的臉了。」遂又囑咐道：「阮大人，竺家巷的事，切莫婦人之見，瞻前顧後，成不了大事。我意趁熱打鐵，速速將其鏟平。」阮大鋮應著，走出韓贊周的宅院。

第四十七章

寒食至，南京大戶，走馬乘轎，僕人肩挑行廚，紛至城外。玄武湖、莫愁湖、清涼山、雞籠山、雨花臺，莫不人潮如湧。踏青者依山傍水，花間樹下，飲酒作詩，嬉笑逐樂，把個春天喧鬧得一派生機。

且說阮大鋮，寒食擺宴，邀友共聚石巢園。皇親國戚，達官貴人，士商精英，夫人小姐，或騎馬，或乘轎，紛至遝來。石巢園大門兩側，插柳條，掛松枝；童男少女，頭頂柳條環，跑進跑出；夫人小姐，踏青的、賞花的；蹴鞠的、秋千的；牽鉤的、拋墒的；插柳的、詠詩的；鬥雞的、鬥草的；打毬的、放風箏的；擊鼓的、鳴鑼的；嬉笑的，打鬧的，情趣不遜他處。

素日往來的賓客，乘轎直入園內。今因大節，賓客滿園，來來往往的轎子，就便停在園門口。著裝整齊的士卒，錦衣光燦的家丁，如花似錦的女眷，在門口迎來送往。轎子在哪裡落地，在哪裡擺放，賓客自哪道門進，哪道門出，無不專人歸置、導引。石巢園門口，看似繁雜無序，實則井井有條。

錢牧齋與柳如是，分別乘轎而至。落罷轎，柳如是挑簾往外一看，見石巢園內的幾個丫鬟，正齊齊的衝她微笑。那些丫鬟，雖則眼生，皆因面如笑佛，自然就多了幾分親近感。然想當初，每至石巢園，總有煙月相伴，今不見其影，物是人非的感覺，湧上心頭。不容柳如是多想，丫鬟們近前，挑簾的挑簾，攙扶的攙扶，問好的問好：「柳夫人慢些。」

見丫鬟們如此熟絡，柳如是不免吃驚，心中暗想：「真是些鬼機靈，沒人引介，卻知誰是誰。」回頭看見臘兒，正搖動手裡的絲絹，與丫鬟們打招呼，心中明白，遂輕輕捏了一下臘兒：「卻原來都是你從前的姐妹，今天你就不用陪我，盡情的與她們去玩吧。」臘兒嫣然一笑：「夫人真體貼人。不過，臘兒玩性再大，也得安妥夫人才是。」

柳如是笑笑，四處尋摸錢牧齋。不料，錢牧齋已先尋來，站在柳如是身後。二人相視一笑，帶著貼身伺候的奴婢進去。石巢奴婢，目送錢牧齋夫婦進了園子，遂又去招呼別的客人。

錢牧齋與柳如是進得園內，見士卒家丁往來穿梭，步履匆匆，忙忙碌碌；更見這裡一波孩童，那裡一波少夫人，嘰嘰喳喳，鬧成一片。柳如是自言自語道：「石巢園這般熱鬧，一向還不曾見過。」錢牧齋道：「此一時也，彼一時也。」柳如是道：「人生難得一時樂。」遂對身後的陸新櫃、臘兒等奴婢道：「不必跟著了，你們也去鬧一鬧吧。」

陸新櫃和臘兒等聽了，歡欣不已：「謝夫人。」說完，幾個人逕奔牽鉤、拋堶處。柳如是身邊新添的兩個小丫鬟耐不住性子：「夫人，我倆呢？」柳如是笑道：「我倒把你們給忘了，也去樂一樂吧。只是別忘了回來吃飯。」兩個丫鬟深鞠一躬，往秋千處飛快跑去。那景致可謂是：

橋邊楊柳垂青線，林立秋千掛彩繩。

不遠處，柳如是見牛總管在戲園那邊，正忙著招呼賓客入席。牛總管轉臉看見錢牧齋夫婦，一路小跑迎過來，拱手施禮道：「貴客貴客。錢大人柳夫人，有失迎迓，多多包涵。」錢牧齋一拱手：「管家不必客套。」牛總管道：「到門口接應錢大人和柳夫人，是牛某的本分。哪承想，捧場者甚，只恨分身乏術。」柳如是滿臉恭笑，內心卻極度厭惡牛總管的語氣，想到：「這真是，『一人得道，雞犬升天』。阮大人這才風光多久，管家的口氣，就恁般了得。」錢牧齋於身分、於年齡，都不好直接奉承一個管家，只淡淡的回了句「客氣」。

牛總管渾身得意，引錢牧齋與柳如是來到一桌席前，對先到一步的馬士英道：「相爺，錢大人他們到了。」柳如是聽了，越發不快：「什麼錢大人他們？我柳如是一大活人，到管家嘴裡，怎一個『們』字帶過？我就這麼不值一提嗎？」倒是一人之下萬人之上的馬士英，多些客氣。見錢牧齋、柳如是來了，馬士英雖沒起身，卻拱手相迎：「錢大人、柳夫人，坐坐坐。」錢牧齋與柳如是拱手還禮。馬士英一旁的阮大鋮，則起身施禮：「錢大人、柳夫人撥冗賞光，大鋮不勝感激。」楊龍友等也趕緊站起施禮。錢牧齋、柳如是手忙腳亂的，一一施禮，然後入席就座。

剛落座，有人在錢牧齋身後道：「錢大人柳夫人眼光高，唯美不見醜。」錢牧齋與柳如是回頭，發話者原是阿醜。錢牧齋暗自思忖：「阿醜何以出現在這種場合？馬阮那種身分的人，心裡何以裝得下一個戲子？」又一想：「明白了，滿朝文武受寵的程度，無人可及韓贊周與阿醜。可這二人再受寵，不也只是太監與戲子嗎？他們焉能與朝中大臣同流？與禮與制，不合也！」阿醜見錢牧齋發愣，說道：「錢大人，我在你身後站了多時，就等跟你請安。無奈，你和夫人不相顧，如何知道有阿醜在此。」說著，先自笑起來。

柳如是拽了拽錢牧齋的衣襟，錢牧齋明悟：「哦，夫人，這就是常常跟你說起的阿醜，殿前之寵。」柳如是站起，默默的給阿醜道了個萬福。馬士英很是吃驚，心想：「這柳夫人，一向與人施男子之禮，見了阿醜，怎的施起婦人之禮來了？」阿醜一抱拳：「柳夫人，阿醜敬重你一身豪氣，能與之同席共飲，三生有幸。」說完，又跟錢牧齋施了一禮。待錢牧齋兩口落座，阿醜方就近一個空位上坐下。

坐定，柳如是見八仙桌上，已是酒肴齊備。獨到之處，一色寒食：冷片豬頭肉、冷片白切肉、冷片雞脯、冷片肚肺肝、冷腸、冷蹄、冷片焰肉、海參、海蟄、鹽水蝦。另外一些碟子裡，分別是：蜜橙糕、核桃酥、錢柳磚、芝麻糖、栗子、桔餅、粽子、處片、黑棗等。主食則為：寒食粥、寒食面、寒食漿、青精飯等。喝的有春茶、春酒、甘露泉。

客至席滿，阮大鋮謙恭，讓馬士英開席。馬士英道：「此乃私室，怎可僭越。」阮大鋮也不便多說，擎杯起身，簡約道：「我長話短說，謝謝首相，謝謝各位大人賞光，蒞臨寒舍。話在酒中，先乾一杯。之後品戲嚐宴，隨意便好。」馬士英提杯站起，餘者莫不仿之。馬士英道：「隨意隨意。」皆把杯中之物乾了。這邊落座，戲臺那邊開戲，席下推杯換盞，不亦樂乎。

一折戲臨尾之際，阿醜嘴裡嘟念道：「風風雪雪花花草，雷雷雨雨月月鳥。真沒勁！」阿醜此言一出，阮大鋮便有些坐不住，笑道：「敝園戲班並不儘然，只是朝廷命官，不敢造次。」

阿醜不以為然道：「我醜八怪大小也是朝廷命官，因何沒這忌憚？」阮大鋮心裡暗笑：「你阿醜不過教坊司的人，說白了還是個戲子，怎敢自稱朝廷命官？真個不自量力的小丑！」但表面上卻再三的恭維：「同是朝廷命官，滿朝文武，誰敢跟你比？」阿醜心裡罵道：「阮禿子，我知道你看不起我，大爺也用不著你恭維。」想到這兒，遂道：「阮大人，趁歇場的工夫，阿醜登臺獻醜，給在座的助助興如何？」

阮大鋮不及客氣，阿醜已離席，噔噔幾步，上了舞臺：「你等蹦蹦跳跳，傻啦呱唧，全無新意，看我阿醜的！」那些戲子一時之間，傻在臺上。因不知來者何人，齊把目光投向台下的阮大鋮，請其示下。阮大鋮皺眉揮袖，臺上的戲子，呼啦啦，一陣風兒似的下臺而去。

馬士英見了，很是不快：「阮大人，阿醜這種人豈是可以抬舉的？」錢牧齋憤憤道：「與阿醜同席，辱沒朝廷，辱沒士人。」柳如是搖頭不語。胡大鵬道：「我帶人把阿醜趕下臺就是了。」阮大鋮一把拉住胡大鵬的袖口：「小不忍則亂大謀。再則，這種人一激將，他越發來勁兒，讓他自生自滅罷了。」

大家正議論著，阿醜突然悠長地吆喝一嗓子，台下沸沸揚揚的嘈雜聲，戛然而止。阿醜這回的獨角戲，演一家奴請郎中：

家奴：先生，聽說咱這南京城裡頭，有個叫煙月的姑娘，前些日子，不知為啥，人間蒸發了。

郎中：誰說不是。還有個太子，北邊來的，不知為啥，也人間蒸發了。

家奴：我聽人說，太子被東廠的人弄去做人肉包子賣了。前些日子，我家老爺總和那幫狐朋狗友下館子，回來臉都是腫的，莫非人肉包子吃多了？

郎中：說不準的事，快帶我去看。

台下滿座皆驚，人人為之變色。馬士英拍案而起：「直如瘋狗咬人！聖上寵他，我等未必，還不快快把他趕下臺！」阮大鋮難為情道：「相爺，畢竟……畢竟他是皇帝身邊的寵兒，撕破臉皮的事，怕使不得。」馬士英無奈，憤然離去。楊龍友心急如焚，抓耳撓腮，無所適從，也隨之而去。錢牧齋兩口坐臥不寧，起身告退。胡大鵬怒不可遏，站起又坐下，太陽穴青筋暴突，牙齒咬得咯吱作響。阮大鋮左右不是：「這是怎麼說的，馬首相，錢大人，你們等等……」叫著喊著，追了去，忙不迭的賠禮道歉。

阿醜回到席前，發現馬士英、阮大鋮、錢牧齋等，已不見蹤影。阿醜道：「怎的，爾等也都吃了人肉包子，去看郎中呀?!」說完，坐回桌前喝茶。牛總管怒目走來，正要跟阿醜說話，余四海一把將他拉到一邊：「牛總管，也不知怎的，為進東廠的事，跟你老說過多少回，話也遞了無數遍，可胡哥就是不吐口。今天在這園子裡碰了面，就像沒看見似的。他老人家交代的事，咱哪樣怠慢了？小的不說，大的如太子、煙月，哪一件不是我親手辦的？」

牛耕地極不耐煩，壓低聲音道：「今天被阿醜這頓羞，胡大人的眼睛哪還長在自己腦袋上？別說看不見你，就連他自己也看不見了。你不見他出園子時，深一腳，淺一腳嗎？阿醜這戲子，特可恨！這會兒，我家老爺眼前，還不定黑成什麼樣哩？」余四海道：「能有多黑？頂大伸手不見五指罷了，在自個家裡頭，還能迷路咋的？」說完，悻悻而去。

牛耕地走到阿醜面前，怒道：「醜大人，你也講講那『德藝雙馨』！」說完，把阿醜的茶盞抽走，下了逐客令。阿醜倒也不介意，把手一背，仰天大笑，出了石巢園。

寒食節之際，身在武昌的左良玉，獲悉太子被害，寢食不安。遂一口咬定，小人劫持聖上，禍國殃民。是以「清君側」為名，引兵東下，從漢口至蘄州，列舟三百餘里，誓與朝中奸佞，決一死戰。

弘光帝得報，急忙召開御前會，問策大臣。馬士英出班奏道：「啟稟皇上，黃得功等愛將，可堵截左良玉。」弘光帝道：「調離黃得功等，清兵乘虛而入，奈何？」馬士英道：「寧舍國土韃靼人，也不予左良玉。左兵來了，大家皆死；清兵來了，倒未必。」弘光帝深知馬士英一派胡言，但凡事仰仗他，也就只好由他去處置。

馬士英一面命阮大鋮等，率兵至江上，會同黃得功防堵左良玉，一面飛詔史可法、劉澤清、劉良佐等入援，堵截左良玉二十萬人馬。清軍抓準時機，乘虛而入，不在話下。

天有不測風雲，左良玉至九江時，一病不起，未幾身亡。其子左夢庚，被推戴為首，繼續東下，因被黃得功擊敗，而率十萬大軍，投降英親王阿濟格，江西由此淪陷，落入清軍掌中。

史可法率部入援，剛至燕子磯，朝廷差官便前來傳旨，言黃得功已破左軍，令其速回淮揚，以禦清軍。史可法回軍揚州，腳跟未穩，清兵已至，於揚州城外三十里處安營紮寨。揚州守兵聞訊，多逃之夭夭。史可法飛檄各鎮增援，無一應答。史可法遂發文南京，據實稟報。

揚州告急，弘光帝大慌，再詔大臣問策。火燒眉毛，危在旦夕，馬士英卻道：「有長江天塹，勿慮也。」弘光帝但聞「長江天塹」四字，便煩惱盡掃。遂入溫柔鄉，繼續他的歌舞昇平，繼續他的好日子。話說這天散朝，弘光帝回到熏風殿看戲找樂，因不見阿醜，惱道：「阿醜何在？」

韓贊周匍匐上前：「啟稟皇上，阿醜自寒食節後，再無蹤影。」弘光帝大發雷霆：「阿醜好歹也是近臣，怎的說走就走？目中無君，降旨捉拿！」韓贊周唯唯諾諾，應答不暇。

第四十八章

且說揚州城外，明軍不戰而降。清軍統帥多鐸乘勢勸降城內守軍，未果。攝政王多爾袞親自出面，致信城內守將史可法，曉以大義，勸其棄暗投明。史可法不為所動，覆函多爾袞，拒絕投降。書曰：

大明國督師、東閣大學士史可法頓首謹啟

大清國攝政王殿下：

我大行皇帝敬天法祖，勤政愛民，真堯舜之主也。

今上，大行皇帝之兄也。去年五月朔日，駕臨南都，萬姓夾道歡呼，聲聞數里。群臣勸進，今上悲不自勝，讓再讓三，始正位南都。可謂是，名正言順，天與人歸。越數日，即令法視師江北，刻日西征。忽傳我大將軍吳三桂假兵貴國，破走逆成。殿下入都，為我先帝、後發喪成禮，掃清宮闕，撫戢群黎，且免剃髮之令，示不忘本朝。此等舉動，振古爍今，凡為大明臣子，無不長跽北向，頂禮加額，豈但如明諭所云感恩圖報已乎！

況貴國篤念世好，兵以義動，萬代瞻

仰，在此一舉。若乃乘我蒙難，棄好崇仇，規此幅員，為德不卒，是以義始而以利終，貽賊人竊笑也，貴國豈其然歟？往者先帝軫念潢池，不忍盡戮，剿撫並用，貽誤至今。今上天縱英明，刻刻以復仇為念。廟堂之上，和衷體國；介胄之士，飲泣枕戈；人懷忠義，願為國死。

法處今日，鞠躬致命，克盡臣節而已。即日獎帥三軍，長驅渡河，以窮狐鼠之窟，光復神州，以報今上及大行皇帝之恩。貴國即有他命，弗敢與聞。惟殿下實明鑒之。

此書，集矯情、諂媚、獻媚、凌然於一體，令人壓抑悶懷。媚主詞藻，大明朝臣自賞或可，拿出廟門示人，不免讓人笑掉大牙。尤可笑者，史可法筆鋒一轉，竟諂媚起滅明主謀多爾袞來，言稱「殿下入都，為我先帝、後發喪成禮，掃清宮闕，撫戢群黎，且免剃髮之令，示不忘本朝。此等舉動，振古爍今，凡為大明臣子，無不長跽北向，頂禮加額」。

嗚呼，清軍鐵蹄踏碎北京城，燒殺掠奪，無惡不作。之後，多爾袞為崇禎帝及其皇后發喪，實乃聽取漢人智囊范文程、洪承疇的建議，無非收買人心、安頓商業之舉，是為全面執掌中原之策。所謂「掃清宮闕，撫戢群黎」，純屬一派胡言；而「免剃髮令」，更是權宜之計。

多爾袞初入北京，所作所為，罪不容恕。史可法身為大明閣僚與一方統帥，把滿人的累累罪行，贊為「振古爍今」的舉動，且向劊子手「長跽北向，頂禮加額」，悲哉！史可法大將乎？非也，實乃大醬也。揚州令史可法鎮守，凶多吉少，實為必然。

且說多鐸，因勸降失敗，隨即發令攻城。史可法泣諭士民，為死守計，督萬餘官兵，登陴把守各處城門。不料，總兵李棲鳳、監軍高岐鳳，臨陣脫逃，率四千餘人乘夜出降，使城中守備越發薄弱。史可法血書告急南京，請求援兵。可恨朝廷裝聾作啞，不予相顧。清軍趁此良機，自泗州運來紅夷大炮，日夜炮擊揚州城池。

城中明軍，禦敵不足，殃民有餘。西城有戶王姓人家，喚作王秀楚，其家中分攤駐軍三人。西城駐軍卒白吃白喝，且欺男霸女，勒索錢財。西城駐軍，由一位楊姓將領管轄，王秀楚與左鄰右舍商議，湊份子筵宴楊將領，望他約束手下。街坊爺們，一拍即合。

話說這天，在酒宴之間，王秀楚等恭敬有加，終得楊將領歡心。楊將領當即呵斥士卒，勿再擾民，遂又提議：「若有美女相伴，禦敵精神自當倍增。」王秀楚道：「兵荒馬亂的，何處物色？」楊將軍不悅：「揚州乃美女城，如何說難之？」王秀楚怕前功盡棄，趕緊道：「將軍，此事包在我身上。」酒宴之後，左鄰右舍再湊份子，為楊將軍聘一歌妓，送往大營。楊將軍大喜，再三保證，其手下不再擾民。

次日清晨，史可法的告示，佈滿大街小巷，上書「此次守城，由我一人擔當，不帶累百姓」。聞者欣慰，無不感激涕零。然形勢急轉直下，到處人言洶洶，一片混亂。天公不作美，突然雷雨交加，狂風大作。市民驚恐萬狀，個個如無頭蒼蠅，東奔西逃，不知何處安此身。

王秀楚聞門外嘈雜，透過縫隙，見數十騎自北而南，奔竄而去，其勢如洶湧，不可阻擋。後有一群丟盔卸甲的士卒，擁著史可法，亦一路逃去。王秀楚心想：「莫非敵兵已入城？」遂跑至後廳，透過窗子，見對面城牆上下，已是人頭攢動，難民你挨我擠，混亂不堪。時聞急促叩門聲，王秀楚跑過去，見是幾個鄰居，遂開門納之。一鄰居道：「躲不了敵軍，投降好了。我等設案焚香，恭迎清軍，以示臣服，或可保命。」王秀楚欣然同意，與家人換好衣服，至門前，與鄰居一同設案焚香。豈料，卻是空等一場，各自散訖。

王秀楚復又反鎖院門，回到後廳，於窗前窺視動靜。這時，先是聽到一陣嘻嘻聲，接著便見一夥清軍，擁著幾個大閨女走過去。見此情景，王秀楚大為驚駭，急忙找到內人，囑咐道：「敵兵入城，倘有不測，你當自裁，以免受辱。」內人哽咽道：「好的。這是我積攢的一點私房錢和幾件首飾，你處置了吧。人死如燈滅，留此財物何用。」一邊說，一邊把一個布包交給丈夫。

王秀楚正要說什麼，突聞門外有人大喊：「來了！來了！」王秀楚抱著布包，急至院門口，扒著門縫，見數騎自北而來，騎馬的軍官緊拉馬轠，緩緩前行。突然，一人近前，猛叩門環。王秀楚定睛一看：「大哥！」遂開門引入，又火急火燎把門閂上：「大哥，兵荒馬亂的，你在街上亂撞什麼。」大哥氣喘吁吁道：「史督軍殉國了，清軍已入城，大開殺戒。你我親兄弟，就是死，也要死在一處。」王秀楚道：「大哥，你看好門，我這就進去叫他們。」王秀楚進屋，拿好先人神主，帶上老婆孩子，與大哥一起，自一道隱蔽的夾道，來到二哥宅院。王氏一家十二口，自此齊聚一處。

果然，揚州城已陷。多鐸得了揚州，隨即下令屠城。繁華的揚州城內，頃刻間，化為人間地獄，清兵殺人、縱火、強姦、搶劫，無惡不作。天抹黑後，王氏一家於暴雨之中，躲上房頂。直到夜深人靜，清軍漸稀，王氏一家下來，敲石取火，做飯燒湯。這時，揚州城內火光相映。那些被擊傷而未死的人，在深夜裡發出痛苦的呻吟聲。

羹湯雖已上桌，因驚懼而無一人下箸。沉悶中，見黑影裡閃過一人，未及細看，但聞「噗通」一聲，一人生生摔倒在王氏一家面前。隨之，撩起女眷們一陣驚恐的尖叫聲。王秀楚定了定神，哆哆嗦嗦站起，用手一翻，那人仰面朝天。王秀楚看不真切，叫道：「爺們，你醒醒，你這是？」那人呻吟無語。王秀楚又是一驚：「呀，這不是朱文兄弟嗎？」撲下身，一把抱住朱文。

朱文微微搖了搖頭：「別管我了……秀楚大哥。」喘了半天氣，又道：「早些日子，我就說這揚州要完……準備著回南京老家。你……你也知道，我在秦淮河邊還有個老宅子……雖說託付阮大人賣給了錢大人，可那畢竟是自己的根，回去了，無論阮大人，還是錢大人，人落難的時候，不看僧面看佛面，好歹也能勻出個容身之處。」一說著，就是一陣劇烈的乾咳聲。王秀楚招呼妻子道：「快給朱文兄弟弄碗水。」

王秀楚的妻子於黑夜裡摸索著，端來一碗涼水。王秀楚接過，給朱文喝了。朱文抹了一把嘴角的鮮血道：「一家商量，說好回南京的，無奈小妾死活不肯離開揚州，說這才是她的家。眼下……眼下，就是想回，也已經來不及了。小弟此來，有一事相請，我朱家但有活口，皆託付於秀楚大哥，我……我……咳！咳！！」話未說完，幾口鮮血，噴湧而出。任王秀楚怎麼喊，朱文再無聲息。

天初亮，王秀楚兄弟，草草將朱文埋在廢園之中。事畢，即有清兵在門外叫喊：「都出來出來，每人一個安民符，領到安民符者，將受到正義之師的保護。」左鄰右舍聞之，紛紛出門，爭領安民符。不大工夫，王秀楚門前便聚集了六七十人，尤以女眷居多。突然，三個清兵橫槊打劫，因人人怕殺，把隨身的金帛錢財往地上一丟，哭喊著四處奔竄。王氏一家見勢不妙，由自家後門，逃之夭夭。數十不及逃脫的女眷，則被三個清軍當做戰利品，押往他處。

清兵以繩索套脖，將女眷串成一串，拖掛前行。清兵一個提刀在前引導，一個橫槊在後驅逐，一個居中持刀看管，以防逃逸。三個清兵驅趕數十人前行，稍有拖遝，即加捶撻，或立即殺掉。女人裹腳，步履艱難，跌跌撞撞，遍身泥水，一步一蹶。

隊伍行至一巷口，即見朱文的兩個小妾，被一清兵追打著，哭爹喊娘的跑出來。三個清兵見了，迎上前，橫槊一掃，兩個小妾，雙雙跌倒。清兵上前，勒令她們爬起，歸入隊伍。稍有怠慢，清兵上前就是一陣亂踢。朱文的兩個小妾披頭散髮，衣不遮體，哀嚎著爬起，小腳踩入沒脛的泥水中，狼狽不堪。

尤令人泣血者，一個清兵，竟揮舞皮鞭，抽打朱文小妾懷中嬰兒。年輕的母親竭力護之，然那清兵越發不依不饒，一把搶過嬰兒，扔到泥水裡，一任嬰兒嚎哭。另一清兵揮刀，刺向年輕母親的下體，頓時，鮮血與雨水和泥濘，交織在一起。目睹者，人人自危，視而不見。

朱文的小妾感到孤獨無助，趁清兵不備，奪刀往脖上一抹，立時倒在血泊之中。不遠處的泥水裡，嬰兒的哭聲，漸被大雨吞沒。隊伍漸行漸遠。忽然，一支清軍鐵騎由此疾馳而去，嬰兒的頭顱，立時被鐵蹄踏得血肉模糊。

王秀楚一家命運幾何，沒人知道。但揚州的大街小巷裡，到處都是淒慘的景象：肝腦塗地，泣聲盈野；一溝一池，屍體堆積，手足相枕。自裁如自縊者、投井者、投河者、斷肢者，不計其數。更加離奇者：倘遇清兵，揚州人無論多寡，皆垂首匍匐，引頸受刃，無一人敢逃。但有姿色的婦女，一旦被清軍俘獲，必當眾姦淫。稍有不從，即用長釘，將婦女兩手釘於板上，再施強暴。

揚州城陷後，清軍一連施暴六天，屠殺八十多萬人，多鐸才下令封刀，僧人得以收集和焚燒死難者的屍體。因河道屍體盈塞，以致行舟無處下篙。道邊的積屍，經雨水浸泡而暴漲，再經太陽暴曬，氣味遠播百里，惡臭不絕。

揚州失陷的奏報，雪片般飛抵南京。總兵鄭鴻逵，禮部主事楊龍友，臨危受命，率師堵截江上。鄭鴻逵與楊龍友不懂兵事，一敗塗地，終棄江，逃奔他處①，清軍遂陷鎮江。

①朱由檢在北京煤山自縊後，朱氏後人，在中國南方建立了諸色曇花一現的小朝廷，抵禦滿清。福王朱由崧建立的弘光一朝，略為標竿意義；而唐王朱聿健建立的隆武一朝，則多不為人所知。楊龍友棄江而逃後，投奔朱聿健，任隆武一朝的兵部右侍郎兼右僉都御史。一六四六年八月二十五日，楊龍友在抗清戰役中被俘，不屈而死；其一家三十六口，亦同時被處斬。楊龍友的長子楊鼎卿（時任左都督、太子太保）就刑時，神色自如。楊龍友平生隨波逐流，風流自賞；在黨爭中，兩面討好，人每不遠之，亦不近之。然他一家不二的氣節，為時人所激賞，因而擁抱他的人，不分黨派，紛致詩文，悼他哭他。是所謂，死得其所也。

且說鎮江失守的奏報傳入宮中，弘光帝無所畏懼，依舊淫樂自如。次日深夜，又由太監入報，清軍自丹陽、句容，一路殺來。聞報，弘光帝始知死活，問策韓贊周：「如之奈何？」韓贊周道：「黃得功屯兵蕪湖，現在惟有他可保皇上無恙。」弘光帝方命人收拾箱篋，帶著寵妃，自通濟門，落荒而逃。

宮城裡的人，聞弘光帝連夜出走，有人趁機放火，宮廷內外相連，頓時火光沖天。刑部牢房各門洞開，囚犯四散。

次晨，馬士英聞弘光帝已逃，忙與阮大鋮率數千黔兵，匆匆逃亡浙江②。胡大鵬不及追隨，反其道，歸順大清。

所餘大臣，知悉弘光帝、馬士英、阮大鋮等出逃，盡皆惶惶。於是，草草密議一條出路，各自回家等信。錢牧齋快到家時，見魏國公花園火光沖天，知道有人趁火打劫。擔心家有變故，催促轎夫，快步回到飛來樓。尚好，商哥率家丁，奮力護院，才躲過一劫。柳如是只是受了些驚嚇，其他無恙。錢牧齋這才略略安下心來。

② 次年即一六四六年，馬士英與阮大鋮被清軍所俘。馬士英被斬，阮大鋮被起用，授內院職銜。阮大鋮感激涕零，自請為前驅，隨清兵入閩。過仙霞嶺時，阮大鋮跌死於道旁。

第四十九章

喘息未定，錢牧齋叫商哥帶人，迅疾把「德藝雙馨樓」的牌匾拿下，換回「飛來樓」舊匾。一會兒，商哥取回「德藝雙馨樓」牌匾，放到堂屋一角，去回稟錢牧齋，卻不見其影兒，便轉身去暖閣，向夫人回稟。見門虛掩著，商哥進去，問柳如是：「夫人，這牌匾是否留著？」柳如是因時局突變，惴惴不安，又不得其解，遂一反常態，把眉一橫：「沒見我煩著嗎？」

商哥一頭霧水，火頂腦門，竟也把眉橫起：「夫人的無名火，怕發的不是地方。我本好意，豬尾巴軍即將入城，留著這破玩意，容易引火焚身。」商哥一席話，點燃柳如是心中怒火，她從床上騰地爬起，怒目相視道：「弘光帝再不濟，是漢家正朔；豬尾巴軍再強，那也是外人。商哥，你要吃裡扒外嗎？」

商哥把心一橫，想道：「橫豎都是個鳥散，怕什麼？」遂激憤道：「甲申年時，北京城裡一個賣菜的，叫作湯之瓊，見崇禎帝的梓宮經過，悲不自勝，竟觸石死了。還有一乞丐，趁亂跑到城樓自縊身亡，人們不知他叫什麼，但見他的衣帶中有封絕命書，上寫：『身為丐兒，也是明民，明朝既亡，我生何為』。江南有一樵夫，聽說明亡，亦投水殉難。叫我說，這幾塊料，皆愚民也，死非其所。明朝是老朱家的明朝，與黎民百姓何關？你不死，豬尾巴軍要來；你死了，豬尾巴軍還是要來。皇上都不能阻絕天意，況草民乎？再說，大明的官，飽享腐敗，個個爛透，正所謂瓜熟蒂落，也該他娘一邊子去了。不然，當年崇禎帝的死訊傳到江南時，楓橋、吳江等地的百姓，也不會聞訊狂歡。這也就是孟子說的，只要民情歡悅，國君的出處不成問題。」

聞商哥一番時議，柳如是頭暈目眩，一栽歪，復又坐到床上。商哥著實被嚇了一跳，他急忙上前攙扶。柳如是坐穩後，狠狠的推了一把商哥：「把你的手拿開！」商哥知趣兒，退後兩步：「我知道夫人生我的氣……」柳如是打斷道：「你這些大逆不道的話，是從吳次尾、陳貞慧他們那些時政爛文裡學到的吧？」

商哥坦然道：「沒錯。但孟子云云，是從老爺書裡看到的。難道老爺也錯了嗎？」柳如是氣得雙手發抖，嘴唇發顫，半天吐不出一字。商哥繼續道：「我知道夫人看不起時政爛文，可也正是這些時政爛文，讓我看清了大明的今天與明天。就說兩個月前吧，大敵當前，揚州的守將依舊往來宴請，吹拉彈奏，乃至向當地士紳伸手要名妓，做聲色之娛；士兵住在百姓家，敲詐勒索，無所顧忌。南京守將，亦非好鳥。我大明占江南廣袤富庶之地，擁兵數十萬，卻要輸給只有幾萬人的清軍。有詩痛斥曰：『二十萬人齊解甲，竟無一個是男兒。』我大明無人呀！」說完，商哥竟淚流滿面。

聽罷此言，柳如是瞠目結舌，半晌才道：「看不出來呀。」商哥道：「此乃形勢所迫，不得不想。」柳如是冷冷一笑：「你這也叫熟透了，該瓜熟蒂落一邊子去了。」商哥疑惑道：「夫人，你這是何意？」柳如是震怒道：「什麼意思？該死，你不知道嗎？」商哥聞言色變，噗通跪在柳如是面前：「夫人，剛才我那都是氣話，你大人不記小人過，求你高抬貴手。」柳如是不為所動：「來人！」

七八個家丁，聞聲來到暖閣。為首者，便是陸新櫃：「夫人有何吩咐？」柳如是道：「都說商女不知亡國恨，商男就知道嗎？」陸新櫃不解：「商男是誰？」柳如是朝面前跪著的商哥一努嘴，陸新櫃明悟。陸新櫃相貌俊美，因娘娘腔，為柳如是所不喜。陸新櫃不知就裡，卻把柳如是厭他，歸咎於商哥爭寵。因此，他久有除掉商哥，取而代之之心。他平日雖在柳如是面前，說盡商哥壞話，卻徒勞無功。今賜良機，不可錯失。陸新櫃抬手一揮：「拖出去！」

幾個家丁，不由分說，就近前夾持商哥。商哥運力抖動雙臂，幾個家丁險被摔倒。商哥道：「我自會出去受罰。」家丁皆知商哥身上功夫，便不再強拗，跟隨商哥出去。一個家丁已抱了一條長凳，置於天井。陸新櫃早便暗囑一人，取來繩索。陸新櫃指了指繩索，對商哥道：「管家，得把你捆上才是。」

商哥橫眉道：「家法從事，向不用繩索，今是為何？」陸新櫃道：「誰不知管家身上功夫了得，打得急了，跳將起來，我等可吃不消。」商哥想到：「真是以小人之心度君子之腹。」二話沒說，趴在長凳上，任陸新櫃等人捆綁。陸新櫃咬牙切齒，狠狠道：「夫人都吩咐了，還不快快責打。」

幾個家丁不敢怠慢，舉棍便打。其中一個家丁問道：「杖責多少？」陸新櫃道：「直到我喊停。」商哥聽了，心中罵道：「小人！」柳如是聽聞杖起杖落聲，起身來到天井，瞥一眼趴在條凳上的商哥，回暖閣去了。柳如是心中五味雜陳：「這該死的，骨頭倒不軟，雨點般的棍子打下去，竟不吭一聲。」

錢牧齋在書房聞聲，跑來制止，無奈腿腳老邁，慢了幾步，趕到時，商哥已氣絕身亡。錢牧齋顫抖著手，怒指陸新櫃道：「所為何來？所為何來？！」七八個家丁齊齊跪下，陸新櫃道：「夫人的吩咐，與小人無干。」錢牧齋恨恨離去，快步來到暖閣，僅見臘兒與菊兒，遂問：「夫人呢？」臘兒道：「剛剛還在。」錢牧齋怒道：「你們為什麼不跟著？」菊兒道：「夫人特地囑咐，不讓跟著的。」錢牧齋預感不妙，轉到小屏風後，見暖閣後門開著，一路小跑，來到荷塘邊。

柳如是果然站在荷塘邊，任錢牧齋喊破嗓子，都無動於衷。待錢牧齋近了，柳如是道：「你來幹什麼？」錢牧齋道：「商哥因何被杖斃？」柳如是大吃一驚：「我不過叫他們責罰他一下，怎就杖斃了？！」心想：「定是那陸新櫃借刀殺人。」接著道：「也罷。這該死的，竟敢說大明的官飽享腐敗，個個爛透，也該瓜熟蒂落一邊子去了。這不連帶你我，都罵在裡面了嗎？就是大明該亡，那也是漢室；就是韃靼人該活，那也是外人。商哥吃裡扒外，就是死一千回，也不解恨。」錢牧齋道：「哦。既如此，也不該將他杖斃，畢竟一個不錯的人。在常熟時，你杖殺應四，這回又杖殺商哥。這兩年，你的脾氣愈發大了，主凶得不得了。這也就是亂世，若太平年，不償命你也得去蹲大牢。」

柳如是怒道：「不要再說這兩個該死的，就是你我，也該像史可法那樣，為大明殉國。」錢牧齋想了想，道：「唉，弘光一朝，立之僅十三個月。我當初就反對擁立福王，其原因就是此主過於無德無才，以至於朝堂與外鎮不和，朝堂與朝堂不和，外鎮與外鎮不和，朋黨勢成，門戶大起，虜寇之事，置之蔑聞。自古亡國之君，無過弘光者。漢獻之孱弱，劉禪之癡呆，楊廣之荒淫，合併而成其弘光一人。弘光癡如劉禪，淫過隋煬，更有馬士英、阮大鋮禍亂朝綱，一年之內，貪財好殺，酒色宣淫，諸凡亡國之事，集其大成。惟其如此，方有今之結局。如今，弘光逃逸，馬阮逃逸，我等跑不了的，倒要去死嗎？」

柳如是道：「國都亡了，活著何益？你難道要學龔鼎孳嗎？我可不是顧橫波。」錢牧齋拍了拍胸脯：「誰要學龔鼎孳那沒廉恥的，降了一回大順不說，臨了自甘墜入豬圈，給大清去做奴才。」說完，脫鞋挽褲，便往荷塘裡走。柳如是轉怒為笑：「你都要去殉國了，還怕濕了鞋和褲腳？」

錢牧齋小心翼翼往荷塘邁了幾步，試了試水，又折回上岸：「夫人休得取笑。」柳如是不解：「你怎的又上來了？」錢牧齋搖搖頭：「水有點涼。」柳如是怒其不爭，噗通跳入水中。錢牧齋一邊撲入荷塘，一邊喊救人。陸新櫃等家丁聞聲趕來相救，把錢牧齋、柳如是團團圍住。錢牧齋與柳如是站起，荷塘邊的水，僅沒膝蓋。柳如是歎道：「唉，殉國竟如此之難。」錢牧齋道：「皮肉之苦，只有殉國者自己知道，外人不知，國更不知。」夫婦二人，遂在家丁和丫鬟攙扶下上岸，回屋更衣。

柳如是怒氣漸消，遂想起商哥，竟珠淚偷彈：「雨點般的棍子打在身上，竟不吭一聲，鐵錚錚一個漢子！」又想起商哥往昔的諸多好來，不能自持，嚎啕大哭，嚇壞錢牧齋。勸慰了半天，柳如是方止住哭聲，錢牧齋問因何如此傷心，柳如是默然無語。見臘兒端著一碗燕窩湯，接過喝下，吩咐道：「把商哥體面的葬了吧。還有啊，陸新貴乃險惡小人，不可留在身邊，速速逐出飛來樓。」錢牧齋道：「早該如此。」

次日，錢牧齋謊稱入朝議事。柳如是道：「該跑的都跑了，燒得燒了，還什麼朝廷不朝廷的？」錢牧齋不聽，乘轎而去。中午回來時，錢牧齋竟已剃髮，腦後稀疏的白髮，編出一條一拃長的辮子。柳如是見狀，又氣又好笑：「老頭子？你怎的也掉進了豬圈裡？不是說，不學龔鼎孳的嗎？」錢牧齋摸摸光禿禿的前額道：「圖個涼快。」柳如是矯情道：「老頭子，你知道我捨不得你，你這樣做，不是誠心要拉我下水嗎？」說完，去了暖閣。

錢牧齋跟到暖閣：「夫人，有件事，還須與你商量。」柳如是道：「剃髮大事都不與我商量，還有什麼好商量的？」錢牧齋道：「上午出去，與趙之龍、王鐸等大人商量過，清軍已到城下，已令屬員寫好降書一道，去投清營。這樣做，南京城得免生靈塗炭之災。」柳如是思量了一會兒道：「投降雖令人不齒，畢竟使生靈免遭塗炭，也是積德的上上策。」錢牧齋道：「各位大臣考慮到好上加好，意在迎降時獻金，夫人以為如何？」

柳如是道：「錦上添花的事，我自不能攔你。問題是，獻多少才算是好上加好？」錢牧齋道：「我也沒數，不妨列個禮單出來，列到自己滿意即可。」柳如是同意，二人斟酌再三，才把禮單定下來。錢牧齋親自執筆，恭楷把禮單謄好。那禮單上寫道：

禮部尚書翰林院學士臣錢謙益謹獻流金金銀器、法琅銀壺各一具；蟠龍玉杯、宋製玉杯、天鹿犀杯、葵花犀杯、芙蓉犀杯、法琅鼎杯各一套；法琅鶴杯、銀鑲鶴杯各一對；宣德宮扇、真金川扇、弋陽金扇、弋奇金扇、百子宮扇、真金杭扇各十柄；真金蘇扇四十柄；銀鑲象箸十雙。

錢牧齋等人的降書投至清營，多鐸大喜，准降；且允諾，清軍和平入城，必秋毫無犯。入城日期、儀式敲定後，多鐸率部，如期進城。趙之龍、錢牧齋、王鐸、朱國弼等，即率十七侯伯，開罷城門，衣冠掃地，匍匐道旁，迎接清軍，各獻重禮。

南京就此陷落。想那歷時二十一年建成的南京城牆，是何等的堅不可摧。兩百多年前，朱元璋為建造這座都城，動用各類築城人員百萬餘眾，耗費城磚數億塊。為確保質量，朝廷要求，每塊城磚上，須有府、州、縣、總甲、甲首、小甲、製磚人夫、窯匠等責任人姓名，以便追責。交磚時，檢驗官讓兩名士兵各抱一磚撞擊，磚無脫皮、無裂縫、無破損、聲音清脆，即合格。反之，整批城磚返窯重燒。兩度返工者，將嚴懲責任人。

朱元璋窮盡人力物力，令南京城牆，固若金湯。然多鐸卻不費一槍一炮，便拿下南京。可見城牆的堅固與否，非外在那道看得見的牆，倒是人的肚皮內那道看不見的牆。

閒話少敘。多鐸因見大明臣子殷勤備至，遂承諾奏報朝廷，起用降臣。且令三軍，禁止擄掠。南京人額手感激，盛讚清軍為正義之師。但說胡大鵬，投至多鐸腳下，舉報弘光帝下落。多鐸大喜：「人馬休整一天，次日由你帶路，去追剿弘光，事成有賞。」胡大鵬領命，先自歇息。

同室歇息的一個降臣，對胡大鵬道：「我降而不叛，胡大人身居要位，卻又降又叛，是何道理？」胡大鵬笑道：「實不懂你這屁話，降和叛究竟有何不同？」那人道：「皇上抬你，把你擺到東廠位置，帝國安全你不顧倒也罷了，臨了，連抬舉你的皇上也出賣了，這就是叛。我同樣知道皇帝的去處，卻不說，這叫降而不叛。」

胡大鵬仰天大笑：「這麼個降而不叛。實話告訴你，我吃的就是這碗飯，幹順手了，別說是地上的皇帝，就是天上的玉皇大帝，該出賣的也得出賣。當初皇上恢復東廠，你以為是為黎民百姓呀？還不是為了他的鳥位。風調雨順時，東廠是皇上的銅牆鐵壁；風雨飄搖時，東廠就成了皇上的心腹大患。叫誰掌管這片天，誰都得這麼幹。」說完，胡大鵬出去，帶來幾個清兵，把「降而不叛」者拉出門外，就地砍了。胡大鵬拿腳一蹬，那人的頭滾到一邊。胡大鵬道：「身子這半降了，所以呆著不動；那頭顱未叛，所以滾了。」院裡的清兵，個個被逗得哈哈大笑。

次日，多鐸遣貝勒尼堪、貝子屯齊，進兵蕪湖，追擒弘光帝。適明將劉良佐，奉檄入援，途遇清兵即降。尼堪令劉良佐為前驅，直撲蕪湖江口。

黃得功屯兵蕪湖，見弘光帝狼狽奔來，大驚道：「陛下何故輕身至此？」弘光帝流淚道：「南京無一人可恃，唯卿秉性忠誠，所以冒死前來，朕之安危，全靠你了。」小太監張執中附和道：「是呀。」黃得功責怪道：「陛下來此，臣與敵對決，焉能護駕？」弘光帝悲痛欲絕，掩面大哭。黃得功無奈，只得留住弘光帝，誓死效力。

隔日，清兵至，黃得功出師未捷身先死，弘光帝被捉，迅疾押回南京。途中，弘光帝坐無幔小車，頭蒙銀絹手帕，身穿藍色布袍，以油扇掩面。弘光帝的兩個妃子，各騎毛驢，緊隨其後。韓贊周與張執中等，伴弘光帝小車左右，步行而往。

弘光帝一行被押解入京，道路兩旁，觀者如堵，唾罵不絕。因對亡國君恨之入骨，市民每以石塊、瓦片投擲，然弘光帝處之泰然，嬉笑自若。

且說胡大鵬前去多鐸帳下領賞，多鐸一愣：「什麼賞？」胡大鵬道：「元帥曾言，讓我帶路，捉拿弘光，事成有賞。如今弘光已被捉拿回京……」多鐸道：「你不說我倒忘了。來人，取一條白練來。」手下果就取來一條白練，遞於胡大鵬。胡大鵬掃興道：「所謂賞，不過一條白練，點用也無。」多鐸道：「如何無用？你繫在脖子上，不就有用了。」胡大鵬似有所悟，臉色頓時煞白：「怎的是死？」多鐸道：「本帥平生最恨賣主求榮者。」胡大鵬哀嚎一聲，丟了白練，衝向帳外。多鐸道：「宰了他！」幾個侍衛撿起白練，追了出去。胡大鵬見無路可逃，跪地求饒。侍衛們借勢把白練往胡大鵬脖子上一纏，各執一端，拼盡死力一拉，胡大鵬當即命絕。

第五十章

話分兩頭，且說冒辟疆一家，乘船南逃湖州。天有不測，途遭劫匪；脫險未幾，又遇清兵。冒氏一家所雇乃大船，劃動甚慢；清兵所乘為小船，划動甚速。幾個清兵見大船之中有女眷，窮追不捨，威脅道：「船家停下，且饒你不死！」

船家猶豫再三，命船工起櫓待命，遂懇求冒辟疆道：「客官，憐我性命。」說著話，幾個清兵已陸續爬上大船，不由分說，舉槍便刺，抬刀便砍：「快把隨身錢財拿出來，抗命者斬！」冒辟疆抱拳施禮：「大哥。」清兵道：「誰是你大哥！」冒辟疆改口道：「大爺，大爺饒命。只要好說，錢財盡歸你等。」一個清兵上前就給冒辟疆一記耳光：「誰跟你好說？快把錢財交出來，耍花招隱匿，立死無疑！」

冒辟疆大喊道：「管家！」管家就在冒辟疆身後，他戰慄道：「少東家，我在這兒呢。」冒辟疆一把扯過管家身上的行囊，塞到清兵懷裡：「大爺，一家老小救命的錢，全在這兒了。」那清兵正掂量行囊裡的金銀，管家聲嘶力竭，哀嚎著便衝向那個清兵，去搶奪行囊。幾個清兵見狀，瘋狗般齊上陣，挺槍揮刀，管家即刻喪命。

為首的清兵吼道：「都看到了？這就是抗命的下場！」說完，帶兵進艙內搜刮。因見女眷數人，個個開懷大笑，一聲「搜身」，皆把魔掌伸向女眷們的內衣。董小宛的貼身丫鬟護主，咬斷一清兵手指，船艙內隨即陷入混亂。冒辟疆無能為力，惟一口一個「大爺」的哀求。為首的清兵大喝一聲：「都住手！」遂引導手下，拾起刀槍，把女眷統統押出船艙。

女眷們頭髮散亂，衣襟不整。幾個清兵，手持刀槍，把她們圍在中間。為首的清兵道：「是哪個大膽撒潑？」斷指的清兵一指那丫鬟：「就是這個潑婦婊子！」為首的清兵道：「把她丟到水裡餵魚！」幾個清兵上前，一陣廝打，舉起那丫鬟，即丟入水中。董小宛竭盡全力，未能保住侍女性命，哭昏於地。冒辟疆捶胸頓足：「我的天吶！我的天吶！」其他女眷，瑟瑟發抖，面色如土。

為首的清兵背起錢財，把女眷挨個看了一遍，一指董小宛：「你跟我下船，可保餘者無恙。」冒辟疆一把將董小宛攔在身後：「大爺，這使不得。」幾個清兵怒不可遏，刀槍一併架在冒辟疆脖子上。為首的清兵道：「讓這個小美女乖乖跟我等下船，你等走路。否則，統統必死無疑！」船工及冒家男丁聞言，個個怒目相向。清兵寡不敵眾，不敢擅動。

僵持了一會兒，但見董小宛自冒辟疆身後走出：「各位軍爺息怒，且把刀槍收起。」清兵就坡下驢，收起刀槍。為首的道：「你須與我等下去。」董小宛蔑視道：「不難。」冒辟疆一把抱住董小宛：「虎狼之穴，焉可擅入。」董小宛哭道：「辟疆，我到冒家，全家老少，皆待我不薄，小宛無以為報。今以賤軀，換全家性命，心安也。」冒辟疆亦哭道：「死亦同死。」董小宛喃喃道：「公子，小宛病殘，再無力顛沛流離。我意已決，勿勸也。倘能苟活，小宛日後還來侍奉公子。」說完，掙脫冒辟疆，縱身跳入水中，頓時隱沒於叢叢蘆葦之中。清兵瞠目結舌，紛紛溜下大船，乘小船離去。

冒辟疆哀嚎一聲，欲往下跳。家人與下人，紛紛上前，攔腰的、抱腿的、扯臂的，裹作一團，死死不放。冒辟疆絕望地望著那片蘆葦，啞著嗓音哭喊道：「小宛……小宛……」船家勸道：「公子！逃命要緊！」說完，即命船工搖櫓。大船駛離那片蘆葦蕩，冒辟疆的哭聲，漸漸消失在船尾的波浪中。

良久，董小宛抱一根浮木，划出蘆葦蕩。見四周靜寂無人，方游移靠岸。上得岸來，躡手躡腳，摸進一間寂無人煙的破屋。稍作喘息，脫下長裙擰乾，著貼身絲褂和一件麻質白褲出門，把濕衣晾曬到樹幹上。回到破屋，董小宛頓感一絲涼意，雙臂交於胸前，遂噴嚏不止，雞皮疙瘩佈滿全身。屋內黢黑一片，門外陽光正烈。想命運多舛，孤獨無助，董小宛鼻酸淚流，不能自禁。

時有影子，自門前閃過。董小宛驚懼萬分，向外窺探，見一隻小狗，拖一條斷腿，自西而東，往河邊跑去。董小宛小心翼翼走出，摸了摸樹幹上的長裙，已是半乾。董小宛難顧好歹，取回長裙穿上，遂又踱到屋外，尋一木墩坐下，一任太陽曝曬冰冷的軀體。正這時，一群清兵路過，董小宛躲閃不及，被帶回營地輪姦。未幾，二十二歲的董小宛，便香消玉殞。

且說錢牧齋兩口，正感歎嘉定二十萬人，因抗拒剃髮而肝腦塗地。寇白門突然登門拜訪，令柳如是大感意外，她邊哭邊問道：「聽說你隨朱大人北去，怎就回來了？」寇白門亦哭道：「朱國弼降清北上，誰知一到北京，即被朝廷軟禁。有人放話，若脫離羈絆，除非拿錢交保。朱國弼為自救，欲將我和婢女鬥兒賣掉。我勸他說：『賣妾所得，不過數百金；若使妾南歸，一月之間，當籌萬金相報。』朱國弼思前想後答允，我才得以帶著鬥兒歸來。」

柳如是哀歎道：「怪不得妹妹一口一個『朱國弼』，姓朱的所作所為，的確不像個大丈夫。」說完，跑到內室，翻箱倒櫃，找出許多金銀首飾，塞給寇白門：「東西不多，妹妹休要嫌棄。」寇白門接過金銀首飾，看看錢牧齋，又看看柳如是，難為情道：「如此貴重，我接在手裡燙得慌。」柳如是手扶寇白門的肩膀，輕輕一搖：「這時還客氣什麼，重要的是兌現諾言，把朱國弼弄回南京。」錢牧齋一旁附和道：「那是，贖人為重。」

寇白門淚流滿面：「仁義的姐姐，寬厚的錢大人，你們的大恩大德，白門今生今世都不會忘。就此別過，後會有期。」說完，帶著斗兒，就要給錢牧齋與柳如是下跪。錢牧齋兩口上前擎住寇白門主僕，不讓她們施此大禮。柳如是埋怨道：「這樣做就生分了，哪像磕頭的姐妹。」遂掏出手絹，給寇白門擦淚。臘兒把托盤放下，走過來給斗兒擦淚。柳如是又道：「瞧妹妹剛才那話說的，什麼『就此別過，後會有期』。大老遠的自北京回來，容易嗎？連碗茶水都不曾喝，像回什麼事。」

臘兒一指幾上新沏的茶道：「茶都好了，這不正準備倒來著，見一個個淚人似的，讓人光顧心疼了。」柳如是道：「茶是次要的，今天妹妹來了，說什麼也得吃了飯再走。怎麼著，接風酒也得吃一杯。」寇白門苦笑道：「姐姐，妹妹食不甘味呀。再說了，你看我是能坐得下來的樣子嗎？後面的日子長著哩，真的要走了。」

柳如是、錢牧齋見寇白門說得懇切，也不強留。寇白門帶著斗兒，給柳如是、錢牧齋深鞠一躬，一步三回頭的就往外走。錢牧齋兩口陪送不迭。寇白門時而緊咬嘴唇，時而回頭道別：「姐姐，錢大人，你們回吧，回吧。」錢牧齋輕輕的擺手道別，柳如是更是一口一聲「慢些」，傷感至極。待寇白門一腳跨出大門，柳如是再也抑制不住，那淚水劈劈啪啪的落將下來，嘴裡的「慢些」二字，已含混不清。寇白門淚眼模糊地最後回頭一望，狠狠心，帶著鬥兒，逕直去了。

三個月後，弘光帝被押送到北京。①南京降臣，均獲新職，錢牧齋為大清禮部侍郎。朱國弼因寇白門全力搭救，回到南京，並到寇白門落腳處，深表謝意：「倘非你以萬銀交保，朱某難脫羈絆。現接你回家，是以補過。」寇白門冷眼道：「當年你用銀子為我贖身，如今我亦用銀子將你贖回，你我就此了結。」朱國弼怏怏而回。

寇白門為救朱國弼，借債萬兩。因一心還債，重操舊業，舉凡紅白喜事，祝壽抓周，無所不往，殷勤獻藝。勞累過度，又急火攻心，寇白門一病不起，未幾撒手人寰。錢牧齋本去北京履職，是以推遲。柳如是出面，為寇白門辦理後事。錢牧齋深為寇白門的豪俠所動，特作詩〈寇白門〉，予以追悼。詩曰：

寇家姊妹總芳菲，二十年來花信迷，
今日秦淮恐相值，防他紅淚一沾衣。
叢殘紅粉念君恩，女俠誰知寇白門？
黃土蓋棺心未死，香丸一縷是芳魂。

事畢，錢牧齋擬北去履職。行前，錢牧齋兩口於南京拜別舊好。話說這天，他們乘轎行至鈔庫街時，見行人一片混亂。錢牧齋與柳如是的轎子，靠邊落地，是以避之。柳如是撩起轎簾，一看究竟，不意那目光，卻與牆角蹲著的一個乞丐相撞。因眼熟，柳如是回想在何處見過此人。待去細看，那乞丐把頭埋進懷裡。柳如是突然想起，這不正是魏府徐青君徐大公子嗎？何以淪落到這步田地？正想著，但見一個衣裳襤褸、邋裡邋遢的孕婦，頭髮凌亂，瘋瘋癲癲，自東向西跑來。那孕婦見男便追，逢男必喊：「侯君！侯君！」

柳如是感覺耳熟，迅即下轎。那瘋女人漸漸近了，柳如是定睛一看，這不是李香君嗎？於是一把抱在懷裡：「香君，你這是怎的啦？」李香

①順治三年，即一六四六年，弘光帝朱由崧在北京菜市口被斬首。

君發出刺耳的尖叫聲：「別攔著，我要去追我的侯君！」說完，見一個男人自身邊走過，李香君一把抓住那男人：「侯公子，我的夫君，香君總算找到你了！」那路過的男人嚇得頭皮發痄，死力掙脫後，向東跑去。柳如是再次上前抱住李香君：「香君妹妹，香君妹妹，你這是怎了？」

李香君掙脫柳如是，邊喊邊去追逐她所遇到的任何男人。柳如是再難控制，哇的一聲，哭昏於地。錢牧齋不及反應，眼前的一幕，一閃而過。錢牧齋急忙出轎，嘴裡不住大喊：「臘兒！臘兒！！」臘兒抱著哭昏於地的柳如是，哽咽無言。下人擠過人群，攙扶住錢牧齋道：「老爺，臘兒這不在這兒嘛！」錢牧齋俯下身去，見臘兒正掐柳如是的人中。錢牧齋老淚縱橫，唇間的縫隙裡，嵌著一條白沫。

柳如是漸漸醒來，擋開臘兒的手：「好了，我沒事了。趕緊回家，回家。」下人攙著錢牧齋，臘兒扶著柳如是，坐進他們各自的轎子，雙雙返回飛來樓。柳如是病倒在床，臉色蒼白如紙。臘兒搬了把椅子，置於床前。錢牧齋坐下，默然無語，並不時用手梳理柳如是的額髮。那些額髮，一綹一綹，浸在汗水裡。錢牧齋急道：「臘兒，快去弄盆溫水，給夫人擦把臉。」

一會兒，臘兒把溫水端來，浸濕了臉巾，擰乾。錢牧齋接過臉巾道：「我來吧。」錢牧齋展開臉巾，輕輕的給柳如是擦起汗來。臘兒心細，回身倒了一盞溫水，端在手裡。錢牧齋憂慮地看著柳如是，把臉巾遞給臘兒，遂道：「倒盞溫水來。」臘兒接過臉巾，遞上溫水：「老爺，給。」錢牧齋扭身抬頭，見臘兒手裡端著一盞溫水，心想：「臘兒這孩子真貼心。」錢牧齋接過那盞溫水，臘兒趕緊放下臉巾，輕而快的近至床頭，與錢牧齋一同，扶柳如是坐起。

柳如是接過那盞溫水喝了，復又躺下，臉色漸潤。慢慢的，有了講話的氣力：「晃眼，已是物是人非事事休，煙月沒了，白門走了，香君瘋了，小宛無音，圓圓沒信……就是那幾位公子，亦命運多舛，冒辟疆放意林泉，去了一個；陳貞慧隱居不出，去了一個；侯方域下落不明，去了一個；吳次尾死於牢獄，去了一個……」話未盡，已是淚眼婆娑。

錢牧齋安慰道：「世間的一切，終將物是人非事事休。既知如此，有生之年，就該為家人活著，而不是為名為利活著，尤不能為臭氣熏天的官場活著。如是，我意向朝廷託病辭官，然後把飛來樓變賣，你我歸鄉，共用天倫之樂，若何？」聞言，柳如是坐起，拉住錢牧齋的手，欣慰至極。

兩個月後，即一六四六年夏，錢牧齋的請辭獲准，遂與柳如是打點行裝，告別秦淮河，回到常熟老家。

一六四七年，受淄川謝升案牽累，錢牧齋被捕北上，入刑部大獄。柳如是隻身隨行，照顧錢牧齋。經賄賂，錢牧齋獲釋，後資助鄭成功、張煌言、瞿式耜、魏耕等抗清。一六四八年春，柳如是為錢牧齋生下一女；不久，錢牧齋因黃毓祺案被株連，囚於南京。柳如是全力營救，錢牧齋得免牢獄之災。錢牧齋出獄後，被軟禁在蘇州，寄寓拙政園。一六四九年，錢牧齋與柳如是從蘇州返回常熟。一六五五年秋，黃毓祺在舟山抗清，柳如是前去慰問勞軍。一六六四年，錢牧齋去世，享年八十二歲；未幾，柳如是懸樑自盡，享年四十六歲。

血歷史53　PC0391

新銳文創
INDEPENDENT & UNIQUE

秦淮河

作　　者　魏得勝
主　　編　蔡登山
責任編輯　鄭伊庭
圖文排版　詹凱倫
封面設計　陳佩蓉

出版策劃　新銳文創
發 行 人　宋政坤
法律顧問　毛國樑　律師
製作發行　秀威資訊科技股份有限公司
114 台北市內湖區瑞光路76巷65號1樓
電話：+886-2-2796-3638　傳真：+886-2-2796-1377
服務信箱：service@showwe.com.tw
http://www.showwe.com.tw
郵政劃撥　19563868　戶名：秀威資訊科技股份有限公司
展售門市　國家書店【松江門市】
104 台北市中山區松江路209號1樓
電話：+886-2-2518-0207　傳真：+886-2-2518-0778
網路訂購　秀威網路書店：http://www.bodbooks.com.tw
國家網路書店：http://www.govbooks.com.tw

出版日期　2014年4月　BOD一版
定　　價　520元

Printed in Taiwan

國家圖書館出版品預行編目

秦淮河 / 魏得勝著. -- 一版. -- 臺北市 : 新鋭文創,
2014.04
面 ;　公分. -- (血歷史 ; PC0391)
BOD版
ISBN 978-986-5716-07-3 (平裝)

857.7　　103004948

讀者回函卡

感謝您購買本書，為提升服務品質，請填妥以下資料，將讀者回函卡直接寄回或傳真本公司，收到您的寶貴意見後，我們會收藏記錄及檢討，謝謝！

如您需要了解本公司最新出版書目、購書優惠或企劃活動，歡迎您上網查詢或下載相關資料：http:// www.showwe.com.tw

您購買的書名：＿＿＿＿＿＿＿＿＿＿＿＿＿＿＿＿＿＿＿＿＿＿

出生日期：＿＿＿＿年＿＿＿＿月＿＿＿＿日

學歷：□高中（含）以下　□大專　□研究所（含）以上

職業：□製造業　□金融業　□資訊業　□軍警　□傳播業　□自由業

□服務業　□公務員　□教職　□學生　□家管　□其它＿＿

購書地點：□網路書店　□實體書店　□書展　□郵購　□贈閱　□其他

您從何得知本書的消息？

□網路書店　□實體書店　□網路搜尋　□電子報　□書訊　□雜誌

□傳播媒體　□親友推薦　□網站推薦　□部落格　□其他＿＿＿＿＿

您對本書的評價：（請填代號　1.非常滿意　2.滿意　3.尚可　4.再改進）

封面設計＿＿　版面編排＿＿　內容＿＿　文／譯筆＿＿　價格＿＿

讀完書後您覺得：

□很有收穫　□有收穫　□收穫不多　□沒收穫

對我們的建議：＿＿＿＿＿＿＿＿＿＿＿＿＿＿＿＿＿＿＿＿＿＿

＿＿＿＿＿＿＿＿＿＿＿＿＿＿＿＿＿＿＿＿＿＿＿＿＿＿＿＿

＿＿＿＿＿＿＿＿＿＿＿＿＿＿＿＿＿＿＿＿＿＿＿＿＿＿＿＿

＿＿＿＿＿＿＿＿＿＿＿＿＿＿＿＿＿＿＿＿＿＿＿＿＿＿＿＿

請貼
郵票

11466
台北市內湖區瑞光路 76 巷 65 號 1 樓
秀威資訊科技股份有限公司 收
BOD 數位出版事業部

(請沿線對折寄回,謝謝!)

姓　　名:＿＿＿＿＿＿＿＿　年齡:＿＿＿＿　性別:□女　□男

郵遞區號:□□□□□

地　　址:＿＿＿＿＿＿＿＿＿＿＿＿＿＿＿＿

聯絡電話:(日)＿＿＿＿＿＿＿＿(夜)＿＿＿＿＿＿＿＿

E-mail:＿＿＿＿＿＿＿＿＿＿＿＿＿＿＿＿